Die Tote
vom
Moor

WEITERE TITEL VON CLARE CHASE

IN DEUTSCHER SPRACHE

Die Tote vom Moor

Der Mord am Fluss

IN ENGLISCHER SPRACHE

EVE-MALLOW-REIHE

Mystery on Hidden Lane

Mystery at Apple Tree Cottage

Mystery at Seagrave Hall

Mystery at the Old Mill

Mystery at the Abbey Hotel

Mystery at the Church

Mystery at Magpie Lodge

Mystery at Lovelace Manor

Mystery at Southwood School

Mystery at Farfield Castle

TARA-THORPE-REIHE

Murder on the Marshes

Death on the River

Death Comes to Call

Murder in the Fens

CLARE CHASE

Die Tote vom Moor

Übersetzt von Sabine Schilasky

bookouture

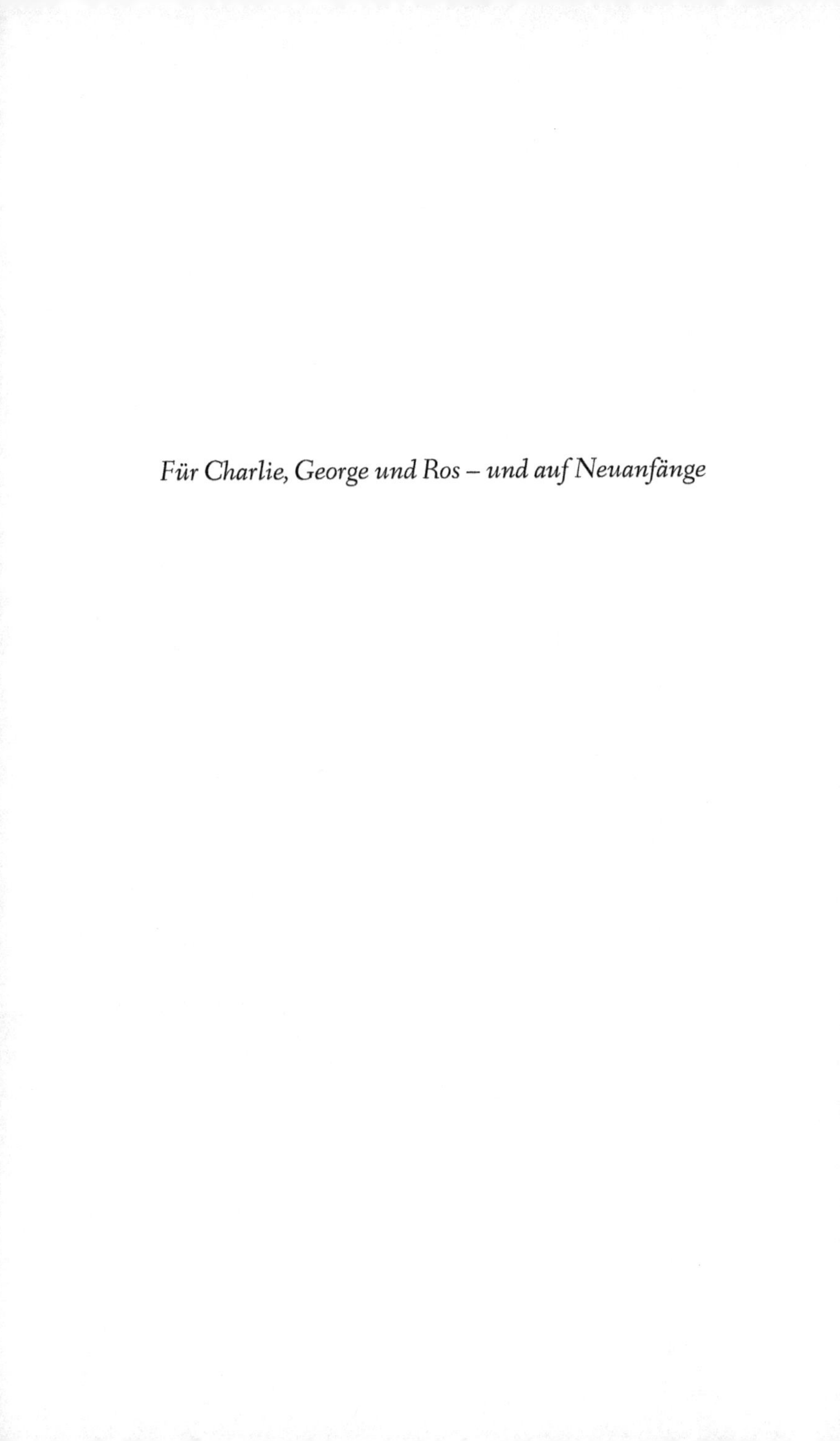

Für Charlie, George und Ros – und auf Neuanfänge

PROLOG

Das Haus war saubergemacht worden, und immer noch rief der Bleichegeruch Flashbacks hervor.

Sämtliche Details jenes Tages waren noch vollkommen präsent. Als hätte der Schock sie fixiert, gleich einem permanenten Negativ im Gehirn.

Da war diese Stille. Eine vollkommen ungewöhnliche und beängstigende Leere. Beim Wandern von Zimmer zu Zimmer wirkte die Atmosphäre beinahe klinisch steril; alles war so kahl.

Die Küchenarmaturen hatten geblitzt. Das Bild war deutlich wieder da.

Und dann dieses Gefühl, die Zeit würde sich beim Anblick jedes leeren Raums verlangsamen, bis nur noch eine Tür blieb. Die Erinnerungen an den Blick zum Knauf wurden begleitet von einem Gefühl der Furcht. »Kalter Schweiß« war keine Metapher.

Das Knarren der Tür und die Szenerie dahinter. Natürlich war sie dort drinnen, hängend. Ihr Gesicht war im Schatten, weil die Vorhänge geschlossen waren. Es waren lediglich ihre Umrisse auszumachen, die baumelden Füße, das lange Haar, so schlaff wie ihr Körper. Eine Hülle.

Jede Bewegung vor oder zurück war ausgeschlossen. Der Horror dehnte sich erst über Sekunden, dann Minuten. Und schließlich die Stimme von hinten.

»Na ja, es ist das Ende, das sie verdient hat.« Ganz sachlich. »Du musst geahnt haben, dass das passiert. Langfristig ist es besser so.«

KAPITEL EINS

ZWANZIG JAHRE SPÄTER

Es war die Gestalt mit der Kapuze, die Tara an jenem Abend
aus ihrem Alkoholnebel schrecken ließ. Sie war die Riverside
entlanggegangen, ohne ihre Umgebung wahrzunehmen – zu
tief in die Ereignisse des Tages versunken, deren Schärfe von
mehreren Shots Wodka abgemildert worden war. Der Anblick
der Gestalt, die regungslos weiter vorn stand, holte Tara in die
Realität zurück. Es war nur eine Silhouette in der Ferne, eben
auszumachen im Schatten des Stourbridge Common. Tara
starrte hin, doch es war unmöglich, irgendwelche Einzelheiten
zu erkennen. Jemand von einem der Hausboote? Oder nach
einem Abend in Cambridge auf dem Heimweg in Richtung Fen
Ditton? Vielleicht kurz stehen geblieben, um zu pinkeln oder
so. Hinter der Person erstreckte sich der Park menschenleer in
die Finsternis.

Tara blickte auf ihre Uhr. Kurz nach halb zwölf. Der Fluss
Cam links neben ihr war in dieser mondlosen Nacht pech-
schwarz. Ein Paar schlafender Schwäne trieb bewegungslos auf
dem Wasser, die Köpfe unter den Flügeln. Rechts von ihr
waren die wenigen Häuser vor dem Parkeingang bereits dunkel,
und ihre Fenster wirkten blind. Taras eigenes Haus lag noch ein

Stück entfernt – ein winziges viktorianisches Cottage, erbaut auf Niemandsland und umgeben von Wiesen. Dorthin musste sie noch die große Rasenfläche überqueren. Näher an der Gestalt.

So ziemlich jeder hatte ihr abgeraten, das Haus zu kaufen, doch zu viel gut gemeinter Rat konnte nerven. Es war Jahre her, seit sie irgendwelche Probleme gehabt hatte, und alles in allem mochte sie ihr Zuhause.

Ohne den Blick von der Gestalt abzuwenden, schob sie die rostige Pforte zum Park auf. Das Quietschen war kreischend laut in der heißen, stillen Nacht.

Sie schritt in Richtung ihres Hauses und wartete, dass sich die Person entfernte.

Was nicht geschah. Sie war immer noch hinter ihrem Haus, nun nicht mehr weit weg.

Was in aller Welt hatte sie vor? War es jemand, der Spiele mit ihr trieb? Ihr Angst einjagen wollte?

Die Gestalt stand da, rührte sich nicht und blickte starr zu Tara. Dann wurde sie plötzlich von einem Lichtstrahl geblendet. Auf dem Seitenweg, auf dem die Gestalt wartete, gab es keine Beleuchtung, was das Licht der Taschenlampe umso greller und erschreckender machte. Der Strahl schien zunächst auf Taras T-Shirt, dann nach oben, direkt in ihr Gesicht.

Und wechselte abermals zum T-Shirt und zurück zum Gesicht.

Ihr Instinkt übernahm. Der Geschmack der Furcht war allzu vertraut, trotz all der Zeit, die vergangen war. Ihre Atmung wurde schneller und flacher. Sie schluckte, als sie ein Schauer durchfuhr. Kämpfen oder fliehen.

Sie blickte von ihrem Haus zu der Gestalt und dann zurück zur Riverside. Ihr Haus war am nächsten. Lieber eilte sie dorthin und schloss sich ein, statt den Weg zurückzulaufen, den sie gekommen war, und zu riskieren, dass sie eingeholt wurde. Sie könnte an eine Tür hämmern und um Hilfe bitten, aber die dunklen Häuser könnten leer sein. Und in der Zeit, die es kosten würde, bis jemand öffnete, würde die Gestalt näher kommen. Der Lampenstrahl wurde gesenkt, diesmal vollständig, sodass Tara nur noch das lange Gras an der Stelle sah, an der die Person stand.

Sie ging weiter, auf ihr Haus zu. Nach hinten trennte es ein halb vergammelter Holzzaun vom Rest des Parks, nach vorn nur eine kniehohe Backsteinmauer. Sie war bereit loszurennen, wenn es der Fremde tat. Bis dahin blieb sie bei einem schnellen Gehen, hoch auf den Zehen abrollend, vorbereitet – und aufmerksam beobachtend. Sie würde einen Teufel tun, sich anmerken zu lassen, dass sie Angst hatte. Es sei denn, sie müsste ...

Dabei tastete sie nach ihrem kleinen Alarmgerät in ihrer Jeanstasche. *Nutzlos.* Wer würde das Heulen hier draußen im Park hören? Und dachten die Leute nicht ohnedies immer, so ein Alarm würde versehentlich ausgelöst? Sie dachte es jedenfalls. Mit der rechten Hand angelte sie die Schlüssel aus ihrer anderen Tasche. Bereit.

Sie behielt die Gestalt im Blick, als sie sich dem Haus näherte. Der Fremde begann zu gehen, und Tara beschleunigte ihr Tempo. Der andere kam näher, doch sie war fast da. Sie rang nach Luft, als sie durch ihre Pforte eilte und sich nun auf das Yale-Schloss in ihrer Haustür konzentrierte. Sie steckte den Schlüssel ins Schloss und drehte ihn. In der Sekunde, in der sie nach drinnen verschwand, schaute sie sich über die Schulter um. Die Kapuzengestalt hatte sich leise und schnell vorwärtsbewegt.

Tara schob die Tür hinter sich zu und lehnte sich lauschend von innen dagegen. Zunächst konnte sie nur ihr eigenes Atmen hören. Nachdem sie es unter Kontrolle gebracht hatte, horchte sie wieder. Nichts.

Wenn sie ins Wohnzimmer ging, müsste sie die Person sehen können – wohin auch immer sie gehen mochte.

Als sie einen Schritt nach vorn machte, bemerkte sie, dass etwas auf ihrer Fußmatte gelegen hatte, denn sie hörte, wie es auf den Holzboden rutschte, als sie den Fuß nach vorn setzte. Doch sie hob es nicht auf oder schaltete das Licht an.

Im Wohnzimmer duckte sie sich hinter einer der geerbten Vorhangschals Chintz und spähte durch das Erkerfenster nach draußen. Die Gestalt ging weiter, war jetzt an Taras Haus vorbei und bewegte sich in Richtung Riverside und Stadt. Innerhalb von Sekunden wäre sie aus dem Park und könnte in irgendeiner der vielen Seitenstraßen verschwinden, in einem Labyrinth aus viktorianischen Reihenhäusern. Die Polizei zu rufen, war zwecklos. Sie könnten niemals die richtige Person identifizieren, selbst wenn sie die Zeit dazu hätten. Und außerdem war es nicht strafbar, jemandem mit einer Taschenlampe ins Gesicht zu leuchten. Vielleicht war diese Person ihr überhaupt nie gefolgt. Vielleicht hatte sie die ganze Zeit vorgehabt, zur Riverside zu gehen, und Tara hatte *sie* erschreckt.

Doch dann blieb die Gestalt am Parkeingang stehen und drehte sich in Taras Richtung um. Der Lampenstrahl schwang zum Erkerfenster. Wer immer das auch war, hatte gewusst, dass er beobachtet wurde.

Wieder pochte Taras Herz schneller. Das war jetzt keine Angst, sondern Wut – Wut, dass jemand so eine Wirkung auf sie hatte. Mit ihr war schon genug gespielt worden, es reichte für den Rest ihres Lebens.

Sie kehrte in die Diele zurück, schaltete das Licht ein und streifte ihre Converse ab, ohne vorher die Schnürsenkel zu öffnen. Erst jetzt fiel ihr wieder das Ding von der Fußmatte ein. Es war ein Päckchen – ein A4-Polsterumschlag mit ihrem Namen und ihrer Adresse auf dem ausgedruckten Aufkleber. Wieder dachte sie an die Gestalt und bekam eine Gänsehaut auf den Armen. Hatte die ihr ein Geschenk gebracht? Es war wohl kaum normal, an einem späten Dienstagabend eine Lieferung zu bekommen. Ihre Finger zitterten, als sie das Päckchen aufhob, und sie biss die Zähne zusammen.

Sie trug es an einer Ecke durch in die Küche. Eines nach dem anderen. Zuerst musste sie einen klaren Kopf bekommen. Sie legte den Umschlag auf den Tisch und holte ein Glas aus dem Schrank. Wahrscheinlich war sie dehydriert gewesen, als sie die Pubsession mit Matt begonnen hatte – noch ein Schreiberling bei dem Blatt, für das sie arbeitete. *Mist.* Sie hätte drei Drinks früher aufhören sollen. Nicht dass sie sich jemals vollends betrank; das wäre zu heikel. Doch heute Abend hatte sie nach dem anstrengenden Meeting mit ihrem Redaktionsleiter Giles alle Bedenken fahren gelassen. Wäre Giles nicht gewesen, wäre Tara jetzt nüchtern – oder wenigstens nüchterner – und nicht derart ausgeflippt wegen eines Fremden im Dunkeln.

Sie ging zum Tiefkühler und füllte ein Glas zur Hälfte mit Eiswürfeln, bevor sie Wasser aus dem Spender des Kühlschranks zapfte. Sie leerte es in einem Zug, bevor sie zurück zum Tisch ging und das Päckchen betrachtete. Es war Jahre her, dennoch kam ihr die Standardcheckliste in den Sinn. Keine Spuren von Fett oder Puder außen auf dem Umschlag. Kein seltsamer Geruch. Die Empfehlung, dass ein Ticken, hervorlugende Drähte oder Folie ein schlechtes Zeichen waren, hatte sie immer schon als extrem überflüssig empfunden ... Hier war nichts von alle dem, doch das Päckchen war unförmig. Auch das hatte auf der Checkliste gestanden. Tara riskierte, es behutsam abzutasten. Es war nachgiebig, aber fest; rund und an einem Ende gewölbt.

Sie setzte sich hin und puhlte vorsichtig das Klebesiegel des Umschlags auf. Als sie hineinschaute, stutzte sie.

Es war eine Puppe.

Tara steckte eine Hand in den Umschlag und zog sie heraus. In dem Moment, in dem sie das Ding richtig sah, ließ sie es auf den Tisch fallen.

Die Puppe war aus Stoff, sauber genäht mit schwarzem

Wollhaar bis zur Taille. Sie trug ein simples weißes Top und einen blauen Rock, aber das war auch schon das einzig Normale an ihr.

Um den Hals hatte sie eine Schlinge – strammgezogen – und das weiße Baumwollgesicht war mit einer Art blauem Puder bestäubt. Eigentlich hätten die seltsamen Details, die der Absender ergänzt hatte, gepaart mit dem strahlenden, festgenähten Lächeln und den großen blauen Augen, beides in Satin aufgestickt, lächerlich aussehen müssen. Stattdessen machte die Kombination es umso albtraumhafter.

An den Füßen der Puppe waren bestickte blaue Schuhe passend zum Rock.

Das Frösteln setzte wieder ein. Tara konnte es nicht stoppen. Sie packte die Sitzkanten ihres Stuhls und versuchte, sich auf die Beherrschung ihrer körperlichen Reaktion zu konzentrieren. Bis vier zählen beim Einatmen, noch mal bis vier beim Luftanhalten und wieder beim Ausatmen. Die Boxeratmung, die Kemp ihr beigebracht hatte. Doch ihr war schon ein bisschen schwindlig und schlecht.

Es dauerte eine Minute, bis Tara sich wieder dem Päckchen zuwenden konnte. Schließlich nahm sie den Umschlag auf und sah hinein, ob noch etwas anderes dort war. Sie fand einen einzelnen Zettel mit einer getippten Nachricht.

Es war eine Warnung. Dies ist eine Warnung.

KAPITEL ZWEI

Tara überlegte, schnellstens abzuhauen. Sie könnte versuchen, ein billiges Hotel zu finden, aber das wollte sie nicht. Niemand sollte bestimmen können, was sie tat. Doch auch wenn sie die vernünftigsten Optionen aus purem Trotz ignorierte, gewannen die anderen immer noch. Das Haus zu verlassen, würde indes bedeuten, wieder durch den Park zu gehen, selbst wenn sie sich von einem Taxi abholen ließ. Es gab keine Zufahrt zu ihrem Cottage. Sie könnte ihr Fahrrad benutzen, was allerdings bedeutete, dass sie im Dunkel draußen mit dem Schloss hantieren müsste, was sie in Gefahr bringen könnte. Und wenn sie zu ihrem eigenen Wagen ging, müsste sie in dasselbe Straßenlabyrinth, in dem in diesem Augenblick aller Wahrscheinlichkeit nach die fremde Gestalt unterwegs war. In dieser Gegend war das Parken überall kostenlos, und ihr Fiat stand auf halber Höhe der Garlic Row. Besser war es, ihren Schutz zu verstärken, wo sie war. Ein Jammer, dass sie seit ihrem Einzug noch nicht dazu gekommen war, Türen und Fenster am Haus zu modernisieren.

Zunächst nahm sie sich die vor, ging von Tür zu Fenster zu Tür und überprüfte alle Schlösser und Riegel, ob sie so sicher verschlossen waren, wie es ihr jeweiliger Zustand erlaubte. Danach würde sie die Polizei rufen.

Der Mann beim Notruf klang ruhig. Vermutlich hörten sich für ihn eine Stoffpuppe und eine bedrohliche Nachricht, die durch den Briefschlitz gesteckt wurden, eher nach einem unangenehmen Streich als nach etwas Ernstem an. Und natürlich könnte er recht haben. Doch als sie ihm von ihrer Vorgeschichte erzählte, wurde er ein wenig aufmerksamer.

Er fragte sie, ob sie allein lebte, und gleich danach, ob sie jemanden anrufen könnte. (Könnte sie, aber keinen, der ihr helfen konnte.) Dann bat er sie nachzusehen, ob die Gestalt mit der Taschenlampe nicht zurückgekommen war. Sie ging zum Wohnzimmerfenster und linste durch die Vorhänge. Die Laternen neben dem Cam verliehen dem Weg dort einen unheimlichen Schimmer. Drumherum war alles ruhig. Einige Schwäne aus dem Fluss standen am Ufer; auch sie schliefen, wie das Paar vorhin auf dem Wasser. Doch abseits des Wegs und zwischen den weit auseinanderstehenden, schwächlichen Laternenkegeln lag alles im Dunkeln. Sie ging zurück in die Küche und blickte in Richtung Fen Ditton. Dort war es sogar noch düsterer.

»Ich kann niemanden sehen«, sagte sie, was nicht viel hieß.

Er versprach, dass ein Officer morgen vorbeikäme, um mit ihr über »den Vorfall« zu sprechen, und sagte ihr, sie solle wieder anrufen, falls sie sich Sorgen mache. Dann erwähnte er, dass sie bei Freunden übernachten könnte. Sie sparte sich die Mühe, ihm die praktischen Hürden zu schildern, die das nach sich ziehen würde.

Stattdessen ging sie zur Küchenschublade und nahm ihre sämtlichen Kochmesser heraus. Nicht dass sie vorhätte, die zu benutzen – gerade sie wusste, wie problematisch das sein konnte –, aber ihr behagte der Gedanke nicht, ein Sabatier-Messer als praktisches Instrument für einen Eindringling herumliegen zu lassen. Vorsichtig trug sie die Messer nach oben, wobei sie auf die Klingen sah, die im schwachen Licht des Treppenaufgangs blitzten. Oben blickte sie sich kurz nachdenklich um, dann fiel ihr der abschließbare Koffer in ihrem Kleiderschrank wieder ein. Darin schloss sie die Messer ein und legte den Schlüssel in ihre Nachttischschublade.

Danach wanderte sie durchs Haus und schaute sich nach etwas Brauchbarem um. Der Keil, den sie benutzte, um die Küchentür aufzuhalten. Haarspray. Ein bisher ungeöffneter Körperpuder. Die Murmeln aus dem antiken Solitaire-Spiel, bei dem sie auf einer Antiquitätenmesse schwach geworden war. Eine Ansammlung von Konservendosen. Folie. Sie legte die Murmeln auf die untersten zwei Treppenstufen, sobald sie über die hinaus war. Danach knautschte sie die Alufolie etwas zusammen und legte sie auf dem Flur oben aus, bevor sie das Licht löschte. Das Geräusch, wenn jemand darauf trat, sollte reichen, um sie aufzuschrecken. Die Dosen, das Haarspray und der Puder kamen griffbereit neben ihr Bett. Einen Eindringling mit allen dreien zu bombardieren, sollte ihr einiges an Zeit verschaffen. Schließlich schloss sie sich im Schlafzimmer ein und rammte den Keil von innen unter die Tür, sodass sie von außen schwerer zu öffnen war.

Danach sank sie auf einen Stuhl, den sie nahe ans Fenster gezogen hatte.

Warum ich? Warum schon wieder ich? Sie blinzelte angestrengt und schob den Gedanken von sich. Selbstmitleid war Zeitverschwendung.

Sie würde aufbleiben, bis die ersten Hundespaziergänger, Ruderer und Jogger draußen auftauchten. Dann würde sie schlafen.

Sofern sie konnte.

Als sie wartete, die Augen weit aufgerissen und ausgetrocknet, dachte sie an die Vorsichtsmaßnahmen, die sie ergriffen hatte. Die Murmeln, der Puder. Kinderkram. Am Ende stand

sie steif auf, ging zu ihrer Nachttischschublade, um den Koffer-
schlüssel herauszunehmen, und dann zum Kleiderschrank.

Wenig später saß sie wieder auf dem Stuhl, eines der
Küchenmesser fest in der rechten Hand. Während sie hinaus in
die Nacht starrte, fühlte sie ein Zucken in ihrer Wange.

KAPITEL DREI

Um sieben Uhr morgens stand DI Garstin Blake im Fellows' Garden des St Bede's College in Cambridge und sah eine Tote an.

Die Hitze, die seit Wochen auf die Stadt drückte, baute sich bereits wieder auf. Blake fühlte, wie ihn eine Welle überrollte. Für einen Moment sah er die Leiche seiner Frau vor sich anstelle der einer Fremden. Zwei Monate zuvor hatte er sich vorgestellt, sie umzubringen, und diese Vision verfolgte ihn immer noch. Es war nur ein Sekundenbruchteil gewesen, ein imaginierter Schlag mit all der Kraft seiner Gefühle. Und es war gleich wieder vorbei gewesen, sein lodernder Zorn von Verzweiflung gelöscht, aber er war da gewesen. Was nie wieder rückgängig zu machen war. Wie weit war er noch von einem Mörder entfernt? Musste man bloß einem Menschen gegenüberstehen, der einen an seine Grenzen brachte, dass dieses Zorngefühlt übernahm? Was, wenn man dann die richtige Waffe zur Hand hatte und auch noch Drogen oder Alkohol hinzukamen?

Nein, es musste mehr geben als das. Allein der Gedanke an

seine spontane Vision entsetzte ihn. Eine Sekunde lang kniff er die Augen fest zu. Und er wünschte sich, bei Gott, dass er das Bild aus seinem Gedächtnis löschen könnte.

Die Szene vor ihm sah nicht wie das Resultat von unkontrollierbarer Wut aus. Eher erinnerte es Garstin an ein Gemälde, dessen Komposition sorgfältig entworfen wurde. Was auf das Konto seiner Mutter ging. Von einer Kunsthistorikerin großgezogen zu werden, hinterließ Spuren. Bei der Arbeit sprach er selten über sein Elternhaus, und seine Mutter erzählte ihren Freunden ebenso wenig von seinem Job. Sie waren sich nicht unbedingt einig, was die beste Arbeit war, der man nachgehen konnte, doch sie hatten gelernt, damit zu leben.

Und dank seiner Mutter, dachte Blake beim Anblick der Leiche an Millais *Ophelia*. Teils lag es an dem intensiven Grün vor ihm und dem Wasser – kein Fluss in diesem Fall, sondern ein Brunnen in der Mitte des Gartens. Aber vor allem war da ein Gefühl von Bedauern. In Millais' Gemälde sang Ophelia unmittelbar vor ihrem Ertrinken, während die Frau vor Blake, die über dem Brunnenrand hing, sodass ihre untere Körperhälfte noch recht trocken geblieben war, eindeutig schon tot war. Doch beide standen sie für eine Tragödie, die vermeidbar gewesen wäre. Die Frau hier im Garten, die allein gekämpft hatte, eine Zukunft gehabt hatte, war hinübergeglitten in einen Zustand, in dem jede Hilfe vergebens war. Der Gedanke verursachte ihm einen stechenden Schmerz in der Brust.

Ein Arm hing in den Brunnen, der andere war angewinkelt auf der Kante. Anders als Ophelia, war sie nicht in die Selbstzerstörung getrieben worden; das hatte irgendein Schwein für sie getan.

In dem Bild vor Blake wimmelte es von CSI-Leuten, die effizient Spuren sicherten und den Tatort untersuchten, alle von Kopf bis Fuß in weißer Schutzkleidung, genau wie er.

Ein Mann fotografierte die Leiche, wobei er immer wieder die Position wechselte, um sie aus sämtlichen Winkeln aufzunehmen. Ein anderer filmte die Frau und ihre Umgebung auf Video. Noch lag der Garten im frühmorgendlichen Schatten, aber für ihre Arbeit reichte das Licht aus.

Auch Blake hatte es auf alle Details abgesehen; das einzig Sinnvolle, was er jetzt noch tun konnte, war, denjenigen zu finden, der das hier getan hatte. Alle Gefühle abstellen und sich auf den Job konzentrieren. Er merkte bereits, wie ihm hundert Fragen durch den Kopf gingen.

Angefangen mit der, was für ein Mörder diese Kulisse wählen würde. Der Garten wirkte vollkommen isoliert: ein von hohen Mauern umgebener Ort der Ruhe für sehr wenige Auserwählte. Rostrote Backsteine verbargen das Idyll vor dem gemeinen Volk, luxuriös für diejenigen, die hier Zutritt hatten, distanzierend und hierarchisch für alle anderen. Blake fand von je her, dass es zu einer dummen Spaltung beitrug, den Gelehrten solche Privilegien einzuräumen, während sie den schuftenden Mitarbeitern verwehrt wurden. Cambridge war voller kleiner Regeln und Tradition, die Menschen voneinander trennten. Er musste es wissen, war er doch mittendrin aufgewachsen. Aber hatte es etwas mit dem zu tun, was hier geschehen war?

Die Tatortwahl würde dem Mörder auf jeden Fall reichlich Aufmerksamkeit bescheren. Die Presse würde nicht verhehlen, wie sehr ihr diese theatralische Inszenierung gefiel. Drum herum waren die Farben intensiv: das satte Grün des Spätsommerlaubs an den Bäumen und Sträuchern, das intensive Pink und Blau der Sonnenröschen und Kornblumen. Der Duft von Gras und Blumen in der Luft. Und dann, im Mittelpunkt, die totenblasse Haut einer Ertränkten. Auch die Akademiemitglieder würden einander Fragen stellen. Für eine ganze Weile wäre die Stimmung am High Table im großen Saal angespannt. Blake würde dort zu gern Mäuschen spielen. Was könnten die geflüsterten spitzen Bemerkungen enthüllen?

Die Mitglieder hatten alle Schlüssel zu der Pforte,

verschnörkelte gusseiserne, passend zum Stil des Gartens. Doch selbst an diesem exklusiven Ort war das einundzwanzigste Jahrhundert angekommen. Es war Professor Ernest Haverstock gewesen, der die Ermordete gefunden hatte, und er hatte eine elektronische Schlüsselkarte benutzt, um hereinzukommen – wie er sagte, um sechs Uhr morgens. Und dank der Digitaltechnik konnten sie die Zeit überprüfen.

Blake ging hinüber zur Pforte, die gegenwärtig offen stand, und blickte zu dem Rasen außerhalb. Besagter Professor saß dort auf einer Bank in der Mitte der Grünfläche, wo Jill sich um ihn kümmerte, eine von den Police Constables, die als Erste vor Ort gewesen waren. Der Professor war ein zerbrechlich wirkender Mann mit schütterem weißem Haar. Er hielt noch das *Times Literary Supplement* umklammert, das er zu lesen geplant hatte; vermutlich hatte er sich vorgestellt, absolute Ruhe und Frieden zu finden. Blake hatte es nicht gewundert, als das Sicherheitsteam von St Bede's die Zeit bestätigte, zu der er den Garten betreten hatte. Der Mann hatte nicht die Ausstrahlung eines hartgesottenen Mörders.

Sowohl der Garten als auch die Grünfläche draußen gehörten zum College, und die Sicherheitskameras deckten nicht allzu viel ab. Dennoch könnten die Aufnahmen etwas ergeben, und zumindest machte dieser Bereich ein weiträumiges Absperren leicht. Jenseits der Grünfläche konnte Blake den Berufsverkehr auf der Queen's Road sehen.

So war Cambridge. Blake würde nirgendwo sonst leben wollen, doch es war eine komische Stadt. Innerhalb der engen Ortsgrenzen prallte alles aufeinander: das Antike und das Moderne, das Ausgefallene und das Gewöhnliche, Reichtum und Armut. Und in dem Garten hinter ihm war eine der schönsten Szenerien, die er je gesehen hatte, zur Kulisse des Schaurigsten geworden.

In diesem Moment erschien die Pathologin Agneta Larsson

an der Pforte. Sie hob eine verhüllte Hand zum Gruß und zog die Augenbrauen über der Maske hoch. »Also, Blake«, sagte sie, »als ich den Mann dort auf der Bank sitzen sah, dachte ich schon, ich hätte meine Leiche gefunden. Aber dann hat er die Augen aufgemacht und mir einen Heidenschreck eingejagt.«

Blake brachte ein kurzes Lächeln zustande. »Er sieht nicht gerade quietschfidel aus, was? Jill hat seinen Arzt hergebeten.«

Agneta nickte. »Umso besser.« Sie wandte sich der Toten zu, und Blake hörte sie seufzen. Er ging hin und hockte sich ebenfalls zu der Leiche. Der Brunnengeruch schlug ihm entgegen, als er näher zum Wasser kam.

Das Opfer war ganz in Schwarz gekleidet mit einem langärmligen Top, einer Art Leggings und seltsamen Schuhen. Sie sah so jung aus – höchstens dreißig.

»Du willst mir doch nicht auf die Finger gucken, oder?«, fragte Agneta und bedachte ihn mit einem strengen Blick.

»Genau das hatte ich vor.« Er kannte sie schon lange, war sogar mal mit ihr zusammen gewesen, bevor er seine Frau kennenlernte. Heute war er froh, dass sie wenigstens noch gute Freunde waren.

Agneta wurde von einer CSI-Frau gerettet, die rüberkam und bat, Blake sprechen zu dürfen. Er richtete sich wieder auf.

»In der Tasche ihrer Leggings war eine Börse mit ein paar Visitenkarten«, sagte die Frau. »Demnach ist sie Samantha Seabrook, Professorin für soziale Ungleichheit in der Kindheit am Cambridge Institute for Social Studies. Der Name passt zu dem Uni-Ausweis, den sie auch bei sich hatte, und da ist ein Foto von ihr drauf.«

Professorin? Sie sah nicht einmal annähernd alt genug dafür aus. »Danke. Irgendwelche Hinweise, dass sie mit St Bede's zu tun hatte?«

Die CSI-Frau schüttelte den Kopf. »Wir haben nichts gefunden. Sie hatte keine Schlüsselkarte zu diesem Garten dabei. Und übrigens haben wir auch kein Handy entdeckt. Vielleicht hat der Täter es mitgenommen.«

Blake drehte sich zu seinem Detective Sergeant um, Emma Marshall, die mit jemand anderem von der CSI sprach. »Emma? Finde bitte heraus, zu welchem College Professor Samantha Seabrook Beziehungen hatte, ja?«

»Mach ich.« Sie ging zur Pforte und sprach mit jemandem draußen.

Falls jemand anders die Professorin hereingelassen hatte, war es nicht über Nacht gewesen. Das Sicherheitsteam des Colleges hatte bereits ausgesagt, dass zwischen halb sechs gestern Nachmittag und Professor Haverstocks Ankunft heute Morgen niemand eine Schlüsselkarte benutzt hatte, um in den Garten zu gelangen. Andere Mitglieder aus Blakes Team überprüften die sieben Akademiemitglieder, die gestern hier gewesen waren. Blake konnte es nicht erwarten zu hören, was sie herausfanden, damit er jene Besucher ausschließen konnte.

Theoretisch hätte der letzte Besucher Samantha Seabrook als Gast hereinlassen und sie ermorden oder aus irgendeinem Grund allein hier zurücklassen können. Aber diesen Gedanken hatte Blake bereits verworfen. Um halb sechs gestern Nachmittag war es noch sehr heiß gewesen. In den Sachen, die sie jetzt trug, wäre die Tote eingegangen. Nein, Blake wettete auf einen unerlaubten nächtlichen Besuch. Und wenn sie nicht mit einer Karte hereingekommen war ...

»Blake?«, riss Agnetas Stimme ihn in die Gegenwart. Sie kniete neben Samantha Seabrooks Leiche und blickte zu ihm auf. »Wahrscheinlich errätst du schon, was ich sagen will. Mein erster Eindruck: Tod durch Ertrinken. Ich hoffe, du bist beeindruckt.«

»Voller Ehrfurcht.«

Ihre Augen verrieten, dass sie hinter ihrer Maske grinste. »Danke. Bestätigen kann ich es später, aber ich würde schätzen, falls sie getrunken hatte – oder irgendetwas eingenommen – hat es sie nicht sehr beeinträchtigt.« Sie zeigte auf Samantha Seabrooks Hände. »Sie hat sich sehr angestrengt, sich aus dem Wasser zu stemmen. Da sind starke Abschürfungen an ihren Handflächen. Ich würde sagen, ihr Angreifer hatte sie in die Position gebracht, in der er oder sie sie wollte.«

»Und wie hat die Person das angestellt?«

Er sah Agneta an, dass sie eine Theorie hatte. »Sieh mal hier.«

Blake trat vor, um zu erkennen, wohin sie wies, denn es war unter Wasser. Dort, am Boden des Brunnens, waren einige Münzen, sechs oder sieben vielleicht – genug, um die Tote neugierig zu machen, falls ihr Mörder auf die gezeigt hatte.

»Es würde passen, wenn sie sich rüber gebeugt hatte, um in den Brunnen zu sehen«, sagte Agneta. »Ich würde tippen, dass ihr Angreifer sie von hinten festgehalten hat, sodass sie nur versuchen konnte, sich mit beiden Händen nach oben zu stemmen. Ich denke nicht, dass sie irgendwie an die Person herankommen konnte, die sie umgebracht hat.«

Welch sorgsame Planung.

»Ist dir der Anhänger aufgefallen?«, fragte Agneta.

Er neigte sich näher hin. Es handelte sich um ein Kruzifix, das eng am Hals der Frau anlag. Blake sah die Pathologin an. »Was meinst du?«

»Die Male unter der Kette lassen es für mich aussehen, als wäre es hin und her gedreht worden.«

Blake erkannte, dass es ihr in die Haut geschnitten hatte. Er wandte sich für eine Sekunde ab, zwang sich aber, erneut hinzuschauen. Auf dem Anhänger wäre ohne Frage Samantha Seabrooks DNA und vielleicht auch die des Mörders.

Beide blickten gleichzeitig zur Wasseroberfläche, auf der eine Menge Haare trieben. Der Täter muss am Schopf der Professorin gerissen haben, um ihre Bewegungen zu kontrollieren und ihren Kopf unter Wasser zu drücken. »Was ist mit dem Todeszeitpunkt?«, fragte Blake.

Agneta schaute zu ihm. »Zwei Uhr siebenunddreißig und zwanzig Sekunden heute Morgen.«

»Wow.«

Wieder war der Hauch eines Grinsens an den Augen der Pathologin abzulesen. »Ihre Uhr ist im Brunnen gelandet, und ich vermute, dass sie nicht wasserfest war. Natürlich muss sie nicht sofort stehen geblieben sein, denn es wird sicher ein wenig gedauert haben, bis das Wasser eingedrungen war, also könnte es ein bisschen früher gewesen sein. Aber die Zeit passt auch grob zum Rigor.«

»Sie ist ziemlich zierlich«, sagte Blake.

Agneta nickte. »Was sie umso verwundbarer gemacht hat. Und wenn der Angriff unerwartet von hinten kam ...«

»Muss der Täter nicht sehr stark gewesen sein?«

Wieder nickte sie. »Genau. Am späten Vormittag sollte ich mehr Informationen für dich haben.«

»Danke.«

Nun versammelte sich ein Team, um die Leiche abzutransportieren. In diesem traditionsschwangeren Garten wirkten sie wie merkwürdig gekleidete Aliens. In der Nähe sang eine Amsel. Blakes Handy klingelte. Er sah auf das Display. DS Patrick Wilkins. Mr Aalglatt persönlich. »Blake.«

»Boss, ich wollte nur Bescheid sagen, dass wir mit der Person gesprochen haben, die gestern um halb sechs den Garten betreten hat, also dem letzten offiziellen Besucher vor Professor Haverstock heute Morgen.«

»Gut. Und?«

»Das war Dr. Jenny Devlin. Sie ist mit zwei anderen Mitgliedern des Lehrkörpers da gewesen. Ich habe die Namen. Sie sagt, dass sie die Pforte hinter sich geschlossen hatten, beim Rein- und beim Rausgehen. Und sie sind alle zusammen wieder weg, ohne dass ihnen irgendetwas Ungewöhnlich aufgefallen ist. Einen der anderen konnte ich auch ausfindig machen, einen

Dr. Harry Field, und seine Geschichte passt zu ihrer. Ich frage noch den dritten, aber ...«

»Aber es scheint wasserdicht zu sein.« Unter diesen Umständen eine unglückliche Formulierung. »Danke, Patrick.« Er legte auf. Es war, wie er gedacht hatte. Zog man keine größere Verschwörung in Betracht, konnte Samantha Seabrook nicht mit der letzten Gruppe legitimer Besucher in den Garten gelangt sein. Nein – es musste ein verbotener nächtlicher Besuch gewesen sein. Er ging hinüber zu DS Emma Marshall.

»Professor Seabrook hat am St Francis's College gelehrt«, sagte sie, als er bei ihr war.

»Danke.« Er schaute zu den hohen Gartenmauern, und Emma folgte seinem Blick. Die Mauern waren verwittert, und an mehreren Stellen fehlte der Mörtel zwischen den Steinen. »Kein einfacher Aufstieg«, sagte Blake, »aber nicht unmöglich. Und anders kommt man hier nicht rein, es sei denn Samantha Seabrook und ihr Mörder haben sich von einem Hubschrauber abgeseilt.«

Emma bejahte stumm. »Und übrigens hat eben jemand von der CSI ein Paar Handschuhe gefunden, die zu denken geben.«

Blake zog eine Augenbraue hoch, worauf Emma zu einer weiß gekleideten Frau mit einer Beweismitteltüte in der Hand nickte. Er ging hin.

»Fingerlose Kletterhandschuhe mit rutschfester Verstärkung an den Handflächen«, antwortete die Frau auf seine Frage, und öffnete die Tüte für ihn.

»Sie sehen klein genug aus, um dem Opfer zu gehören.«

»Würde ich auch sagen, ja«, stimmte sie ihm zu. »Wir können die noch genauer untersuchen.«

Blake sah wieder zu Emma. »Schauen wir uns die Mauern mal von außen an.«

Doch als sie sich zum Ausgang drehten, mussten sie warten, denn zwei Männer versperrten den Weg. Sie trugen Samantha

Seabrooks Leiche auf einer Trage hinaus, von einem weißen Laken abgedeckt. An ihrer Haltung erkannte Blake, wie leicht das Opfer war. Was taten ihre Angehörigen gerade? Vermutlich wachten sie auf, setzten vielleicht einen Kaffee auf und holten die Zeitung von der Fußmatte. Sie ahnten nicht, dass ihr Leben bald für immer von der schlimmstmöglichen Neuigkeit erschüttert werden sollte. Es sei denn, einer von ihnen war in dies hier verwickelt ...

Blake schüttelte sich. Nun war der Ausgang frei, und nachdem er kurz Emma angesehen hatte, folgten sie den Trägern nach draußen.

Blake achtete darauf, dass sein DS und er einen kleinen Abstand zu den Gartenmauern hielten, doch das trockene Gras drum herum wirkte nicht, als könnte es irgendwelche Fußspuren aufweisen. Die CSI-Leute hatten ebenfalls von den Handschuhen gehört und schritten nun auch die Außenmauern ab. Wie Blake konzentrierten sie sich auf die Stellen, an denen der Mörtel besonders stark beschädigt war. Die kleinen Lücken zwischen den Steinen hätten das Klettern etwas einfacher gemacht, trotzdem vermutete Blake, dass Samantha Seabrook und wer immer bei ihr gewesen war, einige Übung gehabt haben mussten. Die Mauern dürften an die viereinhalb Meter hoch sein.

Und selbst mit Übung war nahezu ausgeschlossen, dass man ein solches Hindernis erklomm, ohne sich Abschürfungen zu holen. Ausgenommen natürlich, wenn man sich von Kopf bis Fuß entsprechende Sportkleidung angezogen hatte. Samantha könnte sich immer noch die Fingerkuppen aufgeschürft haben, doch Blake wollte wetten, dass ihr Mörder andere Handschuhe gewählt hatte: die seine oder ihre Hände vollständig bedeckten. Wenn die Person ansonsten so wie Samantha Seabrook gekleidet gewesen war, hatte sie das Risiko, DNA-Spuren zu hinterlassen, auf ein Minimum reduziert. Und alles, ohne das Opfer misstrauisch zu machen ... Blake lief in der warmen Morgenluft ein kalter Schauer über den Rücken.

Ihr Täter war schlau; wahrscheinlich fühlte er sich ziemlich sicher. Blakes Unbehagen wich heißer Entschlossenheit: *Wir kriegen dich,* schwor er sich. *Du magst glauben, dass du sicher bist, aber ich lasse dich hiermit nicht davonkommen. Pass lieber auf.*

KAPITEL VIER

Tara beobachtete, wie die Morgendämmerung herankroch. Den ersten Teil der Nacht hatte sie steif auf dem Stuhl sitzend verbracht und nach ungewöhnlichen Geräuschen gelauscht. Gelegentlich war ein später Passant in ihrem Sichtfeld aufgetaucht: Ein einsamer Radfahrer mit kaputtem Rücklicht und viel später jemand, der mit einer Tasche vorbeischlurfte – ein gebeugter Schatten. Gewiss ein Obdachloser. Es dauerte eine Weile, bis sich Gedanken herauskristallisierten, die sich nicht unmittelbar um Selbsterhaltung drehten. Doch dann konzentrierte Tara sich auf die Nachricht, die bei der Puppe gewesen war.

Es war eine Warnung. Dies ist eine Warnung.

Dies ist eine Warnung war klar genug. Die Puppe sah definitiv wie eine aus. Aber was sollte der andere Satz? War der Absender jemand aus ihrer Vergangenheit, der ihr sagen wollte, dass er zurück war? Bezog sich die Person auf frühere Warnungen? Aber der Abstand zum letzten Mal war gewaltig, und der Stil war ein anderer.

Nein, wahrscheinlicher war, dass es sich um jemand Neuen handelte. Doch es blieb die Frage, worauf sich »*Es war eine Warnung*« bezog. Hatte Tara etwas übersehen? Meinte der Absender, er hätte schon einmal versucht, sie einzuschüchtern, und sie hatte es ignoriert? Und, wenn ja, rannte ihr die Zeit davon, so zu reagieren, wie die Person es wollte? Wie auch immer das aussehen sollte.

Sie saß da, starrte in die Dunkelheit und dachte nach. In ihrem Leben musste sie hart werden – entweder das oder untergehen. Doch sie musste zugeben, dass sie noch nicht gleichgültig geworden war. Sicher hätte sie eine frühere Botschaft wahrgenommen, egal wie indirekt.

Vielleicht waren die Nachricht und die Puppe der willkürliche Akt einer total irrationalen Person. Was es schlimmer machen würde. Wer logisch handelte, wurde mit der Zeit berechenbar.

Sie überlegte, wer dahinterstecken konnte. Was wusste sie über die Gestalt im Park? Verdammt wenig. Sie war beweglich gewesen – also irgendwas zwischen jugendlich und mittleren Alters. Mittelgroß, von durchschnittlicher Statur und, soweit es Tara betraf, gesichtslos. *Super.*

Als Journalistin hatte sie hin und wieder Menschen gegen sich aufgebracht – das gehörte zum Job. Und manche Leute mochten die Zeitschrift nicht, für die sie arbeitete, *Not Now*; sie ärgerten die Menschen gern. Tara war bewusst, dass es ein bisschen widerlich war, aber Arbeit war Arbeit, und es war schön, zu essen zu haben. Noch dazu hatte es in ihrer Karriere das eine oder andere Problem gegeben, und sie war ziemlich froh, dass sie überhaupt eine Anstellung hatte. Sie bemühte sich, *Not Nows* minderwertigen Inhalt abzufedern, indem sie sich professionell verhielt. Aber sie nahm kein Blatt vor den Mund. Sie war auch schon mit anderen aus der Branche aneinandergeraten. Doch der einzige ernste Fall lag vier Jahre zurück. Sie konnte sich nicht vorstellen, dass der Typ von damals so lange gewartet hätte, um es ihr heimzuzahlen. So oder so ging diese Drohung weit über alles hinaus, was sie sich als Folge ihrer Arbeit vorstellen konnte.

Diese Gedanken hatten ihren Plan zu schlafen, wenn es hell war, um nichts realistischer gemacht. Sie legte sich auf ihr Bett. Ihre Augen waren weit offen und trocken, und jeder Muskel ihres Körpers war angespannt.

Doch letztlich musste sie eingenickt sein, zumindest für kurze Zeit. Das Klingeln ihres Handys weckte sie und bewirkte, dass ihr Herz schneller schlug. Sie nahm das Telefon von ihrem Nachttisch. Viertel nach zehn. Und der Anrufer war ihr Chefredakteur, der Inhaber von *Not Now*. Ganz toll …

»Ich hatte eine Mail geschickt und um Rückruf gebeten.« Dir auch einen guten Morgen, Giles. Andererseits hatte sein sparsamer Kommunikationsstil den Vorteil, dass er die Zeit verkürzte, die sie mit ihm reden musste. »Ich habe gehört, dass du gestern mit Matt zechen warst«, fuhr er fort, »also schätze ich, das ist der Grund, weshalb du heute so spät dran bist.«

Würde sie ihm von der Puppe erzählen, wäre er still, aber das kam nicht infrage. Er würde es als Eilmeldung auf die Website von *Not Now* stellen wollen. Die Zeitschrift erschien monatlich und verkaufte sich auch im Print noch ungewöhnlich gut, doch Giles machte nebenher ein hübsches Sümmchen mit Online-Werbung. Dazu musste er natürlich für hohe Klickzahlen sorgen, weshalb er jede Chance ergriff, Leser anzulocken. Die Meldung von einer Morddrohung gegen Tara wäre ein prima Köder. *Aber nein danke.*

»Ich hatte einen Arzttermin«, sagte sie. »Das hatte ich dir gestern in der Konferenz gesagt. Zu der Zeit hatte ich allerdings schon das Gefühl, dass du nicht zuhörst.« Sie liebte es, Giles anzulügen. Er hatte es so was von verdient.

Es entstand eine Pause. »Ich bin ein viel beschäftigter Mann – solche Sachen entgehen mir. Wahrscheinlich hatte mir jemand gleichzeitig etwas Wichtiges gesagt. Schreib es mir nächstes Mal per E-Mail, wenn du einen Termin hast.«

Selbstverständlich würde er auch vergessen, dass er sie darum gebeten hatte. Es war einer von Giles' angenehmeren Zügen.

»Meinetwegen«, sagte Tara. »Also, was ist los? Ich will eben meinen Laptop aufklappen.« Na ja, würde sie, wenn sie unten war. Sie stieg vom Bett, ging auf den Flur und hob so leise wie möglich die Folie auf.

»Interessantes Thema für dich, gerade erst reingekommen«, antwortete Giles. »Es heißt, dass im Professorengarten von St Bede's eine Leiche gefunden wurde.«

Giles liebte einen Hauch von Dramatik. Tara vermutete, die Tatsache, dass jene Person tot war, interessierte ihn weit mehr als die, wer sie vorher gewesen ist. Tara stieg über die Murmel auf den beiden unteren Treppenstufen hinweg und ging in die Küche.

»Dann ist es jemand aus dem Lehrkörper?«, fragte sie.

»Erstaunlicherweise nicht, soweit ich gehört habe. Anscheinend ist die Tote eine Samantha Seabrook, Professorin für Chancenungleichheit im Kindesalter. Sie hat am Cambridge Institute for Social Studies und am St Francis's College gelehrt.«

Okay, Professor Seabrook klang nach faszinierendem Schreibmaterial. Vielleicht waren Giles' Motive doch weniger sensationslüstern als sonst. Aber dann fügte er hinzu: »Und es besteht kein Zweifel, dass sie eines unnatürlichen Todes gestorben ist. Anscheinend wurde sie im Brunnen ertränkt aufgefunden. Sie haben keine Ahnung, wer sie angegriffen hat.«

Schlagartig drohten Taras Beine einzuknicken. Cambridge war keine große Stadt. Wie wahrscheinlich war es, dass sie zufällig in derselben Nacht eine Morddrohung erhielt, in der ein Mord begangen wurde? Ihr war vage Giles' genüsslicher Unterton bewusst, als sie nach dem Wasserkocher griff. Sie klemmte das Telefon zwischen Ohr und Schulter und füllte genug Wasser für einen Kaffee ein.

Nicht zum ersten Mal wollte Giles, dass sie über ein Mordopfer schrieb. Ihr war klar, dass die Artikel die Verkaufszahlen in die Höhe trieben und sie ihm half, Profit aus dem Unglück anderer zu schlagen. Aber sie hatte auch das Gefühl, dass sie für die Opfer kämpfte; sie machte es sich zur Aufgabe, dafür zu sorgen, dass die Opfer um ihrer selbst willen in Erinnerung blieben, nicht nur wegen der Art, wie sie umgekommen waren. Dennoch fühlte es sich wie ein Kompromiss an.

»Wie furchtbar«, sagte sie einen Moment später. Ihre Worte klangen mechanisch, und ihr Mund war ausgetrocknet. »War sie älter?«

»Fünfunddreißig.«

Sehr jung für eine Professorin – und viel zu jung, um zu sterben, egal wie.

»Sie hat trotzdem schon eine Menge gemacht«, sagte Giles, als hätte er Taras Gedanken gelesen. »Ihre Arbeit reicht schon, um ein Feature über sie zu bringen. Sogar, wenn sie friedlich zu Hause im Bett gestorben wäre.«

Tara nahm es mit einer gewissen Skepsis. Sie löffelte Kaffee in die Cafetiere für eine Tasse.

»Und ihr Background ist spannend«, ergänzte er. »Ihr Vater, Brian Seabrook, wurde letztes Jahr zum Ritter geschlagen. Er ist Multimillionär, hat sein Geld als Verleger gemacht. Und ihre Mutter ist zwar schon tot, war aber früher Schauspielerin, Bella Seabrook, also könnte deine Mutter einiges über sie wissen.«

Tara war versucht zu erwidern, dass man nicht automatisch annehmen sollte, zwei Leute aus Wales müssten sich kennen. Doch es konnte gut sein, dass er recht hatte. Die Theater- und Filmwelt war ein Dorf, und ihre Mutter könnte durchaus brauchbare Informationen haben – durch Hörensagen oder aus erster Hand. Ob Tara losziehen und sie fragen wollte, stand auf einem anderen Blatt. Ihre Vorgeschichte wog bisweilen immer noch schwer, aber wenigstens hatte ihre Mutter sie gewollt, während ihr Vater damals verlangte, dass sie abgetrieben würde. Zu der Zeit waren ihre Eltern beide Teenager gewesen, folglich sollte Tara nachsichtig sein.

»Und wie sicher ist das alles?«, fragte sie. »Woher hast du die Info?« Sie wollte nicht zu dem Institut gehen, an dem Samantha gearbeitet hatte, solange sie sich der Fakten nicht sicher war.

»Oh, das ist alles sicher«, sagte Giles. Sie hörte ihm an, wie sehr er sein privilegiertes Wissen genoss. »Matt stellt es schon als Eilmeldung auf die Website, aber ich will das komplette Feature und den richtig tiefschürfenden Stoff von dir.«

Matt. Er war ihr ein guter Freund bei *Not Now*. Seine trockenen Bemerkungen über ihre Kollegen waren manchmal alles, was sie noch bei der Stange hielt.

»Okay, und wer hat dich so schnell mit den Einzelheiten versorgt?«

Er lachte. »Ich habe überall Kontakte, wie du weißt. Stell mir keine Fragen, und ich erzähle dir keine Lügen.«

Gott, er konnte unglaublich nerven!

»Du kannst ruhig zu dem Institut«, sagte er. »Aber vielleicht fragst du die, wann es in Ordnung wäre, ihre Familie zu kontaktieren.«

Sie war erstaunt, dass er es geschafft hatte, von selbst daran zu denken.

Nach dem Telefonat machte sie ihren Kaffee fertig. Somit war es kein Wunder, dass die Polizei sich nicht wieder wegen der Puppe bei ihr gemeldet hatte. Mit einem Mord hatten sie zweifellos alle Hände voll zu tun. Doch wenn sie kamen, würden sie die Sachen wahrscheinlich mitnehmen. Tara wappnete sich, nahm die Puppe und den Zettel kurz aus dem Umschlag und fotografierte sie mit ihrem Handy. Sie brauchte einen Nachweis und müsste dem auch selbst nachgehen. Es war unrealistisch zu glauben, dass jemand anders es anständig machen würde.

Nachdem sie ihren Kaffee getrunken hatte, ging sie unter die Dusche. Sie trug seit vierundzwanzig Stunden dieselben Sachen, und es war gut, sie loszuwerden. Aber Zeit im Bad bedeutete Zeit zum Nachdenken ...

Durch den Wasserstrahl blickte sie zu den rissigen grünen Fliesen. Diese Frau, Samantha Seabrook, hätte noch alles vor sich haben sollen. Und sie hatte zu sozialer Ungerechtigkeit geforscht, also hätten ihre Erkenntnisse wirklich etwas bewirkt. Wie konnte es jemand wagen, ihr das Leben zu nehmen? Und wer waren diese Schweine, die sich im Schatten hielten und Leute terrorisierten? Tara griff nach dem Shampoo. Während sie fest Seifenschaum in ihre Kopfhaut massierte, dachte sie über sich nach. Für ihren zweiten Beitrag zu einem Mordopfer hatte sie einen Preis bekommen. Sie spülte ihr Haar aus. Tatsache war, dass sie mehr als fähig war, einen anständigen Job zu erledigen. Und jetzt würde sie verdammt noch mal ihr Bestes geben, Samantha Seabrooks Leben ordentlich abzubilden.

Außerdem brauchte sie unbedingt etwas, worauf sie sich neben der Frage konzentrieren konnte, wer ihr Böses wollte. Wie absurd war das denn, dass sie die Berichterstattung über eine Ermordete als Therapie verstand?

Abgetrocknet und angezogen wollte sie zu ihrem Laptop gehen, als es an der Tür klopfte. Sie sah durchs Wohnzimmerfenster nach, wer es war. Ein Mann in den Dreißigern, schätzte sie, mittelgroß und in einem gut geschnittenen Anzug. Der stand in einem klaren Kontrast zu seinem zerzausten braunen Haar, den Bartstoppeln am Kinn und der Krawatte, die aussah, als hätte er sie sich sehr hastig umgebunden. Wahrscheinlich noch im Dunkeln. Tara hielt sich größtenteils hinter dem Vorhang versteckt, aber er bemerkte sie sofort, hob lächelnd eine Hand – dabei kamen einige Lachfalten zum Vorschein – und griff in seine Tasche.

Es war vier Jahre her, seit sie zuletzt einen Dienstausweis gesehen hatte, und der, den er jetzt an das Fenster hielt, wirkte echt. Hinter ihm konnte sie eine Mutter mit ihren Kindern im Park sehen, die ihr Kleinkind mitzuziehen bemüht war, während sie versuchte, einen Buggy um eine Gruppe kampflustig wirkender Schwäne herum zu lenken. Hinter ihnen schaute eine Herde von Kühen allem gemütlich grasend zu. Das ganze Leben spielte sich vor Taras Fenster ab – sorglose Menschen und solche, die eine Pechsträhne erwischt hatten. Menschen, die das Schlimmste erlebt hatten, und vielleicht auch einige, die deswegen vollends aus der Bahn geworfen wurden.

Der Mann vor ihrer Tür trat ein gutes Stück zurück, als sie öffnete. »Detective Inspector Blake«, sagte er. »Ich bin wegen Ihres Anrufs gestern Abend hier. Sie haben gesagt, dass Sie verfolgt wurden und bei Ihrer Rückkehr ein Päckchen vorfanden mit einer Puppe und einer Drohung. Falls Sie die Tür schließen wollen, um sich bei der Wache zu erkundigen, verstehe ich es.«

»Nicht nötig«, sagte sie, und trat beiseite, um ihn hereinzulassen.

»Danke.« DI Blake kam in die Diele. »Ich würde mir gern mal diese Puppe ansehen, bitte.«

»Klar.« Sie ging voraus in die Küche. Ihre Atmung stockte ein wenig, was er hoffentlich nicht bemerkte, als sie auf das Päckchen und dessen Inhalt zeigte, der noch auf dem Tisch lag. »Kann ich Ihnen einen Kaffee anbieten?« Sie kehrte ihm den Rücken zu, bevor er antwortete.

»Ja, das wäre fantastisch, danke. Schwarz. Kein Zucker.« Er klang, als wäre er bereit, mit ihr zu ringen, um den zu bekommen. Wieder stellte sie den Wasserkocher an.

Inzwischen untersuchte er die Puppe.

Tara schüttete den alten Kaffee aus der Cafetiere weg, spülte sie aus und schaffte es, jede ihrer Bewegungen zu kontrollieren. Die Zeiten, in denen sie vor Angst etwas fallen ließ oder verschüttete, waren vorbei. Sie hatte schon vor Langem gelernt, dass man nicht immer ausschalten konnte, was einen bedrohte, sondern irgendwie trotzdem weitermachen musste. Was bedeutete, dass man lernte, damit fertig zu werden – praktisch und emotional. Und man tankte Kraft aus dem Wissen, dass man nicht geschlagen war. Entwickelte Methoden, sich zu schützen.

Sie machte einen frischen Kaffee und trug ihn in einem sauberen Becher an den Tisch. Die Puppe lag da, links von ihm, neben der Nachricht und dem Umschlag. Doch Tara konzentrierte sich stattdessen auf sein Gesicht. Der Ausdruck hatte sich verändert, war angespannt.

»Wir nehmen so etwas immer ernst«, sagte er, als sie das Sieb der Cafetiere runterdrückte. »Aber in diesem Fall kommt noch ein anderer Faktor verschärfend hinzu.« Er stockte kurz. »Ich weiß nicht, ob Sie es schon gesehen haben, denn es ist schon auf einigen Nachrichten-Websites. Heute Morgen wurde eine Leiche gefunden. Die einer Wissenschaftlerin, Samantha Seabrook. Sie ist ertränkt worden.«

Was wollte er sagen? Sie musste sich darauf vorbereiten; Nachrichten aus heiterem Himmel waren übel. Sie sackte auf den Stuhl ihm gegenüber.

»Professor Seabrook wurde eine Puppe geschickt, genau wie die, die Sie erhalten haben – wir denken, wenige Tage vor ihrem Tod.« Er sah sie direkt an. Seine Augen waren braun, stellte sie fest. »Da war auch eine Nachricht dabei. Die lautete ›Dies ist eine Warnung‹. Wie es aussieht, war das der Vorläufer zu Ihrer Sendung.«

Taras Haut begann zu kribbeln. Eine Sekunde lang blitzten winzige Funken am Rand ihres Sichtfelds auf.

DI Blake beobachtete sie – natürlich. Sie setzte sich gerade auf, denn sie würde nicht vor einem Fremden einknicken – vor niemandem. Zumindest hatte er es ihr direkt erzählt; er musste glauben, dass sie es aushielt. »Verstehe«, sagte sie. Ihre Stimme klang fest. »Ich bin Journalistin und werde über Professor Seabrook schreiben. Gut möglich, dass ich herausfinde, was uns verbindet.«

DI Blakes Blick war auf ihre Augen gerichtet und neugierig. »Kann sein. Darauf sollten wir noch näher eingehen. Aber zuerst habe ich einige Fragen.«

KAPITEL FÜNF

Von Tara Thorpe aus fuhr Blake direkt zu einer Besprechung auf die Wache zurück, wobei seine Gedanken bei ihrem Gespräch waren. Sie war anders als jeder Mensch, dem er bisher begegnet war. Er hatte über sie recherchiert, bevor er hingefahren war. Und er fragte sich, warum sie dort draußen wohnte, wo außer ihr nur noch Kühe lebten. Er hätte vermutet, sie wäre lieber mitten im Gewimmel, aber da hatte er völlig falsch gelegen. Sie zu verstehen, könnte ihm helfen, ihrem Möchtegernmörder einen Schritt voraus zu sein. Vielleicht musste er auch ihr einen Schritt voraus sein, wenn er konnte.

Jetzt saß er mit seinen Sergeants Patrick Wilkins und Emma Marshall zusammen und hörte ihrer Chefin zu, Detective Chief Inspector Karen Fleming. Blake fiel es schwer, sich zu konzentrieren. Selbstverständlich war es wichtig, als Team zu arbeiten. Nur war es schwierig, die privaten Informationen abzustellen, die ihm durch den Kopf gingen. Er rückte auf seinem Stuhl hin und her und versuchte sich zu konzentrieren. Wenigstens wäre das Meeting kurz und sachbezogen. Fleming hatte den Anspruch, das strengste Regiment in der Polizeigeschichte zu führen, mit einem Auge auf die Opfer und dem anderen auf ihrer Karriere. Was bedeutete, dass sie die meiste Zeit hinter ihrem Schreibtisch saß oder damit verbrachte, sich bei Drinks bei der Führung einzuschleimen. Blake war zwiegespalten, ob er den nächsten Schritt machen und sich als ihr Nachfolger ins Spiel bringen sollte, wenn sie unweigerlich befördert wurde. Oft wünschte er sich, er könnte die Ermittlungen leiten, an denen er arbeitete, aber den Rest durfte Fleming sehr gerne behalten.

Leider bedeutete der Wunsch der DCI, sich bei den Mächtigen beliebt zu machen, auch, dass sie ihr Team mit Argusaugen überwachte. Ihm war nicht entgangen, dass sie sein Haar und seine Krawatte gemustert hatte, als er sich hinsetzte. Und dabei hatte sie eine Augenbraue hochgezogen. Wilkins neben ihm war wie aus dem Ei gepellt, wie ein Politiker am Wahltag, was wenig hilfreich war. Es war ja nicht so, als könnte Blake sich nicht kämmen; ihm war schlicht nicht danach. Und Flemings Gesicht bestätigte ihn noch in seinem Widerwillen.

Karen Flemings Haar saß tadellos, doch die schwarze Farbe und die stachelige Frisur waren für den Geschmack des Chief Super ein wenig zu unkonventionell. Was ihre Designerkleidung anging, fragte Blake sich bisweilen, ob sie irgendein Privatvermögen besaß. Seine Anzüge waren auch vom Feinsten, aber nur, weil seine Schwester Modedesignerin war. Er trug sie, um ihr eine Freude zu machen.

»Sir Brian Seabrook, der Vater der Professorin, ist über den Tod seiner Tochter unterrichtet worden«, sagte Fleming. »Samantha Seabrooks Mutter ist vor einigen Jahren gestorben. Sir Brian wohnt außerhalb, nördlich von Ely. Die dortige Polizei ist jetzt bei ihm. Und ich habe Kirsty Crowther als Verbindungsbeamtin eingeteilt.« Sie straffte die Schultern. »Wir haben bisher nicht viele Informationen von Sir Brian – er ist vollkommen erschüttert, wie Sie sich vorstellen können –, aber wir haben den Namen eines festen Freundes. Anscheinend war Samantha Seabrook in den letzten paar Jahren immer mal wieder mit einem Dieter Gärtner zusammen. Sir Brian sagt, dass er Dozent in Deutschland ist, aber er glaubt, dass er jetzt auch dort ist. Er ist sich nicht sicher, wann sie sich zuletzt gesehen haben, und er weiß auch nicht, an welcher Lehranstalt Dr. Gärtner unterrichtet. Wie sich herausgestellt hat, gibt es mehrere Akademiker dieses Namens.«

Blake drehte sich zu Wilkins um. »Forsch da bitte mal nach, Patrick.«

Er nickte. »Mach ich, Boss.«

»Also, kommen wir zu Tara Thorpe – die Journalistin, der auch eine Puppe geschickt wurde, genau wie Professor Seabrook.« Fleming sah zu Blake. »Was ist das für eine Geschichte?«

Blake berichtete, was Tara Thorpe ihm erzählt hatte. »Es ist nicht die erste anonyme Post, die sie bekommen hat«, sagte er. »Ihre Mutter ist die Schauspielerin Lydia Thorpe. Als Teenager wurde Tara von jemandem gestalkt, der sich für ihre Mutter interessierte. Sie sehen sich ein bisschen ähnlich, und an Tara kam er leichter heran. Sie wurde verfolgt und erhielt eine Reihe von Päckchen mit unheimlich aussehenden Substanzen, die sich aber als harmlos erwiesen.« Jedenfalls wenn man die emotionale Wirkung beiseiteließ. »Einige von denen waren ziemlich krank; in einem waren Hunderte von toten Bienen. Noch dazu brachte er ihre Katze um und schrieb ihr dann, wo sie sie finden konnte. Alles in allem machte er ihr das Leben anderthalb Jahre lang zur Hölle. Wahrscheinlich viel länger, denn der Täter wurde nie geschnappt.« Sie musste monatelang auf den nächsten Vorfall gewartet haben, ehe sie endlich dachte, dass derjenige aufgegeben hatte. Es hörte sich wie ein besonders grausamer Feldzug an. Und wieder fragte Blake sich, zu welchem Menschen es Tara Thorpe gemacht hatte.

»Vermuten Sie, dass es einen Zusammenhang zwischen ihrem früheren Stalker und dem aktuellen Fall gibt?«

»Nein, das glaube ich nicht.« Laut den Notizen, die er gelesen hatte, war der Ermittler in dem alten Fall überzeugt, dass er den Täter identifiziert hatte; er hatte nur nicht genug Beweise, um ihn festzunageln. Blake hatte ein wenig gegraben, und falls der damalige Kollege recht hatte, war der Stalker inzwischen tot. So oder so konnte er keine Verbindung sehen. »Der Impetus hinter beiden Vorgehensweisen scheint recht unterschiedlich, und es liegen zehn Jahre zwischen ihnen. Trotzdem werde ich einen der Psychologen bitten, es sich mal anzusehen. Ich bin allerdings immer noch nicht sicher, ob es purer Zufall ist. Vielleicht weiß Samantha Seabrooks Mörder von Tara Thorpes Vorgeschichte und hat sie ausgesucht, weil er glaubt, er könnte ihr umso besser Angst machen.«

Fleming nickte. »Gut möglich.«

»Aber wenn dem so ist, hat er sich verrechnet.«

Sie sah ihn fragend an.

»Vor vier Jahren hat Tara Thorpe einem Typen, der sie verfolgte, ein blaues Auge verpasst und ihm einen Finger gebrochen. Wie sich herausstellte, war es ein anderer Journalist, der ihr eine Story wegschnappen wollte, an der sie dran war. Er zog die Anzeige wegen Körperverletzung zurück – offiziell, als er von ihrer Vorgeschichte erfuhr. Gab den Gutmenschen, der verstand, warum sie auf ihn losgegangen war. Ich würde sagen, dass er zurückgesteckt hat, weil ihm klar wurde, dass ihm die Publicity mehr schaden als nützen würde. Seine Taktik war ziemlich daneben. Wie dem auch sei, anscheinend hat Tara Thorpe einige Maßnahmen ergriffen, um nach dem ersten Stalking mehr Kontrolle über ihr Leben zurückzubekommen, einschließlich Kursen in Selbstverteidigung.« Es ging das Gerücht, dass sie ein Ex-Polizist unterrichtet hatte. Paul Kemp. Blake hatte herumgefragt und den Eindruck gewonnen, dass Kemp den Polizeidienst quittiert hatte, bevor er rausgeworfen wurde.

»Dann rüstet sie sich hoch, ehe sie aus dem Haus geht?«, fragte jemand von hinten, und einige Leute lachten.

Fleming blickte erbost in die Runde. »Das ist nicht witzig!«

Sofort wurde alles still.

»Vielleicht sollte man ihr sagen, dass sie sich zügeln muss«, fuhr Fleming fort. »Wir alle wissen, dass Gegenwehr oft die Gefahr erhöhen kann. Wenn sie losschlägt, tut es unser Mörder wahrscheinlich auch. Und wir dürfen nicht den Anschein erwecken, Selbstjustiz zu unterstützen.«

Alles schön und gut, direkt aus dem Lehrbuch. Blake fragte sich, wie Fleming reagieren würde, sollte *sie* eine Morddrohung erhalten. Aber er sorgte sich auch, dass Tara Thorpe Risiken eingehen könnte. Und was, wenn sie wieder die falsche Person verdächtigte?

»Ich bitte Pam, mit ihr zu reden«, sagte Fleming. »Sie kann sie vor den Folgen warnen, wenn sie mit irgendwas erwischt wird, das man als improvisierte Waffe sehen könnte. Wir wollen nicht, dass sie die Sache selbst in die Hand nimmt.«

Pam war in der Verbrechensprävention, und sie würde ihre Sache furchtbar machen. Allein ihr bevormundender Tonfall (»Wir wollen alles doch nicht noch schlimmer machen, oder?«) und dieses schmalzige Lächeln dazu! Blake nahm an, dass Tara Thorpe es vorzog, wie eine Erwachsene behandelt zu werden. »Natürlich wird Pam mit ihr über allgemeine Sicherheit spre-chen müssen«, sagte er, »aber ich werde mit ihr über ihre Vergangenheit und die Gefahren reden, die eine aktive Gegen-wehr mit sich bringen kann.«

Fleming sah aus, als wollte sie widersprechen, und sie starrten einander an. Schließlich nickte sie. »Na gut. Was ist mit der Person, die Tara Thorpe im Park gesehen hat? Kann ihre Beschreibung helfen?«

»Nein.«

Wieder entstand eine Pause, und Blake sah, dass Patrick Wilkins die Augen verdrehte. »War es die ›Durchschnittlich groß, durchschnittliche Statur‹-Nummer?«

Es war ein Leichtes für ihn, von seinem bequemen Stuhl aus derart zu tönen. »Ja. Und ihre Angst könnte ihre Wahrnehmung beeinflusst haben. Aber sie sagt auch, dass sie vorher einige Drinks hatte.«

»Erfrischend ehrlich von ihr«, sagte Fleming trocken.

Indes war Blake schon klar, dass Tara Thorpe lieber für betrunken als für blöd gehalten wurde.

»Haben Sie irgendeine Verbindung zwischen ihr und der Professorin gefunden?«, fragte Fleming.

»Keine, Ma'am. Tara Thorpe sagt, dass sie Samantha Seabrook nie begegnet ist, und bisher konnten wir auch keine Querverbindungen zwischen den Kreisen finden, in denen sie sich bewegen.« Außer dass sie beide in Cambridge lebten, wo jeder jemanden kannte, der jemanden kannte.

Fleming sah ihn wieder an. »Aber?«

»Aber Tara Thorpe arbeitet als Journalistin bei *Not Now*.« Er sah, wie nun die DCI die Augen verdrehte. *Not Now* gab sich bewusst als Trendmagazin – ein bisschen nach dem Motto »Lies uns, wenn du dich für cool genug hältst.« Und sie hatten landesweit viele Leser. »In den letzten Monaten hatte ihr Chefredakteur sie auf Artikel über ein paar Mordopfer angesetzt; eines in London, eines oben im Norden. Für das zweite Feature hat sie einen Preis bekommen.«

»Also denken Sie, der Mörder in diesem Fall zählt darauf, dass er eine Verbindung zwischen Tara Thorpe und Samantha Seabrook herstellt, indem er Letztere umbringt?«

»Möglich wäre es. Als ich zu Ms Thorpe kam, um mit ihr über die Puppe zu sprechen, wusste sie bereits, dass Samantha Seabrook tot war. Ihr Chefredakteur hatte sie angerufen, ihr die Nachricht mitgeteilt und gesagt, sie soll über das Leben der Professorin schreiben. Er wird fraglos auch sämtliche blutigen Details zu ihrem Mord mit reinnehmen wollen.« Er blickte sich im Raum um. »Wir müssen deshalb alle aufpassen, was wir in ihrer Hörweite sagen. Wir brauchen jeden Beweisfetzen, den sie bei ihrer Arbeit auftut, aber die Informationen dürfen nur in eine Richtung fließen.«

Fleming nickte. »Genau. Also, zurück zu dem Mörder. Wir suchen nach jemandem, der sehr strukturiert vorgeht, eine komplexe Serie von Arrangements im Voraus planen kann und auf Details achtet. Und die zwei nahezu identischen Stoffpuppen und deren Kleidung nähen kann. Zielstrebigkeit nicht zu vergessen.«

Blake bejahte stumm. Es klang eindeutig obsessiv, und auch das wollte er mit den Psychologen ansprechen. Sie konnten ihm vielleicht erzählen, welche Eigenschaften eine solche Person im Alltag auszeichneten. »Und es muss jemand mit starken Nerven sein«, sagte er. »Falls es die Gestalt im Park war, hatte sie im Bereich Riverside gewartet, um Tara Thorpe Angst einzujagen, wenn sie nach Hause kam. Und das mit einer Deadline, sofern wir davon ausgehen, dass das Treffen mit der Professorin schon vereinbart war.« Und wie hätte es das nicht sein sollen?

»Verdammt cool.« Karen Fleming blickte für einen Moment ins Nichts, ehe sie abermals Blake ansah. »Was ist mit dem Motiv des Mörders, Tara Thorpe mit reinzuziehen?«

»Angesichts ihres Jobs frage ich mich, ob der Täter will, dass sie etwas über Samantha Seabrook ausgräbt, das dann in der Presse breitgetreten wird.«

»Wenn ja, was hält denjenigen davon ab, selbst zu veröffentlichen, was immer er allgemein bekannt machen will?«, fragte Fleming. »Er könnte Tara auch anonyme Tipps schicken.«

Blake runzelte die Stirn. Dasselbe hatte er sich auch gefragt und war nicht froh über die Antwort, die ihm eingefallen war. »Vielleicht ist es etwas, das derjenige weiß, aber nicht beweisen kann. Deswegen will er, dass Tara Thorpe die Beweise findet. Aber auch wenn es so ist, bleibt dieser Fall seltsam, denn er hat ihr gar keinen Anhaltspunkt gegeben.« Es war fast, als sollte es eine Art Test sein. »Ich glaube allerdings, dass Tara Thorpe mit einer Deadline arbeitet, die nur im Kopf des Mörders existiert.«

Fleming nickte. »Dem stimme ich zu.« Sie war sehr ernst. »Und ich denke nicht, dass wir bei diesem Täter auf Geduld setzen dürfen. Wir müssen den Fall schnell aufklären. Und Sie erwähnten, dass Ms Thorpe trotz der Drohung in ihrem Haus bleiben will. Kann sie nicht zu Angehörigen ziehen, oder will sie nicht?«

Blake stockte kurz. »Sie will nicht«, antwortete er. »Aber sie hat ihre Gründe.«

DCI Fleming verzog das Gesicht. »Selbstverständlich hat sie die. Was ist mit dem Mann, der Ihnen von der Puppe erzählt hat, die die Professorin erhalten hatte?«

Höllisch schuldig, Fall abgeschlossen. Doch vielleicht auch nicht ... »Er heißt Jim Cooper und arbeitet am Institute for Social Studies, genau wie die Professorin. Er ist der Hausmeister – zuständig für die täglichen Abläufe am Institut, vom Toilettenpapiervorrat bis zur Security.«

»Und seine Geschichte?«

»Die ist auf den ersten Blick ziemlich wacklig. Emma hatte seinen Anruf angenommen.« Er blickte zu seinem DS.

»Das stimmt, Ma'am«, sagte sie. »Jim Cooper sagt, dass Professorin Seabrook ihm vor ungefähr zehn Tagen erzählt hat, sie hätte eine Puppe geschickt bekommen. Er meinte, sie ging recht offen damit um und hat darüber gelacht, obwohl er ihr geraten hat, es jemandem zu melden. Und heute Morgen, als er die Nachricht von ihrem Tod hörte, behauptet er, er wäre in ihr Büro gegangen, um nachzusehen, ob die Puppe noch da war.«

Blake hörte jemanden hinter sich schnauben, was seiner Reaktion entsprach, als Emma es ihm erzählte. Aber natürlich könnte es die Wahrheit sein. Ebenso gut hätte Jim Cooper aber auch hingehen und die Puppe wegnehmen können, weil er selbst sie geschickt hatte. Jim Cooper hatte Emma seine Kontaktdaten gegeben – einschließlich seiner Privatadresse in Chesterton. Sollte er mit dem Rad zur Arbeit kommen (und wer in Cambridge tat das nicht?), fuhr er zweimal am Tag an Tara Thorpes Haus vorbei.

»Nett von ihm, dass er angerufen und uns informiert hat«, sagte Karen Fleming. »Ein Jammer, dass er nicht früher aktiv geworden ist, falls er die Wahrheit sagt.«

»Wenn ich zwischen den Zeilen lese«, sagte Emma, »bin ich mir nicht einmal sicher, ob er sich heute gemeldet hätte, wäre er nicht von jemandem gezwungen worden. Er hat mir erzählt, dass er in Professorin Seabrooks Büro auf die Institutsverwalterin ›gestoßen‹ war und sie ihm ›geraten‹ hätte, uns anzurufen.«

»Wie bedauerlich, dass er vor uns in dem Büro war.« Karen Flemings Blick hatte sich verdunkelt.

Blake ersparte sich eine Antwort. Das hatten sie alles schon durchgekaut. Sie hatten darum gebeten, dass das Büro abgeschlossen wurde, und einer seiner Detective Constables hatte später den, wie er glaubte, einzigen Schlüssel beim Pförtner abgeholt. Leider hatte er vergessen zu fragen, ob es noch andere Schlüssel gab, und wie sich herausstellte, hatte Jim Cooper Zweitschlüssel zu jeder Tür, jeder Schublade und jedem Schrank in dem Gebäude. Der DC hätte gar nicht erst mit dieser Aufgabe betreut werden dürfen, denn er lief momentan nicht auf voller Kraft. Doch es war Karen Fleming gewesen, die ihn hingeschickt hatte, und Blake war unsicher, ob es ein Test sein sollte. Sie betrachtete den Mann als ein schwaches Glied in der Kette.

Dennoch hatten sie Glück gehabt. Jim Cooper war es nicht gelungen, sein Tun geheim zu halten, und sie hatten eine Information erhalten, die sich als nützlich erweisen könnte. Jetzt war das Büro gesichert, und die Puppe der Professorin war eingetütet und zur Wache gebracht worden. Sowohl die als auch die Puppe, die Tara Thorpe geschickt bekommen hatte, wurden gründlich untersucht. Eventuell ergaben sich aus dem Stoff irgendwelche Hinweise. Aber natürlich war er zu rau, als dass darauf Fingerabdrücke zu finden wären.

Auf jeden Fall freute Blake sich auf das Treffen mit Cooper, auch wenn er sich bis dahin noch gedulden musste. Emma und er mussten vorher in die Leichenhalle des Addenbrooke's Hospital und mit Sir Brian Seabrook reden. Das wollte Blake schnellstens hinter sich bringen. Und danach würden sie mit Agneta sprechen, um mehr darüber zu erfahren, wie Samantha Seabrook gestorben war. Erst nach den beiden Terminen konnten sie zum Institut. Jim Cooper stand ganz oben auf der Liste der Leute, mit denen sie sich unterhalten mussten.

Flemings Augen blitzten. »Halten Sie mich auf dem Laufenden. Doch bevor Sie gehen, gibt es sonst noch etwas, was Sie ansprechen möchten?«

Blake erzählte von dem Kreuzanhänger an Samantha Seabrooks Hals. »Ich hatte die Officers im Institut gebeten, ihre Kollegen danach zu fragen. Keiner erinnert sich, sie jemals mit solch einer Kette oder überhaupt religiösen Symbolen gesehen zu haben.«

»Dann glauben Sie, der Mörder könnte die Kette mitgebracht haben? Oder dass sie sie letzte Nacht aus einem bestimmten Grund trug, der mit dem geplanten Rendezvous zu tun hatte?«

Blake nickte. »Wir überprüfen die hiesigen und die Online-Shops, welche von ihnen solche Kreuze verkaufen. Falls es eigens zu dem Anlass getragen wurde – auf Betreiben des Mörders –, kann ich mir nicht vorstellen, dass es willkürlich gewählt war. Dazu plant er viel zu sorgfältig. Es könnte ein Hinweis auf die Identität oder das Motiv des Mörders sein.« Er hatte durch einen früheren Fall gelernt, nicht von »religiösen Irren« zu reden, auch wenn Emma Marshall sich wahrscheinlich daran erinnerte, denn Blake sah, dass ein kleines Lächeln ihre Lippen umspielte.

»Wie konnte der Mörder Ihrer Meinung nach Samantha Seabrook in dem Garten überraschen?«, fragte Fleming.

Blake erzählte von den Münzen in dem Brunnen. »Möglich wäre, dass sich der Mörder vorher reingeschlichen hatte oder zumindest in einem Moment, in dem die Professorin nicht hingesehen hat. Er könnte die Münzen benutzt haben, um sie in eine angreifbare Position zu bringen, als es so weit war. Falls der Täter auf die Münzen gezeigt und sie sich über den Brunnenrand gebeugt hat, um nach unten zu sehen, konnte er sie von hinten angreifen.« Er hatte sich die Szenerie vorgestellt. »Ihr Kopf wäre an der richtigen Stelle gewesen, um ihn unter Wasser zu drücken.«

Zunächst herrschte Stille, dann sagte DCI Fleming: »Allein der Gedanke sollte ausreichen, uns alle anzuspornen, falls das noch nötig ist. Legen wir los.«

Blake wollte mit dem Rest des Teams hinausgehen, als Karen Fleming ihn zurückrief. »Woran lassen Sie Max Dimity als Nächstes arbeiten?«, fragte sie.

Max war der DC, der sich nicht abgesichert hatte, dass niemand Zutritt zu Samantha Seabrooks Büro hätte. »Die Bezugsquelle der Halskette suchen.«

Nach kurzem Überlegen nickte sie. »Gute Wahl. Aber wir können ihn nicht durchschleppen, Blake.« Er wollte etwas erwidern, doch sie hob die Hand. »Ich weiß. Ich verstehe, dass er durch die Hölle geht, und wir hatten mehr Urlaub vorgeschlagen. Wenn er herkommen und weiterarbeiten will, meinetwegen, nur muss er dann auch einsatzfähig bleiben. Behalten Sie ihn im Auge. Ich möchte sofort unterrichtet werden, wenn er diesen Fall gefährdet – egal wie geringfügig. Verstanden?«

»Ja, Ma'am.« Er würde alles tun, um Aufgaben für Max zu finden, die er bewältigen konnte. Auch wenn es eine Herausforderung werden dürfte, denn der Mann war noch völlig erschüttert vom Unfalltod seiner Frau. Sie war erst fünfundzwanzig gewesen, und Max war nicht viel älter.

»Ach, und Blake«, sagte Fleming, als er schon beinahe in Freiheit war.

»Ma'am?«

»Bringen Sie diesen verdammten Schlips in Ordnung.«

Er glaubte nicht, dass Brian Seabrook sich sonderlich um adrette Kleidung scherte, wenn er kam, um die Leiche seiner Tochter zu identifizieren.

Als er DS Marshall einholte, war sie auf dem Weg zum Parkplatz. Blake schüttelte den Kopf. »Zuerst zu den Automaten, Emma. Mein Gehirn fühlt sich an wie etwas, das die Katze ausgekotzt hat. Ich brauche Zucker. Und mehr Koffein.«

Sie grinste. »Du hast recht, Boss. Ich hatte vor der Besprechung einen Schokoriegel, aber einen Kaffee trinke ich mit. Könnte ein kleines Wunder bewirken.«

»Bei mir muss er das.« Er ging als Erstes zum Getränkeautomaten. Ihm hing noch das nächtliche Telefonat mit seiner Frau Babette nach. Bis zwei Uhr morgens hatten sie geredet – eine fruchtlose Diskussion, die sich im Kreis bewegte. Sie war es, die gegangen war, und jetzt wollte sie wieder zu ihm zurück.

Doch sein Kummer, der die anfängliche Wut ersetzt hatte, war abgeklungen. Er war wieder wütend. Vor allem aber hatte er sich unter Kontrolle. Und das war um Kittys willen umso wichtiger. Dass eine unschuldige Zweijährige darin verwickelt war, war das Schlimmste. Ihretwegen wollte er es unbedingt besser machen, auch wenn seine Möglichkeiten begrenzt waren. Im Moment beinhaltete es aber auf jeden Fall, dass er Babette nicht wieder in sein Leben lassen durfte.

Was nichts daran änderte, dass jede Nacht Bilder von Kitty seinen Kopf füllten, sobald er einzuschlafen versuchte. Ihm fehlte ihr abendliches Vorlesen so sehr, dass es wehtat. Dennoch war es besser als vorher. Vor wenigen Wochen hatte seine Frau heimlich Pläne geschmiedet, die ihm Kitty für immer genommen hätten. Wenigstens war sie jetzt wieder in Cambridge. Er rieb sich das Kinn. Wie schaffte er die Quadratur des Kreises? Er wünschte sich das Familienleben, von dem er glaubte, es gehabt zu haben, dringend zurück, und genau das bot Babette ihm an. Doch tatsächlich hatte es niemals existiert. Es war auf lauter Lügen aufgebaut gewesen.

Er verdrängte die Gedanken. Sie waren zu schmerzlich, und er musste sich konzentrieren. Dies war kein Fall, an dem er nur mit halber Aufmerksamkeit arbeiten konnte.

Nachdem er seinen Kaffee gezogen hatte, wählte er das Schokoladenintensivste, was im Angebot war: einen großen Galaxy-Riegel. Nachdem Emma sich ihr Getränk geholt hatte, bot er ihr von dem Riegel an. Sie schüttelte den Kopf.

»Mehr darf ich nicht. Ich will nicht zum Fettarsch werden.«

»Wie eloquent formuliert.«

»Danke. Ich weiß nicht, wie du es schaffst, nicht dick zu werden.«

Wusste er auch nicht. Aber der Schokoriegel war gerechtfertigt. Er hatte die Erfahrung gemacht, dass sich Schlaf – bis zu einem gewissen Grad – durch Essen ersetzen ließ.

Er füllte seinen Kaffee mit Wasser aus dem Spender auf, um ihn auf eine trinkbare Temperatur zu bringen, und sie machten sich auf den Weg zu seinem Wagen. Draußen an der Mauer blieben sie stehen, um auszutrinken, bevor sie einstiegen.

»Ich frage mich, warum Samantha Seabrook eine Puppe mit einer Galgenschlinge um den Hals geschickt wurde«, sagte Emma, »wo sie doch ertränkt wurde.«

»Na ja, Tod durch Ertrinken zu verbildlichen, wäre erheblich schwieriger gewesen. Besonders per Post.« Sie warf ihm einen strengen Blick zu, aber er wusste, dass sie ihn verstand. Sie alle brauchten Schnoddrigkeit, um durchzuhalten. »Vielleicht war wichtig, sie generell wissen zu lassen, was kommen würde«, ergänzte er.

Emma erschauderte. »Gut möglich. Oh Gott. Wer immer das auch war, er hat sein Versprechen gehalten.« Sie trank ihren Kaffee aus und zerknüllte den Pappbecher.

Auch Blake leerte seinen Becher. »Gib her«, sagte er und griff nach ihrem, »ich werfe die ins Auto. Wir können sie später loswerden.«

Kurz darauf waren sie unterwegs. Auf der Parkside herrschte dichter Verkehr: Busse luden Touristenhorden aus, Radfahrer vollführten Kamikazemanöver, und Fußgänger flitzten zwischen den sich stauenden Wagen hindurch.

»Also, war St Bede's als Setting von Bedeutung?«, fragte Emma.

»Ich glaube, ja. Einen abgeschlossenen, ummauerten Garten für einen Mord zu wählen, erfordert einiges an Mühe.« Er bewegte sich wenige Zentimeter weiter vor in der Autoschlange. »Je komplizierter ein Mörder sich seine Tat macht, desto größer ist die Gefahr, entlarvt zu werden. Es war ein Risiko, das er nicht eingehen musste.« Er stockte. »Natürlich konnte er so auch darauf setzen, ungestört zu sein, aber das hätte er woanders auch haben können.«

Emma sah ihn an. »Und was denkst du?«

»Der Mörder könnte das Klettern in einen ummauerten Garten als Köder genutzt haben. Falls die Professorin Abenteuer mochte, könnte es sie verlockt haben, bei dem Plan mitzumachen. Diese Kletterhandschuhe, die am Tatort gefunden wurden, waren nicht neu. Ich vermute, es war ein Hobby von ihr. Aber ich denke, auch der Brunnen war wichtig. Warum sonst sollte er Ertränken wählen, als sie da drinnen waren? Falls der Täter tatsächlich die Münzen in den Brunnen geworfen hat, um sie in die richtige Position zu bekommen, war alles sehr kalkuliert. Er musste gewusst haben, dass das Wasser nicht tief und klar genug war, um im Mondschein oder mit einer Taschenlampe bis auf den Grund sehen zu können.«

»Also«, sagte Emma, »angenommen, Ertränken wurde bewusst gewählt, warum?«

Blake schaute nach vorn, als der Bus endlich wegfuhr, sodass sie weiterfahren konnten. »Es gab dem Mörder die Möglichkeit, Samantha Seabrooks Tod in die Länge zu ziehen. Sie hat gewusst, dass sie nicht entkommen konnte, aber ihr Mörder konnte sie einige Zeit in dem Zustand halten. Sie immer mal wieder lange genug Luft holen lassen, um ihr eine Botschaft zu vermitteln, und sie dann wieder untertauchen.«

So musste es nicht gewesen sein, doch jetzt, da er es sich vorgestellt hatte, bekam Blake es nicht mehr aus dem Kopf. Und dann schwenkten seine Gedanken zu Tara Thorpe.

KAPITEL SECHS

Überall in Taras Haus war Polizei – oder so fühlte es sich an. Von den meisten wusste sie nicht, wer sie waren, obwohl der Mann bei ihnen, DS Patrick Wilkins, sie alle namentlich vorgestellt hatte. Er hatte ihr auch gesagt, dass er für DI Blake arbeitete.

Die Vorbereitung auf das Feature über Samantha Seabrook hätte sie ablenken sollen, es funktionierte aber nicht. Die Unruhe war zu groß, und immer wieder kam jemand von dem Team herein und fragte, ob sie es sich mit dem Ausziehen nicht doch anders überlegt hätte.

Dabei hatte sie DI Blake schon erklärt, warum das nicht praktikabel war. Diejenigen, die sich als vorübergehender Unterschlupf anböten, kamen alle nicht infrage. Natürlich würde ihre Mutter sie aufnehmen. Tara würde ihr von der Puppe erzählen, und sie würde es eher nicht richtig ernstnehmen, weil sie zu sehr mit anderem beschäftigt war. Doch sie würde jemanden einspannen, der ihr ein Bett herrichtete, und Tara würde ohne großes Aufheben untergebracht. Sie müsste gestelzte Unterhaltungen mit ihrem dreizehnjährigen Halbbruder Harry führen, der dank der Schulferien den ganzen Tag zu Hause wäre. Er war das »Wunschkind«, im Gegensatz zu ihr. Auch wenn ihre Mutter sich seinerzeit gegen eine Abtreibung entschied, hatte Tara sich immer entbehrlich gefühlt, während Harry geschätzt wurde. Und sie fand jede Interaktion mit ihm schwierig. Ihr Stiefvater Benedict würde sich erkundigen, wie lange man sie am Hals hätte. Er wäre besonders höflich, um zu überspielen, was er dachte, und Tara würde es direkt durchschauen, müsste jedoch vorgeben, es nicht zu tun. Lange könnte sie es nicht durchhalten.

Und ungeachtet all dessen wohnte ihre Mutter tief in den Fens. Es war das Land mit Hundertachtzig-Grad-Himmel – der die Leute angeblich verrückt machte. Der Torfboden drum herum war schwarz, und die Landschaft gab einem so sicher das Gefühl, gefangen zu sein, wie es sonst nur bergiges Terrain vermochte. Mit dem einzigen Unterschied, dass man hier von überflutetem Land anstelle von Felsen umzingelt war. Überall dort verliefen breite Abflussgräben kreuz und quer – Kanäle mit tiefem, dunklem Wasser, die Holländer Jahrhunderte zuvor angelegt hatten, damit das Land bewirtschaftet werden konnte. Jeden Winter hörte man von Autofahrern, die ertranken, weil sie eine Abbiegung zu schnell nahmen oder von einer der schmalen Straßen abkamen. Und auch wenn man weithin sehen konnte, ob man verfolgt wurde – es war ja vollkommen flach –, war man selbst ebenso meilenweit zu sehen.

Tara müsste täglich von dort nach Cambridge fahren, um Samantha Seabrooks Kontakte zu befragen. Sollte sie jemand loswerden wollen, könnte er sie einfach in den Fens von der Straße abbringen. Sie würde in dieser Sumpflandschaft ertrinken, genau wie die Professorin, dachte sie fröstelnd. Sie mochte die schroffe Schönheit der Fens, hatte sie aber auch immer als bedrohlich empfunden.

Also nicht zu ihrer Mutter.

Die anderen Optionen wären ihr Vater und ihre Stiefmutter oder Bea. Ließ sie beiseite, was ihre Stiefmutter dazu sagen würde, ihr Platz im Haus einräumen zu müssen, würde sie auf keinen Fall dorthin wollen. Sie hatten drei Kinder (noch intensiver vergötterte Halbgeschwister), die zu Hause wohnten. Das Jüngste war erst sechs. Was, wenn Tara sie in etwas verwickelte? Niemand durfte diesem Risiko ausgesetzt werden.

Blieb Bea – die Cousine ihrer Mutter. Sie war am häufigsten eingesprungen, wenn Tara als Kind untergebracht werden musste. Und Tara würde sie genauso wenig in Gefahr bringen wollen wie ein sechsjähriges Kind. Außerdem betrieb Bea eine altmodische Pension in Cambridge, und gegenwärtig war das Haus bis unters Dach voll. Dort könnte Tara sich nicht selbst verteidigen, ohne andere Bewohner zu gefährden. Ganz zu schweigen von der Sorge, die Bea um sie hätte. *Nein.* Sie würde Bea nicht einmal von der Puppe erzählen, und bei ihr einfallen schon gar nicht.

DS Wilkins erschien neben ihr. Sie würde schreien, sollte er das Thema wieder ansprechen.

»Entschuldigen Sie die Störung«, sagte er. Er musste ihre Gedanken gelesen haben. »Ich wollte Sie nur informieren, was vor sich geht. Meine Kollegen installieren Kameras, sodass wir jeden sehen können, der sich dem Haus nähert. Und sie bauen auch einen Alarm ein, der direkt an uns auf dem Revier geht, wenn er ausgelöst wird. Er ist stumm, also ahnt ein Eindringling nicht, dass wir unterwegs sind.«

Tara atmete auf. Das klang zumindest praktisch. »Danke.«

»Ich bin dann weg«, fuhr der DS fort, »aber die Präventionsbeamtin wird noch mit Ihnen reden, bevor das Team aufbricht. Zusätzlich zu der Alarmanlage hier gibt sie Ihnen noch ein Gerät, das Sie mit nach draußen nehmen können. Für den Fall, dass Sie viel Krach machen müssen.«

Wahrscheinlich glich es dem Ding, das sie schon besaß. Sie müsste sich etwas mit mehr Durchschlagskraft beschaffen.

Einen Moment lang lächelte der DS. Tara nahm an, dass es aufmunternd wirken sollte. Er sah wie jemand aus, der seine

Rolle als Beschützer genoss. Ihre Nackenhaare stellten sich auf. »Und ich hatte eben eine Nachricht von DI Blake. Er würde Sie später gern noch einmal sprechen. Wollen Sie rüber zum Institut und mit den Mitarbeitern dort reden?«

Sie nickte. »Ich habe vorhin einen Termin mit Professor da Souza gemacht und danach mit einem anderen Kollegen von Professor Seabrook in der Stadt. Wie ich es verstanden habe, schieben sie mich zwischen den Gesprächen mit der Polizei ein.«

Der DS nickte. »Könnten Sie DI Blake auf seinem Handy anrufen, wenn Sie fertig sind? Wahrscheinlich ist er dann auch noch dort.« Er gab ihr eine Karte mit den Kontaktdaten des Inspectors.

»Mach ich.« Sie stand auf, um ihn zur Tür zu begleiten.

Nachdem er gegangen war, speicherte sie DI Blakes Nummer in ihrem Mobiltelefon und versuchte, den Rest des Teams auszublenden. Sie musste mit ihrer Recherche zu Samantha Seabrook vorankommen. Die war keine Ablenkung mehr von ihren eigenen Problemen, sondern möglicherweise ein Weg, sie zu lösen. Sich in die Arbeit zu vertiefen, würde ihr hier durchhelfen. Hoffentlich.

Ihre erste Liste von Google-Treffern führte sie zu einer Mischung aus trockenen akademischen Seiten, die Samantha Seabrooks eindrucksvollen Lebenslauf zeigten, sowie einigen schillernderen Medienartikeln. Einmal war sie im Fernsehen gewesen. Die Produktionsfirma hatte noch die dazugehörigen Pressemitteilungen auf der Homepage, mitsamt einem großen Foto von ihr.

Sie war schön, aber nicht auf kühle Modelart. Eher strahlte sie etwas Heißblütiges aus, angefangen bei dem schimmernden rotbraunen Haar bis hin zu dem frechen Blitzen in ihren Augen. Und sie sah aus, als hätte sie sich bemüht, nicht zu lachen.

Tara fand einen kurzen Clip von der Fernsehsendung auf

YouTube. Die Professorin wirkte charismatisch, was ihre heftige Botschaft umso niederschmetternder machte. Ihrer Schätzung nach führten Entbehrungen in der Kindheit jährlich zu eintausendvierhundert Todesfällen in Großbritannien. Dann hatte sie die Folgen aufgezählt, wurde man in Armut geboren. Nicht nur stieg die Wahrscheinlichkeit, dass ein Kind im ersten Lebensjahr starb, sondern die Lebenserwartung verringerte sich insgesamt, selbst wenn es das Erwachsenenalter erreichte. Die Kamera zoomte auf ihr Gesicht, als sie darauf hinwies, dass den meisten Menschen überhaupt nicht bewusst sei, was für ein hartes Leben einige ihrer Mitbürger hätten.

Tara sah sich die Kommentare unter dem Video an. Die Professorin schien die übliche Zahl an positiven Reaktionen bis hin zu den Trollantworten auf den Plan gerufen zu haben. Hatte ihr Mörder diesen Clip gesehen? War er unter den Leuten, die ihre Anatomie kommentiert hatten, anstatt auf das einzugehen, was sie erreichen wollte? Die Welt war voller Perverser und Dysfunktionaler. Wie sollte man wissen, wann einer von ihnen die letzte Schwelle überquerte und mordete?

Unweigerlich musste sie an ihre eigene Internetpräsenz denken. Sie rief Twitter auf. Vier neue Follower heute, und sie erkannte keinen von ihnen, weder dem Namen noch dem Foto nach. Aber natürlich könnten sie alle falsch sein.

Das brachte sie nicht weiter. Sie kehrte zu den Suchergebnissen zurück, wo sie einen Link zu Samantha Seabrooks Doktorarbeit fand. Sie hatte darin untersucht, was es für Kinder bedeutete, wenn ihre Eltern zwar reich waren, aber wenig präsent. Tara konnte sich denken, wie sie auf das Thema gekommen war. Bei einem millionenschweren Geschäftsmann als Dad und einer Schauspielerin als Mutter schien naheliegend, dass Samantha von ihren eigenen Erfahrungen inspiriert wurde. Nachvollziehbar.

Die Wikipedia-Seite der Professorin war bereits aktualisiert worden und ihr Sterbedatum ergänzt. Heute. Die Tür zu ihrem

Leben war geschlossen und sie in die Geschichte entlassen worden. Was würde über Tara geschrieben, sollte sie oder die Polizei versagen und ihre Story auch enden? Sie hatte nichts Wertvolles getan wie Samantha Seabrook, dennoch hoffte sie, dass jemand sich an sie als Kämpferin erinnern würde.

Tara überflog eine Auflistung der akademischen Erfolge von Samantha Seabrook: erster Abschluss in Oxford, dann ein Doktortitel in Cambridge, gefolgt von einer Zeit als Dozentin an der London School of Economics. Danach hatte sie als Senior Lecturer an der Universität angefangen. Nur zwei Jahre später – vor einem Jahr – hatte sie ihre Professur bekommen. Weiter unten auf der Seite stand einiges zu der Zeit vor ihrer Karriere. Ihre Mutter war »bei einem Unfall ums Leben gekommen«, als Samantha fünfzehn war. Näheres stand dort nicht. Was war das denn für eine Erklärung?

Tara suchte nach einem Nachruf auf die Mutter, fand jedoch nichts. 1997 war lange vor den Online-Ausgaben der Zeitungen gewesen. Schließlich fand sie einen »Wir erinnern«-Beitrag einer Zeitung aus Wisbech. Der Artikel über Samantha Seabrooks Mutter war erst vor ein paar Monaten anlässlich ihres zwanzigsten Todestages geschrieben worden. Bella Seabrook (ihr Künstlername war Bella Dempsey gewesen) hatte diverse kleine Rollen in großen Filmen gehabt. In dem Artikel wurden vor allem ihre Wurzeln in Cambridgeshire und ihre Ehe mit Brian Seabrook betont, was eher ärgerlich war. Tara würde solch einen Artikel nicht schreiben. Und wieder wurde Bellas früher Tod mit dem floskelhaften »bei einem Unfall ums Leben gekommen« abgehakt. Nun, was immer mit ihr passiert sein mochte, Tara hatte vor, es herauszufinden; allzu schwierig konnte es nicht sein. Ihr Tod musste einen Riss in Samanthas Kindheit verursacht haben.

Tara wollte gerade einem anderen Link nachgehen, als eine Frau an der Tür auftauchte.

»Verzeihen Sie die Störung«, sagte sie lächelnd. »Ich muss

nur kurz einige Dinge mit Ihnen durchgehen, bevor wir verschwinden.«

Tara stand langsam auf und zwang ihren Blick weg vom Computerbildschirm. »Ist gut.«

Die Frau zeigte ihr den stummen Alarm, den sie im Flur oben angebracht hatten und der die Polizei zu ihrem Haus riefe. Er hatte einen drahtlosen Auslöser, den sie mit sich von Zimmer zu Zimmer tragen konnte. »Ich würde Ihnen dringend raten, auch die Kette an Ihrer Haustür zu benutzen«, sagte sie.

Ach was?

»Und, falls Sie dorthin rennen können, wäre eine neue Hintertür keine schlechte Idee.« Sie blickte sich zur Treppe um. »Ich möchte Ihnen keine Angst machen, aber die ist ein bisschen klapprig.«

Die könnte man mit Flip-Flops an den Füßen eintreten.

»Und, na ja, der Zaun um Ihren Garten ist nicht sehr stabil, oder?«

»Ich habe schon einen Termin für den Einbau einer neuen Hintertür gemacht, gleich nachdem DI Blake heute Morgen hier war.«

»Hatte er die auch vorgeschlagen, ja?« Sie lächelte wieder. »Sehr gut, dass Sie es so schnell geregelt haben.«

Ihr zu erklären, dass DI Blake es nicht vorgeschlagen hatte, würde voraussetzen, ihre Kiefermuskeln zu lockern, also verzichtete Tara. Ihr waren die offensichtlichen Sicherheitsmängel ihres Hauses schon länger bekannt. Und lustigerweise hatten sie die Ereignisse der letzten Nacht wirksam daran erinnert.

»Wenn Sie draußen unterwegs sind«, fuhr die Frau fort, »sind eine Menge unserer Empfehlungen einfach gesunder Menschenverstand. Ich habe aber noch ein Alarmgerät für Sie.«

Tara hatte recht. Es war exakt wie das, das sie bereits besaß.

»Doch zusätzlich sollten Sie darauf achten, sich an belebten Orten aufzuhalten«, sagte die Frau. »Kommen Sie nicht im

Dunkeln nach Hause, und meiden Sie Situationen, in denen Sie in die Enge getrieben werden könnten.« Sie zählte es an den Fingern einer Hand ab. »Sehen Sie nach, wer vor der Tür ist, ehe Sie öffnen. All das, was Sie wahrscheinlich sowieso von sich aus machen würden.« Ihr Ton war gelassen, doch dann sah sie Tara direkt an. »Wir bitten die Streifenbeamten, wachsam zu sein, so gut sie können, und jeden Einsatz im Zusammenhang hiermit als Notfall zu behandeln.«

Sie ging zurück die Treppe hinunter, und Tara folgte ihr. Unten hatten sich die anderen vom Team in der Diele versammelt. Als sie unten war, drehte sich die Frau wieder zu ihr um. »Eines sollte ich noch sagen. Es könnte eine gute Idee sein, Ihr Haar hochzustecken. Es klingt albern, ich weiß, aber es kann wirklich helfen. Langes Haar wie Ihres macht es ein bisschen schwieriger zu sehen, was um Sie herum vorgeht, nicht wahr? Und für einen Angreifer ist es noch etwas, das er packen kann.«

Tara dachte an das Foto von Samantha Seabrook mit dem ellbogenlangen, schimmernden Haar. »Ist das der Professorin passiert?«, fragte sie.

»Es ist nur ein Rat, den wir grundsätzlich geben«, sagte die Frau.

Was ihre Frage nicht beantwortete, und Tara bemerkte, dass die Frau sie nicht ansah.

Das Team ging, aber seine Präsenz war noch im Haus zu spüren. Da war ein kleiner Staubhaufen gleich innen an der Haustür, wo sie die Sicherheitskamera angebracht hatten. Sie war von außen angebohrt, aber die Wände waren dünn, also war der Bohrer direkt nach innen durchgegangen. Und die Plastikverpackung von dem drahtlosen Panikknopf lag oben in einem Bücherregal auf dem Flur. Sogar die Luft schien nach der fieberhaften Aktivität noch zu wirbeln.

Tara wollte sich noch einen Kaffee machen, und dann traf

sie eine Entscheidung. Sie würde Kemp erzählen, was los war. Er hatte ihr nach dem letzten Mal beigebracht, sich selbst zu verteidigen. Und er hatte damals eine Menge Tipps gehabt. Kemp war ehedem Polizist gewesen, der heute in der Security arbeitete – ein tougher, praktischer Abtrünniger. Sein Training hatte bewirkt, dass sie sich nicht mehr wie ein leichtes Ziel vorkam. Außerdem fand sie es angesichts ihrer Vergangenheit falsch, ihn auszuschließen. Erst recht, falls etwas passierte. Ansonsten würde sie alles geheim halten. Sie wollte nicht, dass andere sich sorgten oder sie anders behandelte, weil sie bedroht wurde.

Sie setzte sich hin, um ihrem alten Mentor eine E-Mail zu schreiben.

KAPITEL SIEBEN

Der Besuch in der Leichenhalle des Addenbrooke's war ungefähr so spaßig, wie Blake erwartet hatte. Sir Brian Seabrook war ein großer, mächtiger Bär von einem Mann, der jedoch aussah, als hätte ihm jemand die Luft rausgelassen. Als wäre er in sich zusammengesunken. Blake tat sein Bestes, wusste aber, dass es keine tröstenden Worte gab. Deshalb konzentrierte er sich auf seine Aufgabe; mehr fiel ihm nicht ein.

Nach der offiziellen Identifizierung hatte Kirsty Crowther, die Verbindungsbeamtin, Sir Brian zurück zu ihrem Wagen geführt, und Blake und Emma hatten noch mit Agneta gesprochen.

Die Rechtsmedizinerin hatte ihren Schlussfolgerungen vom Morgen in St Bede's nicht viel hinzuzufügen. Wie sie bereits vermutet hatte, konnten im Blut der Professorin keine Drogen und nur eine kleine Menge Alkohol nachgewiesen werden.

»Sie hatte mehrere Tattoos«, sagte Agneta die ihnen einen Umschlag mit Fotografien reichte. „Keines von denen sieht frisch aus, daher glaube ich nicht, dass sie relevant sind.«

Blake hatte einen kurzen Blick auf die Bilder geworfen, bevor er zurück in die Stadt fuhr. Eines von ihnen – unten auf ihrem Rücken – lautete: *No Tomorrow*. Was es auch bedeutet haben mochte, als sie es stechen ließ, heute war es schmerzlich passend.

Jetzt waren Blake und Emma im ersten Stock des Institute for Social Studies, in dem ehemaligen Büro von Professor Seabrook. Es war stickig im Raum. Das Fenster ging nach Westen, doch das meiste Nachmittagslicht wurde von Gonville and Caius blockiert, dem großen College gegenüber. Und hier hing schon die befremdliche Note in der Luft, dass der Raum für immer verlassen wurde. Die Sachen der Professorin lagen so herum, wie sie alles zurückgelassen hatte, eingefroren in der Zeit wie die Zeiger einer stehen gebliebenen Uhr. Das CSI-Team hatte bereits mit der Arbeit angefangen. Fotos wurden gemacht, alles auf Film aufgenommen. Durchs Fenster konnte Blake die oberen Stockwerke vom Caius sehen. Die eingemeißelten Steinköpfe auf der Fassade starrten ihm mit leeren Augen entgegen. Schade, dass sie nicht sehen und reden konnten. Jemand musste das Treffen mit Samantha Seabrook im St Bede's verabredet haben. Hatte derjenige es persönlich getan? Zugriff auf die Mobiltelefondaten der Professorin war beantragt, doch das Telefon selbst wurde bisher nicht gefunden.

Jim Cooper war bei ihnen. Blake wechselte einen Blick mit seinem DS, als der Hausmeister seinen kurz rasierten Kopf über eine der Schreibtischschubladen beugte. Der Mann hatte eine Statur wie ein Rugbyspieler und ließ das Mobiliar hier winzig wirken.

»Die Puppe ist hier drin gewesen.« Er deutete darauf. »Wie ich schon gesagt habe. Jetzt haben Ihre Leute sie natürlich.« Die Nachricht, die bei der Puppe gelegen hatte, war gleichfalls eingetütet und mitgenommen worden.

»Und Professor Seabrook hatte Ihnen wann davon erzählt?«, fragte Blake.

»Ungefähr vor eineinhalb Wochen, wie ich schon sagte.« Er klang gereizt, und Blake sah, wie er Emma einen vorwurfsvollen Blick zuwarf. Wahrscheinlich dachte er, sie hätte seine Nachricht nicht weitergegeben, dabei hatte Blake lediglich gehofft, ihn bei einer Lüge zu ertappen. Sie wussten, dass er und die meisten seiner Kollegen kein Alibi für die geschätzte Todeszeit von Professor Seabrook hatten. Doch ernsthaft hatte Blake nicht damit gerechnet, dass der Mann seine Geschichte änderte. Entweder war er ehrlich, oder er hatte seine erfundene Story gründlich geprobt. Was zutraf, konnte Blake noch nicht entscheiden, doch irgendetwas an dem Mann gefiel ihm nicht. Zum Beispiel, dass Cooper schwitzte. Es könnte schlicht am Wetter liegen, was Blake indes nicht glaubte.

Er lehnte sich an einen Aktenschrank. »Und wo war die Professorin, als sie Ihnen von der Puppe erzählt hat?«

»Hier«, antwortete Cooper. »Deswegen habe ich ja gewusst, wo die Puppe war. Sie hat die Schublade aufgezogen und sie mir gezeigt.« Er seufzte. »Sie hat es nicht ernst genommen. So war sie eben. Bei der Arbeit war sie konzentrierter als alle anderen von denen, aber bei allem anderen?« Er zuckte mit den Schultern. »Da hat sie einfach drüber gelacht.«

Blake fand es schwer zu verstehen. Es brauchte schon eine Menge Tollkühnheit (und er würde in dem Fall eher von Dummheit sprechen), um eine Morddrohung komplett zu ignorieren. »Wie mir DS Marshall sagte, waren Sie sehr wohl besorgt. Sie hatten ihr vorgeschlagen, es jemand anderem zu erzählen. Doch soweit wir bisher wissen, waren Sie der Einzige, dem sie es anvertraut hatte?«

Cooper schob die Hände in die Jeanstaschen, lächelte und trat an das hohe Fenster. »Ja, ich glaube, so war es«, sagte er. Einen Moment lang blickte er nach unten zur Trinity Street. »Wir haben uns super verstanden.« Er drehte sich wieder zu ihnen und verschränkte die Arme vor der Brust, sodass seine Oberarmmuskeln betont wurden. »Sie hat manchmal mit mir über die anderen Wissenschaftler geredet, und ich glaube, die fand sie nicht so klasse. Und ab und zu hat sie gesagt, wir zwei sind die Einzigen hier, die was bewegen.«

»Wie es sich anhört, standen Sie sich nahe«, folgerte Blake.

Cooper nickte und streckte das Kinn vor. »Ja, würde ich sagen.«

Blake machte einen Schritt auf ihn zu. »Und wenn Sie so besorgt um sie waren, warum sind Sie dann nicht eingeschritten? Haben jemanden erzählt, was Sie gesehen haben und dass Sie sich Sorgen machen? Wäre es nicht Ihre Pflicht gewesen, die Sache der Institutsleitung zu melden?« Für einen Mann, der für die Security hier zuständig war, schien er seine Pflichten recht locker zu sehen.

Cooper verengte die Augen, weil Blake lauter geworden war. »Sie war eine selbstständige Frau und hat gewusst, was sie tat. Garantiert hätte sie nicht gewollt, dass ich mich einmische.«

»Aber wenn Sie sie gemocht haben?«, sagte Emma leise.

Es folgte eine lange Pause, und Blake bemerkte, dass Cooper die Fäuste ballte. »Ich habe sie genug gemocht, um ihr das Recht auf Privatsphäre zu lassen.« Der Mann blickte über Blakes Schulter hinweg zur Samantha Seabrooks Bürotür. »Das Institut ist ein kleiner Laden. Ein unbedachtes Wort, und jeder weiß über einen Bescheid.«

»Sie hören sich an, als würden Sie aus Erfahrung sprechen«, sagte Blake.

Cooper verdrehte die Augen. »Ich? Mich interessiert schon längst nicht mehr, was die Leute reden.« Er machte sich gerade. »Aber ich muss an meine Mitarbeiter denken.«

Wieder trat eine Pause ein.

»Sie müssen sehr wichtig für das Management hier sein«, sagte Emma.

Blake verzog keine Miene. Er könnte Cooper keinen Honig um den Bart schmieren, aber es war für einen guten Zweck.

»So sehen es nicht immer alle«, sagte Cooper und entspannte seine Schultern ein wenig, »aber Sie haben recht.

Und Samantha hat das erkannt. Sie hat sich und die anderen Akademiker nie als was Besseres gesehen. Und sie und ich, wir waren zu ähnlichen Zeiten hier. Ich komme morgens in der Regel gegen sechs rein, und es war nicht ungewöhnlich, wenn sie dann auch schon hier war. Und ich bleibe normalerweise bis acht oder so abends.«

»Und die Professorin blieb abends auch lange?«, fragte Blake.

Cooper bekam einen schwärmerischen Blick. »Nicht immer. Sie hatte ja auch noch ein Leben außerhalb des Instituts, aber sie war unglaublich engagiert. Wenn sie an etwas arbeitete, war sie Tag und Nacht dabei. Im Gegensatz zu einigen ihrer Kollegen.« Er sah sie bedeutungsvoll an. »Den Institutsleiter, Professor da Souza, erwischt man hier selbst an guten Tagen nicht vor zehn. Samantha hat wohl nicht viel Schlaf gebraucht. Und die Zeit, die sie wach war, hat sie entweder der Arbeit oder dem Vergnügen gewidmet, je nachdem, was sie gerade für Bedürfnisse hatte.«

Bedürfnisse war eine interessante Wortwahl. Blake beobachtete Cooper aufmerksam. »Hatten Sie jemals außerhalb der Arbeit mit ihr zu tun?«

Cooper lachte, was ein wenig gezwungen wirkte. »Ich brauche mehr Schlaf als sie. Nein. Und wenn sie sich mal freigenommen hatte, musste ich ja trotzdem noch hier sein.« Er hielt kurz inne. »Keine Ruhe den Verderbten.«

Cooper sah Blake nicht mehr in die Augen. Vielleicht hatte er es bei Samantha Seabrook versucht und war abgeblitzt. Falls ja, wollte er gewiss nicht, dass jemand in der Richtung nachforschte. Er war jemand, der es hasste, sein Gesicht zu verlieren. Es wäre aber auch denkbar, dass er log, was ihre Beziehung betraf. »Wissen Sie, was sie in ihrer Freizeit gemacht hat?«, fragte Blake. »Hatte sie beispielsweise bestimmte Hobbys? Musik vielleicht oder Sport?«

Es kam nur ein Schulterzucken von Cooper. »Zeit mit Freunden verbracht, soweit ich weiß.«

»Apropos Freunde, gibt es hier Leute, von denen Sie denken, dass Professor Seabrook mit ihnen befreundet war?« Blake holte tief Luft. »Abgesehen von Ihnen, meine ich?« Er versuchte es, aber Schmeichelei, wie Emma sie nutzte, wollte ihm einfach nicht über die Lippen. Und so hörte er auch jetzt den sarkastischen Unterton in seinen Worten.

Wieder verengte Cooper die Augen und schüttelte den Kopf. »Niemand Bestimmtes. Mit wem sie privat zu tun hatte, hing davon ab, was gerade los war.«

Kaum war er draußen, sah Emma zu Blake. »Anscheinend hatten Cooper und Seabrook eine Art ›besondere Beziehung‹, ob sie nun über die Arbeit hinausging oder nicht. Vielleicht war sie hier die Einzige, die ihm das Gefühl gab, geschätzt zu werden.«

Blake nickte. »Kann sein. Und falls dem so ist, frage ich mich, was er getan hätte, hätte sie ihn enttäuscht.« Er schloss für eine Sekunde die Augen. »Denkst du, er könnte eine hohe Mauer hinaufklettern?«

Emma bejahte. »Er sieht allemal jung und fit genug aus, um es zu schaffen. Und für seinen Job muss er stark und agil sein.«

Blake dachte dasselbe. »Ich habe ihn beobachtet, als ich ihn fragte, ob die Professorin gern Sport getrieben hat. Und ich konnte nicht erkennen, ob er etwas verheimlichte, aber kannst du beim Sportcenter Kelsey Kerridge nachfragen, ob er oder die Professorin da geklettert sind? Und überprüf das lieber auch für das übrige Personal hier und am St Francis's College.« Die Möglichkeiten des hiesigen Sportcenters mochten sich im Vergleich zur Mauer von St Bede's ein bisschen zahm ausnehmen, doch einen Versuch war es wert.

»Wird gemacht.«

»Danke.« Blake runzelte die Stirn. »Ob ich ihn sehe, wie er Stoffpuppen schneidert, ist eine andere Frage.«

Emma zog eine Augenbraue hoch. »Na, ich weiß nicht. Klar, eine Nähnadel würde in seiner Hand winzig aussehen, aber er muss geschickt sein, wenn er hier auch für die Instandhaltung und Wartung zuständig ist. Dazu gehört ja auch die Verkabelung, und das ist ziemliche Fummelarbeit.«

Und es war ein Argument. »Interessant war, dass er sagte, Samantha Seabrook hätte ihre Kollegen verachtet. Doch egal was sie privat gesagt hat, du kannst wetten, dass sie sich in der Öffentlichkeit freundlich gegeben hat.« Seine Mutter beschwerte sich immerzu, dass sie charmant zu ihren Kollegen sein musste, ob sie die mochte oder nicht.

»Vielleicht war sie der Typ, der es schaffte, alles für alle zu sein«, sagte Emma.

»Denkbar.« Blake erinnerte sich an Coopers letzte Worte über ihre privaten Beziehungen, die sich danach richteten, was gerade los war. »Ich schätze, wir werden mehr über ihre Persönlichkeit erfahren, wenn wir uns ihre Wohnung ansehen.« Andere Mitglieder des CSI-Teams waren schon in dem exklusiven Penthouse, in dem Professor Seabrook gewohnt hatte. Emma und er sollten später hinzustoßen, um zu sehen, was sich dort ergab. »Andererseits könnte sie auch ein Workaholic gewesen sein, wie Cooper andeutet, und dann finden wir hier genauso viele Hinweise wie bei ihr zu Hause.«

Wie üblich, betrachteten sie zunächst das Gesamtbild. Es geschah zu leicht, dass man sich auf Details stürzte und etwas Offensichtliches übersah.

In diesem Fall war der Geruch im Raum das Erste gewesen, was Blake aufgefallen war, als sie mit Jim Cooper sprachen. Am deutlichsten war der Duft nach Blumen – da stand eine Vase mit Rosen auf der Fensterbank, die bereits ihre Blütenblätter abwarfen – und einem Parfüm.

»Rive Gauche«, sagte Emma, die ihn schnuppern sah. »Klassisch und hat Klasse.«

»Danke. Ich bin so froh, dass ich meine Meinung nicht in

Worte fassen muss. Das und die Blumen hier übertönen es echt gut, doch ich rieche auch Zigaretten.«

Emma nickte. Er rechnete halb damit, dass sie ihm die Marke nannte, was sie aber nicht tat. »Also denkst du, die Professorin hat die Regeln gebrochen, zumindest im Kleinen?« Sie blickte zu dem Rauchmelder an der Decke. »Eventuell hat sie sich jedes Mal aus dem Fenster gelehnt, damit sie nicht erwischt wird.«

Er nickte. »Ja, könnte stimmen.« Er ging hinüber zu den Rosen und linste zwischen die Stiele, aber es steckte nirgends eine Karte. »Kannst du mal unten beim Pförtner fragen, ob die wissen, wer die geschickt hatte? Ich gehe mal davon aus, dass niemand sich selbst ein Dutzend Rosen kauft.«

»Mach ich. Und ist dir der Wandplaner aufgefallen?«

Blake schaute hin. Dort waren zig Daten markiert. Eher langfristige Termine – gekennzeichnet durch Linien, die sich über mehrere Wochen zogen und eine Vorlesungsreihe anzeigten sowie ein paar Abgabetermine für Finanzierungsbewerbungen. Eine, »Bewerbungsschluss – Soziale Auswirkungen von Armut« war sehr schwungvoll durchgestrichen.

Blake wunderte sich und fotografierte es mit seinem Handy.

Sie schienen mit dem offensichtlichen Kram durch zu sein. »Dann zu den Details«, sagte er. »Du nimmst den Schreibtisch und den Eingangskorb. Ich mache mich an den Aktenschrank.«

Emma nickte und legte los.

Blake zog den obersten Schub auf und stellte fest, dass er Samantha Seabrooks Forschungsinteressen vorbehalten war. Das große Projekt, an dem sie zuletzt gearbeitet hatte, beschäftigte sich mit den Sozialbeziehungen von Kindern, die in Armut geboren waren. Wahrscheinlich sollte es Pflichtlektüre für die Polizei sein, dachte Blake. Würde es eventuell noch, vorausgesetzt, jemand führte es fort. In dem Schub darunter waren Unterlagen zu vorherigen Projekten, neben Vorlesungs- und

Seminarplänen. Alles interessant, aber der dritte Schub warf etwas mehr Licht auf die Beziehungen der Professorin innerhalb des Instituts. Er fand einen Ordner, der Chiara Laurito gewidmet war, Samantha Seabrooks gegenwärtiger Doktorandin. Blake setzte sich damit hin, um zu lesen.

»Oh Mann«, entfuhr es ihm, nachdem er die ersten paar Blätter in dem Ordner durchgesehen hatte.

Emma blickte von der Schreibtischschublade auf, die sie gerade ausräumte, und ihre blonden Locken fielen ihr in die Stirn. »Boss?«

»Samantha Seabrooks Anmerkungen zu ihrer Doktorandin bestätigen, was Jim Cooper über ihre schlechte Meinung von ihren Kollegen gesagt hat.« Er reichte ihr den Ordner, damit Emma hineinsehen konnte.

Sein DS las. »›Nur jemand mit einem wahrhaft eklatanten Mangel an Fantasie könnte aus diesen Daten einen solch billigen Schluss ziehen‹.« Emma verzog das Gesicht.

»Und das ist nur die Spitze des Eisbergs. Es wird noch übler.« Blake lehnte sich zurück.

Emma las weiter. »Ja, ich sehe, was du meinst«, sagte sie nach einem Moment. »Samantha hat dieses Feedback ihrer *Studentin* gezeigt? Tja, Chiara Laurito hat es soeben auf die Liste unserer möglichen Verdächtigen geschafft.«

»Im Ernst, Samantha Seabrook hat eindeutig keine Gefangenen gemacht. Solch eine Kritik muss ganz schön hart zu verdauen gewesen sein.«

»Ganz deiner Meinung.«

Und die Professorin war nicht nur sehr direkt gewesen, sondern hatte es auch noch sichtlich genossen, ihre Anmerkungen so beißend wie möglich zu verfassen, als hätte es ihr Spaß gemacht. Sie hatte ohne Frage gewollt, dass jeder, der ihren Ansprüchen nicht genügte, es auch in aller Deutlichkeit erfuhr. Und vermutlich hatte ihr Urteil auch seinen Weg zu den anderen Institutsmitarbeitern gefunden. Es erinnerte Blake an diese zynische alte Maxime: »Es reicht nicht, Erfolg zu haben. Andere müssen scheitern.« Er hatte es immer witzig gefunden, schätzte aber, dass Chiara Laurito den Scherz nicht ganz so sehr mochte.

Emma gab ihm Lauritos Ordner zurück, und er steckte ihn wieder in den Schub. Es gab noch weitere über frühere Doktoranden. Manche ihrer Anmerkungen waren genauso dramatisch formuliert, nur auf positive Art. Entweder war sie fair, dann mangelte es ihr aber komplett an Taktgefühl, oder sie hatte es richtig auf Chiara abgesehen.

Schließlich hockte Blake sich hin, um in den untersten Schub zu schauen. Er hatte sich schon gefragt, was er enthalten mochte. Die oberen drei Schübe schienen die unterschiedlichen Institutsbereiche abzudecken, in denen Samantha Seabrook gearbeitet hatte.

Im untersten ging es um »Außerlehrplanmäßige Interessen«, wie Blake es ausdrücken würde. Was umso faszinierender war. Er fand eine Flasche Gin (zwei Drittel leer), eine Kondompackung (dito) und diverse Sachen, für den Fall, dass die Professorin direkt vom Büro zu einer Abendverabredung gehen wollte. Prada-Schuhe, eine Make-up-Tasche mit Lippenstift, Eyeliner und Mascara und eine Schatulle mit drei Halsketten und zwei Paar Ohrringen. Alles bestätigte Jim Coopers Behauptung, dass sie ein Privatleben gehabt hatte. Eine der Halsketten stach heraus. Sie unterschied sich im Stil sehr von den anderen, denn sie war altmodisch – schwer und Blakes Ansicht nach hässlich –, sah aber wertvoll aus. »Emma?«

Sie blickte auf.

»Würdest du Rubine erkennen, wenn du sie siehst?«

Sie beäugte die großen roten Steine in der Goldkette. »Du machst Witze, oder? Aber ernsthaft, ich würde sagen, die sehen besonders aus.«

»Da ist eine Gravur auf der Rückseite der größten Einfassung. Ein Monogramm – S.F.S. Das sind nicht die Initialen der

Professorin. Ihr zweiter Vorname war Bella, nach ihrer Mutter, nehme ich an. Aber vielleicht ein Familienerbstück, das von einer älteren Seabrook stammt.«

»Kann sein.« Emma sah genauer hin. »Ich kann mir nicht vorstellen, dass sie die Kette oft getragen hat. Sie ist nicht ihr Stil, geht man von dem anderen Schmuck aus.«

Blake holte einige Fotos aus der Schublade. Emma war in ein Buch vertieft. »Was hast du da?«, fragte er.

»Ihren Schreibtischkalender.«

»Wie rücksichtsvoll von ihr, so einen zu führen. Es ist schön, nicht warten zu müssen, bis die Techniker mit dem Durchforsten ihres Outlook-Kalenders fertig sind.« Sie hatten ihren Laptop bereits mitgenommen.

»Da bin ich ganz bei ihr«, sagte Emma, die immer noch die Nase in dem Kalender vergraben hatte. »Ich sehe meine Woche auch gerne auf Papier vor mir. Es verhindert, dass mich Termine aus dem Hinterhalt überfallen.« Sie verstummte wieder, und Blake beobachtete, wie sie vor- und zurück blätterte.

»Was Interessantes gefunden?«, fragte er, als er nicht länger warten konnte.

»Könnte sein. Ich meine, vieles ist der übliche Kram. Aber sieh mal hier.«

Sie strich die Seiten glatt und zeigte ihm die Woche Ende Juli/Anfang August. Dort war das Wort »Urlaub« quer oben über beide Seiten geschrieben.

»Ja, es ist Sommer, und sie hat Urlaub gemacht. Halten wir die Titelseite frei.«

Emma bedachte ihn mit einem tadelnden Blick. »Vielen Dank für die Unterstützung. Aber sieh dir die anderen Seiten an.« Sie blätterte zurück bis Ende März. Da stand auf noch einer Seite oben »Urlaub«, nur diesmal »Urlaub – Paris.« »Und dann hier.« Emma blätterte noch weiter zurück. Es war ein akademischer Kalender, der von Oktober bis September ging.

Sie kam zum Dezember. Zur Woche vom 28. Dezember bis zum 4. Januar, und dort stand, »Urlaub – Bern«.

»Und da sind auch noch andere Einträge«, sagte Emma. »Der letzte war der Einzige, bei dem sie nicht schrieb, wohin sie wollte.

»Okay, ich nehme alles zurück. Unter diesen Umständen ist es definitiv lohnenswert, dem nachzugehen.«

Er wandte sich dem Papierstapel oben auf dem Aktenschrank zu, doch noch ehe er anfangen konnte, bemerkte er eine Bewegung aus dem Augenwinkel.

Draußen, durch das Glas in der Bürotür zu sehen, ging ein Mann vorbei. Oder wollte sie glauben machen, er ginge nur vorbei. Blake fragte sich, wie lange er dort gestanden und sie beobachtet hatte. Sobald er zu ihm sah, war der Mann weitergegangen und hatte seine Stirn in einem spöttischen Salut angetippt. Ihm war klar, dass er ertappt worden war. Was ihn offensichtlich nicht beunruhigte. Es lag ein Hauch von Herausforderung in seinem Blick, bei dem sich sofort Blakes Nackenhaare aufstellten.

Er sah noch eine Weile zu der Scheibe. Egal. Er würde bald genug erfahren, wer das war.

KAPITEL ACHT

Tara zog es meistens vor, allein zu sein, vor allem, wenn sie
arbeitete. Ihre vorläufige Recherche zu Samantha Seabrook war
spannend, doch nebenher horchte sie, lauschte angestrengt auf
Geräusche, die eine Warnung sein könnten. Sie arbeitete in der
Küche, wo die Weide vorm Fenster immerfort Schatten in den
Raum warf und Muster auf den Fußboden. Und jedes Mal riss
sie die plötzliche Lichtbewegung aus ihrer Konzentration
zurück in ihre unmittelbare Umgebung. Das Knarzen und
Knacken des Hauses lenkte sie auf einmal auch ab. Geräusche,
die sie sonst als normales Verhalten von altem Holz in der
Sommerhitze abtun würde, ließen sie jetzt an Schritte denken,
die sich näherten. Außerhalb ihrer vier Wände konnte sie die
Schwalben hören, die hoch im Sommerhimmel segelten, aber
überhaupt keine menschlichen Laute.

Sie hatte ihr Schlafzimmerfenster oben gekippt, solange sie
zu Haus war, um frische Luft zu bekommen. Als eine plötzliche
Windböe die dünne Badezimmertür zuknallen ließ, zuckte sie
so heftig zusammen, dass sie sich auf die Zunge biss.

Es blieb noch eine Stunde, bevor sie das Haus verlassen
musste, und sie ging nach oben, um sich für ihr Interview mit

Professor da Souza fertig zu machen, dem Leiter des Institute for Social Studies. Oben im Schlafzimmer blickte sie mit einem Auge nach draußen zum Park, während sie ihren Kleiderschrank inspizierte. Schließlich wählte sie eines ihrer besten Kleider aus – ein Designerteil, das ihre Mutter und ihr Stiefvater ihr geschenkt hatten. Seit Ewigkeiten hing es schon ungetragen dort – sie ließ sich nicht kaufen. Aber es heute nicht anzuziehen, war kindisch. Dazu gehörte ein passender Blazer, und das Meergrün passte zu ihren Augen und betonte ihr rotblondes Haar. Was Letzteres betraf, würde sie den Rat der Polizistin befolgen und es hochstecken. Sie machte sich mit einigen Haarnadeln ans Werk und entschied sich für einen kunstvoll zerzausten Stil, bei dem hier und da noch eine lose Strähne heraushing. Als sie Eyeliner auftrug, dachte sie über die bevorstehende Aufgabe nach. Würde die Person, die ihr die Puppe geschickt hatte, sie beobachten, wie sie das Haus verließ? Ihr zum Institut folgen? Oder vielleicht eine derjenigen sein, mit denen sie heute sprach, und die nur abwartete, ob sie das Motiv begriff und was sie von ihr wollte.

Wie lange dauerte es noch, bis der andere mit seiner Geduld am Ende war?

Sie legte dunkelroten Lippenstift auf. Drückte richtig fest. Ihr Haar sollten die lieber nicht anfassen. Es würde die ganze Frisur ruinieren.

Sie steckte ihren winzigen Digitalrekorder zusammen mit ihrer Kamera, dem Notizblock und dem Handy in ihre Tasche. Dazu noch das Haarspray, das neben ihrem Bett stand.

Zwei Minuten stand sie vor dem Messer, das sie letzte Nacht in der Hand gehalten hatte. Sie wusste, was passieren konnte, wenn alles schieflief, selbst wenn man nicht bewaffnet war. Und sie kannte das Gesetz. Es war illegal, etwas mit sich herumzutragen, das als Waffe benutzt werden könnte. Sie hatte sogar schon von einer Frau gehört, die verknackt wurde, weil sie sich mit einem Schlüsselbund gegen ihren Angreifer gewehrt hatte. Die Staatsanwaltschaft hatte besonders betont, dass sie die Schlüssel schlagbereit in der Hand gehalten hatte.

Schließlich nahm Tara das Messer und legte es diagonal in das Seitenfach ihrer Handtasche, bevor sie einige Papiertücher hineinstopfte. *Sie* wusste, dass sie es nicht benutzen würde, es sei denn sie stand vor der Wahl, selbst zu sterben oder ihren Angreifer zu verletzen. Das müsste doch legitim sein.

Sie entschied, das Fahrrad zu nehmen. In ihrem Kleid konnte sie einigermaßen Rad fahren, und auch wenn der Gedanke reizvoll war, sich in ihrem Auto einzuschließen, kam sie damit nicht von Tür zu Tür. Das Rad bedeutete auch, dass sie nicht in eines der mehrgeschossigen Parkhäuser der Stadt müsste, wo sie nicht in der Öffentlichkeit wäre. Sie müsste immer noch das Stück durch den Park, aber sie wäre schnell. Jemand anders auf zwei Rädern könnte sie dort einholen –, aber nur, wenn er ebenfalls schnell war. Sie war fit genug, um den meisten davonzurasen. Und war sie erst auf den Straßen, wäre sie von den Sommermassen umgeben.

Als sie in den Garten kam, war alles still, und die Wiese duftete süßlich in der ruhigen, warmen Luft. Tara blickte sich mit angehaltenem Atem nach verdächtigen Bewegungen um, schaute zu den Trauerweiden, die das Grün sprenkelten und in denen sich jemand verstecken könnte. Dann trat sie kraftvoll in die Pedale, um das Zittern aus ihren Beinen zu vertreiben. Innerhalb einer Minute hatte sie die relative Sicherheit der Riverside erreicht, auch wenn es sich länger anfühlte. Auf dem Weg in die Stadt achtete sie auf den Verkehr um sie herum – sowohl auf die Fahrzeuge als auch die Fußgänger. Hatte der Mann, der auf dem Gehweg lief, etwas mit ihr zu tun? Stellte die Frau in dem Ford, die auf wenige Zentimeter an sie heranfuhr, eine Bedrohung dar?

Sie schloss ihr Fahrrad an ein Geländer vor der imposanten Fassade des Senate House an, eingeklemmt zwischen den anderen, die dort mit ineinander verkeilten Lenkern parkten. Das

Fahrradchaos bildete einen Kontrast zur neoklassizistischen Kulisse. Einen Moment später bog Tara in die Straße ein, in der das Institut war. Wenige Sekunden lang vergaß sie die Massen um sich herum – das Stimmengewirr, zu dem sich viele unterschiedliche Sprachen in der Schlucht der Trinity Street vermengten – und sah nur die hoch aufragenden mittelalterlichen Bauten links und recht. Steinerne Wasserspeier und Fratzen blickten auf sie herab – seltsame Tiere, die fauchten oder ihre Zähne bleckten, ein böse lachender Teufel. Irgendwo hatte sie gelesen, dass die Steinmetze mit ihnen das Böse abwehren wollten. Dämonen, um Dämonen abzuschrecken. Auf Außenstehende wirkten die Gebäude abweisend, doch vielleicht kam das Böse in dem Institut von innen.

Samantha Seabrook hatte die Person, die sie in der Nacht zuvor getroffen hatte, gut genug gekannt, um ihr zu vertrauen. Und sie war mit ihr zu einem der Colleges gegangen. Der Mörder musste ein Insider sein – und vermutlich jemand, den Samantha tagein, tagaus gesehen hatte. Sehr wahrscheinlich in exakt dem Gebäude, das Tara betreten wollte.

Nun, falls ja, wäre sie in der Poleposition, denjenigen zu identifizieren und zu verhindern, das nächste Opfer zu werden.

Sie holte tief Luft und ging nach rechts unter dem schattigen Torbogen hindurch zum Eingang. Es war eine Eichentür, solide und dunkel. Tara drückte einen Summer, und nach einer kleinen Weile sagte eine Männerstimme, dass offen war. Sie trat ein und ließ die Kakophonie der Straße hinter sich. Als die Tür ins Schloss fiel, fühlte Tara sich von der Welt abgeschnitten. Nach einem Moment hörte sie wieder die Stimme, diesmal von hinter einem Empfangstresen. Der Mann telefonierte anscheinend. Ohne dieses Lebenszeichen hätte sie geglaubt, das Gebäude wäre verlassen. Alles war so still. Während sie wartete, hörte sie eine Tür knarren, irgendwo weit hinten in einem dämmrigen Korridor, doch es kam niemand. Der DS, der vorhin bei ihr zu Hause gewesen war, hatte gesagt, DI Blake wäre den Tag über größtenteils im Institut. Sie fragte sich, ob er jetzt hier war. Sie hatte nicht den Eindruck, als wären hier irgendwelche Leute von außerhalb.

Schließlich trat der Mann, der telefoniert hatte, an den Tresen. Sobald sie gesagt hatte, wer sie war, rief er Professor da Souza an.

Der Institutsleiter erschien knapp zwei Minuten später. Tara beobachtete, wie er sich über den langen Korridor näherte. Er war ein großer, kräftig gebauter Mann – schätzungsweise um die Sechzig und gut gealtert, sonnengebräunt und in dunkler Hose zu einem weißen Hemd. Als er näher kam, konnte sie sehen, dass sich die Knöpfe über seinem Bauch ein wenig spannten. Er war aber eher stark als plump. Alles in allem sah er wohl aus, als hätte er gut gelebt und stets ein kleines bisschen mehr von allem gehabt, als ratsam war. Doch heute war sein Gesichtsausdruck verhärmt.

Sein Händedruck allerdings war fest. »Meine Räume sind ganz oben«, sagte er, nachdem sie sich vorgestellt hatten. Sie wusste, dass er ursprünglich aus Brasilien kam, doch sein Akzent deutete auf eine teure britische Privatschule hin. »Gehen wir direkt rauf. Normalerweise könnte ich Sie mit vielen Kollegen von Samantha bekanntmachen« - sie bemerkte ein kleines Kippen in seiner Stimme, als er den Namen sagte – »aber im August ist es hier wie ausgestorben.« Es entstand eine unangenehme Pause. »Viele Mitarbeiter sind jetzt im Urlaub, bevor der Michaelmas Term losgeht.«

Michaelmas Term hieß es für die Insider; jeder andere sprach vom Wintersemester. Ihre Schritte hallten laut, als sie den langen Korridor entlang und die Treppe hinaufgingen. Es dauerte einige Minuten, bis sie ihr Ziel erreichten, doch da Souza machte keinen Small Talk. Tara sah, dass seine Züge angespannt waren, und mehr als einmal rieb er sich die Stirn.

Sie betraten die Räume des Professors (einer vorn für die abwesende Institutssekretärin und ein palastartiger hinten für ihn). Von hier konnte Tara die Dächer der umliegenden Gebäude sehen, und durch ein Fenster rechts blickte man auf den oberen Teil der Universitätskirche, Great St Mary's. Nach vorn raus erkannte man die Markisen auf dem Marktplatz. Sie waren sehr hoch oben, und die Massen unten wirkten winzig. Es war schwer zu ignorieren, wie isoliert sie hier waren. Tara beobachtete da Souzas muskulöse Arme, als er eine Kapsel in seine Kaffeemaschine steckte und einen Krug Milch aus einem kleinen Kühlschrank nahm.

»Ein schönes Büro.«

»Danke. Wie ist es bei Ihnen? Arbeiten Sie von der Redaktion aus?«

Sie schüttelte den Kopf. »Da fahre ich nur zu Meetings hin, sonst arbeite ich von zu Hause. Ich wohne am Fluss, also ist es schön ruhig und friedlich.«

Er nickte und bedeutete ihr, Platz zu nehmen – vor seinem Schreibtisch standen drei samtbespannte Sessel um einen Couchtisch. Kurz darauf hatte sie einen Kaffee vor sich und die Erlaubnis, das Gespräch aufzunehmen. Sie versteckte das Gerät hinter dem Milchkrug in der Hoffnung, dass er es vergaß.

»Wie Sie sich vorstellen können«, sagte er, »stehen wir im Moment alle noch unter Schock, aber ich bin froh, dass *Not Now* entschieden hat, über Samanthas Leben zu schreiben. Sie war immer bereit, die Sache des Instituts zu fördern, und Sie werden die Themen, die ihr am Herzen lagen, einem neuen Publikum nahebringen. Wir kämpfen ständig darum, unsere Erkenntnisse publik zu machen und das Denken der Menschen zu ändern.«

Er sprach, als würde er von einem Skript ablesen, doch Tara glaubte keine Sekunde, dass er wirklich so abgeklärt war. Vielleicht wahrte er jetzt noch die Beherrschung, aber sie hatte die Emotionen direkt unter der Oberfläche brodeln gesehen, als sie nach oben gingen. Ihr Job war es herauszufinden, was dort verborgen war und was er wirklich von Samantha gehalten hatte. Tara musste sie durch die Augen derer sehen, die sie zurückließ. So kam sie der Wahrheit am nächsten.

Und darüber hinaus bestand die Möglichkeit, dass da Souza die Professorin umgebracht hatte ... wenn sie ihm in die Augen blickte und die richtigen Fragen stellte, würde er seine Geheimnisse bewahren können?

Ein Angstschauer lief ihr über den Rücken, den sie sofort zu unterdrücken versuchte. Wenn sie ihn dazu brachte, sich zu verraten, würde er es ihr anmerken. Er würde sie als unmittelbare Gefahr empfinden. Sie bewegte sich auf ganz dünnem Eis.

Doch sie schuldete es Samantha, alles zu versuchen, um die Wahrheit zu ergründen.

Tara entspannte ihre Schultern, neigte sich vor und schluckte, um ihren trockenen Mund zu befeuchten. Sie musste jedes Wort genau abwägen, aber die Vorarbeit war dieselbe wie immer. Sie musste ihn dazu bringen, locker zu werden, bevor sie nach den eigentlichen Antworten zu graben begann. »Es muss außerordentlich schwer für Sie sein«, sagte sie, »allen anderen beizustehen und gleichzeitig selbst damit fertigzuwerden. Die Umstände sind furchtbar, doch ich bin froh, dass wir die Chance haben, bei der Förderung von Professor Seabrooks Arbeit zu helfen. Erzählen Sie mir bitte, was unsere Leser Ihrer Meinung nach wissen sollten.«

Nun lehnte da Souza sich zurück. Es war ein guter Anfang. Ein Interview war wie ein Tennisspiel: Man musste wissen, wann man den Ballwechsel schön sanft hielt und wann man den Schmetterball einsetzte, um den Gegner unvorbereitet zu erwischen. Und nichts machte so süchtig wie dieses Spiel.

Sie trank ihren Kaffee und hörte zu. Hin und wieder unterbrach sie ihn, um nach mehr Details zu fragen, und jedes Mal antwortete da Souza prompt. Bald vergaß er sein Skript, und das Gespräch wurde natürlicher.

»Wie es sich anhört, konnte sich Samantha sehr gut behaupten«, sagte Tara, nachdem da Souza ihr von einem Streit mit einem Politiker in einer öffentlichen Versammlung erzählt hatte.

»Oh, das konnte sie«, bestätigte der Institutsleiter. »Sogar schon als Kind.« Er lächelte, aber nun sah Tara auch Tränen in seinen Augen.

Sie hielt den Atem an. Auf diese kleine Enthüllung musste sie richtig reagieren. Vielleicht war es keine große Sache, aber sie wollte nicht, dass er dichtmachte, weil sie allzu interessiert schien. Bluffen war das Beste. »Ich glaube, jemand erwähnte, dass Sie sie schon seit Jahren kennen«, sagte sie und runzelte die Stirn, als versuchte sie, sich zu erinnern, wer es gewesen war. »Sie waren mit der Familie befreundet?«

Da Souza seufzte. »Jemand hat es Ihnen erzählt, ja? Die Leute erwähnen es oft.« Er klang bedauernd. »Ja, stimmt. Ihr Vater und ich waren zusammen auf der Charterhouse School.«

Dass sie auf demselben exklusiven Internat gewesen waren, kam nicht überraschend, aber die Tatsache, dass sie gleich alt waren, sehr wohl. »Tut mir leid, das wusste ich nicht. Ehrlich gesagt hätte ich Sie nicht annähernd so alt geschätzt.« Verdammt. Er würde denken, dass sie sich bei ihm einschleimte; es war ihr einfach rausgerutscht. Von ihrer Recherche wusste sie, dass Professor Seabrooks Vater fünfundsiebzig war. Sie war erleichtert, als sie die Andeutung eines Lächelns bei da Souza sah. »Er ist mehrere Jahre älter als ich, aber wir waren im selben Haus.«

»Verstehe. Ich frage mich, ob Sie mir Ihre Ansicht zu etwas verraten könnten, was ich gern wissen würde.«

Da Souza sah sie freundlich an. »Natürlich.«

Sie würde tiefer in den Privatbereich vordringen, über den sie schreiben musste, um ihre Leser zu ködern. Und sie würde wetten, dass sie es schaffte, vorsichtig zu sein und ihn nicht zu verschrecken.

»Ich habe gesehen, dass Professor Seabrook ihre Doktorarbeit über reiche, abwesende Eltern geschrieben hat. Und da habe ich mich unweigerlich gefragt, ob die Themenwahl mit ihrer eigenen Kindheit zu tun hatte. Ich weiß, dass der Spagat zwischen Arbeit und Familie für Eltern schwierig sein kann. Sir Brian und Bella Seabrook konnten auf solche beachtlichen Karrieren schauen – sie müssen fantastische Rollenvorbilder gewesen sein –, aber vielleicht waren sie nicht so viel für Samantha da, wie sie es sich gewünscht hätte?« Sie lächelte zögerlich. »Ach, vielleicht zähle ich hier auch eins und eins zusammen und bekomme drei heraus.« Wieder stockte sie kurz. »Ehrlich gesagt ist meine Mutter Schauspielerin, genau wie Bella Seabrook. Als Kind habe ich sie nicht viel gesehen, und mein Vater war gar nicht da.«

Der Professor neigte sich vor, und es verging ein Moment, bevor er antwortete. »Das muss hart für Sie gewesen sein.« Er sah sie mitfühlend an und seufzte. »Und Ihre Vermutung ist nur fair. Brian war sehr viel unterwegs. Sie hatten aber eine Hilfe, die ins Haus kam. Und wenn er da war, tat er alles für Samantha – daran bestand nie ein Zweifel. Und Bella«, hier zögerte er, »Bella hat getan, was sie konnte, bis sie starb.«

Tara nickte. »Ja, sicher.« Diese Pause, bevor er Samanthas Mutter ansprach, war interessant. »Wie ich gelesen habe, kam Bella Seabrook bei einem Unfall ums Leben?«, fragte sie.

Da Souza versteifte sich plötzlich. »Richtig«, sagte er.

Tara atmete tief durch. Sie musste einen Rückzieher machen, wenn sie ihn nicht verlieren wollte. »Tut mir leid. Ich hätte das nicht ansprechen sollen. Es muss entsetzlich gewesen sein.«

Er sah traurig aus, doch der verschlossene Ausdruck schwand ein wenig. »Schon gut.«

Tara probierte es mit einem anderen Ansatz. »Hat Samantha sich immer schon für die Auswirkung sozialer Ungleichheit auf Kinder interessiert?«

Professor da Souza nahm seine Kaffeetasse auf. Seine Pupillen waren groß, und sein Blick ging ins Leere, als würde er sich erinnern. »Ja. Sie hat es mir erzählt. Brian hatte sich an der Universität für Sozialismus interessiert – bis heute. Er hat Samantha auf die staatliche Schule geschickt statt auf ein Internat.« Er schüttelte den Kopf. »Es bedeutete, dass sie Kinder unterschiedlichster Herkunft um sich hatte. Ihr war bewusst, wie privilegiert sie lebte, und sie wollte etwas zurückgeben. Es war ihr so wichtig. Ohne Frage war sie mit Leidenschaft bei ihrer Arbeit.« Er umklammerte seine Tasse so fest, dass seine Fingerknöchel weiß wurden. »Ja, das Wort Leidenschaft dürfte überhaupt auf ihre ganze Persönlichkeit zutreffen.«

Er sprach leise und mit leicht kippelnder Stimme. Zudem fiel Tara auf, dass er sie nicht mehr ansah. Warum nicht? Weil er nicht wollte, dass sie seine Tränen sah? Oder weil er etwas verbarg? Tara trank langsam einen Schluck Kaffee und blieb stumm, solange sie versuchte, das nervöse Flattern in ihrem Bauch abzustellen. Sie musste sich konzentrieren. Hier war mehr los als nur da Souzas Verbundenheit mit Samantha Seabrook. Sie hatte es an seinem Ton gehört, dass er das Beharren ihres Vaters auf einer staatlichen Schule für merkwürdig hielt. Was bei einem Mann, der sich mit Projekten zu sozialer Ungleichheit befasste, überraschend war. Vielleicht war er von manchen Ergebnissen prinzipiell überzeugt, aber nicht so sehr, dass sie ihn oder seine Freunde beeinflussten. Und so wusste Tara, wie sie ihre nächste Bemerkung anbringen musste. »Es scheint überraschend, dass sie sich gegen ein Internat entschieden hatten, wenn ihre Eltern beruflich so stark eingebunden waren.«

Wieder neigte da Souza sich vor, und jetzt war sein Blick intensiv. »Dasselbe habe ich damals auch gesagt! Aber es kam nicht in Betracht. Brians Prinzipien gewannen.«

Wie interessant, dass Professor da Souza der Familie eng genug verbunden gewesen war, um Sir Brian Vorschläge zur Schulwahl für Samantha zu machen. Und wenn er sie so gut kannte, was hatten dann die anderen Mitarbeiter am Institut gedacht, als sie hier einen Traumjob bekam – ganz zu schweigen von ihrer beinahe sofortigen Beförderung? Zweifellos war Samantha eine Topwissenschaftlerin, aber dennoch ...

»Wollen Sie mit Brian reden, um mehr über Samanthas Familienleben für Ihren Artikel zu erfahren?«, fragte da Souza und riss Tara aus ihren Gedanken.

»Das wäre sehr hilfreich.«

Er nickte. »Ich bin mir sicher, dass er Ihnen helfen wird. Es gibt fast nichts, das irgendein Trost sein könnte, aber ich weiß, dass er ihr gern Tribut zollen würde. Ich gebe ihm Ihre Kontaktdaten, einverstanden? Dann kann er sich bei Ihnen melden.«

»Das wäre sehr freundlich, danke. Wählen die meisten Leute dieses Fachgebiet aus denselben Gründen wie Professor Seabrook?«, fuhr sie fort. »Um etwas zurückzugeben, weil sie selbst solch ein Glück gehabt haben?«

Da Souza neigte den Kopf zur Seite. »Ihr Fall war gewiss nicht ungewöhnlich unter den Mitarbeitern hier. Ich würde sagen, das Verhältnis ist recht ausgewogen zwischen denen privilegierter Herkunft und solchen von der rauen Seite des Lebens. Erstere wollen das Leben der Menschen verbessern, die weniger Glück hatten als sie, und Letztere streben danach, künftigen Generationen bessere Chancen zu bieten, als sie selbst hatten.« Er wirkte ernst. »Wir alle sind uns sehr wohl bewusst, dass Menschen, die in diese Kategorie fallen, schreckliche Hindernisse überwinden mussten, um dahin zu gelangen, wo sie heute sind. Und wir profitieren enorm davon, Mitarbeiter jedweder Herkunft hier zu haben. Es bedeutet, dass wir die Menschen verstehen, denen wir helfen wollen, aber auch jene mit der Macht, Leben mittels einer neuen Politik zu verändern.«

Es leuchtete ein, trotzdem klang es spaltend und bevormundend, Menschen so zu kategorisieren. Auch wenn da Souza diese Unterscheidung nur in seinem Kopf machte, wirkte sie sich auf die Art aus, wie er mit Menschen umging. »Es ist sicher nicht einfach, vor diesem Hintergrund für eine reibungslose Zusammenarbeit zu sorgen, oder?«, fragte sie.

»Es kann schon mal schwierig sein«, antwortete da Souza mit einem reumütigen Lächeln. »Wer selbst schwere Zeiten durchgestanden hat, neigt zu der Annahme, er wäre am besten geeignet, Lösungen zu finden, sodass Meinungsverschiedenheiten bisweilen ziemlich leidenschaftlich ausgetragen werden.«

Wie leidenschaftlich? Das war die Frage. Vielleicht würde ihr Gespräch mit Simon Askey, ein anderer Wissenschaftler, an den da Souza sie verwiesen hatte, ein wenig Licht auf die Beziehung im Institut werfen. Da Souza hatte morgens am Telefon erwähnt, dass Askey und Samantha Seabrook ein gemeinsames Forschungsprojekt beantragen wollten. Mit ihm zu reden, wäre gut, allerdings bedeutete sein Terminplan, dass sie ihn an der Uni aufsuchen musste, der er neben dem Institut verbunden war, weil er den Nachmittag über dort Sitzungen hatte.

Als sie dem Professor dankte, ergriff sie wieder seine Hand.

»Sehr gerne«, sagte er, während er ihre Hand schüttelte. »Es ist schön, über Samantha zu reden – kathartisch auf eine Weise, wie ich es mir nicht vorgestellt hätte. Falls Sie noch weitere Fragen haben, kommen Sie jederzeit wieder zu mir.«

Seine Worte taten ihr gut. Nichts übertraf das Gefühl, ein Interview richtig hinbekommen zu haben. Was jedoch nichts an ihrer Erleichterung änderte, die sie empfand, weil es vorbei war. Sie wollte raus aus seinem Schlupfloch und zurück auf neutrales Terrain.

Als sie schnell zu seiner Bürotür ging, bemerkte sie eine Dose auf einem Regal neben einigen Kleiderhaken. Auf ihr prangte das Wappen vom St Bede's College – ein Raubvogel in Scharlachrot, der den Kopf zur Seite gedreht hatte. Da Souza musste ihren Blick gesehen haben.

»St Bede's ist mein College«, erklärte er. »Ich hatte erst vor

einem Monat zu einer kleinen Cocktailparty für die Instituts-
mitarbeiter dort eingeladen, in dem Garten, in dem Samantha
ermordet wurde. Sie sagte zu der Zeit, dass sie den Garten
bezaubernd fand und gerne noch einmal hinkäme.«

Seine Stimme kippte erneut ein wenig. Tara hörte, wie er
Luft holte, als wollte er noch etwas hinzufügen, doch als sie sich
zu ihm umschaute, war sein Mund geschlossen. Er musste es
sich anders überlegt haben.

Dass er beinahe in Brian Seabrooks Alter war, hieß nicht
zwangsläufig, dass er nicht in Samantha verliebt gewesen sein
konnte. Dieser Gedanke regte sich, als sie die Treppe hinunterging, gefolgt von den schweren Schritten des Professors. Und
nur weil er traurig über ihren Tod war, schloss ihn das nicht als
Täter aus. Tara wusste nicht, was letzte Nacht in dem College-
Garten geschehen war – nur, dass Samantha Seabrook ertränkt
wurde. Professor da Souza war zweifellos stark genug dazu.
Wieder kamen Tara seine muskulösen Arme in den Sinn. Er
war auch noch gut in Form ...

Sie schritten an verlassenen Räumen vorbei nach unten.
Als Tara die Eichentür sah, die sie zurück in den Sonnenschein
entlassen würde, wäre sie am liebsten gerannt.

KAPITEL NEUN

Blake hatte schon eine Menge Fragen an Mary Mayhew, die Verwaltungsleiterin des Instituts, doch auf dem Weg zu ihrem Büro kamen sie an der Bibliothek vorbei, und er fügte noch eine weitere hinzu. Emma bemerkte ebenfalls die Tafel neben den Doppeltüren und zog eine Augenbraue hoch.

Dr. Mayhew saß im Untergeschoss des Instituts. Alles hier war dunkel, und ihr Büro ließ Blake an einen Fuchsbau denken. Es gab ein Fenster, doch das war klein und nur zur Hälfte oberirdisch. Hin und wieder erblickte er die Füße von Passanten. Sämtliche Bürowände waren von Bücherregalen ausgefüllt. Es war, als hätte Dr. Mayhew sich ihren kleinen Platz mittendrin freigraben müssen. Sie sah zerstreut aus, und ihr Schreibtisch war voller Papiere, Notizbücher und einer Auswahl persönlicher Sachen – eine Packung Paracetamol, ein Foto von einem Hund und eine Box mit Papiertaschentüchern. Es roch nach Möbelpolitur und Hustenbonbons.

»Gehe ich recht in der Annahme, dass wir Ihnen für den Anruf von Jim Cooper heute Morgen zu danken haben?«, fragte Blake. »Er hat gesagt, Sie hätten ihn ermuntert, uns anzurufen.

Waren Sie überrascht, ihn in Professor Seabrooks Büro zu sehen?«

Mary Mayhew wurde verlegen. »Ja«, antwortete sie schließlich. »Ich hatte ja einem Ihrer Officers Samanthas Schlüssel gegeben und allen Bescheid gesagt, dass keiner den Raum betreten dürfe. Natürlich wusste ich, dass Jim Cooper Schlüssel zu allen Türen im Gebäude hat, aber ich hätte nicht gedacht, dass er die benutzt. Und für mein Empfinden ist er hier für Sicherheit zuständig – genauso wie Sie überall sonst.«

»Für uns ist er alles andere als offiziell«, sagte Blake. Falls Sie dachte, an der Universität herrschten eigene Gesetze, hatte sie sich geschnitten.

Mary Mayhew blickte von ihm zu Emma Marshall. Sie schien ein bisschen beleidigt. »Ich kann Ihnen versichern, dass er absolut vertrauenswürdig ist.«

»Er ist ein Zivilist, der eine Mordermittlung verfälscht hat. Ob er vertrauenswürdig ist oder nicht, ist nicht von Belang.« Ihm war bewusst, dass er an ihr seinen Ärger auslieh, den Max Dimity mit der DCI hatte – aber es musste dennoch deutlich gesagt werden.

»In jedem Fall würde ich nicht zu viel in Jims Handeln hineindeuten«, sagte Mary Mayhew. »Er nimmt seine Rolle sehr ernst, denn er ist ja praktisch der Hüter des Instituts. Ich bin seine Vorgesetzte, doch er ist derjenige, der sich die Hände schmutzig macht. Wenn ich es genau bedenke, wird er meine Anweisung gar nicht auf sich bezogen haben.«

Ein Mann, der sich über die Regeln erhaben glaubte. Großartig. Es passte zu Blakes Eindruck von Cooper.

»Wie wir es verstanden haben, standen er und Samantha Seabrook sich nahe«, sagte Emma nach einer kurzen Pause.

Der eine lange folgte. »Ich glaube nicht, dass Samantha es so ausgedrückt hätte«, antwortete Mary Mayhew dann. Sie blickte kurz zur Seite. Die Frau sprach mit ihnen wie eine Politikerin, gab sich alle Mühe, die Mitarbeiter und den Ruf des

Instituts zu schützen. Begriff sie nicht, dass eine Mordermittlung wichtiger war als ihr Bedürfnis, den Schein zu wahren? Ihre Haltung frustrierte ihn; sie könnte eindeutig mehr sagen. Warum nicht einfach ehrlich sein, wo so viel auf dem Spiel stand? Er musste zugeben, dass sie ihm schon gegen den Strich ging, seit er das Büro betreten hatte. Sie strahlte etwas Überempfindliches aus, das ihn nervte. Er war froh, dass Emma seine Gedanken nicht lesen konnte, denn sie würde ihm sagen, er solle nicht so voreingenommen sein.

»Nun«, sagte er, »Jim Cooper behauptet, sie wären seelenverwandt gewesen. War Ihnen bekannt, dass die beiden über Informationen gesprochen haben, die Professor Seabrook sonst für sich behielt?«

»Nein«, antwortete Mary Mayhew, »das wusste ich nicht.« Sie runzelte die Stirn. »Samantha konnte Leuten das Gefühl geben, besonders zu sein«, fügte sie nach kurzem Stocken hinzu. »Vielleicht hat Jim sich bloß eingeredet, dass es so war.«

»Soweit wir wissen, hatte Professor Seabrook außer Jim Cooper niemandem von der Puppe erzählt.«

Sie schwieg, und Blake beschloss, das Thema zu wechseln. »Was wissen Sie über die Hobbys der Professorin?«

Sie zog die Augenbrauen hoch. Die Tatsache, dass Samantha Seabrook anscheinend in den Garten von St Bede's geklettert war, hatte man bisher nicht öffentlich gemacht, deshalb erklärte Blake es nicht. »Ich habe gehört, dass sie gern kletterte. War Ihnen das bekannt?«

Dr. Mayhew runzelte die Stirn und zögerte. »Ich glaube, ich habe es mal gehört.«

Es war eine sehr vorsichtige Antwort. »Wer hat es Ihnen erzählt? Und mit wem ist sie geklettert?«

Diesmal war das Zögern kürzer. »Ich fürchte, daran erinnere ich mich nicht.« Einen Augenblick später sagte sie: »Aber es wurde niemand anders erwähnt.«

Blake schätzte ihre Halbwahrheiten und editierten

Aussagen nicht. »Wissen Sie, ob sie ein hiesiges Sportzentrum genutzt hat?«

»Da bin ich mir nicht sicher.« Jetzt klang ihre Stimme fester, weil sie sich an seine Art zu fragen gewöhnt hatte.

»Macht nichts. Wir hören uns um.« Er ließ es wie eine Drohung klingen und sah, dass sie verärgert war. »Apropos Freizeit«, fuhr er fort. »Uns ist aufgefallen, dass die Professorin wenige Wochen vor ihrem Tod Urlaubstage eingetragen hatte. Wissen Sie, wo sie gewesen ist?«

Mary Mayhew lehnte sich auf ihrem Stuhl zurück und entspannte die Schultern. »Nein.«

Jetzt glaubte er ihr. »Hätte sie ihren Kollegen normalerweise von ihren Plänen erzählt?«

Die Verwalterin verzog das Gesicht, setzte jedoch sofort wieder eine neutrale Miene auf. »Das hing bei Samantha ganz davon ab. Manchmal hatte sie lauter Pläne, und wir erfuhren alle, was sie vorhatte. Dann wieder genoss sie es, uns auf die Folter zu spannen.« Sie lächelte, doch es war frostig.

Als Nächstes sprach Blake den Mann an, den er vor Samantha Seabrooks Zimmer gesehen hatte.

»Das muss einer unserer Senior Lecturers gewesen sein, Dr. Simon Askey«, sagte Mary Mayhew. Ihr Tonfall verriet Blake, dass sie gegenüber dem Mann gemischte Gefühle hatte; und er ahnte, dass sie sie für sich behalten würde. »Er wird jetzt schon weg sein.«

Blake sah auf seine Uhr. Es war ein bisschen früh, um schon Feierabend zu machen.

Mary Mayhew beobachtete ihn. »Er ist zu seinem College gegangen«, erklärte sie spitz. »Dort spricht er mit einer Journalistin über Samantha, und danach hat er einige Sitzungen.«

Wie schön für ihn. »Hat Dr. Askey eng mit Professor Seabrook zusammengearbeitet?« Er wollte gern wissen, warum sich der Mann so sehr dafür interessiert hatte, was Emma und er in dem Büro taten.

»Ihre Forschungsfelder überschnitten sich oft.«

Was seine Frage nicht beantwortete.

»Ist Dr. Askey schon länger am Institut?«

»Ungefähr ein Jahr länger als Professor Seabrook. Er hatte vorher einen Lehrauftrag in Manchester und ist von dort als Senior Lecturer zu uns gewechselt.«

Und spannenderweise war er nicht so aufgestiegen wie Samantha Seabrook. »Haben er und Professor Seabrook jemals um eine Beförderung konkurriert?«

Mary Mayhew sah ihn unfreundlich an, und er genoss es, ihr zuzulächeln. »Ganz so funktioniert das nicht«, sagte sie steif.

»Ich würde es dennoch gern wissen.«

Letztlich gab sie nach. »Er hatte sich gleichzeitig mit ihr um eine Beförderung bemüht. Hätte er Erfolg gehabt, wäre er Assistenzprofessor geworden.«

Dank seiner Mutter war Blake mit den Strukturen vertraut. »Also konnte er nicht weiter aufsteigen, während Samantha Seabrook eine Stufe übersprungen hat und direkt eine Professur bekam?«

Der frostige Ausdruck war zurück. »Inspector, haben Sie eine Ahnung, wie viele Seiten Regeln und Vorschriften es gibt, um sicherzustellen, dass Beförderungen objektiv und fair vorgenommen werden?«

»Nein.« Seine Mutter hatte es nicht detailliert geschildert.

»Zweiundvierzig bei der letzten Zählung.« Sie nickte zu einem dicken schwarzen Band, auf dessen Rücken in Goldlettern *Statutes and Ordinances* stand.

Aber Regeln ließen sich gemeinhin umgehen. »Sie sind sich also sicher, dass der Prozess fair ist?«

»So fair, wie ihn irgendjemand machen kann.«

Blake sah sie fragend an.

»Letzten Endes ist das Leben unfair«, sagte sie. »Darum geht es ja bei unserer Arbeit. Bekommt man hier einen Posten an der Universität – oder überhaupt irgendwo –, ist es teils auch dem Umstand zu verdanken, dass man eine anständige Ausbildung genossen hat. Und die wiederum hängt oft vom familiären Hintergrund ab.«

Was ja schön und gut war, nur war Blake nicht hier, um sich einen Vortrag über Chancenungleichheit anzuhören. »Wird der Beförderungsprozess von den Mitarbeitern als fair angesehen?«

»Ach«, sagte sie und sank auf ihrem Stuhl nach hinten. »Das ist natürlich ein ganz anderes Thema.«

Dies war genau der Moment, die Tafel an der Bibliothek anzusprechen. »Ich schätze, es muss umso schwieriger für die anderen sein, an Chancengleichheit zu glauben, wenn einzelne Bewerber oder deren Familie dem Institut großzügig gespendet haben. Mir ist aufgefallen, dass Sie hier die Seabrook Library haben.« Niemand bekam so etwas umsonst nach sich benannt.

Mary Mayhew wurde tiefrot. »Diese verdammte Bibliotheksspende!«, schimpfte sie. »Die hat nichts als Ärger gebracht.« Dann blinzelte sie zweimal, sehr schnell. »Verzeihung. Das hätte ich nicht sagen sollen. Das Geld für die Bibliothek wurde von Samantha Seabrooks Vater gespendet, Sir Brian. Das war gute fünf Jahre, bevor Samantha sich auf ihre Stelle hier beworben hat. Und wir haben ausführliche Aufzeichnungen darüber, warum sie eine erfolgreiche Bewerberin war, genauso wie zu ihrer Professur. Sie war mit großem Abstand die am besten qualifizierte Bewerberin.« Sie klang, als hätte sie diese Rede schon häufiger gehalten – und wäre es leid.

»Aber ich vermute, dass es die Leute nicht davon abhält, die falschen Schlüsse zu ziehen.«

Wieder gab es eine kleine Pause. »Da vermuten Sie richtig.«

»Simon Askey eingeschlossen?«

»Zu mir direkt hat er nie etwas gesagt.«

»Was ist mit Gerüchten, die Sie über andere erreichten? Bissige Bemerkungen, solche Sachen?«

»Da gab es einige. Nicht nur von ihm.«

Blake konnte es sich lebhaft vorstellen.

»Doch Tatsache ist«, fuhr Mary Mayhew fort, »dass es keine größeren Unstimmigkeiten zwischen Simon Askey und Samantha Seabrook gegeben haben kann. Sie waren gerade dabei, sich mehrere Millionen an Fördergeldern für ein gemeinsames Projekt zu sichern. Es hätte bedeutet, dass sie drei Jahre lang eng zusammenarbeiten. So was macht man nicht, wenn man sich spinnefeind ist.«

»Und worum ging es?«, fragte Blake.

»Die sozialen Auswirkungen von Armut. Die Deadline für die Bewerbung ist in einer Woche, und hätten sie Erfolg gehabt, hätten sie ab Ostern zusammengearbeitet.«

Blake fiel auf, dass Emma aufmerkte. Und auch bei ihm schrillten die Alarmglocken. Sein DS schlug den Notizblock auf und hielt ihn so, dass er ihn sehen konnte. Da stand: »Soziale Auswirkungen – abgesagt?« Dies war der Antrag mit der Deadline, die von Samantha Seabrook auf ihrem Wandplaner so energisch durchgestrichen worden war.

Es sah also ganz so aus, als wäre Mary Mayhews Information alter Tobak. Und wenn Samantha Seabrook sich überlegt hatte, ihren gemeinsamen Antrag mit ihrem Kollegen abzublasen, wie hatte Simon Askey reagiert? Vor allem wenn der Erfolg von ihrer Kooperation abhing ... Blake vermutete, dass er wütend war. Und ihn interessierte, wie Askey seinem Frust Luft gemacht hatte. Und was genau er getan hatte, um sie zu einem Rückzieher zu bewegen.

Sie wollten Mary Mayhews Büro schon verlassen, als Blake innehielt. Er war hinter Emma, halb zwischen dem Stuhl, auf dem er gesessen hatte, und Dr. Mayhews Bürotür.

»Was Professor Seabrooks Klettern angeht«, sagte er. »Mir ist bewusst, dass Sie mehr wissen, als Sie mir erzählen. Ich kann Sie nicht zwingen, ehrlich zu sein, aber dies ist eine Mordermittlung, und Ihre Haltung ist wenig hilfreich. Ich weiß nicht, was Sie zu verbergen haben, aber sollten Sie ernsthaft glauben, die PR des Instituts sei wichtiger als das, was mit Samantha Seabrook passiert ist, dann halten Sie ruhig weiter den Mund. Ich gehe hier mit der Überzeugung raus, dass Sie willentlich Informationen zurückhalten.«

Er sah sie an und hoffte, sein Gesichtsausdruck würde die ganze Wucht seines Frusts spiegeln.

»Na schön«, sagte sie schließlich.

Also setzte er sich wieder hin, bereit für ihre Erklärung.

Als er wenig später mit Emma zusammen den Raum verließ, nach einer verbitterten, aber erhellenden Diskussion, sah sein DS ihn an.

»Ich weiß, was du denkst«, sagte Blake.

»So?«

»Ich bin Detective, schon vergessen? Und da du ebenfalls einer bist, weißt du wahrscheinlich auch, was ich denke.«

»Mary Mayhew mag nicht dein größter Fan sein, aber keine Rose ohne Dornen?«

»Du bist gut. Und wir haben unsere Antwort, oder?« Alles andere kümmerte ihn nicht weiter.

KAPITEL ZEHN

Auf der King's Parade strömten die Leute aus den Cafés und Restaurants und liefen Tara auf der Straße direkt vors Fahrrad. In dem Institut hatte sich die Anspannung in ihr aufgebaut, und sie war kurz davor, die Leute anzuschreien. Giles' Anruf, als sie eben das Gebäude verließ, hatte nicht geholfen. Sie wusste es ja zu schätzen, dass er Updates wollte, aber ihr im Nacken zu sitzen, wenn sie gerade erst anfing, hielt sie einfach nur auf.

Sie holte tief Luft und lenkte all ihre Energie darauf, so schnell wie möglich zum St Francis's College zu fahren, wo Simon Askey Mitglied des Lehrkörpers war. Auch Samantha Seabrooks hatte an dem College gelehrt. Zumindest hatte sie so die Chance, das zweite Standbein der Professorin zu sehen. Die meisten Akademiker hatten Büros in den Fachbereichen ihrer Colleges wie auch an ihren Instituten.

Sie bog nach rechts in eine schmale Seitenstraße, denn das College lag nahe dem King's College und direkt am Fluss. Es war klein und datierte auf das frühe fünfzehnte Jahrhundert zurück. Tara schloss ihr Rad an einen Laternenpfahl an und betrat einen von Mauern gerahmten Durchgang auf der Suche nach der Pförtnerloge.

»Dr. Askey?« Ein Mann in schwarzer Hose, schwarzer Weste und weißem Hemd trat hinter dem Schreibtisch vor. »Ich zeige Ihnen den Weg zu seinem Aufgang.«

Etwas in dem Blick des Mannes jagte das Adrenalin, das ohnehin schon in Taras Kreislauf pulsierte, noch weiter in die Höhe. Er wirkte reserviert, und er war um einiges frostiger geworden, als sie ihm sagte, zu wem sie wollte. Sie tippte, dass Askey nicht sehr beliebt war. Was ihn nicht zwingend zum Mörder machte. Aber wie jeder sonst, den sie sich vornehmen musste, war er im Rennen. Ein Teil von Tara wollte sich umdrehen und weglaufen, solange sie es konnte.

Aber sie folgte dem Pförtner, der sie über den verlassenen Innenhof mit dem sattgrünen, unberührten Gras führte. Überall um sie herum starrten die Stabkreuzfenster des Colleges auf sie herab, zu dunkel und zu weit weg, als dass sie sehen könnte, ob sie beobachtet wurde. Nur ein paar von ihnen standen offen, und dann plötzlich sah sie, dass jemand eines zuschlug. Eine Krähe, die auf einem nahen Mauervorsprung gehockt hatte, flog erschrocken auf, und ihr Schrei hallte, als sie zum hohen Dach flatterte.

»Hier«, sagte der Pförtner. »Aufgang F.«

»Danke.« Sie blickte dem Mann nach, als er ging, und kam sich isoliert vor.

Da war eine Liste von Namen und Raumnummern – weiße Buchstaben auf schwarzem Grund – unten an der steinernen Wendeltreppe. Sie fand Askeys Namen unter den anderen und machte sich auf den Weg, wobei sie immer wieder nach oben schaute, um zumindest eine Ahnung zu gewinnen, was sie erwartete.

Was zur Hölle machte sie denn? Doch es gab kein Zurück. Den Kopf in den Sand zu stecken, würde bedeuten, sich darauf zu verlassen, dass die Polizei ihren möglichen Mörder schnappte – und von der war sie schon einmal enttäuscht worden. Wenn es schiefging, hatte sie wenigstens ihr Messer.

Sie gelangte zur richtigen Tür und klopfte an.

Der Mann, der ihr öffnete, war blond, gut aussehend und strahlte ein Selbstvertrauen aus, das sie bereits spürte, ehe er etwas sagte; sie erkannte es an seinen Augen und der Haltung seiner Schultern.

»Tara Thorpe? Freut mich sehr. Ich bin froh, dass Sie zu mir kommen, um über Sam zu reden. Sie und ich waren – nun, ich schätze, man könnte sagen, wir waren Sparringspartner.«

Seiner Stimme nach würde Tara tippen, dass er gebürtiger New Yorker war. Den Akzent hatte sie immer schon gemocht, was sie jedoch nicht davon abhielt, misstrauisch zu werden. Etwas an seinem Tonfall sagte ihr, dass er ihr ein ganz besonderes Bild von Professor Seabrook vermitteln würde.

Er trat zurück, damit sie reinkommen konnte. »Kaffee?«

»Gerne, danke.«

»Also«, er sah sie fragend an, »wie kommt's, dass Sie für *Not Now* arbeiten?« Sein Ton war unmissverständlich. Wahrscheinlich hielt er sich für ihren ersten Gesprächspartner, der diese kämpferische Position einnahm. Wie naiv von ihm!

Trotzdem lächelte sie. »Dann zählen Sie sich nicht zu unseren Fans?«

Er zuckte mit den Schultern, erwiderte ihr Lächeln aber, als er den Wasserkocher einschaltete. »Meine Frau liest die Zeitschrift – zwischen Windelwechseln und Füttern. Wir haben ein sechs Monate altes Baby.«

Tara nickte. »Ein anstrengendes Alter.« Nicht dass sie eine Ahnung davon hätte. »Wie schön, dass wir ihr da ein bisschen Zerstreuung bieten können.«

»Sie hat Ihren Namen erkannt, als ich ihr erzählt habe, dass ich mit Ihnen reden würde. Und sie sagt, dass Sie gut sind – deshalb wundere ich mich, dass Sie bei solch einem Blatt arbeiten.«

Nun war es an ihr, mit den Schultern zu zucken und es mit einem Grinsen abzutun. »Ich warte noch auf meinen großen Moment. Zugegeben, ich bin nicht immer hundertprozentig glücklich mit unserem Content, aber ich bin Realistin. Und sie lassen mich tun, was ich will. Der Artikel über Samantha Seabrook wird nicht rauskommen, sofern ich nicht zufrieden damit bin.« Tara hatte herausgefunden, dass Giles grundsätzlich zu faul war, irgendetwas zu erzwingen, wenn sie sich richtig querstellte.

Askey blickte sie direkt an, und ein Lächeln umspielte seine Lippen. »Kann ich mir vorstellen.«

Bei seinem eindringlichen Blick wollte sie am liebsten zurückweichen und war froh, als er zu einer Arbeitsplatte ging, um Kaffee in eine Cafetiere zu löffeln. Dabei machte er weiter Small Talk.

Während sie plauderten, nutzte Tara die Gelegenheit, für mehr Abstand zwischen ihnen zu sorgen. Sie gab vor, auf der anderen Seite des Raums den Ausblick zu bewundern. Er ging zu dem Innenhof, den sie durchquert hatte.

»Sams Büro war gleich da drüben.«

Ihr Atem stockte. Er hatte es geschafft, vollkommen lautlos zu ihr zu kommen.

Sie sah zu der Stelle, auf die er zeigte. Schräg gegenüber führte eine Treppe nach oben, identisch mit der, die sie heraufgegangen war.

»Eine seltsame Vorstellung, dass ich nie wieder sehen werde, wie sie da drüben aus der Tür stürmt«, sagte er mit einem Seufzen, doch Tara erkannte schlechtes Theater auf Anhieb. Sie glaubte nicht, dass er erschüttert war. Fasziniert vielleicht, wie sich die Dinge entwickelt hatten. Eventuell dachte er sogar wehmütig an einige gemeinsame Momente. Aber er war definitiv nicht über Gebühr traurig.

Er könnte die Professorin ermordet haben.

Sie verspürte den Drang, nahe am Fenster zu bleiben, damit sie von draußen gesehen wurde, sollte etwas passieren ...

Askey ging zurück zu der Cafetiere und drückte das Sieb nach unten. »Milch? Zucker?«

»Nein danke.«

»Eine Frau nach meinem Geschmack.« Er kam, um ihr das Getränk zu bringen, und hielt es noch ein wenig länger fest, nachdem sie bereits die Untertasse ergriffen hatte.

Noch war sie am Fenster. Sollte sie riskieren, seine Reaktion zu testen? Sie könnte nützliche Informationen bekommen – oder mehr als sie sich wünschte.

»Ich hatte eine recht unruhige Nacht, da kommt der Kaffee gerade recht.« Sie rang sich ein Lächeln ab und beobachtete seine Augen. Kannte er den Grund? Hatte er ihr die Puppe geschickt?

Doch Askey erwiderte bloß ihr Lächeln und zog die linke Augenbraue leicht nach oben. Sie konnte es schlicht nicht sagen. Und jetzt bedeutete er ihr, sich zu setzen, im dunkleren Teil des Raums, weg vom Fenster. Dort stand ein Sessel neben einem niedrigen Couchtisch. Tara war alles andere als entspannt, als sie hineinsank.

»Also, wie kann ich Ihnen helfen?«, fragte er.

Wahrscheinlich wollte er dringend in ihrem Artikel über Samantha Seabrook genannt werden, und soweit es Tara betraf, sprach nichts dagegen. Das Versprechen, ihn in *Not Now* ordentlich aufzubauschen, wäre ein gutes Lockmittel. Auch wenn er die Zeitschrift als »Regenbogenpresse« abstempelte, hatte sie doch eine beachtliche Reichweite. Dort zu erscheinen, würde Askey seine fünf Minuten Ruhm bescheren. »Ich möchte mich gern auf die Bereiche konzentrieren, in denen sich Ihre und Professor Seabrooks Arbeit überlappt haben«, erklärte sie. »Es wäre gut zu feiern, was Samantha erreichen konnte, aber ich möchte den Lesern auch einen Einblick in die Arbeit geben, die Sie nun ohne sie fortsetzen werden. Wenn es Ihnen nichts ausmacht, nehme ich das Gespräch auf. So können wir uns in Ruhe unterhalten, ohne dass ich mir die ganze Zeit Notizen mache. Ist das in Ordnung?«

»Ja, sicher. Nur zu.« Er lehnte sich in seinem Sessel zurück und behielt sie im Blick, als sie ihr Aufnahmegerät vorbereitete.

Sie ertappte sich dabei, wie sie den Atem anhielt, als sie das Gerät auf den Tisch legte und einschaltete.

»Wie mir Professor da Souza sagte, wollten Sie und Professor Seabrook gemeinsam einen Projektantrag stellen?«, begann Tara. Sie musste konzentriert bleiben.

Er antwortete nicht gleich. Vielleicht war es keine einfache Zusammenarbeit gewesen, was es umso spannender machte.

»Wollen Sie den Antrag weiterverfolgen, da sie nun tot ist?«

Er nickte. »Auf jeden Fall. Es wäre falsch, einen Rückzieher zu machen. Ich muss den Antrag nur entsprechend anpassen. Und ich werde um Mittel für eine neue Stellvertretung bitten.«

Tara war sicher, dass er bei dem Projekt Samantha Seabrook unterstellt gewesen wäre. »So etwas gemeinsam auf die Beine zu stellen, muss eine Menge konzentrierter Bemühungen und Kreativität erfordern. Ich kann mir nicht vorstellen, wie es ist, so eng mit jemandem zusammenzuarbeiten.« Sie lächelte. »Ehrlich gesagt bin ich nicht gut in dieser Form von Geben und Nehmen.«

Er lachte kurz. »Während es eine Stärke von mir ist.« Er verdrehte die Augen. »Nein, war ein Scherz. Ich schätze, das haben Sie gewusst?«

»Ich hätte mehr Mühe, jemanden zu verstehen, der sagt, dass es ihm leichtfällt.«

Er nickte. »Dem stimme ich vollkommen zu. Und wenn man an einem Antrag wie dem von Sam und mir arbeitet, bauen sich schon mal wegen der vielen Stunden, die man daran sitzt, Spannungen auf.«

»Was besonders heftig sein muss, wenn man eine junge Familie zu Hause hat.«

»Wieder richtig. Es hat die Geduld meiner Frau gehörig auf die Probe gestellt. Die Sache ist die, dass Forschungsarbeit, nun ja, unkonventionell ist, und das zu akzeptieren, fällt ihr schwer. Man kann in einer Ecke im Pub genauso gut Ideen zusammenwerfen wie in einem Büro. Es hilft sogar oft, sich aus der normalen Umgebung zu lösen, damit die Kreativität frei sprudeln kann.«

Tara malte sich aus, wie Askey um Mitternacht mit einer Bierfahne nach Hause kam und seiner Frau erzählte, was für einen harten Tag er gehabt hatte. Ihr blutete das Herz.

»Diesen Job kann man nicht halb machen«, fuhr Askey fort. »Und, das muss ich Sam lassen, sie hat wirklich alles gegeben.«

»Also war es anstrengend.« Sie lehnte sich vor. »Wie haben Sie Ihre Gedanken zusammengebracht? Was haben Sie gemacht, wenn Sie beispielsweise gegensätzliche Vorstellungen hatten, wie der Antrag aussehen sollte? Wie haben Sie entschieden, welche Idee Sie verwirklichen?«

»Meistens in einem heftigen Streit.« Askey warf ihr einen Blick zu, und sie grinste. »Sagen wir, sie nahm ihre Arbeit verflucht ernst. Das hatten sie und ich gemein – das und die Tatsache, dass wir uns beide immer sicher waren, recht zu haben. Es ist nämlich so, dass ich auch ein Überflieger bin, und genauso wenig, wie sie es geschätzt hat, wenn ich an ihrem Urteilsvermögen zweifelte, hatte ich es gern, wenn sie es bei mir tat.«

Sein Ton war unbeschwert, aber er hatte die Fäuste geballt. Tara sah, wie er tief Luft holte, bevor er weitersprach. »Natürlich stammte sie aus einer Familie, in der man sie sehr nachgiebig behandelte, daher war sie es nicht gewohnt, Gegenwind zu bekommen.« Er verzog das Gesicht. »Und ich stamme aus einer Familie, in der mich keiner verwöhnt hat, weshalb ich daran gewöhnt bin, stur zu sein und kein Nein zu akzeptieren.«

Tara seufzte. »Hört sich hart an.«

Er lächelte verhalten. »Vergessen Sie's; ich habe es überstanden. Verständnisvollen Zuhörern kann ich einfach nicht widerstehen. Jedenfalls saß mein Dad über weite Strecken meiner Kindheit im Gefängnis, und meine Mum war ein Junkie. Aber, hey, sehen Sie mich jetzt an! Und ich bin nicht allein – Kit, der Postdoc-Forscher bei meinem Projekt, hatte auch eine beschissene Kindheit. Der Dad Alkoholiker, die Mutter jung gestorben und eine Schwester, die sich umgebracht hat, als er noch ein Kind war.« Wieder verdrehte er die Augen. »Die Leute am Institut sind wirklich ein bunter Haufen. Wobei Kit und ich für das Bunte sorgen. Es gibt nur sehr wenige dort, die nicht aus der Mittel- oder Oberschicht kommen.«

»Also könnten Sie«, sagte Tara, die sich daran erinnerte, was Professor da Souza gesagt hatte, »eigentlich argumentieren, dass Sie und Ihr Forschungskollege besser erkennen, was getan werden muss? Wenn Sie beide die Probleme hautnah erlebt haben?"

Er zuckte mit den Schultern, auch wenn seine Nonchalance eindeutig aufgesetzt war. »Ich neige zu der Ansicht, ja. Und meine Arbeit hier bekommt einige sehr gute Bewertungen.«

»Ich nehme an, Sie werden dann der Nächste für eine Professur sein?«

Er grinste. »Ich dachte, ich würde schon früher eine bekommen, aber Leute wie ich steigen nie so schnell auf wie jemand wie Sam.«

Tara wusste, dass er älter war als Samantha Seabrook. »Sie war außergewöhnlich jung für ihren Aufstieg.«

Er nickte. »Yep. Womit Sie aussprechen, was eine Menge Leute dachten, sich aber laut zu sagen weigerten. Es ist erfrischend, das von Ihnen zu hören.«

Doch Tara meinte schlicht, dass Professor Seabrook eine außergewöhnliche Überfliegerin gewesen war; nicht, dass sie bevorzugt behandelt worden wäre. Askey griff vor und wähnte sie offensichtlich auf seiner Seite. Ihr vorsichtiger Ansatz musste funktionieren. Wie weit reichte seine Eifersucht?

»Inoffiziell, fanden Sie es unfair?«, fragte sie. »Ich meine, dass sie schneller befördert wurde als Sie, bei all Ihrer Erfahrung – sowohl, was Ihre Forschung angeht als auch Ihre persönlichen Erlebnisse?« Sie fragte sich, ob ihm schon mal jemand gesagt hatte, dass nichts inoffiziell war, wenn man mit Journalisten sprach.

Wieder zuckte er mit den Schultern. »Ich will nicht kleinlich sein, aber es ist bisweilen rätselhaft, wie Beförderungen entschieden werden. Natürlich war Sam hervorragend darin, Finanzierungen zu beschaffen, und das ist immer ein Kriterium. Sie hatte eine gewinnende Art, ein hübsches Gesicht und gute Beziehungen.« Tara verkniff sich alles, was ihr dazu einfiel. Sie konnte sich beherrschen, wenn sie so erfuhr, was er wirklich von Samantha gedacht hatte. Und ihn bei Laune zu halten, könnte ihr auch den Kopf retten. Askey lehnte sich in seinem Sessel zurück, aber darauf fiel Tara nicht herein. Seine Schultern waren angespannt. »Natürlich behaupte ich nicht, dass sie nicht auch begabt war. Sie war sicher recht helle. Aber Charme und zu wissen, wie man Leute manipuliert, bringt einen immer weit.«

Was passive Aggression betraf, war er nicht schlecht. Er hielt alles direkt unter der Oberfläche am Kochen. Und Tara wusste, wie gefährlich das sein konnte.

Für einen Moment stellte sie sich ihn vor, wie er über Samantha Seabrook gebeugt war, ihr Haar fest in seiner Hand, und ihren Kopf unter Wasser tauchte, während sie um ihr Leben kämpfte.

Mist. Sie durfte das Gespräch nicht entgleiten lassen. Es war mühsam, ihren Fokus wieder auf den Mann ihr gegenüber zu richten. »Dann war sie im Netzwerken mit Entscheidungsträgern genauso engagiert wie in ihrer Forschung?«

Er nickte. »Oh ja, sie liebte es, Kontakte zu knüpfen. Sie war jemand, der konstante Stimulation brauchte und sich die holte, wo sie konnte.«

Tara sah, dass Askey wieder so die Fäuste ballte, dass sich seine Fingernägel in seine Handflächen bohrten.

»Hatte sie auch privat mit Ihnen und anderen aus dem Institut zu tun?«

»Manchmal. Wenn ihr nach uns war. Aber nie mit ihrer Doktorandin, Chiara Laurito.«

Tara sah ihn verwundert an.

»Inkompatible Persönlichkeiten«, erklärte Askey. »Haben Sie sie schon kennengelernt?«

Sie verneinte stumm.

»Da blüht Ihnen noch was. Ich nehme an, sie ist ganz erpicht darauf, Ihnen ihre Ansichten mitzuteilen, falls Ihnen danach ist, sie zu fragen.«

»Danke, nach so einer Ankündigung muss ich sie selbstverständlich kontaktieren.«

Er tippte sich zu einem ironischen Salut mit dem rechten Zeigefinger an die Stirn. »Jederzeit gern zu Diensten.«

Tara ging zu ihrer nächsten Frage über. »Ich weiß, dass es den meisten Menschen schwerfällt, vollkommen ehrlich zu sein, wenn jemand gerade gestorben ist, aber was haben Sie von Samanthas Charakter gehalten, falls die Frage erlaubt ist?« Sie tippte, dass Askey nach dem Köder schnappen würde, denn gewiss hasste er es, unter »die meisten Menschen« sortiert zu werden.

»Ehrlich?« Er lachte, was gekünstelt klang. »Sie konnte eine echte ...« Er pausierte kurz. »... Pest sein.« Hier hob er eine Hand. »Schreiben Sie das nicht in Ihrem Artikel. Sagen wir, sie war wie ein Teenager, mal total anstrengend, dann wieder richtig albern. Und hin und wieder bekam sie Trotzanfälle, die einer Zweijährigen zur Ehre gereicht hätten.«

Tara zog die Augenbrauen hoch. »Also unberechenbar?«

»Und ob! Und sie hatte auch etwas Schelmisches«, fuhr Askey fort. »An dem Tag vor ihrer Ermordung haben wir alle gewusst, dass sie für die Nacht einen Streich geplant hatte. Dauernd ließ sie kleine Hinweise fallen. Oh Mann«, er holte tief Luft, »sie wollte unbedingt, dass jemand nachfragte, weil sie es liebte, uns alle im Ungewissen zu lassen. Doch selbst wenn einer von uns gefragt hätte, hätte sie es niemals verraten. So war sie.«

Tara durchfuhr ein kalter Schauer. Wenn die Polizei recht hatte und sie wusste, wen sie in der Nacht treffen würde, musste sich Samantha Seabrooks Mörder verflucht sicher gewesen sein, was ihre Eigenarten anging. Er hatte das Treffen vereinbart und dann darauf gesetzt, dass sie es genießen würde, alle Informationen über ihr nächtliches Abenteuer gegenüber ihren Freunden und Kollegen für sich zu behalten. Dass die Täteridentität geheim blieb, hing vollends davon ab, ob derjenige sie richtig einschätzte. Und das hatte er.

»Natürlich machen jetzt Gerüchte die Runde, der alte da Souza hätte sie umgebracht«, ergänzte Askey. »Wo er sie doch außerhalb der Arbeit kannte und ihre Leiche in seinem College-Garten gefunden wurde.« Seine Augen blitzten amüsiert.

Dies war ein unangenehmes Terrain, zumal Askey es wie einen Witz behandelte. »Als ich ihn vorhin traf, wirkte er auf mich nicht wie Mann, der dazu fähig wäre.« Was sich leicht sagte, auch wenn Tara sich nicht sicher war.

Aber Askey nickte. »Da stimme ich Ihnen zu. Wahrscheinlich ist er nicht der Typ.« Er sah sie an. »Doch natürlich kann man nie wissen, wozu jemand fähig ist, wenn er richtig provoziert wird, oder?«

Wollte er ihr etwas Bestimmtes mitteilen? Erneut richteten sich Taras Nackenhaare auf, und sie hatte Mühe, sich auf ihre Fragen zu konzentrieren. »Glauben Sie, sie hat Menschen absichtlich provoziert?«

Sein Blick war ruhig. »Ich denke, es war eines ihrer bevorzugten Hobbys.«

»Sie klingen, als würden Sie aus Erfahrung sprechen.«

Er lächelte träge. »Davon muss ich Ihnen irgendwann mal erzählen. Wieder inoffiziell. Ich könnte Sie mal besuchen kommen. Sagten Sie nicht, Sie wohnen am Fluss? Das muss nett sein – wenngleich vielleicht einsam. Empfinden Sie es nie so? Ich bin immer für einen Drink zu haben, wenn Sie möchten.«

Tara lief es eiskalt den Rücken herunter. Baggerte er sie an, oder war das eine Drohung?

Im Geiste spulte sie den Small Talk von vorhin zurück, als er Kaffee machte. Hatte sie erwähnt, dass sie am Fluss wohnte? Sie war nervös gewesen und weniger konzentriert als sonst, aber sie erinnerte sich nicht, ihm diese Information gegeben zu haben ...

Unwillkürlich fragte sie sich, wie viele Menschen noch in ihren Büros in diesem Aufgang sein mochten. Wenn sie schrie, würde jemand sie hören? Es war die ruhigste Phase des akademischen Jahrs. So viele waren über den Sommer weg, hatten nur Stapel von staubigen Büchern zurückgelassen.

»Es ist nicht so abgeschieden, wie Sie eventuell denken«, antwortete sie schließlich. »Da sind immer Kinder draußen im Park.« Sie hoffte, dass er ihr glaubte. Egal, ob er sich an sie heranmachen wollte oder Schlimmeres, er sollte auf keinen Fall vor ihrer Haustür aufkreuzen. »Tagsüber spielen die Kleinen dort, und abends trinken da die Jugendlichen.«

»Tatsächlich?«, fragte er und streckte die langen Beine aus. Sein Blick wich keine Sekunde von ihren Augen. »Trotzdem, vielleicht fehlt Ihnen eine bisschen *erwachsene Gesellschaft*.«

Tara schnappte sich ihr Aufnahmegerät und stemmte sich aus dem Sessel auf.

»Ich muss gehen«, sagte sie, und in ihren Gedanken dominierte das Messer in ihrer Tasche.

Er lachte leise, stand ebenfalls auf und bewegte sich zwischen Tara und die Tür.

Tara hatte eine Hand über dem Seitenfach ihrer Tasche, einen Finger schon ein kleines Stück hineingeschoben. Doch in dem Moment lachte er wieder und öffnete ihr die Tür, um sie gehen zu lassen. »Tut mir leid«, sagte er. »Ich wollte Sie nicht verschrecken.«

Tara hingegen hatte den Verdacht, dass er es genoss. Als sie die Wendeltreppe zurück nach unten ging, zitterte sie.

Simon Askey hatte es zu verbergen versucht, aber seine Gefühle für Samantha Seabrook waren eindeutig ein Strudel gemischter Emotionen gewesen. Ihm war anzusehen gewesen, dass Bewunderung mit Wut rang. Ihre gemeinsame Zeit in Cambridges ewigem Druck und Konkurrenzgerangel könnten seine Reaktionen ins Extrem getrieben haben.

Und jetzt schien Askey an ihr interessiert. Zu sehr. Für einen Moment ließ Tara sich von ihrer Angst beherrschen.

Wie ferngesteuert fuhr sie nach Hause und nahm erst wahr, wo sie war, als sie über die Brücke der Silver Street raste. Sie passierte die schimmernde weiße Front des Anchor Pubs rechts. Von unten konnte sie die Gäste hören, die plaudernd bei Drinks am Flussufer saßen. Doch als sie die Brücke hinter sich hatte, wurde die Straße enger, und die dunklen Universitätsgebäude rückten näher. Die flachen Gehwege waren voller Touristen, und eine große Gruppe wanderte Tara in den Weg. Erst als die Straße eine Biegung nach rechts machte, wurde ihr bewusst, dass sie zu schnell fuhr. Ein anderer Radfahrer kam aus der schmalen Einfahrt der Botolph Lane – zwischen den hochgewachsenen Bäumen des benachbarten Friedhofs hervor – und sie schwenkte in letzter Sekunde hart zur Seite, um auszuweichen. Während der andere anscheinend nichtsahnend davonradelte, kippte Tara bedenklich in Richtung hartem

Asphalt. Sie hatte komplett die Kontrolle verloren, wusste, dass der Aufprall kam und sie nichts tun konnte, um ihn zu verhindern. Sie schlug übel mit der Hüfte, der Hand, dem Arm und, einen Sekundenbruchteil später, ihrer einen Gesichtshälfte auf. So schlitterte sie noch mehrere Meter weiter, und das Rad rutschte unter ihr mit. Vage registrierte sie, dass ein Auto bremste, Leute schrien und jemand ein Handy in die Höhe hielt.

»Alles okay«, sagte sie. »Mir geht es gut.«

Sie wollte keinen Krankenwagen und auch nicht diese Aufmerksamkeit, sondern nur nach Hause und die Tür verriegeln. Doch dann wurde ihr klar, dass die Frau mit dem Handy trotzdem stehen geblieben war, einen Finger über dem Display. Ihr Blick war auf etwas ein kleines Stück entfernt von Tara gerichtet: Das Küchenmesser, das sie bei sich gehabt hatte. Er war aus ihrer Tasche geflogen, zusammen mit den Papiertüchern, mit denen sie es verdeckt hatte, und lag auf der Straße. Tara sah von dem Messer zu der Frau, die im Begriff gewesen war, Hilfe zu rufen.

Als sie sich aufrappelte, tropfte Blut von ihrer Wange. Die Frau sah sie misstrauisch an und wich zurück.

KAPITEL ELF

Blake verkniff sich den Fluch, der ihm auf der Zunge lag, als er Tara Thorpe sah. »Was ist mit Ihnen passiert?«

Sie hatte ihn nicht angerufen, bevor sie aus der Innenstadt wegfuhr, wie sie DS Wilkins morgens versprochen hatte. Deshalb war Blake unangekündigt zu ihr gefahren, gleich nachdem er sich in Samantha Seabrooks vornehmem Apartment auf der Nordseite der Stadt umgesehen hatte, wo die Spurensicherung noch arbeitete.

Alles, was er in dem Spalt, den die vorgelegte Kette erlaubte, sehen konnte, war eine Gesichtshälfte – ein Pflaster auf der Wange und drum herum ein Bluterguss. Es könnte mithin einen Grund geben, warum sie vergessen hatte, sich zu melden. Langsam löste sie die Kette und öffnete die Tür weit. Ihr Ellbogen war in Verbandmull gewickelt, und sie bewegte sich steif.

Blake zog eine Augenbraue hoch. »Fahrradunfall?«

»Wie haben Sie das erraten?«

Die kamen in Cambridge relativ häufig vor. »Niemand sonst darin verwickelt? Sind Sie sicher?«

Sie zögerte nicht. »Nein, niemand. Ich wurde von einem anderen Radfahrer zum Ausweichen gezwungen, aber der hat nicht mal in meine Richtung gesehen, also war ich nicht das Ziel. Und ich war einfach zu schnell unterwegs.«

Blake betrat die quadratische Diele und blickte sich über die Schulter kurz nach draußen um. Im Stourbridge Common war alles ruhig. »Wie ich hörte, hatte DS Wilkins Ihnen gesagt, dass ich Sie noch mal sprechen möchte? Ich nehme an, Sie wurden abgelenkt.«

Sie schloss die Tür hinter ihm und legte die Kette wieder vor. Offenbar war sie nicht entspannt, nur weil er hier war. »Ja«, sagte sie. »Aber nicht von dem Sturz mit dem Rad. Ich war zu schnell, weil ich weg von Simon Askey wollte, einem Kollegen von Samantha Seabrook.«

Er wieder. »Auf den Namen bin ich auch schon gestoßen. Was war los?«

»Er hatte es auf eine Einladung zu mir nach Hause abgesehen. Ziemlich hartnäckig, um ehrlich zu sein. Er weiß auch, dass ich am Fluss wohne, weshalb ich ein bisschen ausgeflippt bin.« Sie runzelte die Stirn und verzog sofort gequält das Gesicht, als hätte ihr die Bewegung wegen der Verletzungen wehgetan. »Ich erinnere mich nicht, es ihm erzählt zu haben.«

Das war besorgniserregend. Tara Thorpe kam ihm nicht vergesslich vor. Andererseits stand sie unter einem höllischen Druck, und bekam – schätzte er – so gut wie keinen Schlaf.

Sie ging voraus in die Küche und bedeutete ihm, an dem Eichentisch Platz zu nehmen. »Kann ich Ihnen etwas zu trinken anbieten?«

Er verneinte stumm, weil er zu nachdenklich war, um sich für irgendein Getränk zu entscheiden. »Was genau hat Askey gesagt?«

Sie berichtete ihm, dass er angeboten hatte, vorbeizukommen und ihr Gesellschaft zu leisten, weil sie doch am Fluss

sehr einsam sein müsste. Blake verstand, dass es furchteinflö-
ßend gewesen war. Doch ob Askey heftig geflirtet hatte oder ihr
absichtlich Angst einjagen wollte, ließ sich schwerlich sagen. So
oder so würde Blake gern Askeys Version der Ereignisse hören.
»Ich werde das Team vorwarnen«, sagte er, »und mit Askey
reden. Er sollte aber nicht wissen, dass Sie es mir erzählt
haben.«

Sie nickte. Tara stand drüben an der Arbeitsplatte, und
Blake fielen die teils gesprungenen Fliesen hinter ihr an der
Wand auf. Vielleicht interessierte sie sich nicht sehr für Innen-
einrichtung. Oder es gab einen anderen Grund, weshalb sie
dieses Haus nicht zu ihrem eigenen machte. Sie strahlte die
Aura eines Menschen aus, der jeden Moment weg sein könnte.

Blake streckte sich auf seinem Stuhl aus. Der Tag hatte ihn
angespannt gemacht, und seine Muskeln schmerzten. »Ich habe
bisher noch nichts gegessen. Macht es Ihnen etwas aus, wenn
ich eine Pizza bestelle und esse, während wir uns unterhalten?
Möchten Sie auch etwas?«

»Ja, das wäre gut.«

Sie einigten sich auf Quattro Stagioni, und er bestellte bei
einer kleinen Pizzeria in der Mill Road.

»Worüber wollten Sie mit mir reden?«, fragte Tara und
strich eine in ihrem Wangenpflaster verfangene Haarsträhne
nach hinten. Sie hatte ihr Haar aufgesteckt, doch Blake sah,
dass sich beinahe die Hälfte inzwischen gelöst hatte. Trotzdem
sah sie noch gut aus.

»Ich brauche Ihre Hilfe.«

Sie sah ihn verwundert an.

»Sie sprechen mit den Menschen, für die ich mich auch
interessiere. Und wahrscheinlich reden sie mit Ihnen anders als
mit mir – selbst wenn sie es nicht vorhaben.«

Immer noch wirkte sie vorsichtig.

»Wie nehmen Sie Ihre Interviews auf? Digital?«

Sie nickte. »Gewöhnlich, ja.«

»Ich möchte Sie bitten, mir die Dateien zu schicken.« Ihr Gesichtsausruck blieb skeptisch. Blake unterdrückte ein Seufzen. Er war schon Journalisten begegnet, die sehr zugeknöpft waren, wenn es um ihre Arbeit ging. Doch bei ihr hatte er gedacht, sie wäre einsichtiger, bedachte man, dass es ihr den Hals retten könnte. Die Akte über ihre Vergangenheit, die er gelesen hatte, ging ihm durch den Kopf. Vielleicht ließ sie das zögern. Ihm wurde bewusst, dass er sich zu ihr neigte, seine Ungeduld durchblicken ließ, und bemühte sich, sich wieder zurückzulehnen. »Mir ist bekannt, dass Sie schon mehr als genug Erfahrung mit der Polizei gemacht haben. Und ich verstehe, dass Sie sich vermutlich im Stich gelassen fühlen. Ich weiß, dass Sie bereits gestalkt wurden und wir den Täter nicht gefunden haben.«

Im Gegensatz zu ihm setzte sie sich auf und verschränkte die Arme vor der Brust. Gleichzeitig kniff sie den Mund fest zu.

»Was?«

»Da war mehr als das. Ich hätte es verstanden, wäre der zuständige Officer ratlos gewesen. Aber nein. Er hatte sich völlig auf einen Mann eingeschossen, war fest überzeugt, dass der Typ es war, obwohl er nie genug Beweise gegen ihn fand, um eine Anklage gegen ihn zusammenzubekommen. Und es hieß, dass er die Chance verpasste, auch in andere Richtungen zu ermitteln. Ich hatte mich nach Kräften bemüht, ihn zur Vernunft zu bringen. Genau genommen war ich mir sogar so sicher, dass er sich irrte, dass ich testweise dreimal auf der Straße an seinem Verdächtigen vorbeigegangen bin. Er hat mich nicht mal erkannt. Damals hieß es, sein Verdächtiger hätte bei der Befragung etwas gesagt, dass den Ermittler richtig auf die Palme gebracht hatte, und das konnte er einfach nicht abhaken.« Für einen Moment stützte sie den Kopf in die Hände und atmete tief durch. »Der Typ ist letztlich gestorben – der Verdächtige, der nicht der Schuldige war, meine ich. Natürliche Todesursache. Und der leitende Ermittler rief mich an, um es mir zu sagen, als wäre das eine Riesenerleichterung. Die Tatsache, dass ich wusste, dass er es nicht war, ist nie durchgedrungen.«

Super. Im Geiste dankte Blake dem Officer, der ihm einen Strich durch die Rechnung gemacht hatte. Und er fragte sich, wer recht hatte. Vorstellbar war, dass Tara Thorpe genauso dogmatisch war wie der leitende Ermittler damals. »Sind Sie sicher, dass der Verdächtige nicht bloß vorgetäuscht hatte, Sie nicht zu erkennen?«

Ihr Blick sagte alles. »Ganz sicher. Ich konnte ihn aus heiterem Himmel überraschen, sodass er keine Chance hatte, sich vorzubereiten. Er reagierte überhaupt nicht; kein Unbehagen, kein Aufblitzen von Wiedererkennen.«

Es klang überzeugend.

»Fragen Sie sich angesichts dessen, ob es eine Verbindung zwischen Ihrem damaligen Stalker und der Person gibt, die Ihnen die Puppe geschickt hat?«

Sie schüttelte den Kopf. »Natürlich habe ich mich das gefragt, aber die Person damals wollte mich täglich leiden sehen, fortdauernd. Das Stalking war das ganze Ziel – derjenige tat schon, was er wollte, indem er ruhig mein Leben zerfetzte, bis ich nicht mehr weiterkonnte. Diesmal scheint die Person konzentrierter, eine Rolle für mich vorgesehen zu haben.«

Die Polizeipsychologin, mit der Blake kurz am Nachmittag reden konnte, hatte dasselbe gesagt, wenn auch in geschwollenerer Sprache. Und sie hatte eine vorläufige Einschätzung des Mörders parat gehabt, gründend auf dem Ausmaß an Planung und den handgeschneiderten Puppen. Es kam wenig überraschend, dass sie sagte, sie würden nach jemandem suchen, der intelligent, zielgerichtet und obsessiv war; allerdings hatte die Psychologin »geduldig« zur Liste ergänzt. Und natürlich leuchtete es ein. Es musste einige Zeit gedauert haben, solch raffinierte Abläufe zu planen und die

Puppen zu fertigen. Doch die Profilerin hatte auch darauf hingewiesen, dass die Geduld nicht anhalten würde. Manche Leute, die ihr Handeln streng kontrollierten, konnten auf spektakuläre Weise die Geduld verlieren, wenn der Druck zu groß wurde.

Längere Zeit schwiegen sie beide.

»Ich weiß, dass ich Ihnen die Aufzeichnungen meiner Interviews letztlich sowieso geben muss«, sagte Tara. »Ob es mir gefällt oder nicht.«

Es stimmte, trotzdem wäre es Blake lieber, sie würde es freiwillig tun und nicht nur, um zu vermeiden, dass er sie dazu zwang. Er wollte sie sich nicht bloß anhören und seine eigenen Schlüsse ziehen, sondern auch ihren Input – welchen Eindruck die jeweiligen Gesprächspartner auf sie gemacht hatten. Ihre Körpersprache. Ob sie geschwitzt hatten wie Jim Cooper oder nicht ...

Tara stand auf und ging in der Küche auf und ab. »Es ist ja nicht so, als würde ich nicht helfen wollen. Aber Tatsache bleibt, dass die Informationen, die ich der Polizei gegeben hatte, ignoriert wurden. Und Fazit war, dass sie die Gelegenheit verpassten, die Person zu erwischen, die mich vernichten wollte.« Es trat eine lange Pause ein. »Mein Leben wäre ein ganz anderes, hätte die Polizei nicht versagt.«

Er wollte sie mehr zu dem fragen, was damals geschehen war, doch in diesem Moment klopfte es an der Tür. Er sah, dass Tara Thorpe zusammenzuckte, sich aber sofort wieder fing und öffnen ging. Es war nur die Pizza. Blake hatte auch Cola bestellt. Zucker, mehr Kohlenhydrate und Koffein. Nach dem heutigen Tag war er ausgehungert, und der Duft von frischem Basilikum, Anchovis und Peperoni brachte seinen Magen zum Grummeln.

»Das übernimmt die Spesenabteilung«, sagte Blake und reichte dem Boten an ihr vorbei Bargeld.

In der Küche aßen sie die Pizza aus dem Karton, nahmen

sich jeder eine Coladose aus dem Plastikring und schwiegen für eine Weile.

»Ich begegne vielen Journalisten«, sagte Blake schließlich mit halbvollem Mund.

»Bringt der Beruf wohl mit sich. Sie nerven, aber helfen sie Ihnen auch?« Sie sah ihn an, und er wich ihrem Blick nicht aus.

»Stimmt.« Er trank einen Schluck Cola. »Aber mich hat eine wertvolle Lektion gelehrt, dass sie nicht alle gleich sind. Es ist ein Beruf, in dem Menschen unterwegs sind, manche mit hohen Ansprüchen und intelligent, andere sind die Geschwüre am Hintern der Gesellschaft.«

Jetzt verdrehte sie die Augen. »Ich habe auch schon ziemlich viele Police Officers kennengelernt, und sicher sind sie nicht alle so wie der, mit dem ich vor Jahren zu tun hatte.«

Er nickte. »Nun, ich habe vor, Ihre Meinung von der Polizei bis zum Abschluss dieses Falls im Alleingang zu revolutionieren.«

Sie nahm sich noch ein Stück Pizza aus dem Karton, und der Mozzarella zog einen langen Faden, der schließlich riss. »Hehre Worte, und wenn es Ihnen nicht gelingt, könnte ein Nebeneffekt sein, dass ich tot bin – in welchem Fall Sie so oder so vom Haken wären.«

Er stellte seine Cola hin und zog eine Augenbraue hoch. »Es ist unnötig, pessimistisch zu sein.«

Sie lachte, und er stimmte unweigerlich ein, auch wenn ihm klar war, dass er die Stimmung verderben würde. »Was war mit Ihrer letzten Polizeibegegnung, nach Ihrer Auseinandersetzung mit dem anderen Journalisten?«

Ihre Züge verhärteten sich. »Die haben mir das Gefühl gegeben, eine Kriminelle zu sein.«

»Wegen der Körperverletzung?«

»Ja.« Sie neigte den Kopf zur Seite.

Blake hob eine Hand. »Mildernde Umstände, bei Ihrer Vorgeschichte. Außerdem steht in der Akte recht deutlich, dass sich der Kerl, den Sie verziert haben, komplett danebenbenommen hatte.« Er stockte kurz. »Aber er hätte Ihnen dafür immer noch die Hölle heißmachen können. Gut, dass Sie keine Waffe benutzt hatten.«

Sie legte ihr Pizzastück ab. »Wem sagen Sie das?«

Blake erinnerte sich an das Versprechen, dass er DCI Fleming gegeben hatte, nachdem jemand beim Briefing gescherzt hatte, Tara würde sich fortan bewaffnen, ehe sie das Haus verließ. Blake hatte versichert, mit ihr zu reden. Und er wollte es so direkt ansprechen, wie es die schmalzige Präventionsbeamtin Pam nie täte. Vielleicht war jetzt der richtige Moment. Er sah sie direkt an. „Ich gehe davon aus, dass Sie nicht auf die Idee gekommen sind, eine Waffe bei sich zu tragen, seit Sie die Puppe bekommen haben?«

Sie schaute kurz zur Seite, und in der Millisekunde, in der er ihrem Blick zu der Handtasche folgte, wusste er es. *Verdammt.* Er hatte wirklich nicht damit gerechnet. Andererseits war er unter den gegebenen Umständen nicht sicher, wie er zu dem Schluss gekommen war.

»Ich rate mal, dass es ein Messer war, wenn es in die Tasche passte.«

Sie antwortete nicht.

»Doch ich nehme an, dass Askey noch in einem Stück ist, wenn Sie so schnell von ihm weggerast sind.« Vor seinem geistigen Auge sah er DCI Fleming und die schmalzige Pam über seiner Schulter lehnen, entsetzt von seiner flapsigen Art. Doch da war der Hauch eines Lächelns bei Tara, und er brauchte sie auf seiner Seite. Das wurde in vielerlei Hinsicht zunehmend klar. Die falsche Herangehensweise könnte heißen, dass alles außer Kontrolle geriet.

»Tut mir leid«, sagte er und sah sie an. »Sie hatten höllische vierundzwanzig Stunden, und ich weiß, dass ich nur rate. Sie müssen es mir nicht sagen. Allerdings sollte ich Sie darauf hinweisen, dass Messer Sie nicht sicherer machen. Es ist statistisch erwiesen. Und wenn Sie ein Messer zu Ihrem potenziellen Mörder mitbringen, ist sehr wahrscheinlich, dass Sie seine Pläne nur beschleunigen.«

Sie stützte die Ellbogen auf den Tisch und den Kopf in die Hände, sodass er ihre Augen nicht sehen konnte. »Ja, ich weiß.«

KAPITEL ZWÖLF

Sie versuchten, nicht mehr zu reden, als sie den Rest der Pizza
aßen. Blake genoss den fischigen Geschmack der Anchovis; er
war daran gewöhnt, in jeder Situation seine Kalorien zu bekommen. Und seine Fähigkeit, Stress in Einzelteile aufzuspalten,
hielt ihn geistig gesund und wohlgenährt. Ihm fiel jedoch auf,
dass Tara Thorpe mehrere Stücke übrig ließ. Vielleicht wollte
sie die später in der Mikrowelle aufwärmen, nachdem er
weg war.

»Wie steht es mit diesen Digitalaufnahmen?«, fragte er und
gab ihr einen USB-Stick.

Sie stand auf, holte das Aufnahmegerät aus ihrer Tasche
und nahm die Speicherkarte heraus.

Während sie die Dateien für ihn kopierte, klingelte sein
Mobiltelefon. Patrick Wilkins. Blake stand auf und ging in die
Diele.

»Ich habe ein Update zu dem festen Freund, Boss, Dieter
Gärtner – auch wenn es nicht viel ist.«

»Und?«

»Ich habe drei Akademiker mit diesem Namen gefunden,
die an deutschen Universitäten arbeiten. Nur einer im selben

Bereich wie Samantha Seabrook, aber ich habe trotzdem alle überprüft.«

»Gut.«

»Einer ist ein emeritierter Professor in den Achtzigern, reist nicht und sagt, dass er nie von Professor Seabrook gehört hat. Den zweiten habe ich noch nicht erreicht – er ist gerade in den Flitterwochen.«

Was ihn nicht gänzlich ausschloss, aber weniger wahrscheinlich machte.

»Und dann ist da der Dritte«, fuhr Wilkins fort. »Der auf demselben Gebiet arbeitet wie Samantha Seabrook.« Blake hörte Patrick gereizt seufzen. »Seine Uni sagt, er ist im Urlaub, aber wegen der Umstände haben sie mir seine private Mobilnummer rausgesucht. Die ist allerdings nicht mehr aktiv, muss also alt sein. Ich habe eine Nachricht bei seinem Arbeitsanschluss hinterlassen, aber ich schätze, den wird er nicht abhören. Seine Uni sagt, dass sie rumfragen, ob sie jemanden finden, der weiß, wo er ist oder wie er erreicht werden kann.«

Blake beobachtete Tara Thorpe durch die Tür, als sie seinen USB-Stick aus dem Laptop zog. »Okay, danke. Sag mir Bescheid, wenn du wieder was hörst.« Es war natürlich nicht die günstigste Zeit des Jahres, um Akademiker aufzuspüren. Blakes Mutter hielt sich während der vorlesungsfreien Zeit immer in Florenz auf. Sie behauptete, dass sie dort besser arbeiten könnte ... wer hätte das gedacht? Dennoch fügte die Tatsache, dass der Mann gegenwärtig überhaupt nicht kontaktiert werden konnte, ein weiteres Fragezeichen auf der Liste hinzu.

Bevor er zurück in die Küche ging, nahm er sein privates Mobiltelefon und sah auf die Uhr. Jetzt machte Babette Kitty bereit fürs Bett.

Gib K einen Kuss von mir. Sag ihr, ich liebe sie.

Er schickte die Nachricht ab und schaltete das Telefon aus. Nicht zu schreiben, ertrug er nicht, auch wenn es bedeutete, wieder das Gespräch mit seiner Frau aufzunehmen.

In der Küche gab Tara Thorpe ihm den Speicherstick.

»Da sind Professor da Souza und Simon Askey drauf?«

Sie nickte.

»Danke. Ich höre mir das gleich an. Aber was war Ihr Eindruck? Hatten Sie bei da Souza zum Beispiel das Gefühl, dass er nicht alles gesagt hat?«

»Ja«, antwortete sie stirnrunzelnd. »Er war ausweichend, was Samanthas Mutter betraf. Ich habe versucht herauszufinden, wie sie gestorben ist. Das gefiel ihm kein bisschen, und ich musste zurückrudern.«

Blake verstand, dass er bei Bella Seabrooks Tod mauerte. Er musste selbst eine List anwenden, um ihm die Information zu entlocken. Es war nicht die Sorte Geschichte, die Angehörige und Freunde in der Presse ausgebreitet sehen wollten. Käme die Nachricht heute heraus, würde Sir Brian es niemals schaffen, alles unter Verschluss zu halten; irgendwo würde etwas in die schnellen Strudel der sozialen Medien durchsickern und die klatschhungrigen Horden über Wochen versorgen. Doch damals, als sie starb, musste er einige Strippen bei den Printmedien gezogen haben, dank seiner Herkunft und des Geldes, das er in diverse Nachrichtenagenturen investiert hatte.

Tara Thorpe sah ihn aufmerksam an. »Sie wissen, was mit ihr passiert ist, oder?«

Er nickte, aber sie fragte nicht.

»Da Souza erwähnte auch, dass er eine Cocktailparty in dem Garten gegeben hatte, in dem Samantha Seabrook ermordet wurde, nur einen Monat vorher«, ergänzte Tara. »Da war ein wehmütiger Ausdruck in seinen Augen, und er hat gezögert und es schien, als wollte er noch mehr sagen. Aber das hat er sich dann eindeutig anders überlegt.« Sie verstummte kurz. »Im Großen und Ganzen frage ich mich nach dem Gespräch, wie eng sein Verhältnis zu Samantha Seabrook war.«

Eine gute Frage.

»Was ist mit Askey?«, fragte Blake. »Haben Sie da irgendwelche Erkenntnisse gewinnen können?«

»Haben Sie ihn schon kennengelernt?«

Er schüttelte den Kopf. »Nicht richtig. Ich habe ihn im Vorbeigehen gesehen.« Er erinnerte sich an den überheblichen Blick, den der Mann ihm zugeworfen hatte, als Blake ihn ertappte, wie er in Samantha Seabrooks Büro spähte.

Tara erzählte ihm, dass Samanthas Büro am College schräg gegenüber von Askeys lag und er davon gesprochen hatte, dass er sie aus der Ferne beobachtet hatte. Und sie berichtete auch, dass er sich lautlos an sie herangeschlichen hatte, als sie aus dem Fenster sah. Letztlich war ihr Eindruck, dass er ein Frauenheld war. Es mochte seltsam sein, dass er Taras Adresse kannte, aber abgesehen davon waren seine Annäherungsversuche schlicht unter aufdringlichem Flirten zu verbuchen. Der Typ schien exakt das Ekelpaket zu sein, als das Blake ihn eingeschätzt hatte. »War er ehrlich mit seiner Meinung zu der Professorin?«, fragte er.

»Ziemlich, würde ich sagen, aber auf eine überbetonte Art, diese ›Ich bin ein total ehrlicher und unkonventioneller Typ‹-Nummer.«

Kein Wunder, dass sich allein bei seinem Anblick schon Blakes Zehennägel aufgerollt hatten. Doch dass Askey widerwärtig war, machte ihn noch nicht zum Mörder.

»Ich mochte ihn nicht«, sagte Tara, »von Anfang an nicht. Aber ich habe mitgespielt, um möglichst viel aus dem Interview mitnehmen zu können. Sie werden mich sicher hassen, wenn Sie sich die Aufzeichnung angehört haben.« Ihr Gesichtsausdruck sagte Blake, dass es sie nicht kümmerte.

»Jetzt bin ich ja vorgewarnt.«

Tara fuhr einen Knoten im Holz ihres Tisches mit dem

Zeigefinger nach und schien weit weg zu blicken. »Seine Körpersprache war interessant. Er wollte mir zeigen, wie völlig entspannt er war, hat sich immer wieder in seinem Sessel zurückgelehnt, die Arme ausgebreitet und so. Aber dieser Ton, indem er von der Professorin geredet hat, und seine angespannten Gesichtszüge haben ihn verraten. Er hat mir alles über dieses gemeinsame Projekt erzählt, das sie beantragen wollten. Er sagt, dass er weitermacht und den Antrag einreicht.«

Interessant. Könnte es sein, dass Askey nichts von Samantha Seabrooks Plan gewusst hatte, sich aus dem Antrag rauszuziehen und ihn hängen zu lassen? Oder behielt er das für sich, damit er nicht zugeben musste, dass er wütend auf sie gewesen war? So oder so schien ihn nicht zu schrecken, dass er allein weitermachen musste.

Was Taras Bemerkungen zu Askeys Körpersprach anging – bei denen war Blake nicht wohl. Wahrscheinlich hatte sie seine wachsende Ungeduld vorhin auch registriert.

»Sonst noch etwas?«

»Er ist niemand, der es gut aufnimmt, wenn man ihn verärgert. Ich wette, dass er nachtragend ist. Als er Samanthas privilegierte Herkunft ansprach, musste er tief Luft holen, um sich zu beherrschen. Also schätze ich, dass er ihr die übelnimmt.«

»Und vielleicht aus guten Gründen? Wenn er fortwährend an Samantha Seabrooks Reichtum erinnert wurde?«

Sie zuckte mit den Schultern. Es sah aus, als wäre Askey nicht der Einzige gewesen, der etwas dagegen hatte, wenn man ihm einen Strich durch die Rechnung machte.

»Er hat eindeutig das Gefühl, dass seine Herkunft beeinflusst, wie er behandelt wird. Und er ist ganz schön schnell davon ausgegangen, ich würde mich auf seine Seite schlagen. Ich nehme an, er ist es gewohnt, Leute für sich zu gewinnen.«

Dann muss es um seine Menschenkenntnis erbärmlich bestellt sein. Blake war sich von Anfang an sicher gewesen, dass

Tara Thorpe sich nicht manipulieren ließ. Andererseits sagte sie, sie hätte mitgespielt ... vielleicht konnte sie sogar noch besser schauspielern als ihre Mutter.

Viel später an dem Abend, nachdem Blake sich Taras Aufnahmen auf der Wache angehört und sich noch einmal alle Beweise angesehen hatte, machte er sich auf den Heimweg. Sein Zuhause war früher mal seine Zuflucht gewesen. Allein der Anblick einer rosa Plastikschale mit dem eingetrockneten Rand von Baked-Beans-Soße in der Spüle hatte wie ein Anker gewirkt. Das war Normalität. Sicherheit. Der komplette Kontrast zu seiner Arbeitswelt. Die letzten Stunden des Tages waren stets gefüllt mit dem Versprechen, Kitty und Babette zu sehen. Kittys pure Existenz hatte alles andere relativiert, weil nichts wichtiger war.

Aber das war alles eine Illusion gewesen. Seine Fähigkeit, Entwicklungen in seinem Tagesjob zu erahnen, hatte ihm über die letzten Jahre eine Menge Lob eingebracht. Und zu Hause hatte er es geschafft, die Hinweise auf einige sehr grundlegende Wahrheiten nicht zu sehen.

Jetzt war nach Hause kommen bloß die Rückkehr in ein Haus – ein leeres Bühnenbild, in dem sich nur die Requisiten befanden, die ihm seine einsame Existenz zurückschmetterten.

Trotzdem wollte er Babette nicht zurück. Egal wie sehr es ihn auch zerriss, von Kitty getrennt zu sein – und es war ein roher, körperlicher Schmerz. Und auch wenn Babette noch mal von vorn anfangen wollte.

Als der ehemalige DC Kemp endlich Tara zurückrief, war es nach Mitternacht. Der Klang seiner Stimme weckte eine Myriade Erinnerungen. Sie war ihm als Siebzehnjährige auf dem Weg aus der örtlichen Polizeiwache begegnet. (Er hatte gerade seinen Abschied eingereicht, und sie war voller Wut auf den Officer gewesen, der angeblich »die Leitung« in ihrem Stalkingfall hatte). Jener erste Eindruck war inzwischen überlagert von dem jahrelangen Kontakt, den sie seither hielten, angefangen mit den Sessions, in denen er sie Selbstverteidigung lehrte, bis hin zu der letzten Nacht, die sie zusammen verbracht hatten – vor einem Jahr.

»Ich dachte mir schon, dass du nicht schläfst, unter diesen Umständen.«

Im Hintergrund konnte sie Gelächter hören, gefolgt von einem Rufen und dem Klang von zerberstendem Glas. »Da hast du richtig geraten.«

Er seufzte. »Bist du sicher, dass die Person jetzt nicht die von damals ist?«

Tara zögerte nur eine Sekunde. »Sicher. Dies hier ist anders. Und es geht diesmal definitiv nicht um mich.«

»Leuchtet ein. Ich wünschte, ich könnte hinkommen und ein bisschen graben, aber hänge bei einem Auftrag in Berlin fest.«

Zunächst lächelte Tara. Vielleicht war es besser so. Er war nicht unbedingt der subtilste Mensch. Sollte er hier auftauchen, würde Blake es garantiert mitbekommen. Genau wie jeder andere im Umkreis von fünf Meilen. »Ich glaube sowieso nicht, dass die Polizei solch eine Einmischung dulden würde, erst recht nicht, wenn sie deine Vorgeschichte hören.« Kemp und sein alter Arbeitgeber hatten sich nicht freundschaftlich getrennt.

Er lachte, laut, aber nicht verbittert. Tara schätzte, dass er schon einige Gläser intus hatte. »Nein, da hast du recht. Also, was hast du an Schutzmaßnahmen?«

Sie erzählte ihm, welche Vorkehrungen sie letzte Nacht im Haus getroffen hatte (und heute Abend wiederholt), was ihr die Präventionsbeamtin geraten und was das Polizeiteam getan hatte, um sie besser zu schützen. Das Messer, das sie zu den

Interviews mit da Souza und Askey mitgenommen hatte, ließ
sie aus.

»Klingt vernünftig. Besorg dir auch so ein farbiges Markie-
rungsspray. Der Nachteil ist, dass es deinem Angreifer nicht
wehtut, aber der Vorteil ist, dass du das bei dir haben darfst. Es
verschafft dir Zeit – keiner reagiert schnell, wenn ihm eine
Ladung Farbe ins Gesicht gesprüht wurde. Und es ist ziemlich
schwer abzuwaschen, also wird der, den du erwischst, noch
längere Zeit danach wiederzuerkennen sein.«

Sie lehnte sich an den Kopfteil ihres Betts zurück und
schloss für einen Moment die Augen. »Ja, hört sich gut an. Das
mache ich.«

Kemp wurde ernst. »Du kriegst das geregelt, oder? Ich kann
den Job hier abblasen und kommen.«

Er könnte ihr wie ein Leibwächter überallhin folgen. Aber
sie konnte sich inzwischen selbst verteidigen, und vor allem
könnte sie ihren Job nicht machen, wenn er immerzu in ihrer
Nähe war. Noch dazu hasste sie es, jemandem verpflichtet zu
sein. Das war bloß eine andere Form von Aufgeben.

»Nein, ich komme zurecht, aber vielen Dank für das Angebot. Möble du weiter die bösen Jungs in Berlin auf.«

Wieder lachte er. »Na schön. Aber halte mich auf dem
Laufenden.«

»Mach ich.«

Nachdem sie das Gespräch beendet hatte, legte sie sich hin
und tastete nach dem Messergriff unter ihrem Kissen. Es
dauerte lange, bis sie eingeschlafen war.

KAPITEL DREIZEHN

Zur Mittagszeit am nächsten Tag gingen Tara zig Gedanken durch den Kopf, während sie auf Samantha Seabrooks Doktorandin Chiara Laurito wartete. Gleichzeitig war sie auf ihre Umgebung konzentriert. Sie hockte auf der niedrigen Mauer gegenüber dem Mill Pond. Dort war alles voll, teils von Touristen, teils von Einheimischen, die Mitnehmessen aus dem Pub genossen. Sie überflog das Gesichtermeer, wobei sie die Möglichkeit, einem Blick zu begegnen, anspannte. Schaute jemand bewusst und aus den falschen Gründen in ihre Richtung? Sie sah sich auch häufiger über die Schulter um. Hinter ihr machte Scudamore's ein Riesengeschäft mit dem Stechkahn-Verleih an kleine Gruppen, die flussaufwärts gen Grantchester wollten. Und vor ihr, jenseits des Wegs, erkundete Vieh die kleinen Lücken zwischen den Leuten, die mit ihren Getränken auf der Wiese saßen.

Doch noch mehr als ihre Beobachtungen beschäftigte Tara die Frage, ob sie verfolgt wurde. Morgens hatte Bea ihr eine Textnachricht geschickt. Bea, die für Tara mehr eine Mutter war, als es ihre richtige je gewesen war, und womöglich der einzige Mensch auf der Welt, dem Tara sich richtig nahe fühlte.

Tara malte sich aus, wie Bea sich einen Moment Zeit in der vollgestellten Küche im Untergeschoss ihrer Pension nahm, um an Tara zu schreiben, während der Bacon für ihre hungrigen Gäste in der schweren alten Pfanne brutzelte. Die Nachricht lautete:

Wie geht's? Lust, mal abends auf einen G&T vorbeizukommen?

Tara hatte geantwortet, bevor sie länger über ihr Geheimnis nachdenken konnte.

Wäre schön, bald. Bin noch einige Tage mit einem Artikel über das Mordopfer in St Bede's beschäftigt. Hoffe, dir geht es gut.

Einige Tage ... sie wollte – konnte – Bea nicht sehen, ehe dies hier vorbei war. Bea war die einzige Person, die in ihr lesen konnte. Sie würde erkennen, dass etwas nicht stimmte, und Tara ließ nicht zu, dass sie involviert wurde. Sie konnte nur hoffen, dass alles erledigt war, bevor die Cousine ihrer Mutter Verdacht schöpfte. Und dass nichts passierte. Sollte Tara ermordet werden und sich vorher nicht Bea anvertraut haben, wäre Bea unvorbereitet ... nicht auszudenken. Nicht dass Tara noch da wäre, um mit den Folgen fertig zu werden. Alles läge außerhalb ihrer Kontrolle.

Und dann schweiften ihre Gedanken zu DI Blakes Besuch am Abend zuvor ab. Gott, eben noch dachte sie, niemand könnte sie so lesen wie Bea, aber der Detective war ziemlich gut gewesen. Wie exakt er das mit der Waffe geraten hatte, war beunruhigend. Wahrscheinlich hielt er sie für leichtsinnig und unberechenbar. Natürlich hatte sie auch über ihn nachgedacht. Noch hatte sie nicht entschieden, wie er sich im Vergleich zu den Officers ausnahm, mit denen sie früher zu tun gehabt hatte.

Alles in allem hatte er in den letzten zwölf Stunden mehr Raum in ihrem Kopf eingenommen, als ihr angenehm war. Schuldig bis zum Beweis des Gegenteils, ermahnte sie sich.

Sie seufzte. Er hatte sie beobachtet, um zu sehen, wie sie sich verhielt. Und Samantha Seabrooks Mörder musste sie ebenfalls beobachten.

Dies ist eine Warnung.

Es implizierte, dass sie eine Chance hätte, sich zu retten, wenn sie sich so verhielt, wie derjenige es wollte. Sie wurde manipuliert. Sie wollte zu Samantha Seabrooks Leben nachforschen, um ihre eigene Neugier zu befriedigen – aber andere wollten es auch. Giles von *Not Now* wollte einen Mord nutzen, um eine Mordsauflage zu verkaufen. Und der Mörder wollte vermutlich auch, dass sie in Samanthas Leben eintauchte – aus Gründen, die Tara bisher noch nicht verstand. Indem sie ihren Job machte und tat, was sie am liebsten mochte, bereitete sie mindestens zwei Leuten eine Freude, von denen sie um jeden Preis frei sein wollte. Eine Sekunde lang dachte sie an Blake und die Polizei. Sie gruben genauso nach Informationen wie Tara, um Gerechtigkeit für Samantha zu erreichen. Und sie hatten das Recht auf ihrer Seite, während Tara Giles im Nacken hatte. Nun, es ließ sich nicht ändern. Sie ballte die Fäuste, bis sich ihre Fingernägel in ihre Handflächen bohrten.

Der heutige Tag sollte sehr viel mehr Enthüllungen bringen. Sir Brian Seabrook hatte sich per E-Mail gemeldet und arrangiert, dass Pamela Grange, eine Freundin der Familie, ihr heute Abend um sieben Samantha Seabrooks Wohnung zeigte.

Und nach dem, was Simon Askey ihr erzählt hatte, konnte Tara es nicht erwarten, Chiara kennenzulernen. Sie hatte ihr gestern Abend eine E-Mail geschickt, als DI Blake gegangen war; ihre Kontaktdaten hatte sie auf der Institutswebsite gefunden. Dort war auch ein Foto gewesen, also erkannte sie die Frau hoffentlich, wenn sie am Mill Pond auftauchte. In ihrer E-Mail hatte Tara gefragt, ob Chiara bereit wäre, ihr die Orte zu zeigen, die sie am stärksten mit der Professorin assoziierte. Sie hoffte, dass Chiara sich entspannen würde, wenn sie sich auf ihre Aufgabe konzentrierte und weniger auf die Fragen, die Tara einfließen ließ. Und wer weiß, was dabei herauskam?

Chiara hatte innerhalb von Minuten geantwortet, eine Uhrzeit vorgeschlagen und versprochen, sich wegen eines Treffpunkts noch einmal zu melden. Wie es aussah, war sie ganz wild darauf, ihre Ansichten kundzutun. Ihr Vorschlag, dass sie sich am Mill Pond trafen, war gekommen, als Taras neue Hintertür eingebaut wurde. Sie hatte sie überprüft, als der Tischler fertig war. Alles sah sicher aus. Tara hatte auch zusätzliche Schlösser an allen Fenstern angebracht, während der Tischler bei ihr arbeitete. Vielleicht könnte sie so nachts zur Abwechslung etwas mehr Schlaf bekommen. Obwohl sie sich gestern Abend wieder in ihrem Zimmer verbarrikadiert und mit dem Messer unterm Kissen geschlafen hatte, konnte sie nicht abschalten. Geräusche aus dem Park übertrugen sich. Hin und wieder war der Lärm eines Fahrrads, das abbremste, ehe es über den Weiderost auf die Riverside fuhr, durch die schlecht verfugten Fenster gedrungen. Immer noch war es tagsüber heiß und nachts unangenehm stickig, doch Tara ließ die Fenster fest geschlossen. Und wegen der Hitze und der Anspannung hatte sie nur wenige unruhige, kurze Schlafphasen geschafft.

Die Erinnerungen an die letzte Nacht verblassten, und Tara schaute erneut zu der Wiese, dem Mill Pond und den Menschenmengen. Ein Mann in einem karierten Hemd, blauen, knielangen Shorts und Bootsschuhen lag ausgestreckt auf dem Rasenstück, das Tara am nächsten war. Eine Kuh näherte sich und versuchte, an die Chipstüte zu gelangen, die er in der Hand hielt. Lachend behielt er den Blick auf die Frau bei ihm gerichtet und stupste die Kuh sehr sanft mit der freien Hand weg. Es war eine lockere und entspannte Szene, doch Tara bezweifelte, dass sie so sorgenfrei waren, wie sie schienen. So war das Leben nicht.

In diesem Moment wurde sie jemand gewahr, der ein Stück rechts von ihr stehen geblieben war, und blickte auf.

Chiara Laurito war nicht zu verwechseln. Tara war schon Menschen begegnet, die anhand ihrer Arbeitsporträts schwer zu erkennen waren, weil sie Jahre zuvor aufgenommen worden waren oder von einem Profi intensiv retuschiert, sodass sie wie Models daherkamen. Doch Chiara war schön genug, um im wahren Leben ein Model zu sein, genau wie auf dem Institutsfoto. Sie trug ein wunderschön geschnittenes, ärmelloses schwarzes Kleid und Goldschmuck. Tara hätte mithalten können – kleidungstechnisch zumindest –, stünde ihr noch das Designerkleid zur Verfügung, das sie gestern angehabt hatte. Leider war das durch den Sturz ruiniert, denn nun hatte es einen langen Riss im Rockteil. Und obendrein waren da die unansehnlichen Abschürfungen an ihrer Wange und ihrem Ellbogen.

Noch dazu fühlte sie sich seither steif, folglich stand sie recht mühsam auf, fing den Blick der Frau ein und schritt durch die Menge mit ausgestreckter Hand auf sie zu. »Chiara? Ich bin Tara. Danke, dass Sie sich mit mir treffen.«

Chiara lächelte, wobei ihre dunkelrot geschminkten Lippen ebenmäßige weiße Zähne einrahmten. »Ich bin froh, dass ich einbezogen werde.« Ihr italienischer Akzent war nur wenig zu hören. »Mich hat ein bisschen überrascht, dass Sie mich kontaktiert haben. Ich hätte nicht gedacht, dass Professor da Souza mich für ein Interview vorschlagen würde.«

Vermutlich, weil der Institutsleiter von den zu gegensätzlichen Persönlichkeiten wusste. »Weil Sie und Samantha sich nicht verstanden haben?«

Chiara wirkte misstrauisch. »Sie sind gut informiert.«

»Ich bin Journalistin, daher neige ich dazu, meine Nase in alles zu stecken. Ich möchte von allen Seiten über Samantha Seabrook erfahren, damit ich die Wahrheit schreiben kann. Wenn ich Leute finde, die gewillt sind, ehrlich zu sein, möchte ich unbedingt mit ihnen sprechen. Ich kann Sie als Quelle verschweigen oder keine Namen nennen, falls es nicht erforderlich ist. Meine Absicht ist keineswegs, jemanden als kleinlich oder rachsüchtig darzustellen.« *Es sei denn, es ist gerechtfertigt.*

Chiaras Haltung lockerte sich ein wenig. »Das leuchtet mir ein.« Sie sah Tara direkt an. »Und ich erzähle Ihnen gern, was ich weiß.«

»Das ist großartig, danke. Übrigens war es Simon Askey, der vorschlug, dass ich mit Ihnen rede.«

Eine halbe Sekunde lang wirkte Chiara verwundert. »Tatsächlich? Wie nett von ihm.« Ihre Augen blitzten, und Tara entging nicht, dass sich ihre Wangen leicht röteten. Sie entsann sich auch noch Askeys sarkastischer Bemerkungen gestern über Chiara, als er ihr sagte, bei der Begegnung mit Samantha Seabrooks Doktorandin »blühe ihr noch was«.

»Kann ich Ihnen etwas zu trinken holen?«, fragte Tara und nickte zu dem Pub hinter Chiara.

Doch sie verneinte. »Schon okay, danke. Ich dachte, wir können hier unsere Tour starten, aber es gibt noch einen anderen Ort, den ich Ihnen auch zeigen möchte.«

Durch die Straßen von Cambridge mit ihrem Verkehr und dem Lärm zu wandern bedeutete, dass es schwierig sein könnte, das Gespräch aufzuzeichnen. Aber diese kleine Einbuße könnte sich dennoch lohnen.

»Okay, klingt gut. Also, warum haben Sie dies hier als Ausgangspunkt gewählt?«

Chiara blickte in die Ferne. »Meine Kollegen aus dem Institut sind hier manchmal nach der Arbeit etwas trinken gegangen. Als Sie mich gefragt haben, welchen Ort ich am ehesten mit Samantha assoziiere, fiel mir zuerst nur ihr Büro im Institut ein, wo sie ihre weisen Worte von sich gegeben hat.« Eine Sekunde lang schloss sie die Augen. »Aber dann wurde mir klar, dass ich noch andere Erinnerungen an sie habe. Eine ist das Bild von ihr hier, wie sie mit Simon und Kit auf der Wiese liegt. Kit ist Simons wissenschaftlicher Mitarbeiter.« Sie seufzte. »Ich traf sie zufällig. Sie mussten gewartet haben, bis ich nach Hause gegangen war, und haben sich dann auf einen Drink hergeschlichen.« Sie sah Tara an. »Ich glaube, Samantha war die Anführerin. Ich denke, sie hatte die anderen überredet, mir nichts von dem Treffen nach Feierabend zu erzählen. Als ich unerwartet hier auftauchte, sind Simon und Kit aufgesprungen. Sie haben sich überschlagen, mir einen Drink zu spendieren. Ob ich Chips und wo ich mich hinsetzen wollte.« Wieder seufzte sie. »Es war ja eigentlich nicht ihre Schuld, aber ich konnte sehen, dass sie sich schämten.«

Es klang verletzend, aber natürlich kannte Tara Chiara bisher nicht oder wusste, warum Samantha sie ausgeschlossen hatte. »Und was hat Professor Seabrook gemacht?«

»Sie lag einfach weiter da, sah völlig entspannt aus und lächelte mich an, aber mit diesem Blick. Der hieß, ›Du hast die Situation nicht falsch gedeutet. Ich habe dich absichtlich ausgeschlossen‹.« Plötzlich lachte sie. »Also, ja, Sie haben vollkommen recht, wir verstanden uns nicht. Mich hat gewundert, dass Simon Ihnen vorschlug, mit mir zu reden, denn ich schätze, er hat gewusst, was ich sagen würde. Es beweist, was ich immer gedacht habe. Er ist fair. Und er hat Samantha am Ende durchschaut, auch wenn er früher vielleicht von ihr überzeugt gewesen ist.«

Taras Radar sprang an. War etwas geschehen, das Simon Askeys Meinung von Samantha Seabrook geändert hatte? »Ich hatte den Eindruck, dass er Vorbehalte ihr gegenüber hatte«, sagte sie vorsichtig, wobei sie Chiara beobachtete.

Die Studentin stockte einen Moment, bevor sie bedächtig nickte. »Unter ihrer charismatischen Hülle war sie knallhart. Anfangs hatte sie die meisten Leute für sich eingenommen. Da Souza war eindeutig ein bisschen verliebt in sie, so viel steht fest.« Sie klang verbittert. »Sogar Kit, den ich mag, ist nur wegen Samantha Seabrook und ihres Rufs zum Studieren ans Institut gekommen.«

»Dann hatte sich Simon auch mit ihr entzweit, so wie Sie?«

Chiara antwortete etwas verzögert. »Ich glaube, ihm fielen die Schuppen von den Augen.«

Es wurde immer interessanter.

Chiara musste ihren Gesichtsausdruck gesehen haben, und sie legte eine perfekt manikürte Hand vor ihren Mund. »Ich meine mit alle dem nichts Ernstes. Simon hätte Samantha nicht umgebracht.«

Tara versuchte, sich nicht die Schlüsse ansehen zu lassen, die sie aus den Worten der Frau zog. »Jemand hat es getan. Und ist die Wahrheit erst raus, nehme ich an, dass es ein Schock wird, wer immer das war.«

Chiara riss die Augen weiter auf. »Das ist uns allen klar. Es ist ein furchtbarer Gedanke, und auch wenn keiner von uns sich vorstellen kann, dass es jemand aus dem Institut war, ist die Stimmung sehr angespannt.« Sie blickte auf den Sandweg unter ihren Designersandalen. Schließlich schüttelte sie den Kopf. »Natürlich würde Simon das nicht tun.«

»Keine Sorge«, sagte Tara. »Ich schreibe nur über das Leben der Professorin und was mit ihr passiert ist. Es ist nicht mein Job herauszufinden, wer sie ermordet hat. Mir gegenüber können Sie sagen, was Sie wollen.«

Und endlich erwiderte Chiara ihr Lächeln. »Was meine Beziehung zu Samantha angeht«, sagte sie, »glaube ich, dass wir uns auf manche Art einfach zu ähnlich waren.«

Tara sah sie fragend an.

»Wir kommen beide aus privilegierten Familien, hatten Eltern, die sich für uns stark gemacht haben – privat und karrierebezogen.« Wieder schüttelte sie den Kopf. »Tut mir leid. Das ist nicht relevant. Ich würde niemandem wünschen, was ihr passiert ist. Ich hätte mir nie vorgestellt ...« Plötzlich brach sie ab. »Möchten Sie mit die Mill Lane raufkommen? Der andere

Ort, den ich am ehesten mit Samantha Seabrook assoziiere, ist oben beim New Museums Site.«

Als sie an dem schmalen Eingang der Laundress Lane vorbeigingen – benannt nach den Waschfrauen der Universität, die einst ihre Arbeit am Fluss verrichteten –, fragte Tara nach Samantha Seabrooks Ansehen am Institut.

»Ihr Ruf als Wissenschaftlerin war sagenhaft«, antwortete Chiara. »Das kann ihr niemand nehmen. Und sie war es gewohnt, Menschen zu lenken: ihre Erwartungen, ihre Eindrücke von ihr und ihren Projekten.« Am Ende der Mill Lane ergänzte sie: »Das ist in solch einer Einrichtung auch nötig.« Dabei zeigte sie auf die uralten Mauern des Pembroke College vorn rechts. Es war nur ein Gebäude, doch Tara erkannte, dass es für die Universität insgesamt stand: All die Traditionen und die Geschichte, all die unzähligen Querverbindungen und Beziehungen sowie die rigide Hierarchie.

Als sie hinüber in die Pembroke Street gingen, blickte Chiara zu Tara. Ihr langes, schimmerndes Haar glänzte in der Sonne. »Aber Samantha hat nicht nur getan, was nützlich war. Sie hat es sogar richtig genossen und mochte es ... an erster Stelle zu stehen.«

»An erster Stelle? In den Köpfen der Leute, meinen Sie? Oder was Erfolg anging?«

»Beides natürlich«, antwortete Chiara. »Hin und wieder haben wir wichtige Besucher am Institut. Die achten meistens sehr darauf, mit allen Mitarbeitern zu reden, von den einfachsten bis hin zu den ranghöchsten, aber Sie können wetten, fragte man sie hinterher, wer ihnen am ehesten im Gedächtnis geblieben war, war das Samantha. Und zwar, weil sie dafür gesorgt hat. Sie gab sich den Anschein, ganz besonders fasziniert von dem zu sein, was sie gesagt haben, ihnen Fragen zu sich selbst gestellt, solche Sachen. Alles sorgfältig orchestriert. Doch dafür hätte ich sie bewundern sollen, denn genau das hat mein Vater mir beigebracht. Eine wichtige Fertigkeit.«

Ein Stück weiter erreichten sie den Eingang zum New Museums Site, dem Sitz mehrerer Forschungsabteilungen der Universität. Das alte Cavendish Laboratory, wo Watson und Crick zur Struktur der DNA geforscht hatten, war eines der alten Bauten dort. Doch von ihrer Warte aus konnten sie hauptsächlich die moderneren und praktischeren Gebäude sehen.

»Es sieht nicht nach viel aus, oder?«, fragte Chiara, die wieder zu Tara blickte. »Nicht der schönste Teil von Cambridge.«

Tara stimmte ihr zu, obwohl ein oder zwei der Gebäude dort mit ihrer kühnen modernen Architektur herausstachen.

»Auch wenn hier selten Touristen hinkommen«, sagte Chiara, »ist die Aussicht von oben fantastisch.« Sie zog eine Augenbraue hoch. »Oder zumindest schätze ich, dass sie es sein muss, wenn Samantha es für lohnenswert hielt, da raufzuklettern.«

Tara blickte an der schwindelerregend hohen Mauer hinauf, zu der Chiara sie geführt hatte. »Im Ernst? Das hat sie gemacht?«

Chiara nickte. »Haben Sie von den Nachtkletterern von Cambridge gehört?«

Tara zuckte mit den Schultern. »Am Rande. Ich dachte, das ist eine Gruppe, die in den Dreißigern des zwanzigsten Jahrhunderts die Gebäude hinaufgestiegen sind oder so. Gibt es über die nicht ein Buch?«

Chiara bejahte. »Gibt es, aber sie sind heute noch aktiv. Googlen Sie es mal, dann finden Sie einen Artikel darüber im *Cambridge Tab*.«

»Das mache ich. Also war Professor Seabrook Mitglied der aktuellen Nachtkletterergruppe?«

Chiara verdrehte die Augen. »Nicht so offiziell. Anscheinend muss man einen ganzen Berg an Fragen über eine geheime E-Mail beantworten, um aufgenommen zu werden.

Dazu hätte Samantha nicht die Geduld gehabt; und sie hat es verabscheut, sich den Vorschriften anderer zu beugen.«

»Dann ist sie hergekommen und unabhängig geklettert?« Tara erinnerte sich, dass Simon Askey erzählte, wie gern Samantha Seabrook ihren Kollegen von ihren Abenteuern berichtete. »Und danach hat sie es allen im Institut erzählt?«

»Und ob«, antwortete Chiara. »Solche Sachen hat sie wahnsinnig gern erzählt. Allerdings kam das nicht überall gut an. Mary Mayhew, die Verwalterin, hatte gehört, wie sie darüber redete, und ziemlich übel reagiert. Ich glaube, ich habe noch nie jemanden so wütend erlebt.« Sie stockte einen Moment. »Fast nie.« Wieder blickte sie zu Tara. »Sie können sich vorstellen, warum. Eine Menge Studenten haben zu Samantha aufgeschaut. Man stelle sich vor, sie würden ihr nacheifern. Was sie tat, war sowohl lebensgefährlich als auch illegal. Jemand, der es ihr ohne das richtige Know-how nachmachte, könnte leicht zu Tode kommen. Das war Mary Mayhews schlimmster Albtraum.«

Nachdem sie Chiara Laurito verlassen hatte, hörte Tara eine Textnachricht von ihrem Kollegen Matt eingehen.

Schätzchen, die Cops haben bekanntgegeben, dass Samantha und ihr Mörder in den Garten geklettert sind. Glaubt man das? Ich stelle es gerade als Eilmeldung ein. Pass auf dich auf, ja? Bald wieder in den Pub? X

Der gute alte Matt. Es war typisch für ihn, dass er sie so schnell informierte. Und der Pub-Vorschlag klang verlockend, aber sie müsste ihn noch eine Weile hinhalten. Sie wollte ihm nicht von ihrer Morddrohung erzählen – oder ihn erraten lassen, dass sie etwas verheimlichte.

Tief in Gedanken versunken machte sie sich auf den

Rückweg zu ihrem geparkten Fahrrad unten am Fluss. Die Geschichte, wie Samantha Seabrook in den Garten von St Bede's gelangt war, passte gut zu ihren Hobbys. Tara fragte sich, wie viele andere Details DI Blake ihr vorenthielt. Anscheinend wurde sie wie jedes andere Mitglied der Öffentlichkeit behandelt. War ja klar. Nur hatte sie gehofft, ihr stünde ein bisschen mehr zu, bedachte man, dass der Mörder sie als nächstes Opfer auserkoren hatte. Sie hatte geglaubt, Blake und sie hätten gestern Abend eine Art Arbeitsgemeinschaft gebildet, aber selbstverständlich würde er ihr nie vollkommen trauen. Sie war Journalistin, und er war nicht auf den Kopf gefallen.

Es musste nett sein, auf seiner Seite zu stehen und hinter Türen gelangen zu können, die einzig eine Polizeimarke öffnen konnte.

KAPITEL VIERZEHN

Blake wartete im Foyer des Institute for Social Studies und ging seine Nachrichten durch. Die erste war eine Zusammenfassung der Neuigkeiten (oder vielmehr der nach wie vor fehlenden) zu der Kette, die an Samantha Seabrooks Hals gefunden wurde. Das Team hatte weiter herumgefragt, doch keiner, mit dem sie gesprochen hatten, hatte jemals gesehen, dass die Professorin solch eine Kette trug; vor allem staunten sie, dass sie überhaupt ein Kruzifix besessen hatte. In ihrer Wohnung hatte Blake nichts gesehen, was auf religiöse Neigungen hindeutete. Und Max Dimity hatte keine Geschäfte gefunden, die genau diese Form von Anhänger verkauften. Blake konnte nur annehmen, dass das Kreuz schon länger im Besitz des Mörders gewesen war. In dem Fall war er sicher, dass die Wahl von Bedeutung war. Auf dem Anhänger waren keine Fingerabdrücke gewesen und auch keine DNA außer der von der Professorin. Blake fragte sich, ob der Mörder sie überredet hatte, die Kette anzulegen. Vielleicht wurde sie ihr auch aufgezwungen, als sie kurz Luft holen durfte. Verdammt! Welche Mission verfolgte der Täter?

Die nächste Nachricht war von Emma Marshall. Sie hatte

herausgefunden, dass Samantha Seabrooks Vater ihr die Rosen im Büro geschickt hatte, also führten die wohl auch nicht weiter.

Bei der dritten Nachricht, die bestätigte, dass Aufnahmen der Sicherheitskameras Samantha Seabrook zeigten, die sich dem St Bede's College näherte – allein –, begann Blake, den Mut zu verlieren.

Immerhin waren Tara Thorpes Tonbänder interessant gewesen. Gleichermaßen informativ wie beunruhigend. Sie konnte auf jeden Fall ihren Charme aufdrehen, wenn sie wollte. Nur wusste Blake, wie kalkuliert es geschah. Und den Antworten ihrer Interviewpartner nach zu urteilen, hatten sie es gierig aufgesogen. Es hatte sich also ausgezahlt, für ihn ebenso wie für sie. Die Aufnahmen hatten ihn veranlasst, nach Informationen über Askeys Dad zu suchen. Natürlich darf man die Sünden des Vaters nicht auf das Kind übertragen. Theoretisch ... Dieses Mantra wiederholte Blake vor sich, als er zu dem Mann nachforschte. Die Tatsache, dass Askey Senior wegen Drogenbesitzes und bewaffneten Überfalls gesessen hatte, hieß nicht, dass sich sein Sohn irgendetwas schuldig gemacht hätte. Trotzdem musste es sich auf ihn ausgewirkt haben.

In diesem Moment erschien ein Mann vor Blake, der nicht Askey war. Jung – geschätzt Mitte zwanzig, in Jeans und anthrazitfarbenem Hemd. Er hatte welliges dunkles Haar und blaue Augen.

»DI Blake?« Er hatte einen Liverpool-Akzent.

Blake stand auf, nickte und schüttelte die ihm dargebotene Hand.

»Ich bin Kit Tyler, wissenschaftlicher Mitarbeiter an Simon Askeys Projekt. Ich bringe Sie nach oben zu unseren Büros.«

Also hatte Askey einen Untergebenen geschickt. Typisch. Schuldig oder nicht, Blake würde jede Gelegenheit nutzen, den Mann in seine Grenzen zu verweisen. Ohne kindisch zu sein, verstand sich ...

Dieser Impuls wurde noch verstärkt, als sie das Büro erreichten, zu dem Kit Tyler ihn führte, und es leer vorfanden. Dem Gesichtsausdruck des wissenschaftlichen Mitarbeiter nach zu urteilen, hatte er es auch nicht erwartet. Auf dem Tisch nahe der Tür lag ein ausgerissenes Stück liniertes Papier, auf das hastig gekritzelt wurde:

Sorry, musste kurz weg. In zehn Minuten zurück.

In zehn Minuten zurück. Kit Tyler beobachtete Blake, der sich nicht sicher war, ob er sich für seinen Vorgesetzten fremdschämte. Das sollte er lieber.

»Nicht weiter wild«, sagte Blake. »Mit Ihnen wollte ich sowieso auch reden.«

»Klar.« Kit bedeutete ihm, an dem Tisch Platz zu nehmen. Während Blake einen Stuhl vorzog, blickte er aus dem Fenster. Es ging in die entgegengesetzte Richtung von Samantha Seabrooks, wies zu einem engen Innenhof irgendwo in dem Bereich, der an die Trinity Street und den Marktplatz grenzte. Und es war ziemlich dunkel.

»Wann haben Sie Samantha Seabrook kennengelernt?«, fragte Blake.

Kit strich sich das Haar aus der Stirn. »An meinem ersten Tag hier. Ich habe natürlich nicht direkt für sie gearbeitet, aber so war sie. Sie hat neue Mitarbeiter immer begrüßt.«

Mary Mayhew, die Institutsverwalterin, hatte gesagt, die Professorin hätte die Fähigkeit besessen, jedem das Gefühl zu geben, besonders zu sein. Und Blake hatte den Eindruck, dass Kit zu derselben Einschätzung gelangt war.

»Ich sage es lieber jetzt gleich.« Kit blickte zur Tür, zurück zu Blake und lachte kurz. »Eigentlich hatte ich mich für diesen Job am Institut beworben, weil Samantha Seabrook hier war. Simon weiß es, aber es ist nichts, woran er gerne erinnert wird.«

Das konnte Blake sich gut vorstellen. »Dann hatten Sie gehofft, mir ihr zu arbeiten?«

Kit zuckte mit den Schultern. »Der Job war bei Simon, und ich war sehr froh darüber. Wir arbeiten an einem faszinierenden Projekt – und wie viel wir verbessern könnten, hält mich bei der Stange. Aber ich dachte auch, es wäre gut, am selben Institut zu sein, an dem Samantha arbeitet.«

Blake nickte. »Und wo waren Sie vorher?«

»Ich bin unweit von hier geboren, nördlich von Ely in Peverton – aber mein Dad ist mit uns nach Liverpool gezogen, nachdem meine Mum gestorben war. Da war ich noch klein.« Er sah Blake an. »Ich denke, damals wurde die Saat für meine künftige Karriere ausgebracht. Mum hatte im Akkord Flick- und Näharbeiten für die Jungen an der teuren Privatschule erledigt. Sogar als sie krank wurde, blieb sie bis mitten in der Nacht auf und hat gearbeitet, damit wir über die Runden kamen.« Kopfschüttelnd senkte er den Blick zum Tisch zwischen ihnen. Doch nach einem Moment sah er wieder auf und lächelte. »Es gibt bis heute viel zu viel Ungleichheit, aber ich bin glücklich. Ich weiß, dass ich an dem richtigen Ort bin, um etwas zu verändern. Nach der Schule bin ich nach Newcastle gegangen, wo ich meinen ersten Abschluss gemacht habe, danach zurück nach Hause für meinen Doktortitel. Ich blieb noch ein wenig in Liverpool und habe dort an einem Forschungsprojekt mitgearbeitet.« Er zuckte mit den Schultern. »Und dann ergab sich die Stelle hier.«

»Verstehe. Und wie viel hatten Sie gewöhnlich mit Professor Seabrook zu tun?«

»Recht viel«, antwortete Kit Tyler. »Wir waren in denselben Institutskonferenzen und bei Events, und wir haben in der Kaffeepause miteinander geredet. Einige von uns sind auch mal nach der Arbeit etwas trinken gegangen.«

»Eine große Gang?«

Wieder ein Schulterzucken. »Ziemlich oft nur sie, Simon

und ich, genau genommen. Ich glaube, sie fühlte sich weniger gehemmt, wenn die ranghöheren Kollegen nicht dabei waren.«

»Professor da Souza und Mary Mayhew hatten sich nicht dazu gesellt?«

Kit lachte. »Nein! Niemals. Mary Mayhew war kein großer Fan von Samantha, um ehrlich zu sein. Sam brach zu oft die Regeln. Und ich denke, sie empfand Hugo da Souzas väterliche Sorge als Bevormundung. Außerdem redeten die Leute dauernd darüber, dass ihre Eltern und er schon lange befreundet waren. Das Letzte, was sie wollte, war, den Klatsch zu befördern.«

»Und Chiara Laurito auch nicht?«

Er beobachtete Kit Tyler aufmerksam.

»Nicht, wenn Sam es verhindern konnte.«

»Haben Sie sich nicht verstanden?«

»Das ist noch untertrieben.« Er stockte einen Moment. »Eigentlich war das komisch. Sie hatten eine Menge gemein, und sie kommen aus sehr ähnlichen Elternhäusern, so wie Simon und ich auch.«

»Und Sie verstehen sich mit ihm?«

Kit nickte. »Außer mal Drinks nach der Arbeit, haben wir privat nicht miteinander zu tun, aber unser Verhältnis bei der Arbeit ist gut.«

»Vermutlich kamen auch Simon Askey und Samantha Seabrook gut miteinander aus, wenn sie nichts dagegen hatte, mit ihm in den Pub zu gehen?«

Er wartete, dass Tyler die Stille füllte.

»Samantha hat ihn als ebenbürtig akzeptiert, schätze ich. Als jemanden, mit dem sie streiten konnte.«

In diesem Augenblick kam der Mann, den Blake als Askey erkannte, in den Raum geschlendert. Er blieb halb rechts hinter Blakes Stuhl stehen und streckte eine Hand aus. In der anderen war ein Becher frischer Kaffee.

Wie beruhigend, dass Sie sich nicht abgehetzt haben, um wieder herzukommen.

Blake stand auf, um ihn zu begrüßen und sich formell vorstellen, obwohl er wusste, dass mit ihm gespielt wurde. Auch Kit Tyler erhob sich.

»Ich gehe mir auch einen Kaffee holen«, sagte er. »Kann ich Ihnen etwas bringen?«, fragte er, wobei er Blake direkt ansah.

»Nein, danke.« Blake setzte sich wieder und wartete, bis Askey begriff, dass er es ihm gleichtun sollte. Entweder das, oder herumstehen und wie ein Idiot aussehen. Schließlich gab er nach, auch wenn er so langsam wie möglich zu dem Stuhl Blake gegenüber ging.

»Also, wie ich es verstehe, wollten Sie und Samantha Seabrook sich gemeinsam um eine Finanzierung bewerben«, begann Blake, ohne zu warten, bis Askey sich gesetzt hatte. »Aber sie hat einen Rückzieher gemacht. Das muss ärgerlich gewesen sein.« Vielleicht war es nicht ganz so gewesen, doch ein harter Einstieg dürfte eine Reaktion bewirken. Und die gäbe Blake eine Orientierung.

»Wer hat Ihnen das erzählt?«

Also hatte er es gewusst. Blake sparte sich die Antwort und stellte zufrieden fest, dass Askey einen Moment brauchte, um in seine lockere Cooler-Typ-Pose zurückzufinden.

Dann zuckte er mit den Schultern. »Sam war ein schwieriger Mensch, wie Sie wahrscheinlich schon mitbekommen haben, wenn Sie als Detective etwas taugen. Wir waren uneins, was die Herangehensweise an die Forschung betraf, und statt die Sache auszudiskutieren, hat sie einen Trotzanfall bekommen.« Er lächelte kurz. »Ich denke, sie war ganz schön überrascht, als ich ihr klargemacht habe, dass ich den Antrag dennoch stellen würde, ob mit oder ohne ihre Hilfe. Keiner ist unverzichtbar.«

»Demnach wird sie Ihnen jetzt, da sie tot ist, nicht fehlen?«

Askey stieß einen Laut aus, der wahrscheinlich Schock

illustrieren sollte. Er kam sehr gekünstelt rüber. »Ach, kommen Sie, das ist unfair gespielt!«

Blake sah ihn streng an. »Ich spiele nicht.«

Askey seufzte schwer. »Hören Sie, sie hat mich wütend gemacht, okay? Aber ich werde sie vermissen. Sie hat hier für Leben gesorgt.« Und doch konnte er die Verbitterung nicht verbergen, die in seiner Stimme mitschwang.

»Worin genau waren Sie uneins, was den Finanzierungsantrag betraf?«, fragte Blake.

»Ernsthaft?« Askey lehnte sich auf seinem Stuhl zurück, choreografierte erneut sehr sorgfältig seine Körpersprache. Alles passte zu dem, was Tara Thorpe gesagt hatte. Er trank einen Schluck Kaffee. »Sie wollen doch gewiss nicht die technischen Details hören? Nichts für ungut, aber die würden einem Laien sowieso nichts sagen.«

»Seien Sie so gut.«

Askey seufzte wieder. »Okay.« Er starrte an die Decke, ehe er wieder zu Blake sah. »Ich überlege nur, wie ich es so erkläre, dass Sie es verstehen. Es hatte schlicht damit zu tun, wie wir die Teilnehmer für unsere Studie auswählen.« Er neigte den Kopf zur Seite. »Ihre Herangehensweise hätte die Ergebnisse verzerrt.«

Ach ja? Blake achtete darauf, den Blickkontakt zu halten. »Mich erstaunt, dass jemand so Erfahrener wie Professor Seabrook solch ein Irrtum unterlaufen würde.«

»Ging mir genauso«, sagte Askey. Seine Wangenmuskeln waren angespannt. Log er? Oder war er nur sauer, weil Blake die Expertise der Professorin betonte?

»Wie ich hörte, haben Sie mit der Journalistin gesprochen, die über die Professorin schreibt – was wissen Sie über sie?« Blake beobachtete, wie der Mann mitzuhalten versuchte.

»Wie meinen Sie das?«

Blake lehnte sich vor. »Ich meine«, er holte tief Luft, »was wissen Sie über die Journalistin, die über Samantha Seabrook schreibt?«

Askey sah angefressen aus. »Wie Sie wollen. Ich weiß zwar nicht, worauf Sie hinauswollen, aber meinetwegen ... Sie heißt Tara Thorpe und arbeitet für ein billiges Blatt namens *Not Now*. Soweit ich weiß, ist ihre Mutter die Schauspielerin, Lydia Thorpe.«

Blake wartete. »Und?«

Askey zuckte mit den Schultern. »Nett anzusehen, charmant im Gespräch, aber zweifellos auch darauf trainiert. Jim Cooper erwähnte, dass sie am Fluss wohnt. Er kommt täglich an ihrem Haus vorbei. Ich habe den Eindruck, dass er die Aussicht genießt, und das kann ich ihm nicht verdenken.«

Zeit für noch ein tiefes Luftholen. Blake lehnte sich bewusst wieder zurück, ehe er fragte: »Wann hatte Cooper sie erwähnt?«

Askey runzelte die Stirn und wirkte nun neugierig. »Gleich nachdem Mary Mayhew uns allen erzählt hatte, dass Tara uns besuchen kommt. Cooper hat sich offensichtlich darauf gefreut. Mary hörte seine Bemerkungen und hat ihm gesagt, er soll die Klappe halten.«

»Dann hatte Mary Mayhew die Nachricht an alle weitergegeben? Sie waren alle im Raum?«

Abermals huschte ein Ausdruck von Neugier über Askeys Züge. »Ja. Das heißt, an alle, die gerade hier sind. Ungefähr drei Viertel der Belegschaft liegt in der Sonne, bis die Studenten wiederkommen. Sorry, ich meine natürlich, dass sie bis Semesterbeginn ihren Forschungsinteressen nachgehen.«

Also hatte Jim Cooper definitiv Tara Thorpes Haus am Fluss gekannt, als sie die Puppe geschickt bekam. Und kurz danach erfuhren Askey, Tyler, Laurito, Mayhew und da Souza auch davon. Hatte es irgendeiner von ihnen die ganze Zeit gewusst, so wie Cooper? Das war die Frage.

»Klettern Sie gern, Dr. Askey?«

Jetzt blitzte Wut in den Augen des Mannes auf. »Ich habe die Nachrichten gesehen, also weiß ich zumindest, woher die Frage kommt. Nein, tue ich nicht. Es ist nichts, was ich jemals als Hobby betrieben habe.«

»Danke.« Das gefiel Blake. Ein hübsches, promptes Leugnen. Sollte er jemals auch bloß den Hauch eines Beweises vom Gegenteil aufstöbern, hätte er Simon Askey dran. Und er plante, es sehr gründlich zu überprüfen.

KAPITEL FÜNFZEHN

Tara hatte die Erlaubnis erhalten, die Institutsbibliothek zu besuchen und sich einige von Samantha Seabrooks jüngsten Publikationen anzusehen.

Der Bibliothekar – ein Jeremy-Irons-Doppelgänger um die Fünfzig – half ihr, die Journale und Bücher zu finden, die sie brauchte, und sie stapelten sie am Ende eines langen, polierten Holztisches neben einem großen Bleiglasfenster auf. Sonnenlicht fiel herein und beleuchtete die Staubpartikel, die sie aufgewirbelt hatten. Es roch nach Büchern und Druckfarbe.

Tara begann mit der obersten Fachzeitschrift und versuchte sich zu konzentrieren.

»Fragen Sie mich ruhig jederzeit, was Sie möchten«, sagte der Bibliothekar, ehe sie richtig einsteigen konnte. »Die Bibliothek ist nächste Woche geschlossen. Im August schließt sie immer für kurze Zeit. Es ist ja auch sinnvoll, dass ich meinen Urlaub nehme, wenn es im Institut so ruhig ist.«

Tara nickte. »Ich sage Bescheid, falls ich Fragen zu Professor Seabrooks Arbeit habe. Wie war sie als Mensch? Ein anderer Blickwinkel ist immer gut.«

Der Bibliothekar zuckte zusammen, als würde ihm der

Gedanke physischen Schmerz bereiten. »Sie war fabelhaft«, sagte er schließlich. »Unglaublich witzig. Ich kann gar nicht glauben, dass sie tot ist.« Er stieß ein Lachen aus, das in seiner Kehle stecken blieb. »Ich denke, man kann behaupten, dass die Bibliothek nicht ihr natürliches Habitat war. Ruhig wäre kein Adjektiv, mit dem ich sie beschreiben würde. Wenn ich hier überhaupt ein lautes Lachen oder einen plötzlichen wütenden Aufschrei vernahm, konnte ich beinahe sicher sein, dass es von ihr kam. Dann ging ich hin, ermahnte sie, und sie lachte laut und sagte, ›Na, nur zu, werfen Sie mich raus! Draußen scheint die Sonne, also soll es mir recht sein.‹ Sie wird mir fehlen.« Er schluckte und wandte den Blick ab.

»Tut mir leid.« Auch Tara blickte weg, zu dem Artikel, den sie eben aufgeschlagen hatte. »Ich sehe mir das hier mal an. Können Sie mir irgendwelche Hintergrundinformationen geben, damit ich es besser verstehe?«

Selbstverständlich schnappte er nach der Rettungsleine, die sie ihm zuwarf. »Ah ja, an die Studie erinnere ich mich. Faszinierend! Größtenteils ist sie selbsterklärend. Die Kinder, um die es geht, kamen aus einer der ärmeren Gegenden von Cambridgeshire – übrigens nicht weit weg von dort, wo sie aufgewachsen war.« Da war wieder der liebevolle Unterton. »Ich weiß noch, dass sie gesagt hatte, sie wolle etwas ›für die Menschen zu Hause‹ tun. Allerdings wage ich zu behaupten, dass das Dorf, in dem sie aufgewachsen ist, Welten von der Wohnsiedlung trennte, aus der die Kinder für ihre Studie stammten.« Er tippte auf die Ecke des Journals. »Cambridgeshire ist eine facettenreiche Grafschaft. Wie natürlich viele Orte.«

Danach ließ er Tara arbeiten. Der Artikel konzentrierte sich auf den Zusammenhang zwischen Armut in der Kindheit und Schulschwänzen. Der Bibliothekar hatte recht, er *war* faszinierend und sehr zugänglich geschrieben. Dennoch verlor Tara nach fünf Minuten wieder die Konzentration. Es war warm im

Raum, und der Schlafmangel holte sie ein, vernebelte ihre Gedanken und zog sie in einen traumähnlichen Zustand. Sie bemühte sich, da rauszukommen, doch Professor Seabrooks Arbeit lenkte ihr Denken auch in die falschen Bahnen. Sie hatte gesagt, Akademiker müssten achtgeben, keine Scheuklappen zu tragen. Selbst wenn eine bestimmte Schlussfolgerung offensichtlich schien, mussten sie auch über sie hinausschauen, um ihre Ergebnisse auf die Probe zu stellen. Andernfalls liefen sie Gefahr, die jungen Menschen im Stich zu lassen, denen sie helfen wollten. Bei den Worten dachte Tara wieder an die Polizeiermittlungen zu ihrem früheren Stalker und den Officer an ihrem Fall, der blind für alle anderen Schlüsse neben seinem eigenen gewesen war.

Im Geiste ging sie die Taktik ihres alten Peinigers durch. Der Umschlag mit den toten Bienen war als Erstes gekommen. Das war zwei Tage vor ihrem sechzehnten Geburtstag mit einem Vermerk draußen in Druckbuchstaben, »KEIN SCHUMMELN«. Sie hatte angenommen, dass es ein Geschenk war. Und sie erinnerte sich, dass sie den Umschlag gedrückt hatte, um den Inhalt zu erraten. Er fühlte sich weich an, lose und ein bisschen beulig, und sie war achtundvierzig Stunden lang aufgedreht und neugierig gewesen. Am Morgen ihres Geburtstags war sie bei Bea gewesen, doch die Cousine ihrer Mutter hatte länger geschlafen, sodass Tara vor ihr unten gewesen war. Sie hatte nicht vorgehabt, irgendwelche Geschenke allein zu öffnen, doch am Ende hatte bei dem einen Päckchen ihre Neugier gesiegt. Sie hatte den Umschlag aufgerissen und war sofort zurückgesprungen und hatte ihn fallen gelassen, als sie erkannte, was drinnen war. Er war prall gefüllt gewesen. Als sich ihn von sich schleuderte, wurden die toten Bienen über alle anderen Geschenke verstreut. Bea hatte sich nach Kräften bemüht, sie zu entfernen, aber sie fanden später immer wieder welche. Eine hatte sich in der Schleife auf Beas Geschenk verfangen, und eine war in dem Becher heißem Kakao gelandet, den sie sich gemacht hatte.

Der Umschlag war in Cambridge abgestempelt gewesen und enthielt nichts außer den toten Bienen. Bienen zu ihrem Geburtstag bei Bea. War das Absicht? Jedes Mal, wenn Tara jetzt den Namen der Person hörte, die ihr am Nächsten war, musste sie dieses Entsetzen beiseitedrängen. Psychospiele.

Bea und sie hatten das Päckchen zur Polizei gebracht, aber es führte nirgends hin, und sechs Monate später schien es, als wäre es ein einmaliger Zwischenfall gewesen. Es ging Tara immer noch durch den Kopf, aber sie hatte es als schrecklich und unerklärlich weggeschoben – vorbei.

Und dann kam die nächste Lieferung. Diesmal in einem anderen Umschlag: Tyvek-Verpackung, stark und wasserfest.

Tara war bei ihrer Mutter, draußen in den Fens, doch der Rest der Familie war verreist. Ihr Mutter und ihr Stiefvater machten mit Taras zweijährigem Bruder Urlaub in Südfrankreich. Sie hatten Tara eingeladen mitzukommen, aber es war ihr sehr wenig reizvoll erschienen. Und sie hatte die Erleichterung ihres Stiefvaters gesehen, als sie ablehnte.

Obwohl der Umschlag anders als der mit den Bienen war, war der Poststempel wieder Cambridge. Und er hatte sich komisch angefühlt. Etwas Schweres drinnen verrutschte, als sie ihn aufhob, und sie erinnerte sich, dass sie nervös war. Ihr Instinkt riet ihr anfangs, ihn nicht zu öffnen. Beim Abtasten stellten sich die Härchen an ihren Armen auf, doch eine beharrliche Stimme sagte ihr, sie würde sich lächerlich benehmen. Schließlich hatte sie nur eine Ecke mit einer Schere geöffnet. Die Scherenklingen waren dunkelrot hinterher, und Blut geriet auf Taras Finger.

Mit zitternden Händen hatte sie Bea angerufen, und die Cousine ihrer Mutter war gekommen, hatte alles stehen und liegen gelassen, um zu ihr zu eilen. Bea hatte mit einer Taschen-lampe in das Päckchen gespäht, dann hatten sie es zur Polizeiwache im nahe gelegenen Ort March gebracht. Drinnen waren ein Schweineherz und einige zerhackte Innereien.

Danach kamen die Sendungen häufiger. Vogelfedern. Maden. Und jede unerwartete Post versetzte Tara in höchste Alarmbereitschaft. Allein der Anblick eines verdächtigen Umschlags genügte, sie in Panik zu versetzen, mitsamt Schweißausbruch und Herzrasen. Mittlerweile erhielt und öffnete die Polizei alle Lieferungen für sie, doch sie erfuhr immer, was drinnen gewesen war, und manchmal bekam sie die Umschläge noch. Jedes Mal ersann ihre Fantasie ein Bild dessen, was drinnen sein könnte. Und das war beinahe so schlimm wie der Blick auf die Realität. Dem Horror, den sich das menschliche Gehirn ausdenken konnte, waren keine Grenzen gesetzt.

Und ihr Peiniger musste sie beobachtet haben, denn es dauerte nicht lange, bis er mitbekam, dass seine kleinen Geschenke direkt an die Polizei gingen.

Dann hatte das Schwein ihren Kater umgebracht. Zwei Tage vorher tauchte ein schlichter Brief auf, der völlig normal wirkte. Und er enthielt eine simple gedruckte Nachricht: »*Ich mag es nicht, ignoriert zu werden.*« Und an dem Tag, an dem Dodger getötet wurde, war bei Bea eine Nachricht durch den Briefschlitz geworfen worden, adressiert an Tara, die sie informierte, sie solle hinter eine Mauer in einer nahen Gasse sehen.

Da hatte Tara längst aufgehört, ausgehen zu wollen. Sie hatte aufgehört, neuen Leuten zu vertrauen, die sie kennenlernte, aber auch ihren Freunden. Nachts konnte sie nicht schlafen. Und dann, ganz plötzlich, hörten die Sendungen auf. Doch der Schaden war angerichtet, und sie wusste nie, ob ihr Peiniger noch da draußen irgendwo war, sie beobachtete und abwartete.

Warum hatte er aufgehört? Es war Teil der Begründung, weshalb der Detective an ihrem Fall so sicher gewesen war, der Tote wäre der Schuldige gewesen.

Eigentlich hatte sie es nur dank Kemp durchgestanden. Er

hatte sie daran erinnert, wer sie war und dass sie sich wehren konnte.

»Geht es Ihnen gut?«

Der Bibliothekar starrte sie an, und ihr wurde bewusst, dass ihre Wangen tränennass waren.

»Ja, ich glaube, es ist der Staub.«

»Oh«, er lächelte, »lassen Sie das bloß nicht die Reinigungskräfte hören. Die wären überaus gekränkt.«

KAPITEL SECHZEHN

Blake war schon den ganzen Tag nicht gut drauf. Babette hatte auf den Text gestern Abend geantwortet, als er bei Tara war, und ihn gebeten, sie wieder zurückzunehmen.

Kitty hat geweint, als ich ihr gesagt habe, du liebst sie, hatte sie geschrieben. *Sie sagt, sie will zu dir. Bitte, Garstin, denk drüber nach. Wir müssen reden.*

Ihm war bewusst, dass ihm der Schmerz, den sie ihm aufzudrücken versuchte, anzusehen war – zumindest wann immer er nicht mit einem Verdächtigen im Mord an Samantha Seabrook zu tun hatte. Als Babette ihn verließ, war sie anfangs nicht nur um die Ecke gewesen. Sie hatte für sich und Kitty Flugtickets nach Australien gekauft. Und sie war mit ihr hingeflogen. Zwei Wochen hatte es gedauert, bis ihr klar wurde, dass sie »den schlimmsten Fehler ihres Lebens« begangen hatte.

Jetzt fühlte er, dass DS Emma Marshall ihn vom Beifahrersitz seines Wagens aus beobachtete. Er konzentrierte sich auf die Straße und ihr bevorstehendes Gespräch mit Sir Brian, in der Hoffnung, dass sie den Wink verstand. Er konnte erraten, was sie dachte. Offiziell war Emma die Einzige bei der Arbeit, die von seiner Trennung wusste. Freiwillig hätte er gar nichts gesagt, aber sie hatte zufällig ein Telefonat mitbekommen. Emma wusste nicht, was Babette vorgehabt hatte oder warum; ebenso wenig, warum jetzt alles anders war. Aber sie wusste genug, um zu erkennen, wie sehr er litt. Und bei dem Gedanken war ihm höchst unwohl.

Einen Moment später fragte sie: »Alles okay, Boss?«

»Mir geht's gut, danke.« Er überholte einen mit Strohballen beladenen Traktor. Strohfetzen wehten durch das Beifahrer-fenster herein, und Emma wedelte sie weg. Der Geruch von getrocknetem Getreide erfüllte die warme Luft.

Sie waren draußen in der Wildnis von Cambridgeshire und unter der sengenden Sonne, wo sie nun an flachen Feldern vorbeifuhren, auf denen noch Mähdrescher unterwegs waren. Wohin Blake auch schaute, konnte er den Horizont sehen, nur hier und da unterbrochen von einem Bauernhaus und nach Osten von der Ely Cathedral. Die nannte man das »Schiff der Fens«, weil sie sich so hoch über die flache Landschaft erhob. Die Leere der Landschaft drumherum erinnerte ihn daran, wie er sich innerlich fühlte.

Es entstand eine seltsame Stille.

»Fast da«, sagte Emma schließlich, was sie beide, dank Navi sehen (und auch hören!) konnten.

Sir Brian Seabrook lebte am Dorfrand von Great Sterring-ham. Dort reihten sich alle Häuser an einer Straße mit Blick auf die offene Landschaft aneinander. Es waren Einfamilienhäuser – prächtige Residenzen im Queen-Anne-Stil mit reichlich Platz zwischen ihnen. Was die Nachbarin nicht davon abhielt, sie interessiert zu beäugen, als sie in Sir Brians breite Einfahrt bogen.

„Ich bin versucht, ihr zuzuwinken«, sagte Emma.

»Lieber nicht.«

Sie seufzte. »Nein, du hast recht. O Gott, ich freue mich so gar nicht hierauf.«

Er sich auch nicht, aber es musste sein.

Sir Brian öffnete ihnen persönlich. Er sah ein wenig gefasster aus, als sie ihn in der Leichenhalle erlebt hatte. Genauso blass, aber beherrschter.

„Danke, dass Sie uns empfangen«, sagte Blake und ging ins Haus, als Sir Brian zurückgetreten war. »Je mehr wir über Samantha erfahren, desto schneller können wir herausfinden, wer das getan hat, und ihn vor Gericht stellen.« Er hatte Mühe, die Möglichkeit zu ignorieren, dass sie den Schuldigen eventuell nie fanden. Oder ihn identifizierten, aber es nicht für eine Anklage reichte.

Sir Brian nickte und führte sie in ein schattiges Wohnzimmer, in dem die Hitze weniger stark war.

Bevor er sich auch nur gesetzt hatte, änderte Blake seine Eröffnungsfrage. Er deutete auf eine Fotografie auf Sir Brians Kaminsims. Darauf war Samantha in Klettermontur zu sehen, und die Sonne spiegelte sich in der Schutzbrille, die sie in die Stirn geschoben hatte. Sie hing an etwas, das wie ein Felsvorsprung aussah. Ein Mann war neben ihr: braungebrannt und mit einem blendend weißen Lächeln. »Wie ich höre, hat Kirsty Crowther erklärt, wie Ihre Tochter in den College-Garten gelangt war, in dem sie gefunden wurde.«

Der Schmerz in Sir Brians Augen bewirkte, dass Blake zur Seite sah. »Ja.« Er hielt eine Hand vors Gesicht. »Ich hatte ihr Kletterstunden bezahlt, als sie noch ein Teenager war. Zu der Zeit ...« Er zögerte einen Moment. »Zu der Zeit schien es ideal, um ihre Energie in die richtigen Bahnen zu lenken. Sie hat Spannung geliebt. Aber hätte sie es nie gelernt ...«

»Alles birgt ein Risiko«, sagte Blake. »Die einzige Person, die Schuld hat, ist die, die Ihre Tochter angegriffen hat. Wäre sie nicht geklettert, hätte der Täter oder die Täterin einen anderen Weg gefunden.«

Sir Brian stockte, dann nickte er.

»Wir haben uns gefragt, mit wem sie normalerweise geklettert ist. Ist der Mann auf dem Foto dort ein aktueller Kontakt?«

Die Aufnahme wirkte relativ neu, dem Aussehen der Professorin nach zu urteilen.

Wieder nickte Sir Brian. »Das ist Dieter Gärtner.«

»Samanthas fester Freund?«

Für einen Moment senkte der Vater der Professorin den Blick. »Ich glaube, sie standen sich mal recht nahe«, sagte er, »wie ich DC Crowther schon erklärt habe. Aber sie wären nicht zusammen in Cambridge geklettert.« Er verstummte kurz. »Er war hin und wieder in England, doch er lebt in Deutschland, wie Sie wissen. Das Foto wurde in den bayerischen Alpen aufgenommen.«

»Verstehe. Und ist er in letzter Zeit hier gewesen?«

»Ich glaube nicht. Das letzte Mal, dass Sammy ihn erwähnte, war er jedenfalls wie sonst in Deutschland.«

»Hatte Samantha das Thema angesprochen?«

Abermals wirkte er verlegen und antwortete nicht gleich. »Nein«, sagte er schließlich, »ich glaube, das war ich.« Interessant, dass er gefragt hatte.

»Wollten Sie wissen, wie es um die Beziehung stand?«, fragte Emma. Ihr Tonfall war freundlich, und sie war eindeutig auf Blakes Linie. »Mein Vater stellt ganz ähnliche Fragen.«

Sir Brian schien erleichtert. »Stimmt. Eltern können nicht anders, als sich Gedanken zu machen. Und vielleicht ist es altmodisch, aber mir gefiel die Vorstellung, dass sie sich eines Tages fest bindet.«

Bei seinem Gesichtsausdruck dachte Blake, dass mehr dahintersteckte. Was übersah er? »Wie ist es mit anderen Kletterern hier in der Gegend?«, fragte er. »Wissen Sie von jemand anderem, mit dem sie ihr Hobby geteilt hat?«

Sir Brian schüttelte langsam den Kopf. »Hat sie nie erzählt.« Ihm kamen die Tränen. »Ich denke immer wieder, wie wenig ich über ihr Leben gewusst habe.«

Blake wartete ein wenig. »Es tut mir leid, Sir Brian, aber ich muss das fragen: Können Sie sich vorstellen, wer Ihrer Tochter vielleicht Böses wollte?«

Er hatte nicht lange genug gewartet. Jetzt liefen die Tränen. Sir Brian zog ein klammes Taschentuch mit Monogramm aus seiner Hosentasche und schnäuzte sich. Wenig später antwortete er: »Nein. Nein, weiß ich wirklich nicht. Ich glaube, sie hatte ihre Auseinandersetzungen bei der Arbeit. Es lief nicht immer alles glatt. Aber da war nichts, das zu solch einem herzlosen Angriff passen würde.«

»Hat sie Probleme mit ihren Kollegen erwähnt?«, fragte Blake.

Sir Brian schüttelte den Kopf. „Nicht allgemein. Aber sie hat gesagt, dass sie einige Schwierigkeiten mit ihrer Doktorandin hatte, Chiara. Deren Arbeit war schlecht, und Sammy hatte versucht, sie auf den neuesten Stand zu bringen. Ich hatte den Eindruck, dass Chiara Kritik nicht gut aufnahm.«

Blake erinnerte sich an Samantha Seabrooks Anmerkungen in der Arbeit der Studentin.

»Hat sie jemals über ihre anderen Kollegen gesprochen?«, fragte Emma.

»Ich fürchte nein«, sagte Sir Brian. »Von den meisten kenne ich nicht einmal die Namen. Aber natürlich haben wir über Hugo geredet. Also Hugo da Souza, der Institutsleiter. Ich sehe Hugo noch recht häufig, und wir telefonieren selbstverständlich. Erst recht seit – seit das passiert ist. Aber wenn ich länger nicht von ihm gehört hatte, habe ich Sammy gefragt, ob es bei ihm Neuigkeiten gab.«

»Wie wir es verstanden haben, sind Sie beide seit der Schulzeit befreundet.«

Sir Brian bejahte. »Stimmt.«

»Und Mary Mayhew, die Verwaltungschefin, erzählte von Ihrer großzügigen Spende für die Institutsbibliothek«, sagte Blake. »Wie kamen Sie zu der Entscheidung, dem Institut zu helfen? Das war doch eine ganze Weile, bevor Ihre Tochter dort ihre Stelle antrat.«

»Mir liegt die Arbeit, die dort geleistet wird, von je her am Herzen. Es überrascht Sie vielleicht, aber ich bin Sozialist, Inspector. Sammy war hier auf der Dorfschule. Mir war bewusst, dass viele ihrer Mitschüler ein ganz anderes Zuhause hatten als unseres.«

Das konnte Blake sich gut vorstellen. Auch wenn die Seabrooks ihre eigenen Prüfungen bewältigen mussten. Er dachte an Sir Brians tote Frau Bella.

»Sir Brian, wie Sie gewiss verstehen, mussten wir uns in Samanthas Büro im Institut umsehen, genau wie in ihrer Wohnung. Überall könnte es Hinweise geben, die uns zu ihrem Mörder führen.«

Der Mann nickte. »Das weiß ich zu schätzen.«

»Da war ein persönlicher Gegenstand in Samanthas Aktenschrank, der mich gewundert hat.« Blake bemerkte, dass Sir Brian nervös wurde. Erriet er, was sie dort gesehen hatten – den Alkohol und die Kondome? Er sollte ihn aus seinem Elend erlösen. »Es war eine Halskette.«

Sir Brian blickte auf.

»Sie hatte dort einigen Schmuck und Make-up. Wir schätzen, damit sie sich frischmachen konnte, wenn sie direkt von der Arbeit ausgehen wollte. Wie wir hörten, hat sie oft lange gearbeitet.«

Sir Brian bejahte. »Sie war sehr engagiert.«

»Ja, das haben wir von allen gehört«, sagte Emma.

»Es waren mehrere Halsketten in ihrer Schublade«, fuhr Blake fort, »und eine war in einem ganz anderen Stil als die anderen. Sie könnte ein Geschenk gewesen sein, oder vielleicht ein Erbstück? Sie sah alt aus. Aber ich möchte ausschließen, dass sie einer Freundin gehört hat, von der wir bisher nichts wissen.« Es war die mit dem Monogramm. Wahrscheinlich war sie nicht wichtig, doch immerhin hatte Samantha Seabrook auch eine Kette umgehabt, und es ging Blake nicht aus dem Kopf.

Sir Brian runzelte die Stirn. »Wenn Sie mir die beschreiben, erkenne ich sie vielleicht.«

»Ich habe sogar ein Foto von ihr gemacht, als wir dort waren«, sagte Blake und neigte sich zu ihm. »Hier.« Er holte sein Handy hervor und rief das Bild auf.

Sir Brian reagierte prompt. Was er bisher an Fassung wahren konnte, gab nach, und er begann zu weinen. »Ja«, sagte er, »die erkenne ich. Sie gehörte meiner verstorbenen Mutter. Ein Familienerbstück.«

Blake steckte das Telefon wieder ein. »Verstehe. Tut mir leid. Danke, dass Sie es geklärt haben.« Er wollte etwas für Sir Brian tun, aber was konnte man für einen Mann tun, der an eine verlorene Vergangenheit erinnert wurde und an eine Zukunft, die es nie geben sollte? Emma hatte sich vorgebeugt und eine Hand auf die Schulter des Mannes gelegt. Wenigstens besaß sie diesen Instinkt. Der fehlte Blake schon in seinen besten Momenten.

»Wir haben gesehen, dass Sie Samantha wunderschöne Rosen geschickt hatten«, sagte Emma, die sanft ihre Hand zurückzog. »Sie hatte sie in ihr Büro gestellt.«

Sir Brian nickte. Er benutzte wieder sein Taschentuch, und es dauerte eine Weile, bis er sprach. »Ich habe ihr gerne hin und wieder kleine Geschenke gemacht. Sie war mir sehr teuer.«

Blake verspürte den Drang, ihm etwas Praktisches anzubieten. Tee fiel ihm ein, und er schlug es vor. Eine Sekunde lang sorgte er sich, Sir Brian könnte denken, dass er glaubte, Tee könnte helfen, den Verlust seiner Tochter zu kompensieren, aber der Mann nahm die Idee dankbar auf.

»Tee. Ja. Ich mache uns welchen. Den hätte ich Ihnen schon anbieten sollen.«

Er wollte nicht, dass sie ihm halfen, also fragte Blake, ob sie sich Samanthas früheres Zimmer ansehen dürften, solange er in der Küche war.

»Natürlich«, antwortete Sir Brian, den Blick zum Boden gesenkt. »Oben an der Treppe rechts und dann die Tür direkt vor Ihnen.« Er verschwand durch die Diele. Es war nicht verwunderlich, dass er einen Moment für sich brauchte, doch etwas an seinen Reaktionen bewirkte, dass Blake alles, was er gesagt hatte, noch einmal durchging.

Die Galerie oben war dämmrig und höhlenartig, und die vielen Türen, die von ihr abgingen, waren alle geschlossen. Blake empfand eine seltsame Beinahe-Angst, als er sich der Tür am Ende näherte.

Und Samantha Seabrooks Zimmer verstärkte sein Unbehagen noch, was teils daran lag, dass es wie aus der Zeit gefallen wirkte. Auf den Regalen lagen Teenager-Zeitschriften – *Just Seventeen* mit einem Neunzigerjahre-Popstar auf dem Cover und Poster aus derselben Zeit an den Wänden. Und dann war da die Einrichtung. Als er am Tag zuvor in Samantha Seabrooks Wohnung gewesen war, fiel ihm der trendige Minimalismus auf. Doch hier war alles blumig und höllisch viel Pink. Hatte Sir Brian es ausgesucht? Wieder dachte er an die Kletterstunden, die der Mann bezahlt hatte. Eine sichere Art, Risiken einzugehen. Und dann dachte Blake an Samanthas »No Tomorrow«-Tattoo. Könnte Sir Brian nervös gemacht haben, was für eine Erwachsene sie wurde? Sorgte er sich vielleicht, dass sie in die Fußstapfen ihrer Mutter trat?

Emma fing Blakes Blick ein und nickte zu ein paar aktuelleren Zeitschriften. Eine neuere Ausgabe von *Good Housekeeping* und eine *Vogue* lagen auf einem Seitentisch. Und dann bemerkte Blake ein Paar Hausschuhe, die unter dem Bett hervorlugten. Sie waren mit goldenen Blumen und Blättern verziert und sahen neu aus.

In diesem Moment wurde ihm bewusst, dass Sir Brian hinter ihnen an der Tür erschienen war. Bei ihrem Anblick wich der Mann ein klein wenig zurück; zwei Polizisten im Zimmer seiner Tochter.

»Hatte sie in letzter Zeit hier übernachtet?«, fragte Blake und zeigte zu den Zeitschriften. »Soweit wir wissen, hatte sie im Juli einige Tage frei. Hat sie die hier bei Ihnen verbracht?«

Sir Brian seufzte. »Teilweise zumindest.« Er stockte. »Ich weiß nicht genau, was sie sonst für Pläne hatte.«

»Kam sie oft zu Besuch?«

Diesmal war die Pause länger. »Eigentlich nicht. Aber wenn sie eine richtige Pause brauchte, wusste sie, dass sie jederzeit herkommen konnte, weg von allem.«

Blake nickte. »War sie bei ihrem letzten Besuch hier besonders gestresst? Glauben Sie, sie hatte das Gefühl, einen Zufluchtsort zu brauchen?«

Doch Sir Brian schüttelte bereits den Kopf. »Würde ich nicht sagen. Sie schien so überschäumend wie immer.«

»Wie ich sehe, hat sie ihre Hausschuhe hiergelassen.« Blake wies zu dem Bett.

Sir Brian hatte eine Haarbürste von einer Kommode aufgenommen. Sie war blau mit cremefarbenem Blumenmuster. Blake beobachtete, wie Sir Brian die Bürste mit dem Daumen streichelte. Tränen glänzten in seinen Augen. »Sie war vollkommen konzentriert, wenn es um die Arbeit ging, aber Kleinigkeiten vergaß sie oft.«

Emma war zu einem Regal nahe dem Fenster gegangen und hatte ein gerahmtes Foto aufgenommen. »Das Gesicht kennen wir«, sagte sie leise.

Blake erkannte es ebenfalls wieder. An der Wand in Professor Seabrooks Wohnung hing ein Foto von derselben Frau, neben der Professorin in einem Klub oder ähnlichem sitzend. Sie hatten getrunken und gelacht. »Wir wollten Sie nach Freunden Ihrer Tochter außerhalb der Arbeit fragen«, sagte Blake. »Könnten Sie uns bitte alle nennen, die Ihnen einfallen?«

Sir Brian runzelte die Stirn. »Ich weiß, dass sie Kontakte in Cambridge hatte, die mir nicht unbedingt bekannt sind ...«

»Könnten Sie uns vielleicht eine Liste der Namen oder Spitznamen machen, an die Sie sich erinnern? Wenn Sie uns so viele Details wie möglich geben, übernehmen wir den Rest.«

Er nickte.

»Und was ist mit der jungen Frau auf dem Foto?« Sie musste eine langjährige Freundin sein, denn auf dem Schnappschuss hier sah sie jünger aus. Auf dem in der Wohnung war sie gut zwanzig Jahre älter.

»Eine von Sammys alten Schulfreundinnen«, sagte Sir Brian. »Aber ich erinnere mich beim besten Willen nicht an ihren Namen.«

Das zu glauben, fiel Blake schwer. Sir Brian wirkte nicht vergesslich. »Schreiben Sie ihn bitte mit auf die Liste, wenn er Ihnen wieder einfällt.« Blake hielt seinen Blick. »Es könnte wichtig sein.«

KAPITEL SIEBZEHN

Tara hatte ihr Fahrrad angeschlossen und ging zu Samantha Seabrooks Wohnhaus. Sie näherte sich dem Gebäude über einen langen breiten Weg, begrünt und bis zum Hausschatten im prallen Sonnenschein. Sie wollte drinnen einige Fotos machen, doch Pamela Grange, die Freundin von Sir Brian Seabrook, die sich bereiterklärt hatte, Tara herumzuführen, bestand darauf, dass sie sich um sieben Uhr abends trafen. Tara blickte zum Himmel. Samantha hatte eine der Penthouse-Wohnungen gehabt. Dort waren die Fenster bodentief, dennoch müsste Tara schnell sein, um das restliche Licht zu nutzen.

Und bis sie nach Hause fuhr, wäre es gewiss dunkel.

Sie erinnerte sich an die herablassende Miene der Präventionsbeamtin, als sie Tara sagte, sie sollte *offensichtlich* nicht nach Sonnenuntergang draußen sein. Aber Zapfenstreiche und die Reporterarbeit vertrugen sich nicht. In dem Moment, in dem ihr angeboten wurde, Samantha Seabrooks Wohnung von innen zu sehen, war die Zusage, was sie betraf, nicht verhandelbar gewesen. Das private Habitat einer Person enthüllte alle erdenklichen Informationen, die man auf andere Weise nicht bekam. Vielleicht wollte Sir Brian der Welt die materiellen Zeichen des Erfolgs seiner Tochter zeigen. Allerdings dürfte ihr Professorengehalt allein nicht für den Kauf des zweieinhalb Millionen Pfund teuren Penthouse (Tara hatte es überprüft) gereicht haben. Vermutlich hatte familiäres Vermögen ihr Säckel gefüllt.

Es bestand kein Zweifel, dass die Wohnung vor Taras Ankunft sorgfältig »präpariert« worden war – Pamela und die Familie würden sichergehen wollen, dass sie die Geschichte erzählte, die ihnen vorschwebte. Aber es wäre auch keine leere Leinwand. Die kleinsten Dinge konnten verräterisch sein. Es sollte ein interessanter Besuch werden.

Als Tara draußen vor den riesigen Glastüren des Komplexes stand, fand sie das enge grüne Kleid, für das sie sich entschieden hatte, mehr oder weniger passend, auch wenn sie es im Ausverkauf erstanden hatte. Für eine Jacke war es zu warm. Ein Jammer, dass sie voller Wundschorf von ihrem Fahrradsturz war. Ihre Bewegungen fühlten sich immer noch steif und unangenehm an.

Vor ihr betrat eine Frau in Designerkleidung das Gebäude, ein Handy an ihrem Ohr. Direkt hinter ihr war ein Mann, der gleichfalls aussah, als käme er von der Arbeit – er hatte einen ledernen Dokumentenkoffer bei sich und trug einen maßgeschneiderten Anzug.

Tara drückte den Summer von Apartment 4 und nannte ihren Namen.

»Kommen Sie bitte rein.« Die körperlose Stimme war sachlich und präzise, fast streng. Unwillkürlich fragte Tara sich, wie Pamela Grange sein würde.

Sie hörte ein leises Klicken und drückte die Tür auf, durch die sie in ein großes Glasatrium gelangte. Drinnen fiel die Temperatur merklich. Jemand hatte es mit der Klimaanlage übertrieben. So viel zum Thema »zu warm für eine Jacke.«

Links und rechts von ihr verliefen breite Korridore, die von den breiten Glaswänden vorn und hinten in natürliches Licht getaucht wurden. Alles war extrem edel, doch Tara konnte sich nicht vorstellen, in einem derart für sich selbst werbenden Haus zu leben. Noch dazu würde der gemeinsame Eingang zu sozialer Interaktion mit den Nachbarn nötigen. Gott sei Dank hatte sie ihr Haus im Park.

Sie hörte weiche Schritte von irgendwo vorn, blickte auf und sah eine Frau die breite zentrale Treppe herunterkommen.

»Tara Thorpe?«

Tara nickte, ging Pamela Grange entgegen und schüttelte ihre schmale Hand.

Die Frau konnte sich sehen lassen. Der Tweedrock und die weiße Bluse sorgten für einen Look wie bei der jungen Queen Elizabeth in Landkleidung, passend für einen Spaziergang mit ihren Corgis in Sandringham. Ihr Lächeln war reserviert.

»Danke, dass Sie mir die Wohnung zeigen«, sagte Tara. »Ich kann mir nur vage vorstellen, unter welchem Druck Sie und Professor Seabrooks Familie gegenwärtig stehen.«

Die Frau neigte den Kopf. »Es ist wahrlich keine leichte Zeit.« Sie verstummte kurz. »Er war sehr stolz auf seine Tochter.« Wieder zögerte sie, ehe sie hinzufügte: »Natürlich war er das. Es ist nur angemessen für einen Vater.« Sie klang, als müsste sie sich selbst daran erinnern. Vielleicht hatte sie es auch gesagt, als Samantha noch lebte, ähnlich einem Mantra. Tara fragte sich, wie Pamela Grange ins Seabrook-Gefüge passte. Als sie Sir Brians E-Mail bekam, hatte sie seine Beschreibung von Pamela als Freundin der Familie geglaubt. Jetzt jedoch deutete etwas an ihrem Tonfall an, dass sie mehr als das sein könnte. Ms Grange sah sie an und schien eine Bemerkung zu erwarten.

»Ein eindrucksvolles Haus«, sagte Tara.

»Das ist es«, antwortete die Frau. »Natürlich ist ein Professorengehalt nicht enorm, aber Samantha hatte Ersparnisse.«

Tara fragte sich, ob ihre Mutter ihr Geld vermacht hatte, als sie starb. Und selbstverständlich könnte Sir Brian auch etwas beigesteuert haben; die Mittel besaß er allemal. Doch wie Samantha in ihrer Doktorarbeit dargelegt hatte, konnte pekuniäre Großzügigkeit die elterliche Aufmerksamkeit nicht ersetzen. Trotzdem machte Solvenz das Leben sehr viel leichter ...

Pamela Grange drehte sich um und ging voraus wieder nach oben. »Ich hoffe, es macht Ihnen nichts aus«, sagte sie. »Ich kann Fahrstühle nicht ausstehen, und es tut uns allen gut, unsere Beine zu benutzen.«

Samanthas Wohnung befand sich im dritten Stock. Dort oben gab es nur vier Wohnungen, und die mussten riesig sein.

»Ich habe eine Schlüsselkarte«, sagte Pamela. »Brians selbstverständlich – nicht meine. Er hat sie mir gegeben, damit ich Ihnen alles zeigen kann.«

Wäre sie bloß eine Freundin der Familie, hätte sie es nicht für nötig empfunden, das klarzustellen. Tara begann zu vermuten, dass Pamela und Sir Brian ein Paar waren. Sie hätte nicht gedacht, dass Pamela der Typ war, auf den Papa Seabrook stand – schließlich war seine erste Frau eine glamouröse Schauspielerin gewesen. Aber vielleicht hatte sich sein Geschmack mit dem Alter verändert.

Pamela Grange entriegelte die Tür. Dann öffnete sie, und Tara fand sich vor einer so breiten Diele wieder, dass das stilvolle Sofa darin klein wirkte. Polstermöbel, die einzig dem Zweck dienten, sich die Schuhe auszuziehen, waren ernstzunehmender Luxus. An der Wand hing ein großes abstraktes Gemälde in Rot- und Blautönen. Ein Original, dachte Tara, obwohl sie den Künstlernamen nicht erkannte.

Sie blickte sich im Raum um. Es war ein interessanter Mix aus Klassik und Moderne, und er harmonierte. In einer Ecke stand ein Garderobenständer aus Mahagoni. Daneben ein Spiegel mit einem Regal unten aus dem gleichen Holz, auf dem sich ein Schildpattkamm und ein Lippenstift von Christian Dior nebst passendem Rouge befanden. Auf einem geweißten

Regal unten reihten sich mehrere Schuhpaare auf. Größtenteils waren es Designerschuhe – Jimmy Choo und dergleichen –, aber auch ein Paar Dr. Martens und ein Paar Converse. Samantha Seabrook hatte eindeutig zwischen verschiedenen Stilen gewechselt. Welcher entsprach ihrem wahren Ich? Das war die Frage. Oder sie war vielleicht ein echtes Chamäleon, veränderte sich immerzu, weil sie sich nicht festlegen wollte.

Pamela Grange war durch die Diele gegangen und hatte eine schwer aussehende weiße Tür geöffnet, die sich lautlos in den Angeln bewegte. »Und hier ist der Hauptraum der Wohnung«, sagte sie.

Er war gigantisch. Rechts von ihnen waren zwei große Außenwände mit den durchgehenden Fenstern, die Tara von unten gesehen hatte. Abendlicht füllte den Raum, doch Tara machte er nervös. Es gab keine Vorhänge. Sie stellte sich Samantha hier in ihrem Elfenbeinturm vor, wie sie nach unten zur Gartenanlage blickte. Die war der Öffentlichkeit zugänglich. Hatte ihr Peiniger da unten gelauert und das Objekt seiner Obsession beobachtet?

Warum zur Hölle hatte sie niemandem Offiziellen von der Puppe erzählt? Hatte sie geglaubt, alles im Griff zu haben? Oder vielleicht gedacht, sie wüsste, wer sie geschickt hatte, und denjenigen für keine ernste Bedrohung gehalten ...

»Ich kann mir nicht vorstellen, dass viele Fünfunddreißigjährige so wohnen können«, unterbrach Pamela ihre Gedanken. Nach einer Pause ergänzte sie: »Aber natürlich hatte Samantha eine schwere Kindheit. Weil ihre Mutter so jung gestorben ist, meine ich. Deshalb ist es gut, dass ihr Leben eine Wendung zum Besseren genommen hat, als sie erwachsen war.« Für einen Moment schloss sie die Augen; zweifellos begriff sie, wie zynisch ihre Bemerkung angesichts der jüngsten Ereignisse klang.

Wieder hatte Tara den Eindruck, dass Pamela Grange aussprach, was sie sich schon früher gesagt hatte. Tara hätte sie gern gefragt, wie sie wirklich über die Professorin dachte, wusste jedoch, dass sie auf direktem Wege nichts erfahren würde. Abgesehen von allem anderen, war dies kein Interview, sondern eine Führung. Tara müsste einfach plaudern und abwarten, was herauskam.

Sie nahm ihre Kamera hervor, denn sie musste loslegen, ehe die Sonne am Horizont noch tiefer sank. Schon jetzt wurde sie von den alten Bäumen auf dem hinteren Teil des Grundstücks gefiltert. Und den Fokus von Pamela Grange weg zu lenken, könnte für eine günstigere Atmosphäre sorgen, um ihr Vertrauliches zu entlocken. »Ich mache ein paar Aufnahmen, wenn das in Ordnung ist?«

»Natürlich. Brian hat es schon angekündigt.« Ihre Gastgeberin ging zum entgegengesetzten Ende des Raums, wo sich der Küchenbereich befand, dessen Schrankeinheiten handgearbeitet aussahen. Sie öffnete die Tür eines riesigen Kühlschranks. »Die Milch hier drinnen ist noch gut. Darf ich Ihnen einen Tee machen? Ich fühle mich ziemlich ausgetrocknet. Es liegt an der vermaledeiten Klimaanlage."

»Danke, das wäre sehr nett.« Obwohl sie bei der Vorstellung fröstelte, Milch zu trinken, die Samantha Seabrook kurz vor ihrem Tod gekauft hatte. Noch vor Kurzem war sie lebendig und wohlauf gewesen. In der ganzen Wohnung war noch ihre Präsenz zu spüren. Da war ein zarter Geruch von Parfüm und Zigaretten sowie eine Note von Möbelpolitur. Die Luft schien zu vibrieren von Erinnerungen an die Ertrunkene. Inzwischen wusste Tara gut, wie Samantha Seabrook ausgesehen hatte; dank Youtube kannte sie sogar deren Mienenspiel und den Klang ihrer Stimme. Bilder von der Professorin, die in ihrer Wohnung umherging, schlichen sich in Taras Kopf: Wie sie sich Kaffee machte, an ihrem Schreibtisch arbeitete, mit einem selbstbewussten Lächeln Designer-Make-up auflegte, bereit auszugehen und es krachen zu lassen.

Tara wandte sich wieder den Fotos zu, die sie machen

musste. Den Raum durch eine Linse und aus unterschiedlichen Winkeln zu betrachten, schärfte ihre Aufmerksamkeit für kleine Details. Ein exotischer Aschenbecher auf dem Kaminsims sagte Tara, dass die Professorin wahrscheinlich gereist war oder Freunde gehabt hatte, die reisten. Für einen Moment trat Tara näher heran. In dem Aschenbecher war noch ein wenig Asche, und in der Nähe lag ein Feuerzeug. Neben dem Ascher stand eine Karte mit einem wunderschönen Linolschnitt vorn. Tara blickte sich um, doch Pamela Grange goss den Tee auf, also riskierte sie einen Blick in die Karte:

Mein Schatz, ich bin so stolz auf dich. Deine Arbeit wird die Art verändern, wie die Menschen über Kindheit denken. Dein Beitrag erfüllt mich mit Ehrfurcht. Dein dich liebender Papa xxx.

Sir Brian mochte in ihrer Kindheit nicht viel für Samantha da gewesen sein, aber wie es aussah, hatte er es seither wiedergutzumachen versucht.

Über dem Kaminsims und zu einer Seite von ihm erstreckte sich eine Fotomontage. Taras Blick fiel auf eines von Samantha selbst. Es war eindeutig in Asien aufgenommen – Thailand vielleicht? Da war ein Mann neben ihr: gut aussehend und mit dichtem, dunklem Haar. Auf einem anderen Foto war Samantha mit einer Frau. Sie saßen in einer dunklen Bar, beide in Partykleidung, Cocktails vor sich, die Arme ausgebreitet und die Münder offen, als würden sie gleichzeitig lachen und singen. Ein drittes Bild zeigte eine elegante Frau in einem changierenden Seidenkleid vor einem Laden oder einer Galerie. In dem Fenster waren Vasen, andere Keramik und Schmuck ausgestellt. Die Frau hatte ihren Kopf zu einer Seite gewandt und grinste ironisch. Tara fragte sich, ob es in Cambridge aufgenommen wurde, denn die Szenerie kam ihr vage bekannt vor. Doch der Name des Geschäfts war nicht zu sehen. Ein viertes

Foto zeigte einen grauhaarigen Mann in einem perfekt geschnittenen Cut vor Buckingham Palace. Auch wenn er eindeutig im Fokus des Fotografen gewesen war, wimmelte es hinter ihm von lauter vornehm gekleideten Leuten.

Sie hielt einen Moment inne. Pamela Grange kam mit einem Tablett, auf dem eine Teekanne von Emma Bridgewater sowie dazu passende Becher und ein Milchkrug standen.

»Tut mir leid, keine Tassen – die hielt Samantha für Zeitverschwendung«, sagte sie. »Und Zucker ist auch keiner da. Den hat sie nicht genommen.«

»Ich auch nicht«, antwortete Tara. Und sie zog ebenfalls größere Trinkgefäße vor. Allerdings verrieten Pamelas Worte ihr, dass Samantha Seabrook nicht sehr gastfreundlich gewesen war. Tara gewann den Eindruck, dass sie eher ein »So bin ich, findet euch damit ab«-Typ war. Und die mochte sie. Bei ihnen wusste man, woran man war, und die Tatsache, dass sie gewöhnlich ein dickes Fell hatten, bedeutete, sie ließen sich schwerlich vor den Kopf stoßen. Dennoch waren nur wenige Leute tough genug, um eine geschenkte Puppe mit einem Schulterzucken abzutun.

»Das sind schöne Fotos«, sagte Tara, als Pamela den Tee einschenkte.

Ihre Gastgeberin blickte auf. »Ah, ja. Das da ist Brian an dem Tag, als er zum Ritter geschlagen wurde.« So viel hatte Tara sich bereits gedacht. Pamela klang wehmütig. »Ich war nicht dort. Er und Samantha hatten es als Vater-Tochter-Ereignis behandelt. Und er sagte, dass er glaubte, sie würde diese Auszeichnung eines Tages selbst bekommen.« Sie rührte Milch in ihren Tee.

Es bestätigte Taras Vermutung, was das Verhältnis von Pamela Grange und Brian Seabrook betraf. Warum sollte sie sich ausgeschlossen fühlen, wenn sie nicht in einer Beziehung mit ihm war?

»Und haben Sie viel Zeit mit Samantha verbracht?«, fragte Tara und hoffte, dass es beiläufig wirkte.

Ein kleines, ziemlich trauriges Lächeln umspielte die Lippen der Frau. »Brian hat immer versucht, mich auf Drinks oder zum Dinner einzuladen, wenn Samantha bei ihm war. Aber das kam nicht oft vor; sie war sehr beschäftigt.« Dann runzelte sie die Stirn. »Zum Glück hatte er sie letzten Monat noch gesehen, als sie einige Tage bei ihm in Great Sterringham war.«

Tara nippte an ihrem Tee. »Wie kam sie Ihnen davor?«

Doch Pamela Grange schüttelte den Kopf. »Ich habe sie überhaupt nicht gesehen.« Sie machte eine Pause. »Ich ... nun ja, ich denke, sie wollte einige ungestörte Vater-Tochter-Zeit.«

Tara fragte sich, warum.

»Ich nehme an, das auf den anderen Bildern sind Taras Freunde?« Sie drehte sich wieder zu den Fotos an der Wand um. »Es könnte gut sein, mit einigen von ihnen zu reden, falls Sie glauben, dass sie dazu bereit wären.«

Sie beobachtete, wie Pamela Granges Blick skeptisch wurde. »Der Mann ist Dieter Gärtner. Er arbeitet auf demselben Gebiet wie Samantha.«

Das Bild zeigte ein Paar, das einander sehr zugeneigt war, und da war ein Leuchten in den Augen der Professorin. Waren sie mehr als Kollegen gewesen? Natürlich würde die Polizei schon von ihm wissen, sollten sie zusammen gewesen sein. Private Details einfach verlangen zu dürfen, musste ein gewaltiger Bonus sein.

»Und sind die Frauen auf den Fotos auch Arbeitskolleginnen?«, fragte Tara.

Ein Zucken huschte über Pamela Granges Züge, als wäre die Idee lächerlich. »Soweit ich weiß, ist die junge Frau in dem Nachtklub eine alte Schulfreundin von Samantha; Patsy, glaube ich. Ich fürchte, ich habe ihre Telefonnummer nicht.«

Sie klang erleichtert. »Und wer das auf dem vierten Foto ist, weiß ich nicht.«

Ihr Tonfall machte deutlich, dass das Thema abgeschlossen war. Aber Tara hatte schon herausgefunden, welche Schulen Samantha Seabrook besucht hatte. Es sollte ihr ermöglichen, mehr über die Frau in dem Nachtklub zu erfahren.

Nachdem sie ihren Tee getrunken hatten, ging Pamela die Becher und die Kannen ausspülen, sodass Tara eine letzte Gelegenheit bekam, sich umzuschauen. Sie stand an der halboffenen Tür zu Samantha Seabrooks Schlafzimmer. Das Bett war extrabreit, und darüber war ein roter Satinmorgenmantel ausgebreitet. Auf dem Nachttisch lag eine Schachtel Gauloises. Die anderen Türen, die von dem Flur abgingen, waren geschlossen. Hinter einer von ihnen war gewiss das Arbeitszimmer. Eine verpasste Gelegenheit, dachte Tara, als sie zurück in den Wohnbereich ging.

Sie war gerade erst dort, als sie etwas Störendes bemerkte. Auf einem Beistelltisch, auf dem sich hauptsächlich Zeitungen, Post und einige Papiere stapelten, lag noch ein Lippenstift. Er war in einer Schachtel, in der sich außerdem ein Kuli mit Blumenmuster und ein Satz passender Bleistifte befanden. Es war ein eigenartiger Platz für Schminksachen, aber vor allem fiel Tara die Marke auf. Rimmel. Die Kappe war zerkratzt und sah brüchig aus.

Ihr war bewusst, dass Pamela Grange im Hintergrund darüber sprach, wieder zu gehen, aber Tara holten die Erinnerungen ein. Als Teenager war sie Rimmel ziemlich treu gewesen, hatte die Marke den teureren vorgezogen, zu denen ihre Mutter sie überreden wollte. Diese konnte Tara sich leisten, und allein das zählte. Rimmel war seitdem nicht trendiger geworden, und Samantha Seabrook hätte die Marke eher dürftig gefunden, sofern die Dior-Sachen in der Diele ein Indiz waren. Womit sich die Frage stellte, was in aller Welt dieser Lippenstift hier machte. Hatte ihn eine Besucherin liegen gelassen? Und, falls ja, hatte Samantha vorgehabt, ihn ihr zurückzugeben, wenn sie das nächste Mal kam? Weshalb sollte sie ihn sonst aufbewahren?

Pamela Grange trocknete die Becher ab und stellte sie zurück in einen Küchenschrank.

Tara trat wieder an das große Fenster, in Gedanken noch bei dem Lippenstift. Die Sonne war nun vollständig untergegangen und unten fast alles dunkel. Der Mond warf ein schwaches, silbriges Licht auf einzelne kleine Stellen im Gras, aber größtenteils lag es im tiefen Schatten.

Sie drehte sich um und sah, dass Pamela Grange zur Diele ging.

»Wenn Sie genug gesehen haben, würde ich mich jetzt gerne auf den Heimweg machen«, sagte sie.

»Natürlich.«

Sie gingen zurück durch den Flur im obersten Stock und die Treppe hinunter ins eiskalte Atrium. Es musste schon nach der Zeit sein, zu der die meisten Leute von der Arbeit kamen. Im Gebäude war es sehr still und der Eingangsbereich verlassen.

Sie blieben einen Moment stehen, um beide nach ihren Schlüsseln zu suchen. Pamelas hatte einen BMW-Anhänger; Taras war für ihr Fahrrad.

Das helle Halogenlicht im Atrium ließ die Dunkelheit draußen noch krasser erscheinen. Doch die Wege zur Straße waren von Bodenlampen erhellt, die einen sanften Schein erzeugten. Es gab drei Wege, die in unterschiedliche Richtungen führten.

Pamela Grange öffnete die Haupttür und trat mit Tara nach draußen. Die Tür schloss sich mit einem Klicken hinter ihnen.

»Wo parken Sie?«, fragte Tara.

»Nur ein kleines Stück die Straße dort hinauf.« Pamela

Grange zeigte in die entgegengesetzte Richtung von der, in der Taras Fahrrad stand.

»Ich bin gleich hier drüben«, Tara wies hin. »Vielen Dank, dass Sie mir die Wohnung gezeigt haben.«

Pamela Grange nickte und schüttelte die Hand, die Tara ihr reichte. »Brian und ich sind schon gespannt auf Ihren Artikel.«

Tara war froh, dass sie die beiden nicht sehen könnte, wenn sie ihn lasen. Sie wusste nicht, ob sie womöglich Fakten erzählte, die den beiden neu waren.

Als sie auf den Weg zu ihrem Rad einbog, schaute sie sich um. Außer Pamela Grange und ihr war nur noch eine andere Person hier draußen: eine große Gestalt in einem langen Mantel. Die Bodenlampen waren verstörend, denn sie beleuchteten die Hosenbeine und die Schnürstiefel. Aber der Rest von ihm (*war es ein Er?*) lag im Dunkeln. Er hatte den Kopf gesenkt.

Es gab keinen Grund anzunehmen, dass er irgendetwas mit ihr zu tun hatte.

Trotzdem ging Tara schnell, und ein unsinniger Angstschauer lief ihr über den Rücken.

Sie lief beinahe, als sie den Gehweg und den Laternenpfahl erreichte, an dem sie ihr Fahrrad angeschlossen hatte. Während sie es aufschloss, blickte sie über ihre Schulter. Die große Gestalt war nirgends zu sehen. Tara holte tief Luft und versuchte, ihre Atmung zu kontrollieren. Er musste weggegangen sein, ohne einen Gedanken an sie zu verschwenden. Aber hatte er wie ein Bewohner ausgesehen? War seine Kleidung edel genug gewesen? Verdammt. Sie war wirklich angespannt.

Sie legte das Schloss in den Korb, hängte sich ihre Tasche um und stieg auf ihr Fahrrad. Ihre Hände zitterten am Lenker, und sie umklammerte ihn fester.

Die Straße war ruhig. So war es in allen exklusiveren Gegenden von Cambridge: Die Häuser und Wohnungen trennten lange Zufahrten von der Straße, und wurde es Abend, konnten sie sich einsam anfühlen. Aber Tara war unterwegs. *Alles war vollkommen in Ordnung.*

Und dann hörte sie ein leises Geräusch hinter sich. Ein kaum wahrnehmbares Quietschen von Gummi auf Metall.

Fahrradbremsen.

Taras Atem stockte. Sie hatte gedacht, sie wäre allein auf der Straße.

Für den Bruchteil einer Sekunde verspürte sie das Bedürfnis, sich umzuschauen, doch stattdessen blickte sie nach vorn und trat kräftiger in die Pedale. Immer noch hörte sie das andere Rad hinter sich, das sie einholte. Wer es auch war, er war schnell.

Aber es könnte irgendjemand sein. Ihre Angst machte sie irrational. Wahrscheinlich würde das andere Fahrrad sie gleich überholen, und dann könnte sie lachen.

Schließlich blickte sie sich um. Die Person hinter ihr war kein gewöhnlicher Fahrradfahrer, dessen war sie sich nun sicher.

Er trug an diesem heißen Sommerabend eine schwarze Balaklava, die sein Gesicht verbarg.

KAPITEL ACHTZEHN

Tara fuhr so schnell wie noch nie. Ihre Lunge brannte, und ihre Beine fühlten sich wie Wackelpudding an. Es war ähnlich den Albträumen, die sie gehabt hatte. Sie wusste, dass sie entkommen musste, aber ihr Körper funktionierte nicht so, wie er sollte.

Sie musste sich nicht wieder umblicken, denn sie hörte genug, um zu wissen, dass ihr Verfolger noch da war. Sie rauschte um eine Ecke, weg aus der Straße mit den exklusiven neuen Immobilien. *Wo war sie?* Zumindest in einer der von Reihenhäusern gesäumten Straßen, aber nach wie vor war alles dunkel und verlassen.

Sie durfte nicht wieder stürzen. Doch wenn der andere Radfahrer sie jetzt anfiel, würden doch gewiss Bewohner aus ihren Häusern kommen, oder?

Vielleicht auch nicht. Mehrere Fenster hier waren dunkel.

Und plötzlich sah sie die Rettung: eine Hauptstraße weiter vorn und links ein Pub.

Sie warf ihr Rad auf den Gehweg, als sie heruntersprang – schloss es nicht ab – und stürzte sich in die Eingangstür des »Punter«.

Nur am Rande nahm sie die Gäste drinnen wahr, die von ihren Drinks und ihrem Essen aufsahen, als sie beinahe hinfiel. Tara jedoch war einzig darauf fixiert, weiter nach drinnen zu gelangen, weg von der Person, die sie gejagt hatte.

Eine der Kellnerinnen tauchte neben ihr auf. »Geht es Ihnen gut?« Bei ihrem besorgten Blick verlor Tara um ein Haar die Fassung. Sie fühlte, wie ihr die Tränen kamen, schluckte und nickte.

»Ich komme gleich bestellen«, sagte sie. »Vorher muss ich nur kurz telefonieren.«

»Klar, kein Problem.« Die Kellnerin sah weiterhin halb neugierig, halb beunruhigt aus.

Tara tippte Blakes Nummer mit immer noch zitternden Fingern an. Sie nannte ihm nur ihren Aufenthaltsort und die nötigsten Einzelheiten, da unterbrach er auch schon und gab irgendwelchen Officers Instruktionen. Er musste auf der Wache sein. Streifenwagen waren losgeschickt worden. Natürlich war ein Radfahrer mit einer Balaklava auffällig, aber garantiert hatte ihr Verfolger die in dem Moment abgestreift, in dem sie nicht mehr zu sehen war.

»Haben Sie jemandem erzählt, wohin Sie heute Abend wollten?«, fragte Blake.

»Nur Kollegen bei *Not Now*.«

»Gut. Bleiben Sie, wo Sie sind.« Sie konnte hören, dass er jetzt auch unterwegs war. Seine Stimme veränderte sich und hallte stärker. »Warten Sie in dem Pub. Jemand von meinem Team bringt Sie nach Hause und lässt sich weitere Einzelheiten von Ihnen berichten. Sie haben Patrick Wilkins schon kennengelernt, oder? Er wird es sein, also kennen Sie sein Gesicht.«

Ausnahmsweise war Tara nicht in der Stimmung zu widersprechen.

Einige Stunden später kam Blake bei seinem Haus in Fen Ditton an. Er wollte Schlaf nachholen, doch in seinem Kopf rasten die Gedanken noch hin und her. Das Team war in Samantha Seabrooks alter Straße von Tür zu Tür gegangen, auch bei den anderen Wohnungen in ihrem Haus gewesen. Keiner hatte jemanden mit einer Balaklava gesehen, und der einzige Fremde, den sie bemerkt hatten, war ein großer Mann in einem langen Mantel gewesen. Es klang wie der Typ, den Tara beschrieben hatte, doch ob er auch auf dem Fahrrad gewesen war, stand auf einem anderen Blatt. Niemand hatte ihn draußen auf der Straße gesehen, nur auf dem Grundstück des Wohnhauses. Von Samantha Seabrooks anderen früheren Nachbarn hatten nicht weniger als drei zur betreffenden Zeit *The Great British Bake Off* gesehen, und einer hatte ein Bad genommen. Vermutlich hätte der ganze Planet von Aliens übernommen werden können, ohne dass es jemand mitbekam. Blake verzweifelte an der Menschheit.

Als Nächstes würden sie die Aufnahmen der Sicherheitskameras durchgehen. Falls der Radfahrer aufgenommen wurde, als er die Balaklava abnahm ... doch wie wahrscheinlich war das?

Er ging zu dem Kiefernschrank in der Küchenecke und nahm eine Flasche Whisky und ein Glas heraus. Dann schenkte er sich ein Maß ein, das nach einem Tag Mörderjagd nur vernünftig war, und setzte sich an den runden Holztisch. Der Tisch hatte früher seiner Großmutter gehört. Als er jünger war, hatte er Menschen misstraut, die alles neu hatten, damit es ja dem neuesten Trend entsprach. Doch jetzt wünschte er, er könnte die Sachen rauswerfen, die ihn an Babette erinnerten. Vielleicht versuchten andere, deren Zuhause für ihn wie Musterwohnungen wirkten, auch nichts weiter, als schlechte Erinnerungen auszuradieren.

Er nahm sein Telefon. Es war spät, doch er musste Tara Thorpe anrufen. Sir Brian Seabrook war an dem Abend zu

Hause gewesen, als Emma anrief, um es zu überprüfen, so wie er gesagt hatte. Und er hatte bestätigt – vorausgesetzt, er sagte die Wahrheit –, dass er niemandem von Taras Verabredung mit Pamela Grange erzählt hatte. Ms Grange hatte dasselbe gesagt, ebenso wie Taras Kollegen. Sie hatte Wilkins ihre Telefonnummern gegeben, damit sie dem nachgehen konnten. Also war Blake ziemlich sicher, dass sie verfolgt wurde.

Er wählte ihre Nummer.

»Ja?«

Sie hatte nicht geschlafen, das erkannte er allein daran, wie schnell sie abnahm. Nicht, dass er etwas anderes erwartet hatte. Mittlerweile musste sie erledigt sein. Dieses verdammte Messer, von dem er gedacht hatte, sie hätte es bei sich gehabt ... hatte sie es auch heute Abend eingesteckt? Wenn sie nur noch auf schwachen Batterien lief, bestand umso mehr die Gefahr, dass sie etwas Blödes damit anstellte.

»Geht es Ihnen gut?«

»Prächtig.«

Ihre Antwort trieb ihm das erste Lächeln seit vielen Stunden ins Gesicht. »Sehen Sie es von der positiven Seite. Sie könnten eine ziemliche Knallermeldung daraus machen.«

»Klar. Super.«

Er stellte sich vor, wie sie die Augen verdrehte. Als er sich ihr Gesicht in Erinnerung lief, wurde ihm klar, dass er sich gemerkt hatte, von was für einem hübschen Grün ihre Augen waren.

»Und, was gibt es Neues?«, fragte sie.

Zurück zum Geschäftlichen. Er gab ihr ein Update, was sie hatten – beziehungsweise was nicht.

»Ich wollte Sie fragen, wen Sie heute getroffen haben. Wo waren Sie unmittelbar vor dem Treffen mit Pamela Granger?«

»Bei Gardies, um eine Kleinigkeit zu essen. Davor war ich in der Institutsbibliothek, und es lohnte sich nicht, wieder nach Hause zu fahren.«

Gardies: Das Gardenia-Restaurant in der Rose Crescent und wohl der nächste Ort von der Bibliothek aus, an dem man essen konnte. Jeder der Mitarbeiter aus dem Institut könnte ihr dorthin gefolgt sein – oder sie auf seinem Heimweg entdeckt haben. Blake seufzte.

»Und davor bin ich mit Chiara Laurito, Samantha Seabrooks Doktorandin, durch die Straßen von Cambridge gewandert«, endete Tara.

Blake trank einen großen Schluck Whisky. »Wie war Ihr Interview mit Chiara? Erhellend?«

»War es. Aber diesmal gibt es leider keine Aufnahme.«

Er überlegte. Ihm leuchtete ein, dass es schwierig gewesen wäre, die Unterhaltung aufzuzeichnen, wenn sie unterwegs waren. Aber hatte sie es so arrangiert? Um sicher zu sein, dass sie immer noch ein wenig Kontrolle über die Informationen behielt, die sie sammelte? Nein, gewiss würde sie die weitergeben wollen, wenn sie halfen, ihre Sicherheit zu gewährleisten. Hier waren allerdings auch noch andere Dinge im Spiel. Tara Thorpe hatte fraglos eine Menge Zeit in ihrem Leben damit verbracht, um Kontrolle zu kämpfen. Das war das Verdienst ihres Stalkers und des konkurrierenden Journalisten, der sie auszubooten versuchte. Gegen Letzteren konnte sie sich behaupten, indem sie ihn verprügelte. Trotzdem dürfte sie manches anders sehen als andere.

»Ich kann Ihnen meine Notizen geben«, sagte sie schließlich.

»Das wäre gut. Können Sie mir die per E-Mail schicken?«

»Moment.« Sie war für eine Sekunde weg. »Sind unterwegs an die Adresse auf Ihrer Karte.«

»Danke.« Aber es war nicht ganz dasselbe. »Und was ist mit Erkenntnissen? Ist Ihnen irgendetwas aufgefallen?«

Wieder eine Pause.

»Simon Askey hatte recht, dass Chiara und Samantha Seabrook sich nicht verstanden haben. Chiara war erstaunt, dass ich sie sprechen wollte, und«, da war ein Geräusch, das Blake sagte, Tara würde ebenfalls etwas trinken, und er schätzte, dass es kein Kakao war, »sie schien erfreut, dass Askey sie vorgeschlagen hatte. Sie ist ein bisschen rot geworden. Dabei hatte ich den Eindruck, dass Askey eher gemischte Gefühle hatte, was sie betrifft.«

»Verstehe.« Er richtete sich auf und ging mit dem Telefon zur Anrichte, wo er eine der Schubladen aufzuziehen versuchte. Da drinnen musste noch eine ungeöffnete Packung Cashewkerne sein. »Was noch?«

Plötzlich wurde ihm klar, dass seine Fragen ziemlich schroff wirkten – weil er hungrig, müde und nicht recht sicher war, wo er mit ihr stand. Es schien ihr nichts auszumachen.

»Sie werden aus den Notizen ersehen, dass sie glaubt, Askey und Samantha hätten sich anfangs gut verstanden, aber Chiara meinte, er hatte sie am Ende auch durchschaut. Und dann hat sie mich angesehen und gesagt: ›Aber Simon Askey hätte Samantha nicht umgebracht.‹ Oder etwas in der Art.«

Blake stieß einen leisen Pfiff aus, als er die Cashewkerne aus der Schublade nahm.

»Ich weiß. Ich hatte mit keiner Silbe angedeutet, dass er es getan haben könnte, also würde ich sagen, der Gedanke war ihr von allein gekommen, auch wenn sie ihn gleich wieder verwarf.«

Da war etwas in ihrem Ton. »Sie glauben doch nicht, dass sie es denkt?«

»Ich würde sagen, sie wollte mich genauso sehr überzeugen wie sich selbst.«

»Das ist sehr interessant.« Tara Thorpe klang aufgekratzt, trotz allem, was sie durchmachte. Die Information versetzte ihr einen Kick, so wie ihm. Journalisten und Polizisten hatten manches gemein.

Was ihn freute. Es hieß, dass sie versucht wäre, ihre Informationen zu teilen, damit jemand sie bewundern konnte. Blake war genauso. »Sonst noch etwas?«, fragte er, setzte sich wieder hin und klemmte das Telefon zwischen Schulter und Ohr, damit er die Packung Cashews aufreißen konnte.

»Ein paar Kleinigkeiten. Eine war, dass sie immer wieder erwähnte, wie ähnlich sie und Samantha sich waren.«

»Wie aufmerksam von ihr.«

»Ja. Und die andere ist, dass sie – obwohl sie und die Professorin nicht miteinander auskamen – betonte, sie würde niemandem ein solches Schicksal wünschen. Eine Standardfloskel, aber im nächsten Atemzug kam: ›Ich hätte mir nie vorgestellt‹ ... und mehr nicht. Das hat mir zu denken gegeben.«

Er schluckte einige zerkaute Cashewkerne. »Ja, darauf möchte ich wetten. Was kann sie gemeint haben? Dass sie eine Ahnung hatte, Professor Seabrook würde in Schwierigkeiten geraten, sich aber nie etwas diesen Ausmaßes vorgestellt hatte?«

»So hat es sich angehört. Aber warum stellt sie sich überhaupt vor, dass der Professorin etwas zustoßen könnte? War es nur der Gedanke, dass Professor Seabrook es darauf angelegt hätte, und ein Tagtraum davon, wie es ihr heimgezahlt wird?«

Nachdenklich trank Blake noch einen Schluck Whisky. »Oder hatte sie einen konkreten Grund zu der Annahme, dass sie bedroht wurde?«

»Eben.«

»Und nach dem Interview waren Sie in der Institutsbibliothek?«

»Stimmt. Da habe ich einiges Interessantes gelesen ...« Sie brach für einen Moment ab, und Blake fragte sich, was sie denken mochte. »Aber ich habe auch noch jemand anderen getroffen außer Professor da Souza, der Professor Seabrook richtig gemocht zu haben schien.«

Das war neu. »Der Bibliothekar?«, tippte er.

»Ja. Er hatte eindeutig eine wohlmeinende Ansicht, was ihre Lebendigkeit anging, obwohl sie seine Ruhe dort gestört hat.«

Blake fragte sich, ob jeder im Institut in Samantha Seabrooks Bann gestanden hatte. Ob sie die Frau liebten oder hassten, unberührt war keiner geblieben. »Sonst noch etwas Interessantes von ihm?«

»Eher nicht.«

»Was war mit dem Besuch in der Wohnung und Ihrer Unterhaltung mit Pamela Grange?«

Er hörte sie seufzen. »Wieder keine Aufnahme, weil es kein offizielles Interview war.«

Doch das würde er ihr nicht als Vorwand abnehmen, um dichtzumachen. »Ich glaube nicht, dass Sie sich davon bremsen ließen. Sie schulden mir was, Tara. Wir geben Ihnen Rückendeckung, und ich muss wissen, was Sie wissen.«

Ihr Luftholen signalisierte eine Mischung aus Ungeduld und Resignation. »Okay, es gab einige interessante Fotos an der Wand – die Sie bei Ihrem Besuch auch gesehen haben, schätze ich. Natürlich wissen Sie auch schon alles über Dieter Gärtner.«

»Der abwesende Freund? Ja.« In dem Augenblick, in dem er es sagte, wurde ihm klar, dass er in ihre Falle getappt war. Hatte sie von Gärtners und Samanthas Beziehung gewusst? Er hatte sich verplappert, doch jetzt war es zu spät. »Es gab noch ein anderes interessantes Bild dort«, sagte er. »Von einer Frau, die neben Samantha Seabrook in einer Bar saß – und es sah recht wild aus.« Er verkniff sich die Bemerkung, dass dieselbe Frau auch auf einem Foto im alten Kinderzimmer der Professorin zu sehen war und Sir Brian Seabrook behauptete, sich nicht an den Namen zu erinnern.

»Oh ja.« Sie wartete kurz. »Pamela Grange war vage, was sie anging. Jemand aus Samanthas Vergangenheit, denke ich.«

»Verstehe.« Er machte eine Pause. »Tara, ich sollte Sie wissen lassen, dass Sir Brian und Pamela Grange leugnen, jemandem von Ihrem Treffen in der Wohnung erzählt zu haben. Und Ihre Kollegen bei *Not Now* ebenso.«

Er hörte sie schlucken. »Okay.«

»Ich halte es für realistisch anzunehmen, wo immer Sie auch sind, ist Samantha Seabrooks Mörder nicht weit. Sollte es Ihnen jemals widerstreben, uns Informationen zukommen zu lassen, bedenken Sie das lieber.«

KAPITEL NEUNZEHN

Blake saß an seinem Küchentisch. Das Haus war so verflucht still. Wäre Babette nicht gegangen, würde sie inzwischen im Bett liegen. Kitty auf jeden Fall. Aber überall wären Spuren von ihrer Anwesenheit zu sehen: der Geruch des Abendessens, das Babette gekocht hatte; ein halber kleiner Schrei von Kitty, die träumte. Er könnte ein Spielzeug unter der Anrichte finden, das er aufheben und auf ihren Hochstuhl legen würde, in dem Wissen, dass sie sich freute, wenn sie es morgens fand.

Diese Gedanken schob er weg und trank seinen Whisky aus. Er musste bei Tara Thorpe aufpassen. Heute Abend hatte er mit ihr wie mit einer Kollegin gesprochen. Wahrscheinlich waren seine Müdigkeit und der Whisky schuld. Und die Tatsache, dass er es genossen hatte. Für einen Moment hatte er in der Hitze der Ermittlung und des Meinungsaustauschs über Chiara Laurito seinen Alltag vergessen. Doch er musste daran denken, dass Tara sich zwar sehr offen gab, aber alles andere als das war. Sie wog jedes Wort ab, das sie sagte; sehr viel gründlicher als er heute Abend.

Nach einer Weile schleppte er sich die steile Treppe des Cottage hinauf. Er schaltete das Licht in dem leeren Schlafzimmer ein und ging zu seinem Nachttisch. Der einzige, auf dem noch etwas lag. Dort stöpselte er das Ladekabel in sein Telefon ein, zog sein Jackett aus und hängte es über einen Stuhl. Danach legte er sich auf sein Bett, ohne die restlichen Sachen auszuziehen.

Die Gedanken des Tages gerieten unschön durcheinander in seinem Kopf, weigerten sich, zu etwas Brauchbarem zu verschmelzen. Simon Askeys arrogantes Grinsen, Kit Tylers misstrauischer Blick, Sir Brian und seine Schweigsamkeit, was die Freunde seiner Tochter anging. Sein Ausweichen bezüglich Samanthas Beziehung zu Dieter Gärtner.

Er musste das alles abschalten; vorerst zumindest. Einige Stunden drüber schlafen, dann fügte sich vielleicht etwas an seinen Platz. Doch als er versuchte, nicht an den Fall zu denken, schweifte sein Gehirn zu seinem Privatleben ab. Obwohl er wusste, dass es falsch war, griff er nach seinem Telefon auf dem Nachttisch und zog es zu sich, sodass sich das Ladekabel spannte. Wieder ertappte er sich dabei, wie er die letzte Nachricht anstarrte, die Babette vorhin geschickt hatte.

Bitte, Garstin, lass uns reden.

Das war eingegangen, nachdem sie ihm geschrieben hatte, dass Kitty weinte.

Wie konnte sie? Wie *konnte* sie?

Nein, er musste damit aufhören. Schon jetzt fühlte er Wut in sich aufsteigen und seinen Herzschlag beschleunigen. Er holte tief Luft und schloss die Augen.

Von DS Patrick Wilkins nach Hause eskortiert zu werden, hatte die Anspannung noch verstärkt, die sich an diesem Abend in Tara aufgebaut hatte. Der Detective Sergeant war ihr schon bei der ersten Begegnung unsympathisch gewesen, und sein Geleit vorhin hatte es um nichts gebessert. (»Gut gemacht. Es war richtig, dass Sie uns angerufen haben.« Ja, das wusste sie. Aber dass sie von einem Mörder gestalkt wurde, bedeutete nicht, dass man sie wie ein Fünfjährige behandeln durfte. *Ah, Glückwunsch! Sie werden von einer Person verfolgt, die Ihnen eine Morddrohung geschickt hat, und sind von allein auf die Idee gekommen, die Polizei zu rufen.*)

Mit DI Blake zu reden, war besser gewesen, auch wenn ihr seine letzten Worte noch durch den Kopf hallten.

Eine Sekunde lang hatten sich Schuldgefühle in ihr geregt. Vielleicht hätte sie zugeben sollen, dass sie den Vornamen der wilden jungen Frau auf dem Foto in Samantha Seabrooks Wohnung herausgefunden hatte. Aber diese Patsy war eine Freundin der Professorin aus Teenagerzeiten. Wie relevant konnte sie für einen Fall sein, bei dem es eindeutig um Samantha Seabrooks Unileben ging? Könnte Tara sie als Erste erwischen, bekäme sie ihre unverfälschte Aussage, keine aufpolierte Geschichte, die sie erzählen wollte. Es würde das Material für ihren Artikel erheblich verbessern.

Und dann dachte sie wieder an DI Blakes Bemerkung.

Wo war der Mörder jetzt? Beobachtete er ihr Haus? Sah er nach, in welchem Zimmer noch Licht brannte? Sie würde das Licht unten anlassen, wenn sie nach oben ins Bett ging, aber heute Nacht musste sie schlafen. Zunächst hatte sie versucht zu arbeiten, doch ihr schwirrte der Kopf vor Müdigkeit. Sie hatte sich einen kleinen Schuss Wodka erlaubt, um ihre Nerven zu beruhigen, von dem ihr jetzt leider ein bisschen übel war.

Noch saß sie unten in ihrer Küche hinten im Haus, wo sie die Vorhänge vor dem Fenster geschlossen hatte, das nach Fen Ditton ging. Die Tür zur Diele war offen, und sie saß direkt neben der Hintertür, die jetzt sehr viel sicherer war als vorher. Doch sie wollte den Haupteingang im Blick behalten. Was unlogisch war. Ein Eindringling würde es eher bei einem der Fenster versuchen.

Sie versuchte, sich von der Vorstellung des leeren Parks vor ihrem Cottage abzulenken. Heute hatte sie einiges Nützliche gesehen. Und DI Blake wusste es. Wieder mal war es, als könnte er ihre Gedanken lesen. Respekt. Das war sie nicht gewohnt, denn die meisten Menschen konnte sie täuschen. Trotzdem sie hatte es einmal geschafft. Sie lächelte. Gewiss wollte er sich ohrfeigen, weil er ihr die Information über Dieter Gärtner gegeben hatte. Die Bestätigung, dass er Samanthas fester Freund war. Und wie er »Der abwesende Freund« gesagt hatte, klang es für Tara, als hätten sie Probleme, den Mann ausfindig zu machen. Was jedoch keine Info war, die sie Matt bei *Not Now* als Eilmeldung geben würde. Sie könnte es sowieso nur als Gerücht ausgeben, und selbst dann konnte sie nicht sicher sein, was DI Blake gemeint hatte. Momentan ergab es keinen Sinn, bei ihrer Karriere Risiken einzugehen. Außerdem wäre es ziemlich beschissen, Blake so in die Pfanne zu hauen. Hätte DS Wilkins sich verquatscht, wäre es etwas anderes ...

Sie zögerte das Schlafengehen hinaus. Die Erschöpfung zehrte an ihr, machte ihre Glieder kraftlos und schwer, aber sie öffnete einen Webbrowser als Aufschiebetaktik. Hatte sie sich erst eingestanden, dass es wirklich Nacht und Zeit zu schlafen war, würde sie sich noch angreifbarer fühlen.

Sie saß da und gab diverse Wort- und Satzkombinationen auf einmal in die Suchmaske ein. »Nachtkletterer«, »Cambridge«, »Samantha Seabrook«, »Inoffiziell«, »Pembroke College«, »Skandal«, »Institute for Social Studies«.

Mit brennenden Augen überflog sie die Suchresultate und die Kurzbeschreibungen des Seiteninhalts. Der Artikel in *Tab*, den Chiara Laurito erwähnt hatte, tauchte genauso auf wie das Buch zu dem Thema, an das sie sich erinnerte. Und dann, nach fünf Seiten Links, entdeckte Tara etwas, bei dem ihr der Atem stockte.

Ein anonymer Blog von jemandem, der selbst nachts kletterte. Die untere Zeile zum Link bezog sich auf »einen gewissen Cambridge-Prof« und die Worte »jüngste Gerüchte« und »Skandal« kamen vor.

Tara klickte den Link an. Der Blogger hatte eindeutig von dem Krawall gehört, den Samantha an ihrem Institut verursacht hatte. Alle Anspielungen auf sie waren verschleiert, dennoch bestand kein Zweifel. Weiblich. Ungewöhnlich jung für eine Professur dort. An einem der Institute der Stadt beschäftigt. Sehr bewundert von vielen männlichen Studenten und Kollegen (auch einigen weiblichen). Es sah aus, als wäre die offizieller Nachtkletterergemeinde alles andere als angetan von ihr. Vielleicht hatte sie geärgert, dass sie es nicht für nötig hielt, sich ihnen anzuschließen.

Und dann las Tara einen Satz, bei dem sich ihr die Nackenhaare aufstellten.

»Es heißt, dass die werte Professorin für diesen anonymen, aber öffentlichen Instagram-Account verantwortlich ist.«

Tara klickte sich durch und spürte, wie ihr Mund trocken wurde. Die letzten Fotos waren Aufnahmen von dunklen Bäumen im Mondlicht. Hinter ihnen erhob sich eine Backsteinmauer. Und vorn war ein Brunnen, dessen Wasser im fahlen Nachtlicht blass schien.

Schnell wechselte sie zum nächsten Bild. Es war von weit oben aufgenommen, blickte über die große Grünanalage hin zur Hauptstraße in der Ferne, die von Straßenlaternen erhellt war. Queen's Road, dessen war Tara sich sicher. Dies war Samantha Seabrooks geheimer Instagram-Account, ohne Frage. Und es waren die Bilder, die sie in der Nacht aufgenommen hatte, in der sie gestorben war.

Dann sah sie das nächste Bild. Auf dem dehnte sich ein dunkler Schatten. Sie klickte das Foto an, um es zu vergrößern, weil sie erkennen wollte, was sie sah.

Das Foto war sehr künstlerisch gestaltet. Es zeigte eine Gestalt ganz in Schwarz, bis hin zu den Handschuhen. Sie hockte rittlings auf einer Mauer. Und es war die Mauer zum Garten von St Bede's – vollkommen offensichtlich. Sie hatte die Kante oben erreicht und legte eine Pause ein. Das Bild zeigte die Person vom Hals abwärts.

Dann klickte Tara das Foto vorher an, das aber eindeutig in einer anderen Nacht aufgenommen wurde und den Blick von einem der anderen uralten Colleges aus zeigte.

Tara saß angespannt da, und ihre Haut kribbelte. Dies musste zum Spiel des Mörders gehören. Er hatte gewusst, dass Samantha begeistert wäre, ihre Follower zappeln zu lassen. Und der Mörder ebenso. Er wollte dies hier.

Wusste die Polizei es schon? Wenn sie Samanthas Handy hatten, vermutlich ... aber sollte der Mörder es gestohlen haben, war es ihnen vielleicht noch nicht klar.

Es sei denn ... Sie scrollte weiter. Es gab Kommentare zu dem letzten Foto des Tages. Sollte jemand gewusst haben, dass Samantha Seabrook hinter diesem Account steckte, hatte er doch sicher die Polizei informiert.

Mehrere ihrer Follower hatten generelle Bemerkungen geschrieben wie: »Du rockst!« oder »Sehr cool, wie immer.« Aber weiter unten fand Tara einen Post von gestern, der lautete: »Wie man in den Wald hineinruft, so schallt es heraus.«

Sie blickte sich nach ihrem Handy um, um DI Blake anzurufen, dann fiel ihr ein, dass sie es in ihrer Tasche in der Diele gelassen hatte. Erst als sie aufstand und nicht mehr vor Konzentration gebannt war, hörte sie das Geräusch.

Schritte auf dem Kies vor ihrem Wohnzimmerfenster. Schwere Schritte. Beinahe als wollte jemand, dass sie es hörte.

Die Übelkeit von vorhin wurde stärker, und ihre Atmung beschleunigte. Vollkommen regungslos stand sie da und lauschte. Ein sanftes Pochen. Kein Klopfen, sondern mehr, als würde sich plötzlich eine solide Masse an die Tür lehnen.

Die Kamera. Die Polizei hatte eine Kamera installiert, die es direkt auf die Wache übertrug, sollte sich jemand dem Haus nähern. Und sie hatte den Alarm, den sie ihr hiergelassen hatten. Der lag auf der Küchenanrichte. Innerhalb einer Sekunde hatte sie den Knopf gedrückt. Aber natürlich machte er kein Geräusch hier im Haus. Die Polizei wollte ja nicht, dass er ihr Zielobjekt verschreckte.

Und jetzt fragte Tara sich, ob das System auch wirklich funktionierte. Die Bilder müssten sich übertragen. Der Alarm müsste auf der Wache ertönen. Und dann müssten noch Officer in der Nähe sein, um ihr zu Hilfe zu kommen. Alle Bedingungen mussten erfüllt werden.

Sie musste selbst nachschauen. Wenn die Kameras nicht richtig funktionierten, könnte nur sie der Polizei sagen, wer da draußen gewesen ist. Doch sie wollte nicht gesehen werden.

Sie ging durch zum Wohnzimmer, genau wie an dem Tag, als DI Blake zum ersten Mal zu ihr gekommen war.

Leise betrat sie den dunklen Raum und schlich auf das Erkerfenster zu. Mondlicht schien durch die fadenscheinigen Chintzvorhänge. War sie erst nahe genug, könnte sie einen Schal ein wenig zur Seite ziehen, um zu sehen, wer draußen war.

Sie war nur noch ein paar Schritte vom Fenster entfernt, als erneut Schritte auf dem Kies zu hören waren. Wer immer da draußen war, bewegte sich. Und dann, als sie in Reichweite der Vorhänge war und sich vorbeugte, fiel ein dunkler Schatten auf das Fenster. Die Silhouette einer erhobenen Hand, die gegen das Glas drückte.

KAPITEL ZWANZIG

Blake war froh, dass er es bei einem Whisky belassen hatte. Schon der – gepaart mit den fünfzehn Minuten Schlaf, die er vor dem Anruf von der Wache geschafft hatte – war einem scharfen Verstand eher abträglich. Er hasste Catnaps; die waren schlimmer als gar nicht zu schlafen.

Nun war er hinter einer Ladenzeile an der Chesterton High Street. Eine einzelne Laterne tauchte den Weg in ein scheußliches Dämmerlicht. Der schmale Gang führte zwischen einem Zeitungsladen und einem Burger-Imbiss hindurch und war voller einfallsloser Graffiti: die in Schwarz gesprühten Initialen desjenigen, der sie gemacht hatte. Blake war durch Fetzen von Unrat gestakst, einschließlich etwas, bei dem es sich um die Reste eines Hamburger-Menüs zu handeln schien – Zwiebelstreifen, eine Handvoll zerquetschte Pommes frites – verteilt auf dem Asphalt – und fragwürdig wirkendes Fleisch. Der Geruch vermengte sich mit dem von Urin.

Hinten fand Blake eine Stahltreppe, die zu der Wohnungstür führte. Nun stand er vor der Tür, von der die Farbe abblätterte. Er hatte dreimal geklopft (laut) und vier Minuten gewartet, bis er ein Geräusch von drinnen hörte. Es war ein Knall, als wäre etwas umgeworfen worden. Danach folgte ein Poltern, als jemand von innen gegen die Tür fiel (vermutete er).

„Aufmachen! Polizei!", rief Blake noch einmal. Er war mit seiner Geduld am Ende – und das bereits seit der Kreuzung Milton Road und A14. Er war froh, dass er nicht mit DCI Fleming sprechen musste, ehe er nach Chesterton gefahren war, denn er konnte sich vorstellen, wie sie fragte, warum er keine freiwillige Befragung arrangiert hatte, sodass alles offiziell aufgenommen werden konnte. Aber Blake hatte das Gefühl, es wäre abgelehnt worden. Und selbst wenn nicht, entging ihm die Chance, das Überraschungsmoment zu nutzen, das ihm eventuell eine unbedachte Reaktion eintrug. Er wollte zuerst sehen, was sein Ansatz brachte. Wenn es offiziell sein musste, könnte er später noch alles wasserdicht machen.

Schließlich wurde die Tür geöffnet, und Blake erblickte einen Mix aus sich wölbenden Muskeln, Unterhemd, enger Jeans und Bürstenschnitt. Das gerötete Gesicht war wutverzerrt.

Zeit herauszufinden, warum Jim Cooper vor Tara Thorpes Cottage herumgelungert hatte. Die Tatsache, dass er gegangen war, ohne irgendetwas zu tun, noch bevor die Polizei eintraf, war zwar alles in allem gut, dennoch warf es eine Menge Fragen auf.

»Ich würde gern wissen, wo Sie heute Abend gewesen sind«, sagte Blake und machte mit seinem Tonfall klar, dass es keine Bitte war. »Angefangen von dem Moment, in dem Sie das Institut verlassen haben. Ich möchte wissen, wo Sie waren und wen Sie gesehen haben.«

Cooper wich ein wenig zurück, blinzelte und runzelte die Stirn. »Warum wollen Sie das wissen? Was ist passiert?«

»Sie stellen keine Fragen. Aber ich verspreche Ihnen, wenn ich mit Ihren Antworten zufrieden bin, lasse ich Sie wieder ins

Bett gehen und Ihren Rausch ausschlafen. Ich würde nämlich auch gerne schlafen.«

»Wenn Sie sagen, dass ich meinen Rausch ausschlafen soll, schätze ich mal, Sie wissen schon, wo ich gewesen bin.«

»Der Geruch legt eine Kneipe nahe, aber ein paar mehr Details wären hilfreich.«

Cooper ballte für einen Moment die Fäuste, dann lehnte er sich seitlich in den Türrahmen. »Mir kommt's vor, als würde immer zuerst bei mir geklopft, wenn jemand ein Problem hat. Ist mir Ärger auf die Stirn tätowiert oder so?« Er sah zu betrunken und zu fertig aus, um das Ausmaß an Zorn aufzubringen, das er anderenfalls gezeigt hätte. Umso besser. Blake hätte Mühe gehabt, mit einem Mann von seiner Statur fertig zu werden, sollte er aggressiv reagieren. »Na gut«, sagte Cooper nach einer Weile und gähnte. »Wie Sie wollen. Ich bin im Mitre gewesen.«

»So ist es gut.«

Er sah gekränkt aus. »Können Sie nicht leiser reden?«

»Sie sorgen sich doch wohl nicht darum, was die Nachbarn denken?«

Blake bedachte ihn mit einem verdrossenen Blick. »Ich hatte schon ab und zu Beschwerden.« Er senkte seine Raspelstimme. »Hatte nichts mit mir zu tun – nebenan wohnt eine zimperliche Frau. Sie schimpft, wenn sie nur mein Bügelbrett quietschen hört. Aber ich will nicht rausgeworfen werden.«

In Cambridge eine bezahlbare Wohnung zu finden, war eine Herausforderung, wie Blake allzu gut wusste. Er war hundemüde, versuchte aber, leiser zu sprechen. »Ich könnte reinkommen, wenn Sie mir alles erzählen wollen.«

»Will ich nicht.« Der Mann lehnte sich nun nach vorn; er hatte Schultern wie ein Ringer.

»Je schneller Sie antworten, desto eher sind Sie mich los. Dann bekommen Sie Ihren Schönheitsschlaf.«

Er sah Cooper an, dass ihn der Weg des geringsten Widerstands verlockte. Endlich seufzte er, und sein feuchter Atem stank nach Alkohol. »Meinetwegen.« Er trat zur Seite, um Blake hereinzulassen, der sich immer noch an ihm vorbeiquetschen musste.

Coopers Flur, von dem nur drei Türen abgingen, war eng. Er führte Blake in ein Wohnzimmer: Ein länglicher Raum mit einem Sofa, das halb in sich zusammengefallen war, einer Küchenzeile und einem kleinen, viereckigen Tisch. Auf Letzterem stand eine Untertasse, die als Aschenbecher diente und überquoll vor Kippen, und an der Wand hing ein Kalender mit Oben-ohne-Models. Ansonsten war das Zimmer recht kahl und sogar sauber. Cooper nahm einen Stuhl am Tisch. Blake wollte sich nicht auf das Sofa setzen, wo er viel niedriger säße als der Hausmeister, was ungünstig sein könnte, sollte er sich physisch wehren müssen. Stattdessen lehnte er sich an die Wand.

»Sind Sie direkt vom Institut ins Mitre gegangen?«

Cooper zog eine Zigarettenschachtel aus seiner Tasche und kramte anschließend ein Feuerzeug hervor. »Stimmt.«

Cooper steckte sich eine Zigarette an, wobei er etwas brauchte, um die Flamme an das Zigarettenende zu bekommen, dann zuckte er mit den Schultern. »Askey. Kit Tyler. Rick – der Typ, der Teilzeit am Empfang arbeitet.«

»Waren sie alle die ganze Zeit dort?«

Cooper nahm einen langen Zug von seiner Zigarette. »Rick, ja. Die anderen sind ein bisschen früher gegangen. Ich war froh, dass sie weg waren, wenn ich ehrlich bin.« Er schnippte mit dem linken Daumennagel am Nagel des Mittelfingers, und ein Muskel in seiner Wange zuckte.

»Haben die Sie genervt?«

Das Schnippen hörte auf. »Das ist immer so ein bisschen ›wir und die‹. Sie wissen schon, das Personal und die Wissenschaftler.« Für einen Moment blickte er an die Decke. »Normalerweise meint man doch alle, wenn man von ›Personal‹ irgendwo redet, oder?«

»Ja.«

»Aber so läuft das am Institut nicht. Wenn die ›Personal‹ sagen, meinen sie das im alten Sinn.« Er senkte den Kopf wieder und sah Blake an. »Wie Diener. So sehen die uns.«

Blake fragte sich, zu wem Mary Mayhew zählte, die Verwaltungschefin. Personal, aber mit einem Doktortitel? Er schätzte, dass sie allein trank, sofern sie jemals in den Pub ging. Aber so wirkte sie ohnehin nicht. »Also, Sie und Rick vom Empfang verließen das Mitre zusammen«, sagte er. »Wie spät war es da?«

»Ungefähr als die schlossen. Donnerstags haben sie bis zwölf geöffnet, und Rick trinkt gerne. Und ich, na ja, ich war noch nicht in der Stimmung, nach Hause zu gehen.«

»Worüber haben Sie und die anderen geredet?«

Cooper stützte kurz den Kopf in die Hände. »Über Samantha, und deswegen wollte ich trinken, bis ich nicht mehr denken konnte.« Eine Sekunde lang bemerkte Blake eine Träne in Coopers Augenwinkel. Sein Gesicht war gerötet.

»Und was dann?«

»Rick ist in die eine Richtung gegangen, und ich bin in die andere los.«

»Sind Sie mit dem Rad gefahren?«

Cooper schüttelte langsam den Kopf. An seiner Zigarettenspitze war ein Zentimeter Asche. Bei dem Geruch wurde Blake übel. Gewöhnlich machte es ihm nichts aus, aber hier in der Wohnung war er einfach zu stark – abgestanden und alles durchdringend. »Ich musste mir die Biere ein bisschen runterlaufen.« Er unterdrückte ein Rülpsen.

»Welchen Weg sind Sie gegangen?«

Er runzelte recht lange die Stirn und blickte wirr durch den Raum. »Weiß nicht ... Nein, Moment, ich hab's. Ich bin Portugal Place runter.«

Blake stellte sich vor, wie Cooper die lange schmale Fußgängerzone entlangtorkelte, und empfand Mitleid mit den Anwohnern. Es war eine der malerischsten Straßen von

Cambridge, doch die Lage – so nahe an den Pubs und Restaurants in der Bridge Street – machte sie kaum zu der ruhigsten Wohngegend. Zum Glück hatte er seinen Schlupfwinkel auf dem Dorf. »Und dann?«

»Quer durch Jesus Green natürlich und am Fluss längs bis zur Green Dragon Bridge.«

Die gusseiserne Fußgängerbrücke über den Fluss Cam.

»Sind Sie direkt nach Hause?"«

»Es war spät.« Er blickte auf seine Digitaluhr. »Ich muss morgen früh arbeiten.«

»Richtig.« Er wartete bis Cooper ihn wieder ansah. Die Asche war von seiner Zigarette auf den Tisch gefallen. »Also, warum haben Sie dann bei Tara Thorpe in die Fenster gesehen?«

Cooper rückte auf seinem Stuhl weiter nach vorn, und seine Schultern spannten sich an. »Hat sie mich gemeldet?«

»Nein, Sie wurden gesehen. Es sieht ziemlich verdächtig aus, wenn jemand sehr spätabends um ein abgelegenes Haus herumschleicht. Vor allem, wenn diejenigen nicht anklopfen. Was wollten Sie da?«

Er seufzte. »Mit ihr reden.« Für einen Moment sackte sein Kopf nach unten, doch er hob ihn gleich wieder. »Ich meine, es ist doch so, wie ich gesagt habe. Leute wie ich zählen nicht. Ich habe Samantha Seabrook besser gekannt als irgendwer sonst am Institut, und diese Tara Thorpe schreibt über sie, aber hat ihr jemand gesagt, dass sie mit mir reden muss?« Er nahm einen tiefen Zug von seiner Zigarette, die in seiner Hand winzig wirkte. »Natürlich nicht, verdammt. Was könnte ich denn schon zu sagen haben, was halbwegs interessant ist? Wie komme ich darauf, dass ich was über eine Professorin weiß? Scheiße.« Er klang emotional. Als er die Zigarette am Rand der Untertasse ausdrückte, kippte sie leicht, sodass die halbe Füllung auf den Tisch fiel.

»Woher haben Sie gewusst, wo sie wohnt?«

Cooper lehnte sich auf seinem Stuhl zurück. »Bei der Arbeit, nachdem Samantha gestorben war, hat mir Mary, meine Chefin, erzählt, dass eine Journalistin namens Tara Thorpe vorbeikommt. Sie hat gesagt, dass sie eine Art Nachruf für die Zeitschrift schreibt, bei der sie arbeitet. Ich bin für die Sicherheit zuständig, deshalb muss ich informiert werden, wenn jemand Fremdes im Institut unterwegs ist.« Stolz schwang in seiner Stimme mit. »Und wir kriegen gerade eine Menge Anrufe von Gott und der Welt, seit dem Mord. Mary will nicht, dass sich jeder bei uns einschleicht. Sie hat mir und Rick vom Empfang ein Foto von Tara Thorpe gezeigt, damit wir sie erkennen und sich kein anderer für sie ausgibt.«

Plötzlich lächelte er, und Blake gefiel sein Blick nicht.

»Aber für mich ist sie ja keine Fremde«, fuhr Cooper fort. »Ich komme jeden Tag mit dem Rad an ihrem Cottage vorbei, und ich habe sie schon einige Male gesehen. Sogar, wie sie eingezogen ist. Sie musste ihren Kram auf einem Handwagen über die Wiese ziehen.« Wieder dieser Blick, irgendwie lüstern – und er war zu betrunken, um es zu unterdrücken. »Ich hatte sie ein bisschen beobachtet. Fast hätte ich ihr Hilfe angeboten, aber ich glaube, das hätte sie nicht gewollt.«

Da liegst du richtig, dachte Blake.

»Okay. Also Sie erzählen mir, dass Sie hingegangen sind, um mit ihr zu reden, doch obwohl Sie vor der Tür standen und versucht haben, in die Fenster zu sehen, haben Sie nicht angeklopft?«

»Ich war mir nicht sicher, ob sie noch auf war. Ich habe nach Licht drinnen gesehen, aber ich wusste ja, wie spät es war.«

»Und was konnten Sie sehen?«

»Da war ein schwacher Lichtschein vorne.« Er schloss für einen Moment die Augen. »Und dann, als ich weg bin, habe ich mich noch mal umgedreht und Licht an den Vorhangrändern von einem der Seitenfenster gesehen. Aber da hatte ich es mir schon anders überlegt. Es war nach eins. Aber ich will immer noch mit ihr reden.« Er zeigte mit einem Wurstfinger auf Blake. »Ich kann ihr Sachen erzählen, die keiner sonst weiß.«

Blake holte tief Luft sowie er die Wohnung verlassen hatte. Er hatte noch eine Weile lang versucht, Cooper zu entlocken, was der exklusiv über Professor Seabrook zu wissen glaubte. Die Antworten des Hausmeisters waren allerdings unbefriedigend gewesen, denn er brabbelte nur davon, dass er sie »verstanden« hätte, und mehr wollte er nicht sagen.

Der Geruch von Coopers Wohnung hing noch an seinen Sachen. Das Jackett müsste in die Reinigung. Blake dachte über die Reaktion des Mannes auf seine anderen Fragen nach. Die Erklärung für seinen Besuch bei Tara Thorpes Cottage war recht prompt gekommen, und seine Kränkung, weil er auf der Liste der Interviewpartner ausgelassen wurde, klang hinreichend echt. War er zu der Zeit betrunken genug gewesen, dass es sich für ihn akzeptabel anfühlte? Oder gab es eine gruseligere Erklärung? Doch selbst wenn er unbedingt mit Tara Thorpe reden wollte, bedeutete es nicht, dass er Samantha Seabrook nichts angetan hatte. Vielmehr machte es sein obsessives Interesse an ihr wahrscheinlicher.

Blake sah auf sein Handy und zuckte zusammen. Jim Coopers Besuch war nicht die einzige Entwicklung des Abends. Neuigkeiten über Samantha Seabrooks geheimen Instagram-Account bewirkten, dass er in der Mitte der Chesterton High Street stehen blieb, bis ihn ein einsamer Autofahrer anhupte. Die Information kam über DC Max Dimity, der den Uniformierten zu Taras Cottage gefolgt war, als sie den Alarm auslöste. Tara Thorpe hatte den Account vor dem Team entdeckt, das nach Samantha Seabrooks Telefondaten forschte.

Blake versuchte sich vorzustellen, wie Jim Cooper ein sorgsam gestelltes und unvollständiges Foto von sich fabrizierte, damit Samantha Seabrook es als Scherz für ihre Follower postete. Er war ungestüm, zumindest im betrunkenen Zustand – wie sein Verhalten heute Nacht bewies. Könnte er nüchtern kontrolliert und voller Arglist sein?

Blake runzelte die Stirn. Sein Kopf fühlte sich an, als würde eine Truppe winziger Stepptänzer darin trainieren. Er sah auf seine Uhr. Zeit für ein paar Stunden Schlaf. Und dann würde er auf dem Weg zur Arbeit bei Tara Thorpe vorbeisehen.

In letzter Minute, bevor er in die Seitenstraße bog, in der er seinen Wagen geparkt hatte, schaute er sich zu Jim Coopers Wohnung um. Und da war die Silhouette des Hausmeisters, der von seinem Wohnzimmerfenster aus zu ihm nach unten sah. Er war kerzengerade aufgerichtet – als wäre er um einiges nüchterner geworden.

Während Blake zu seinem Auto ging und es aufschloss, dachte er an seinen letzten Blick zu Cooper am Fenster. Es war fatal, irgendetwas für selbstverständlich zu nehmen.

KAPITEL EINUNDZWANZIG

Tara beobachtete durch das Wohnzimmerfenster, wie DI Blake von der Riverside auf ihr Cottage zukam. Er hatte sie per Textnachricht vorgewarnt. Sie wusste bereits, dass das draußen letzte Nacht Jim Cooper gewesen war – der Detective Constable, der von der Wache aus bei ihr gewesen war, hatte es ihr erzählt. Vielleicht hatte DI Blake ein Update; er sah jedenfalls aus, als hätte er die Nacht durchgearbeitet. Und sie musste gestehen, dass ihm dieser raue Look stand. Sie öffnete die Tür.

»DI Blake.«

»Nur Blake reicht. Das sagen alle.« Der Detective sah sie direkt an, und sie versuchte, seinen Gesichtsausdruck zu lesen. Wahrscheinlich überlegte er, wie schlimm sie aussah.

»Ich kann mir vorstellen, was Sie denken«, sagte sie und trat beiseite, damit er hereinkommen konnte.

»Nein, in diesem Fall wette ich, dass Sie es nicht können.« Da war ein schwaches Lächeln in seinen Augen. »Entschuldigen Sie, wenn ich ... wenig formell aussehe«, fuhr er fort. »Ich habe es heute Morgen vermieden, in den Spiegel zu schauen.«

»Ich auch, muss es aber bald, denn ich fahre aufs Land –

um Sir Brian zu interviewen. Gehe ich recht in der Annahme, dass Sie gern einen Kaffee hätten?«

»Sehr gern, danke.«

Sie gingen in die Küche.

»Und haben Sie mit Jim Cooper gesprochen?« Sie drehte sich weg, um den Kaffee zu machen.

»Ja.«

Und ...? Die Pause dauerte lange genug, dass Tara sich zu ihm umsah. *Er kann mir unter diesen Umständen doch sicher mehr sagen, oder nicht?*

Vielleicht hatte er ihren Blick gelesen, denn als sie sich wieder zum Wasserkocher wandte, seufzte er, als würde einen Entschluss fassen.

»Seine Erklärung passt zu dem, was wir über ihn wissen – und die hatte er schnell parat, obwohl er ziemlich betrunken schien.«

Er berichtete ihr, wie der Mann erklärt hatte, woher er wusste, wo sie wohnte, und dass er ihr Foto gesehen hatte.

»Ich werde mir seine Geschichte selbstverständlich noch von Mary Mayhew bestätigen lassen«, ergänzte Blake. »Doch selbst wenn er die Wahrheit sagt, heißt es nicht, dass ihm zu trauen ist. Vielleicht ist er ein guter Schauspieler, der aus dem Stegreif improvisieren kann. Es war auf jeden Fall eine komische Zeit, auf einen Plausch vorbeizukommen.«

Tara nickte und stellte Blake einen Becher schwarzen Kaffee hin. »Tja, wenn er behauptet, dass er mir so viel erzählen kann, werde ich definitiv ein Treffen mit ihm vereinbaren.« Sie erkannte Blakes Blick. »Keine Sorge, ich mache es irgendwo in der Öffentlichkeit. Außerdem habe ich ja mein Messer.«

Blake öffnete den Mund.

»Scherz«, kam sie ihm zuvor, denn sie wollte nicht, dass er sie verhaftete. Dabei war sie im Grunde nicht sicher, ob sie scherzte oder nicht. Sie hatte vorgehabt, das Messer zu Hause zu lassen, als sie sich mit Chiara Laurito traf, jedoch in letzter

Minute die Nerven verloren. Jetzt hatte sie die Sprühfarbe, die Kemp ihr empfohlen hatte, doch wenn es hart auf hart kam, würde die dann reichen?

»Tara, was wollen Sie?«

Sie sah ihn fragend an.

»Klarkommen. Ich schätze, wir laufen beide auf fast leeren Batterien. Irgendwann werde ich ein bisschen Schlaf bekommen, aber was ist mit Ihnen? Was, wenn die heutige Nacht wie die letzte wird? Und die danach auch?«

Er musste sich fragen, was für ein Freak sie war, dass sie niemanden hatte, der bei ihr bleiben konnte.

»Ich bin Ihnen voraus«, antwortete sie einen Moment später. »Gegen zwei Uhr heute Morgen habe ich mir für heute Nacht ein Zimmer in der Newmarket Road Travelodge gebucht. Langfristig ist es keine Option, bei den Preisen, aber wenn ich meine acht Stunden Schlaf bekomme, sollte ich die nächsten Tage durchhalten. Heute Abend gehe ich auf die Gartenparty des Instituts, und von dort fahre ich direkt zum Hotel.«

Die Party fand anscheinend alljährlich statt, um das Jubiläum der Institutseinweihung zu feiern. Unter den gegebenen Umständen hätte Tara gedacht, dass Professor da Souza sie absagte, aber er meinte, in dieser grauenvollen Zeit wollte er allen die Chance geben zusammenzukommen. Er hatte vor, die Veranstaltung zu nutzen, um Samantha Seabrook öffentlich Anerkennung zu zollen. Tara wünschte sich, sie könnte sich drücken.

Blake nickte. »Kluge Entscheidung.« Er sah sie an. »Ich freue mich schon darauf, mehr Informationen über den Event zu bekommen.«

»Verstanden.«

Er seufzte. »Und Sie müssen das gewiss nicht von mir hören, aber achten Sie darauf, dass Ihnen niemand von dort folgt. In einer Travelodge ist es recht einfach, sich an der Rezeption vorbeizumogeln. Und dann muss man nur jemandem mit einer Schlüsselkarte folgen, und schon ist man im Zimmertrakt.«

Tara wusste, dass er recht hatte.

Bevor sie zu Samantha Seabrooks Elternhaus aufbrach, schrieb Tara eine E-Mail an Jim Cooper. Sie wollte hören, was er zu sagen hatte, und ehe er weiter um ihr Haus herumschlich, wollte sie es lieber gleich im Keim ersticken. Sie schlug vor, ihn nachmittags im Pickerel zu treffen. Dann könnte er vielleicht ein Katerbier vertragen, und der Alkohol dürfte seine Zunge lösen. Wahrscheinlich würde sie ihn abends auch auf der Gartenparty des Instituts sehen, aber seine Kollegen mussten nicht unbedingt mithören, worüber sie sprachen.

Als sie von ihrem Cottage zur Riverside ging, behielt sie die Wiesen um sich herum im Auge. Grillenzirpen erfüllte die heiße, trockene Luft. Die Menschen, die sie sah, schienen harmlos: ein Hundehalter, ein Mann und ein Junge auf Fahrrädern, ein älterer Angler am Fluss. Doch um den Park herum standen dichte Baumgruppen. Das blendende Sonnenlicht machte die Schatten dort umso tiefer. Tara strengte ihre Augen an, nahm kurz die Sonnenbrille ab, als sie glaubte, eine Bewegung wahrgenommen zu haben. Sie war sich nicht sicher. Sie hoffte, wer immer hinter ihr her war, hatte keinen Zugriff auf einen Wagen, wenn er ihr jetzt folgte. Sie hatte ihren Fiat seit Tagen stehen gelassen, aber wer weiß, wie lange sie schon beobachtet wurde? Ihr Verfolger könnte genau wissen, welcher Wagen ihrer war und wo er parkte.

Tara fiel es schwer, den Blick nach vorn auf die Straße zu richten, als sie losfuhr. Zwei Wagen hatten dasselbe Labyrinth an Seitenstraßen gleichzeitig mit ihr verlassen. Sie konnte nicht definitiv sagen, ob einer von ihnen an ihr drangeblieben war. Auf der A10 waren sie nicht direkt hinter ihr, aber hier herrschte dichter Verkehr, und sie könnten Abstand halten. Durch die Ablenkung war sie nicht in idealer Stimmung für ihr Interview, als sie in Great Sterringham ankam. Seufzend schloss sie für einen Moment die Augen. Sie konnte ohnedies nicht mit großen Erkenntnissen rechnen, denn Blake war schon hier gewesen. Dennoch hoffte sie, etwas zu entdecken, das er übersehen hatte. Es war kindisch, ja, und sinnlos. Woher sollte sie es überhaupt wissen, wenn er ihr seine Schlussfolgerungen nicht verriet?

Sir Brian ließ sie herein, bestand darauf, Kaffee zu machen und fing zu reden an, ehe sie überhaupt eine Frage stellte. Sie setzten sich in ein elegantes Wohnzimmer, und Tara nahm eine Menge auf. Blake wäre erfreut ... doch es war Sir Brians Haltung, die Tara am meisten interessierte. Auf den ersten Blick schien er ein freundlicher Mann zu sein, vollkommen erfüllt von seiner Trauer, aber sie kannte diesen Typ. Trotz allem, was ihm das Leben hingeknallt hatte – der Verlust seiner Frau in jungen Jahren und jetzt auch noch die Tochter –, umgab ihn die Aura von jemandem, der sich in seiner eigenen Sphäre gänzlich sicher fühlte. Er hatte Schreckliches durchmachen müssen, Tragödien waren ihm nicht fremd, und dennoch hatte nichts seinen Glauben an sich selbst oder seinen Status in der Welt erschüttert.

Nachdem sie sich unterhalten hatte, gingen sie in Samantha Seabrooks Kinderzimmer. Tara hatte darum gebeten. Sie hatte gesagt, dass es hilfreich wäre, den persönlichen Lebensraum der Professorin zu sehen, hatte herumgeschwurbelt von einem Gesamtbild Samanthas, angefangen mit dem Mädchen, das sie gewesen war, bis hin zu der Frau, zu der sie heranwuchs. Und als sie nach oben kamen, war Tara froh, dass sie ihn hierzu überreden konnte. Hier gab es gleich mehr, was sie stutzig machte. Und dann sah sie das Foto an der Wand. Es war dieselbe Frau,

die auf dem Partyfoto in Samanthas Wohnung gewesen war –
die, nach der Blake sie gefragt hatte. Dank ein bisschen
Googeln – mit dem Vornamen, den Pamela Grange ihr genannt
hatte, und der Schule, auf der Professor Seabrook gewesen war
– hatte Tara jetzt auch einen Nachnamen. Es war interessant,
denn Blake hatte Sir Brian nicht dazu bringen können, diese
Information preiszugeben.

»Ah«, sagte sie, als sie auf das Foto zuging, »ist das nicht ...
ja, das ist sie! Patsy Wentworth!« Sie beobachtete sein Gesicht,
als sie es sagte, und ihm fielen die Kinnladen runter.

»Kennen Sie sie?«, fragte er.

»Ich habe sie schon länger nicht mehr gesehen, aber man
vergisst sie schwer.« Und seiner Reaktion nach musste sie es
sein. Tara beschloss, es zu wagen. »Entschuldigen Sie die Frage,
aber Sie haben nicht zufällig ihre aktuelle Adresse, oder? Sie
hatte mir ihre Kontaktdaten geschickt, doch die sind auf einem
Handy, das mir geklaut wurde.«

Sir Brian stand händeringend da.

»Vielleicht könnten Sie sie anrufen und fragen, ob es ihr
nichts ausmacht, falls das hilft?« Sie ging ein Risiko ein, aber sie
wollte wetten, dass er darauf verzichtete. Und sein Gesichtsausdruck sagte ihr, dass er lieber auf Abstand blieb.

»Ich habe die nur, weil sie mal hier übernachtet hat, als ich
weg war«, sagte er schließlich. »Sammy hatte beschlossen, eine
Hausparty auf dem Land zu geben. In ihrer Wohnung in
Cambridge war nicht genug Platz, und sie hat dort kaum
privaten Außenbereich. Bei meiner Rückkehr fand ich diverse
Sachen, die ihre Gäste zurückgelassen hatten, unter anderem
einen Schal von Patsy. Ich bot an, ihn ihr zu schicken, weil
Sammy schon wieder zu Hause war.«

Er drehte sich um und verließ das Zimmer. Tara folgte ihm
langsam, um sich seinem traurigen, schweren Gang anzupassen,
als er die Treppe hinunterstieg. An seinem Hinterkopf war eine
kleine kahle Stelle, die Tara erst bemerkte, als sie sich oberhalb

von ihm befand. Ein paar feine graue Haare hafteten auf den Schultern seines Jacketts.

In der Diele nahm Sir Brian ein ledergebundenes grünes Buch von einem Tisch und blätterte zum Buchstaben W.

Es verschaffte Tara eine letzte Chance, sich umzuschauen und durch offene Türen in Räume zu linsen, in denen sie nicht gewesen waren.

»Hier«, lenkte er ihre Aufmerksamkeit zurück auf sich. Er hielt ihr das Buch hin, und sie kopierte die Londoner Anschrift in ihr iPhone.

Er hatte sogar ihre E-Mail-Adresse – was überraschend war, aber praktisch.

Sir Brian folgte ihrem Blick und schüttelte den Kopf. »Sie hat sich nie für den Schal bedankt, fürchte ich. Ich bat Sammy um ihre E-Mail-Adresse, damit ich mich erkundigen konnte, ob er angekommen war.«

»Danke. Es ist schön, dass ich sie wieder kontaktieren kann.«

Plötzlich streckte er seine freie Hand vor und berührte Taras Arm. »Deuten Sie nicht zu viel in das herein, was sie über Sammy sagt«, bat er. »Patsy war immer schon wild; kein guter Einfluss. Sammy neigte dazu, eine recht andere Seite von sich zu zeigen, wenn sie zusammen waren.«

Auf einmal holte Tara ihre Müdigkeit ein. »Natürlich«, sagte sie und raffte ihr letztes bisschen Energie zusammen. »Das verstehe ich. Und ich weiß, wie Patsy ist.«

Als sie von dem Haus weg die lange Auffahrt hinunterging, dachte sie darüber nach, wie viel von ihrem Leben eine Täuschung war. Sie holte tief Luft und tröstete sich damit, dass es für einen guten Zweck war. Nur war sie sich plötzlich nicht mehr sicher, ob sie es wirklich glaubte.

Draußen auf dem Gehweg blickte sie sich zu Samantha Seabrooks einstigem Zuhause um. Es war ein großer Kastenbau aus mattrotem Backstein mit hohen Schornsteinen. Zwei der drei Familienmitglieder waren tot. Sir Brian musste sich drinnen verloren fühlen, sofern er dort allein lebte ...

Von der Diele aus hatte sie eine Kiste auf dem Holztisch in der Küche gesehen und sogar einiges vom Inhalt: Tassen und anderes Geschirr. Und in der Diele, neben einem Gestell mit einer Auswahl von anscheinend Sir Brians Schuhen, waren einige Damenwanderschuhe und auch einige Damenstiefel gewesen. Auf dem Gestell war kein Platz für sie gewesen, was Tara auf den Gedanken brachte, dass Sir Brians Sammlung von Oxford-Schuhen und Derbys schon alles ausgefüllt hatte, bevor irgendwelche Konkurrenz kam.

Tara dachte an Pamela Grange. Könnten es ihre Schuhe sein? Sie passten zu ihrem Stil: praktisch und klassisch. Bei ihrem Treffen hatte Tara spekuliert, ob sie mehr als eine Freundin der Familie war ...

Und falls sie hier einzog, warum gerade jetzt? Nur weil sie in seiner Stunde der Not für Sir Brian da sein wollte? Oder weil sie und Samantha Seabrook sich nicht verstanden hatten und nun der Weg frei für sie und Sir Brian war?

Es schien wahrscheinlich, dass Samantha Seabrook genauso viel Macht über ihren Vater gehabt hatte wie über alle anderen.

Als sie in ihren Wagen stieg, um nach Hause zu fahren, sah sie auf ihrem Handy nach E-Mails. Jim Cooper hatte geantwortet. Sie öffnete die Nachricht.

Tut mir leid wegen gestern Abend. Ich hatte einige Biere und dachte, Sie sind vielleicht noch auf. Ich habe gehört, dass Journalisten bis spätabends arbeiten. Auch wenn ich gerne mit Ihnen über Sam reden wollte, war es der Alkohol, der mich glauben ließ, ich hätte etwas Wichtiges zu sagen. Aber ich kann Ihnen bloß erzählen, was Sie schon von anderen gehört haben, also komme ich heute Nachmittag nicht. Trotzdem danke.

Tara ballte die Fäuste und rieb sich Augen. Sie war so müde, dass sie eigentlich nicht fahren durfte. Auf dem Rückweg würde sie irgendwo anhalten und noch einen Kaffee trinken.

Wieder las sie die E-Mail. Der verdammte Jim Cooper hatte ihr letzte Nacht Angst eingejagt, und es war seine Schuld, dass sie erledigt war. Und jetzt wollte er auf einmal nicht mehr reden.

So leicht ließ sie ihn nicht vom Haken.

Seine Nachricht enthielt keine Autosignatur, sodass sie zurück zur Website des Instituts gehen musste, um seine Durchwahl zu finden.

KAPITEL ZWEIUNDZWANZIG

Blake saß im Büro von Samantha Seabrooks Agenten, dem Mann, der ihre Karriere als Autorin gelenkt und den Auftritt in einer Talkshow ermöglicht hatte, wo sie ihre Arbeit einem breiteren Publikum vorstellen konnte.

Der Mann ihm gegenüber, Guy Fitzpatrick, war Anfang dreißig, schätzte Blake, und trug einen Anzug, der bemüht war, an die Klasse von Blakes heranzukommen. Blakes Designerschwester würde sagen, dass es ihm nicht gelang.

Sie hatten Getränke vor sich stehen. Fitzpatricks war anscheinend ein Short Macchiato. Die Frau, die nach ihren Wünschen fragte, wirkte erschrocken, als Blake um einen schwarzen Kaffee bat. Sie übersetzte es mit »ein Americano«.

»Ich habe in den Nachrichten gesehen, dass Samantha tot ist«, sagte Guy Fitzpatrick. »Es kam ganz am Ende – weil es nicht in London ist und eigentlich kein nationales Thema –, aber sie konnten nicht widerstehen, es noch unterzubringen. Allein weil es solch eine Tragödie und dazu dieses Setting ist. Samantha ist immer telegen gewesen, und das ändert sich mit dem Tod nicht.«

Blake runzelte die Stirn. »Ich habe ihren Auftritt bei

Tomorrow Today auf Youtube gesehen, aber ich habe nicht gewusst, dass sie noch mehr im Fernsehen gemacht hat.«

Guy Fitzpatricks strähniger Pony wippte, als er den Kopf schüttelte. »Echt? Sie haben den Clip wieder eingestellt? Das ist eine Copyright-Verletzung.« Er machte sich eine Notiz mit einem teuer aussehenden Füller auf dem noch vollkommen unberührten Block vor ihm.

Blake unternahm einen weiteren Versuch, seine volle Aufmerksamkeit zu gewinnen. »Dann hatte sie auch andere Fernsehauftritte?«

Wieder schüttelte Fitzpatrick den Kopf. »Nein. Leider konnte ich sie nicht überreden, obwohl sie reichlich Anfragen hatte.« Er nahm seine Tasse auf, trank einen Schluck und verzog das Gesicht. »Da scheine ich versagt zu haben. Normalerweise kann ich meine Klienten überzeugen. Und es wäre für uns beide lukrativ gewesen.«

Zumindest war er ehrlich.

»Doch das hat sie nicht verlockt?« Blake dachte an ihre Wohnung. Sie hatte kein Geld gebraucht, sofern ihr Lebensstil den Schluss zuließ.

Fitzpatrick verneinte. »Und wenn sie erst eine Entscheidung getroffen hatte, war nichts mehr zu machen.«

»Was hat sie abgeschreckt? Hatte sie bei *Tomorrow Today* schlechte Erfahrungen gemacht?«

Der Mann lachte. »Ganz und gar nicht! Sie hat sich prächtig amüsiert dort, obwohl sie es in der Maske ein bisschen langweilig fand. Sie war es nicht gewohnt zu warten. Nein.« Für einen Moment wurde sein Blick verklärt. »Direkt nach der Sendung war sie ganz wild darauf, es wieder zu machen. Sie wollte, dass die Primetime-Zuschauer besser über Armut informiert wurden und welche weitreichenden Auswirkungen sie hat. Aber nach der Ausstrahlung gab es einige Plänkeleien auf Twitter.«

Davon hatte Blake gehört. »Warum?«

»Ein oder zwei Leute störten sich daran, dass eine privilegierte Cambridge-Professorin über Menschen in Armut redet, als könnte sie tatsächlich verstehen, wie das Leben für sie war.«

»Waren auch Drohbotschaften dabei? Oder besonders aggressive?«

Fitzpatrick verneinte. »Nicht nach Twitter-Maßstab. Nichts, worüber wir uns beschwert oder sie um Löschung gebeten hätten. Nur ein Haufen ›Was denkst du, wer du bist?‹-Kram.«

»Und das hielt sie dann ab?« Es war nicht ungewöhnlich, dass bei der Polizei Beschwerden von Leuten eingingen, die sich auf den Social Media belästigt oder bedroht fühlten. Sogar Tweets, die allgemeine Beleidigungen enthielten, konnten jemandes Lebensqualität beeinträchtigen – vor allem, wenn es Hunderte waren.

Doch Fitzpatrick grinste. »Gott, nein! Nicht das allein. Samantha hatte ein sehr dickes Fell. Nein. Ihr war bewusst – helle, wie sie war –, dass die Fernsehangebote nach den Tweets erst recht en masse kommen würden. Doch sie wusste auch, dass die Sender sie als kontroverse Figur wollten, nicht wegen der Qualität ihrer Arbeit und der Art, wie sie politisches Denken beeinflusste.«

»Und ihr Einwand war ihr wichtig genug, dass sie ihr Ziel aufgab, ihre Botschaft zu verbreiten?«

»Na ja, das und eine Bemerkung, die sie nach dem ersten Auftritt zufällig aufgeschnappt hatte. Einer der Produzenten unterhielt sich mit einem Kollegen und sagte, was für tolle Titten Samantha hätte. Und wie das, zusammen mit ihrem klasse Aussehen, die Einschaltquoten brächte.«

»Okay, dann sehe ich es definitiv genauso wie sie.«

Aber Fitzpatrick schien es immer noch zu ärgern. »Hinterher meinte sie, ich bräuchte sie gar nicht erst anzurufen, solange die Produktionsfirma nicht von BBC Four beauftragt war. Das hätte ich sicher auch noch hinbekommen, doch die Bezahlung wäre nicht so klasse gewesen.«

Blake hatte eine anstrengende Rückfahrt nach Cambridge über die verstopfte M11. Sie gab ihm reichlich Zeit, über den Fall nachzudenken. Und auch über Babettes gestrige Nachricht …

Bitte, Garstin, lass uns reden.

Erneut überkam ihn die Wut, die er letzte Nacht schon empfunden hatte. Dann jedoch dachte er an Kitty. Plötzlich merkte er, dass der Verkehr vor ihm wieder langsamer wurde. Die Bremslichter eines teuer wirkenden Audis waren nur noch wenige Schritte entfernt, als er anhielt. Er musste aufpassen.

Als er wieder an seinem Schreibtisch war, holte er sein privates Handy hervor.

Was auch geschehen sein mochte, Babette und er mussten reden. So wie jetzt weiterzumachen, war unerträglich, und das musste er ihr sagen: Grenzen setzen und eine anständige Routine einführen, um Kittys willen. Und – das musste er zugeben – um seinetwillen. Er konnte es nicht erwarten, sie zu sehen.

Du hast recht, schrieb er. *Wir sollten reinen Tisch machen. Am Samstagabend um sechs bei mir?*

Angesichts des ernsten Falles würde er das ganze Wochenende arbeiten, doch um die Zeit müsste er zu Hause sein. Er schickte die Nachricht ab und versuchte, die Sache aus seinem Kopf zu verbannen. Er wollte nach den Tweets über Samantha Seabrook suchen, die Guy Fitzpatrick erwähnt hatte.

Es war eine Menge durchzugehen, doch schon die Handvoll, die er sah, war besorgniserregend. Manche von ihnen bezogen sich auf ihr Elternhaus ebenso wie auf ihre exklusive Wohnung. Sie alle fühlten sich sehr übergriffig an. Andererseits hatte Samantha eine Morddrohung mit einem Schulterzucken abgetan, also war Guy Fitzpatricks Geschichte von ihrer lässigen Reaktion glaubwürdig.

Emma Marshall erschien neben Blake. »Bist du bereit für uns?«

Patrick Wilkins war direkt hinter ihr, und Blake nickte. Sie holten sich Kaffees aus dem Automaten und schlossen sich in einem der Konferenzräume ein.

»Dann erzählt mal«, sagte Blake. »Was gibt es Neues? Fang du bitte mit Dieter Gärtner an, Patrick.«

Sein DS zückte einen Notizblock. »Die Universität konnte uns seine aktuelle private Mobilnummer von dem Notfallkontakt in seiner Personalakte besorgen. Ich habe inzwischen drei Nachrichten auf die Mailbox gesprochen, auch bei seinem Arbeitshandy, das ausgeschaltet ist. Der Notfallkontakt – ein Freund, kein Angehöriger – meinte, dass er wahrscheinlich auf Reisen ist, möglicherweise in Großbritannien.«

Alle sahen einander an.

»Ich habe online nach Accounts von ihm in den Social Media gesucht«, sagte Patrick. »Bei Facebook konnte ich nichts Relevantes sehen, aber er hat gestern Morgen ein Foto von Arthur's Seat in Edinburgh getwittert. Ich habe unsere Kollegen dort angerufen, und sie versuchen ihn aufzuspüren. Herauszufinden wo er gegenwärtig ist. Und vor allem, wann er von wo gekommen ist.«

»Gut.« Warum zur Hölle ging er nicht an sein Telefon oder antwortete auf ihre Nachrichten?

Blake wandte sich Emma zu. »Was ist mit den Background-Checks zu Samantha Seabrooks Kontakten?« Er hatte sie alle privaten und beruflichen Kontakte überprüfen lassen, und sie hatte nach unterschiedlichen Stichpunkten gesucht.

»Okay«, Emma schlug ihren Notizblock auf. »Als Erstes habe ich jeden auf religiöse Verbindungen abgeklopft.«

Wegen des Kreuzes, das Samantha Seabrook um den Hals getragen hatte.

»Und ich habe einen Kandidaten für dich. Wart's ab ...« Sie warf Blake einen Blick zu. »Peter Mackintosh, der Bibliothekar am Institut.«

»Wirklich?« Blake zog eine Augenbraue hoch. Er erinnerte sich, dass Tara gesagt hatte, er schien Samantha Seabrook gemocht zu haben.

Emma nickte. »Er ist Kirchenvorsteher in dem Dorf, in dem er wohnt.«

»Aha.«

»Ich weiß. Eine Säule der Gemeinde, schätze ich. Und außer ihm habe ich noch eine Verdächtige für dich. Mary Mayhew.«

»Schockiere mich bitte mit den Details.«

»Sie besucht regelmäßig die katholische Kirche an der Ecke Lensfield Road.« Emma grinste. »Ich weiß, ich weiß. So weit, so normal. Aber sie ist auf jeden Fall bekehrungswütig. Ich habe einen Blog von ihr gefunden, in dem sie über einen Klosteraufenthalt spricht. Der Post war auf deren Website, um für mehr Gäste zu werben, vermute ich.« Sie seufzte. »Und das ist auch schon das Beste, was ich zu bieten habe. Bei allen anderen finden sich nur die üblichen gelegentlichen Gottesdienstbesuche. Sir Brian Seabrook ist nicht religiös. Das kommt in mehreren Interviews raus, die er früher gegeben hat, so wie auch seine linken Ansichten.«

»Hmm, interessant.« Blake sah die beiden an. »Jetzt verratet mir bitte einige gute Neuigkeiten. Hast du auch herausgefunden, dass Peter Mackintosh oder Mary Mayhew erfahrene Kletterer sind?«

»Bedaure, nein«, antwortete Emma.

Patrick schlug das nächste Blatt in seinem Block auf. »Eine Frau mit Büros im Professor Seabrooks Treppenaufgang im St Francis's College war zum Klettern bei Kelsey Kerridge eingetragen, aber sie war nur ein Semester von Harvard hergekommen, und es gibt keine Hinweise, dass sie und die Professorin sich näher gekannt hätten. Die anderen Leute, die wir gefunden haben, hatten sogar noch weniger Bezug dazu.«

»Aber wir wissen natürlich, dass Dieter Gärtner klettert«, sagte Emma.

»Stimmt.«

In diesem Moment klopfte es an der Tür.

»Ja?«, rief Blake und blickte sich über die Schulter um.

Es war Detective Constable Max Dimity. Seit Max' junge Frau vor wenigen Wochen starb, waren seine Züge – die zuvor von einem trockenen Humor gezeichnet waren – eingefallen und verhärmt. Zum ersten Mal, seit der tödliche Autounfall die Welt des DCs aus den Fugen geraten ließ, war da ein Blitzen in seinen Augen.

»Entschuldige die Störung, Boss, aber es gibt interessante Neuigkeiten zu den Puppen, die Samantha Seabrook und Tara Thorpe geschickt wurden.«

Blake hielt den Atem an. Könnte es ein Durchbruch sein? Für das Team hatte er sich bemüht, einen positiven Ton beizubehalten, aber sie brauchten unbedingt etwas. »Fahr fort, Max.«

»Anscheinend sind sie alt.«

»Alt?«

Max nickte. »Genau. Oder, genauer gesagt, das Garn, mit dem sie genäht wurden, gibt es so gut wie nicht mehr, und der Stoff ist ähnlich alt. Wenn sie vor Kurzem gemacht wurden, dann mit Garn, das schon sehr lange in einem Nähkorb gelegen hat. Aber das ist eher unwahrscheinlich. In dem Bericht steht, für jeden, der es in den letzten Jahren zu benutzen versucht hätte, wäre es ein frustrierendes Erlebnis gewesen, denn bei dem kleinsten Zug wäre der Faden gerissen.«

Blake überlegte kurz. »Haben wir eine Ahnung, wie alt sie sind?«

Dimity nickte. »Circa dreißig Jahre. Das Team hat eine Carbondatierung bei dem Faden vorgenommen.«

Ungefähr fünf Jahre jünger als die Professorin ... Blake sah erst Emma, dann Patrick an. Beide wirkten so perplex wie er. Zwei weitestgehend identische Puppen und beide alt?

Ergab das einen Sinn?

Früher oder später sicher. »Danke, Max«, sagte er. »Falls dir einfällt, wohin uns das alles führt, lass es mich bitte wissen.«

Max bejahte stumm, und eine Spur von dem DC, den Blake einst eingestellt hatte, war auf seinem Gesicht zu erkennen, bevor er sich umdrehte und den Raum verließ.

Tara Thorpe hatte eine Textnachricht geschickt, dass sie demnächst mit Jim Cooper im Pickerel etwas trinken ginge. Vielleicht hatte sie sich endlich für die Idee des Informationsaustausches erwärmt.

Doch was als positiver Gedanke angefangen hatte, verwandelte sich in Blakes Kopf in Unbehagen; es war eine sehr ungleiche Beziehung. Was würde sie sagen, wenn sie Max Dimitys Neuigkeit über das Alter der Puppen hörte? Blake durfte ihr das nicht erzählen, dennoch fühlte es sich falsch an, es zurückzuhalten. Mehr zu wissen, konnte sie nur sicherer machen.

Er blickte auf seine Uhr. In zwanzig Minuten sollte er bei Professor da Souza sein, um ihn ein zweites Mal zu befragen. Nachdem er Taras Notizen zu ihrem Interview mit Chiara Laurito gelesen hatte, wollte er mehr über das Verhältnis der Frau zu Samantha Seabrook erfahren.

Als er mit eingeschalteter Klimaanlage durch die Stadt fuhr und sich die Sonne auf seiner Motorhaube spiegelte, kehrten seine Gedanken zu dem Institutsbibliothekar zurück, Peter Mackintosh. Man durfte nicht automatisch schließen, dass jemand, der im Gemeindevorstand war, extrem verbohrte religiöse Ansichten vertrat. Aber der Mann war für eine Bibliothek zuständig, die Samantha Seabrooks Vater finanziert hatte. Bedeutete die zusätzliche Verbindung etwas? Und dann war da die Verwaltungschefin, Mary Mayhew. Auf den ersten Blick war sie eine unwahrscheinliche Kandidatin. Und dennoch hatte sie die Professorin offensichtlich nicht gemocht. Könnte etwas ihre Antipathie hinreichend weit getrieben haben, dass sie mordete? Sie war ohne Frage bestens organisiert – wie ihr Täter mit Sicherheit auch.

Aber welche Verbindung könnte einer von ihnen – oder irgendjemand ihrer Kontakte – zu den beiden Stoffpuppen haben?

KAPITEL DREIUNDZWANZIG

Tara hatte das Pickerel für ihr Treffen mit Jim Cooper ausgewählt, weil sie hoffte, dass es dort mitten am Nachmittag nicht allzu voll war. Wie bei Chiara, hatte sie auch sein Foto auf der Website des Instituts gefunden und wusste daher, nach wem sie suchte. In dem Pub wartete sie zunächst, bis sich ihre Augen an das veränderte Licht gewöhnt hatten. Das Gebäude war aus dem sechzehnten Jahrhundert, und die niedrige Decke sowie die Platzierung der Fenster sorgten dafür, dass es hier selbst an sonnigen Augusttagen dämmrig war. Doch die Atmosphäre und die Geschichte waren unschlagbar. Es hatte eine recht bunte Vergangenheit, war ehedem ein Bordell und danach ein Bestattungsinstitut gewesen, bevor es ein Pub wurde. Es war C. S. Lewis' bevorzugtes Lokal gewesen, und hatte sogar einen eigenen Geist – eine frühere Besitzerin, die im nahen Fluss ertrunken war. Nicht, dass Tara solche Geschichten glaubte, doch sie würde wetten, dass es Gäste anlockte. Nun blickte sie sich in dem Pub um und ging ein wenig umher, um in die eher versteckten Sitznischen zu blicken, von denen Jim Cooper vielleicht eine ausgesucht hatte. Anscheinend war er noch nicht da, also bestellte sie sich eine kleine Flasche Bitburger Drive an der Bar. Wenig Alkohol, um einen klaren Kopf zu behalten. Sie bat allerdings darum, es in ein großes Glas zu füllen, damit es aussah, als wäre sie schon halb betrunken. Cooper sollte glauben, dass sie so entspannt und angeheitert wie er war. Und das Leichtbier war eine Wohltat; nachdem sie mit dem Rad am Fluss entlang gerast war, fühlte sie sich ausgetrocknet. Zurück aus Great Sterringham hatte sie sich zu Hause ein Sandwich gemacht und war gleich wieder losgefahren. Sie sehnte sich nach einer Dusche. Beim Blick auf ihre Uhr fragte sie sich, ob sie das vor der Institutsparty schaffen würde.

Die Plätze an den Fenstern vorn waren besetzt, weshalb sie in den dunkleren Bereich hinten ging und dort einen Tisch besetzte. Hier war es nett und abgeschieden genug für eine ruhige Unterhaltung. Wahrscheinlich bekäme sie sogar eine anständige Aufnahme, wenn sie sich traute, es vorzuschlagen, aber das wollte sie nicht. Nicht, nachdem Cooper beinahe einen Rückzieher gemacht hatte. Sie musste den Hals recken, um die Eingangstür zu sehen, und nach fünf Minuten war er immer noch nicht zu sehen.

Tara nahm einen Bierdeckel auf und tippte damit gedankenverloren auf den Tisch. Vielleicht hatte er sich abermals umentschieden. Sie hatte recht lange gebraucht, um ihn doch noch zu einem Treffen zu bewegen. Und die ganze Zeit hatte sie sich gefragt, was er zu verbergen hatte. Warum war er erst so erpicht darauf, mit ihr zu reden, und kniff dann? Trotzdem hatte sie ihren unbeschwerten Ton beibehalten. (»Ihre Ansichten sind wichtig«, hatte sie gesagt, »und so oder so wäre es nett, ein Bier zu trinken. Es ist so heiß, und ich weiß nicht, wie es bei Ihnen ist, aber ich hatte schon einen sehr anstrengenden Tag.« Er hatte gezögert, und sie ergänzte, »Übrigens habe ich gehört, dass die Professorin Ihnen nahestand.« Sie war sehr vorsichtig, wie herum sie es formulierte. »Ich habe nur keine Zeit gehabt, mich früher bei Ihnen zu melden.« Das wirkte. »Jemand hat es erwähnt, ja?«, hatte er gefragt. Sie hatte es ihm versichert, könnte sich aber nicht mehr genau erinnern, wer es gewesen war.) Der Zweck heiligte die Mittel. In Coopers Fall stellte sie ihre Methoden nicht infrage. Er könnte der Mann sein, der sie umbringen wollte.

Sie wurde schon ernsthaft nervös, als ein großer, muskelbepackter Mann in den Pub kam. Coopers Foto auf der Website des Instituts hatte nicht verraten, wie stark seine physische Präsenz war. Unten den uralten Deckenbalken des Pubs nahm er sich wie ein Riese aus. Sein rasierter Kopf und die breiten Schultern, sagten Tara, dass sie ihn ernstnehmen musste. Sie konnte sich zwar vorstellen, dass er zig Studenten maßregeln musste, die gegen die Institutsregeln verstießen, aber nur für die hatte er diesen Look garantiert nicht entwickelt.

Sie stand auf und streckte ihre Hand aus. »Jim Cooper? Ich bin Tara Thorpe.«

Sein Gesichtsausdruck war nicht freundlich, als er stumm bejahte. Aber er schüttelte ihre Hand. Sein Händedruck war fest und rau, seine Handfläche warm.

Tara zeigte zu ihrem Pint. »Ich bin schon versorgt, aber was darf ich Ihnen holen?«

Seine Züge entspannten sich ein ganz klein wenig. »Was soll ich lügen? Ich kann ein Bier vertragen«, antwortete er. »Ich bin schon den ganzen Tag spät dran, und die Hitze setzt mir zu.«

Zusammen mit dem Kater, sofern Blakes Bericht von ihrem Gespräch letzte Nacht korrekt war. Sie gingen an die Bar, und Cooper nahm ein Pint Foster's.

Als sie wieder am Tisch waren, sagte Tara: »Das mit dem Aufruhr letzte Nacht tut mir leid. Wie ich hörte, hatte jemand verdächtige Bewegungen vor meinem Haus gemeldet, aber das waren Sie, und Sie wollten ja nur mit mir über Samantha Seabrook sprechen. Und dann hatten Sie auch noch solchen

Ärger, weil Sie mich aufsuchen wollten, was wie pure Ironie klingt, wenn man bedenkt, dass ich sowieso mit Ihnen reden wollte.«

Seufzend nickte er. »Das stimmt. Aber es ist ja nicht Ihre Schuld. Ich bin nur zufällig vorbeigekommen und wollte Sie nicht stören, falls Sie schon im Bett waren. Ich habe bloß geguckt, ob noch Licht brennt.« Er trank einen großen Schluck von seinem Bier.

»Ich bin so was wie eine Nachteule, aber Interviews führe ich lieber tagsüber, wenn ich noch frischer bin.« Sie wollte nicht, dass er irgendwann wieder mitten in der Nacht bei ihr aufkreuzte.

Nun nahm er einen noch größeren Schluck. »Mit wem haben Sie denn schon geredet?«, fragte er.

Er beugte sich zu ihr, und seine Schultern wirkten angespannt. Könnte er die Person sein, die sie auf Samantha Seabrooks heimlichen Instagram-Foto gesehen hatte? Das Bild war halb von der Seite aufgenommen worden, sodass man die Schulterbreite nicht einschätzen konnte. Das und die Tatsache, dass es sich um eine Nachtaufnahme handelte, ließ die Statur weitestgehend im Dunkeln.

Eine Sekunde lang wurde Tara nervös. Der Tisch war klein, und Cooper trennte nicht viel von ihr. So wenig, dass sie seine Körperwärme spüren konnte und seine Knie beinahe ihre streiften. Sie bohrte die Fingernägel in ihre Handfläche. Konzentration, ermahnte sie sich, damit sie bekam, was sie wollte.

»Wie bitte?«

»Ich habe nur gefragt, mit wem Sie schon vor mir geredet haben.«

Vielleicht hatte er ihr die Geschichte, sie hätte ihn die ganze Zeit sprechen wollen, nicht abgekauft. »Mal überlegen ... Professor da Souza war natürlich der Erste. Vorher konnte ich ja schlecht jemand anderen ansprechen. Es ...«, sie verdrehte die Augen, »na ja, es wäre nicht so gut angekommen.«

Nach einem kleinen Moment zog Cooper die Schultern etwas zurück. »Nee, klar, das verstehe ich.«

»Und danach habe ich mit Simon Askey geredet, weil Professor da Souza es für mich am selben Tag vereinbart hatte.« Sie achtete darauf, keine Miene zu verziehen, als sie den Namen nannte, konnte Cooper indes ansehen, dass er auch kein Fan von ihm war. Womit sie einen kleinen gemeinsamen Nenner hatten, also zeigte sie ihre Gefühle ein wenig, als sie den Satz beendete.

»Mochten Sie ihn nicht?«, fragte Cooper prompt.

Absichtlich senkte Tara den Blick zu ihrem Glas. »So was darf ich mir nicht anmerken lassen.«

Cooper schnaubte verächtlich. »Bei mir müssen Sie sich deswegen keine Sorgen machen. Der Typ ist ein Arschloch erster Güte.«

Tara erlaubte sich ein Lächeln, das nicht ganz gekünstelt war. »Ich hatte den Eindruck, dass er und Professor Seabrook sich auch nicht gut ganz grün waren.«

»Da liegen Sie richtig.«

»Mögen Sie ihn deshalb nicht?«

Cooper atmete langsam aus. »Teils.«

Sie trank einen Schluck von ihrem Bier. »Als DI Blake heute Morgen vorbeigekommen ist, um mir zu erklären, was der ganze Zirkus letzte Nacht sollte, erwähnte er, dass Sie auf dem Heimweg von einem Pubbesuch mit Askey und einigen anderen waren.«

Plötzlich stellte Cooper sein Glas hin. »Der hat sich im Mitre richtig lustig gemacht. Deshalb habe ich ja auch ...« Abrupt verstummte er.

»Deshalb wollten Sie zu mir?« Ihre Gedanken überschlugen sich. Hatte Askey ihn irgendwie angestiftet, wohlwissend, dass sie Angst bekäme?

Cooper hatte die buschigen Augenbrauen zusammengezogen und blickte nun von unten ihnen hervor zu ihr, während er nickte. »Er hat mich wegen Sam aufgezogen«, sagte er schließlich. »Aber was er gesagt hat, stimmt nicht. Das weiß ich. Und was Sie sagen, beweist es. Scheiße – viele Leute wissen, wie sehr sie meine Freundschaft geschätzt hat.«

»Ich habe gewusst, dass Askey nicht ehrlich war, als ich mit ihm gesprochen habe«, sagte Tara und neigte sich vor. »Egal, was er zu Ihnen gesagt hat, ich würde dem nicht trauen.« Sie blickte ihn über ihren Glasrand hinweg an, als sie noch einen Schluck nahm. Cooper sah sie direkt an. »Es hört sich an, als hätte er Sie wütend gemacht«, fuhr sie fort. »Mich auch, um ehrlich zu sein. Was hat er gesagt? Vielleicht fühlen Sie sich besser, wenn Sie das los sind.« Sie würde es auf jeden Fall.

Er nickte bedächtig. »Ich habe über Sam geredet. Und ich wurde ein bisschen traurig, um ehrlich zu sein. Ich war müde – war ja nach Feierabend und so. Vielleicht hätte ich lieber direkt nach Hause sollen statt noch was trinken. Jedenfalls hatte er es wohl satt, dass ich von den alten Zeiten geschwärmt habe. Auf einmal dreht er sich um und sagt zu mir, dass Sam ...«, er stockte kurz, »irgendwie hinter meinem Rücken über mich herzogen ist.«

Tara riss die Augen weit auf. »Das klingt nach allem, was ich gehört habe, unwahrscheinlich.«

»Eben.« Coopers Schultern waren immer noch recht angespannt, aber sie sah ihm an, dass es an dem Gedanken an Askey lag.

»Vielleicht war Askey eifersüchtig auf Sie«, sagte Tara.

Cooper zog die Augenbrauen hoch.

»Kann sein, dass er Samantha nicht mochte, weil er gewusst hat, dass sie ihn nicht gemocht hat. Wenn ihm klar war, dass Sie beide sich nahe waren, könnte er Sie deswegen verachtet haben. Und dann würde er Sie dringend niedermachen wollen, um sich selbst besser zu fühlen.«

Cooper wirkte nicht wie der Typ, der gegenüber anderen menschlichen Wesen Gefühle zeigen würde, doch seine Augen wurden feucht, und er umklammerte sein Pint fester, als er noch einen langen Schluck nahm, sodass sein Glas zu zwei Dritteln leer war. »Meinen Sie?«

Tara beschloss, weiter voranzuschreiten, weil sie eine Reaktion brauchte. »Anscheinend ist das die Art Psychospiel, die er treibt, falls meine Erfahrung mich nicht täuscht.«

Cooper nickte. »So ist er.«

»Aber Sie wissen es doch besser, oder? Ich meine, mein Eindruck ist, dass Sie und Professor Seabrook echt gute Freunde waren.« Sie sah ihm in die Augen. »Es muss eine schreckliche Zeit für Sie sein.«

»Danke.«

»Fühlen Sie sich in der Lage, mir mehr darüber zu erzählen, warum sie so besonders war?«

Es dauerte einen Moment, dann nickte er. »Es war einfach die Art, wie sie immer zu mir gestanden hat. Und wenn es jemals Probleme gegeben hat, hat sie die einfach weggelacht.« Er lachte selbst kurz, doch es klang hohl. »Das Institut kann schon mal ein toxischer Arbeitsplatz sein«, sagte er. »So viele Leute, die alle nach Anerkennung gieren, alle wollen, dass es so läuft, wie sie es sich vorstellen. Und dann ein Haufen Studenten, die total selbstbewusst sind, weil sie das echte Leben bisher ja nicht kennen. Keine Ahnung haben, wie es ist, wenn etwas schiefgeht. Im Grunde«, er trank noch einen Schluck, »ist da immer wer, der einen abkanzeln oder einem das Leben schwermachen will. Entweder, um sich selbst in den Vordergrund zu spielen, oder einfach so.«

»Haben Sie Ärger mit Studenten gehabt?« Tara trank einen kräftigen Schluck von ihrem Leichtbier.

Cooper nickte. »Und einmal drehte sich alles im Sam. Die hatten mitgekriegt, wie nahe wir uns waren, schätze ich, und dann, tja ...«

»Dann haben sie Gerüchte über Sie beide in Umlauf gebracht?«

»Und ›witzige‹ Posts auf Facebook. Sie können es sich sicher ausmalen.«

»Wie charmant.«

»Ja, mich hat das verlegen gemacht, aber Sam hat einfach nur drüber gelacht. Und gesagt, dass sie sich von der Aufmerksamkeit geschmeichelt fühlt.« Er trank den Rest von seinem Bier. »Hat sich nicht deswegen geschämt, wie Askey behauptet.«

Tara stockte kurz, sah ihn nicht an und fragte: »Hat Askey sich jemals wegen Professor Seabrook über Sie lustig gemacht, als sie noch lebte?«

Jim Coopers Augen glänzten immer noch feucht, aber sein Blick wurde schärfer. »Nein, hat er nicht.«

Er hatte erkannt, dass seine Antwort den Schluss steuern könnte, den sie zog. Der Mann war schnell. Und vielleicht hatte er auch einen Grund, auf der Hut zu sein.

»Ich schätze, Sie haben mehr über sie geredet, seit sie gestorben ist, und er hat seine Chance gesehen, auf Sie loszugehen.« Es war der beste Anschluss, den sie zustande brachte, und Jim wirkte immer noch misstrauisch.

»Kann sein«, sagte er und leerte sein Glas.

Gott, sie brauchte die Nacht in der Travelodge! Sie war alles andere als in Hochform, und bedachte man, dass ihr Leben auf dem Spiel stand, durfte sie das nicht riskieren.

KAPITEL VIERUNDZWANZIG

Als er mit einem Kaffee in Professor da Souzas Adlerhorst saß, wünschte Blake sich, die Sessel wären nicht so niedrig und die Rückenlehnen nicht so weit hinten. Der Mann sollte verstehen, wie dringend er Antworten auf seine Fragen brauchte. Diese Sitzgruppe eignete sich nur für Unterhaltungen übers Wetter.

Er beschloss, als Erstes nach Dieter Gärtner zu fragen, und zeigte dem Professor das Foto, das er mitgebracht hatte.

Da Souza nahm es und hielt es zwischen den Fingern, sodass er es leicht bog. »Ja. Ja, ich habe Dieter kennengelernt. Samantha hat nie Näheres gesagt, aber ich hatte das Gefühl, dass es da eine Liebelei gab.«

Liebelei?

»Dr. Gärtner ist nicht verheiratet, oder?«

»Nein, nein.« Da Souzas Lippen waren verkniffen. Was immer der Grund sein mochte, er war offensichtlich nicht beglückt gewesen.

»Waren Sie besorgt darüber, wie er Professor Seabrook behandelt hatte?«

Es folgte eine lange Pause, in der Blake den Eindruck gewann, dass der Institutsleiter gern irgendeine Kritik gegen den Mann vorgebracht hätte, aber nicht konnte. Schließlich antwortete er: »Hören Sie nicht auf mich, Inspector. Ich bin altmodisch, weiter nichts.«

Na schön. Wenn das wirklich alles war. Blake erinnerte sich, dass sowohl Tara als auch Chiara sich gefragt hatten, ob da Souza in Samantha Seabrook verliebt gewesen war.

»Ich würde auch gern mehr über Samantha Seabrooks Verhältnis zu anderen Mitarbeitern hier erfahren«, sagte Blake. Vor allem zu denjenigen, die Interesse an Religion hatten, ganz gleich wie rudimentär. »Was ist zum Beispiel mit Mary Mayhew?«

Professor da Souza zuckte mit den Schultern. »Mary ist nicht unbedingt der überschwänglichste Mensch. Sie arbeitet sehr viel, und der Druck kann bisweilen enorm sein. Aber was ihr an Wärme fehlt, macht sie mit Professionalität wett.«

»Das Hobby der Professorin, auf Universitätsgelände zu klettern, muss sie geärgert haben.«

Da Souza nippte an seinem Kaffee und stellte die Tasse zurück auf die Untertasse, ehe er antwortete: »Damit ging sie gelassen um.«

»Hat die Professorin jemals mit Ihnen darüber gesprochen?«

Da Souza lächelte kurz. »Sie sagte, sie hätte einen Klaps auf die Finger bekommen. Und dann hat sie gelacht.«

»Demnach machte es ihr nichts aus, bei der Verwaltungschefin unbeliebt zu sein?«

»Samantha war niemand, der sich um derlei Gedanken machte. Sie betrachtete es als völlig unwichtig. Sie war ganz auf ihre Forschung konzentriert, die das Leben von Millionen Menschen verändern könnte. Ich glaube, sie hatte das Gefühl, wenn Mary stattdessen ihr Leben verstaubten Regelwerken und dem Aufrechthalten des Scheins widmete, wäre das ihr Problem.«

Blake konnte sich lediglich vage vorstellen, wie die sozialen

Mechanismen in dem Institut funktionierten. Professor da Souza musste gut darin sein, Unstimmigkeiten zu bereinigen und den Small Talk am Laufen zu halten. Und Blake wettete, dass eine Menge getrunken wurde, um ein gewisses Maß an Zusammenhalt zu fördern.

»Und was ist mit Peter Mackintosh in der Bibliothek?«, fragte er. »Wie stand er zu Professor Seabrook und umgekehrt?«

Da Souza entspannte sich ein wenig. »Warmherzig«, sagte er, »es beruhte auf Gegenseitigkeit. Sie waren sich kein bisschen ähnlich, fanden sich aber gegenseitig erfrischend. Vielleicht liegt es daran, dass Peter ziemlich isoliert ist. Seine Arbeit findet parallel zu unserer statt, aber er kämpft nicht um dieselben Ziele.«

Es bestätigte, was Tara gesagt hatte. Da Souza wirkte nun ruhiger, doch Blake hatte noch einen Punkt, der ihn wieder aufschrecken dürfte. »Und was können Sie mir über das Verhältnis von Professor Seabrook und ihrer Doktorandin Chiara Laurito sagen?« Er neigte sich so weit vor, wie es in diesem lächerlichen Sessel möglich war.

Da Souzas Blick wurde für einen winzigen Moment misstrauisch, dann nahm er wieder den »Ich will ernsthaft helfen«-Ausdruck an. »Sie standen sich nicht nahe.«

»Ich habe einige Anmerkungen der Professorin in Chiaras Arbeit gelesen«, sagte Blake. »Bei der unverblümten Kritik der Professorin könnte ich mir denken, dass ihr Verhältnis nicht gut war.«

Da Souza trank von seinem Kaffee und schüttelte den Kopf. »Samantha hat nie ein Blatt vor den Mund genommen.« Er sah Blake an. »Persönlich habe ich sie dafür bewundert, aber es stimmt, dass einige ihrer jüngeren Kollegen sich schwer damit taten.«

Chiara Laurito hatte die Kommentare, die Blake gelesen hatte, wahrscheinlich genau so verstanden, wie sie gemeint waren, dachte Blake. »Ich habe gehört, dass die Professorin auch versucht hatte, Chiara bei inoffiziellen Zusammenkünften auszuschließen.«

Da Souza runzelte die Stirn. »Ein sensibler Mensch wie Chiara kann leicht ein zufälliges Treffen mit einer absichtlichen Kränkung verwechseln.«

»Dann hat die Professorin sie nicht bewusst ausgeschlossen?« Blake beobachtete den Institutsleiter aufmerksam.

Der Mann zögerte. »Mir war es jedenfalls nicht bekannt. Und ich bin mir durchaus im Klaren, dass Chiara Laurito«, er streckte eine Hand aus, als wollte er die richtigen Worte aus der Luft klauben, »recht überspannt ist.«

»Und woran machen Sie das fest?« Blake saß nun auf der Sesselkante und fühlte sich erheblich besser, weil er sich wieder halbwegs aufrecht halten konnte.

Da Souza seufzte. »Ich möchte Ihre Ermittlung nicht mit irrelevantem Klatsch verzerren«, antwortete er. »Abgesehen von allem anderen, wäre es falsch, Ihr Bild von Samantha oder Chiara unfair zu verfälschen.«

»Nennen Sie mir einfach die Fakten, die Sie kennen; an denen ist nichts unfair.«

Der Mann wartete einen Moment, ehe er abermals seufzte. »Na schön. Also gut. Chiara Laurito hatte eine offizielle Beschwerde gegen Samantha eingereicht. Nur bei uns hier am Institut, also ist es nicht eskaliert.«

»Und was hat die ausgelöst?«

»Sie hatte das Gefühl, zur Zielscheibe unberechtigter Kritik gemacht worden zu sein. Sie ging sogar so weit zu unterstellen, dass Samantha sie rauszuekeln versuchte.« Da Souzas Tonfall klang verärgert. »Wir haben Maßnahmen ergriffen. Es ist meine Pflicht, und da mache ich keine Ausnahme, weil sich der Vorwurf auf eine mir privat verbundene Person bezieht. Chiaras Arbeit wurde zur objektiven Begutachtung außer Haus gegeben, und Mary Mayhew hatte sich allgemein zu Samanthas Verhalten gegenüber Chiara erkundigt.«

»Und?«

Da Souza sah ihn an. »Einiges, das Mary herausfand, passte zu Ihrer Wahrnehmung. Ja, es kam vor, dass mehrere Kollegen ohne Chiara in den Pub gingen. Einige hatten insgesamt den Eindruck, dass Samantha die Gesellschaft ihrer Studentin nicht genoss. Aber es gab keine Hinweise auf irgendwelche Flüsterkampagnen oder bewusst grausames Verhalten.«

Und es gab kein Gesetz, das vorschrieb, Menschen, die man nicht mag, zu privaten Zusammenkünften einzuladen. Aber Samantha Seabrook war Chiaras Vorgesetzte gewesen und hatte ihr gegenüber Fürsorgepflicht. Ihre wiederholten Zurückweisungen mussten geschmerzt haben ... genug, dass Chiara mordete oder einem Mörder Beihilfe leistete? Und was war mit Mary Mayhew? Sie musste frustriert gewesen sein, sich mit einem weiteren Skandal der Professorin befassen zu müssen. »Was war mit Chiara Lauritos Arbeit?«

»Der externe Gutachter hielt Samanthas Anmerkungen für gerechtfertigt.«

Blake hatte das kleine Zögern vor dem letzten Wort wahrgenommen.

Da Souza blickte zur Zimmerdecke. »Er hatte ihr allerdings nahegelegt, ihre Kritik taktvoller zu formulieren.«

»Doch am Ende wurde ihre Beschwerde als Überreaktion gedeutet? Und das brachte Sie zu dem Schluss, dass sie überempfindlich ist?«

»Ganz richtig. Sie hatte ihren Vater eingeschaltet, der beinahe täglich ein Update von mir verlangte. Nach Samanthas Tod hat er sich auch gemeldet. Er will wissen, wer seine Tochter jetzt betreuen wird, und er fordert eine gründliche Überprüfung der betreffenden Person.«

»Verstehe.« Es klang überzogen, auch wenn Blake verstand, warum Chiara außer sich gewesen war. Die Anmerkungen der Professorin waren brutal gewesen; Blake würde sie nicht so bald vergessen.

»Zu meiner Zeit war es anders«, fuhr da Souza fort. »Von uns wurde erwartet, unsere Kämpfe selbst auszutragen. Und wenn wir schon bei dem Thema sind: Ich glaube, Samantha Seabrook war nicht die Einzige hier, mit der Chiara sich seit ihrer Ankunft überworfen hat.«

»Nicht?« Er wartete auf da Souzas Ausführung, wie unvernünftig Chiara Laurito im Vergleich zu Samantha war.

»Ich kam zufällig an Simon Askeys Büro vorbei und hörte laute Stimmen. Genaugenommen seine laute Stimme. Er klang wütend; ich fürchte, er ist reizbar. Ich war schon ein gutes Stück weiter auf dem Flur, als ich hörte, wie seine Tür aufging. Ich schaute mich kurz um und sah Chiara Laurito herauskommen. Sie hatte sich eindeutig auch mit ihm überworfen.«

Interessant. »Wann war das?«

Da Souza erschrak. »Du meine Güte, das weiß ich nicht. Irgendwann letzten Monat vielleicht? Es ist nicht allzu lange her.«

Taras Notizen zufolge war Chiara *froh* gewesen, dass Simon Askey ein Interview mit ihr für den Artikel in *Not Now* vorgeschlagen hatte. Tara erwähnte, dass sie rot geworden war. Vielleicht hatte sie die Nachricht als Zeichen gewertet, dass Askey ihre Unstimmigkeiten hinter sich gelassen hatte? Oder war er in der Hitze des Moments aufbrausend geworden? Viele Leute konnten mal in Wut geraten und im nächsten Moment war alles wieder gut. Aber dann fiel ihm ein, dass Tara glaubte, Askey läge immer noch mit Chiara über Kreuz ...

Also hatte er ihr eventuell nicht vergeben, was immer sie gesagt hatte. Wahrscheinlich hatte er sie nur zu Taras Unterhaltung vorgeschlagen. Aber dieses Erröten, das Tara erwähnte ... war Chiara womöglich in Askey verliebt? Blake unterdrückte ein Erschaudern. Die Geschmäcker waren eben verschieden.

Blake überlegte. Wie zur Hölle passte das alles zusammen? Schlaf könnte ihm helfen, klarer zu denken, aber der müsste noch eine Weile warten. Er rieb sich die Augen und versuchte, sich zu konzentrieren. »Haben Sie mitbekommen, was Askey an dem Tag zu Chiara gesagt hatte?«

Da Souza blickte stirnrunzelnd zum Couchtisch. Schließlich blickte er auf und sagte: »Irgendwas, dass es nicht immer das Beste sei, die Wahrheit zu sagen. Vielleicht hatte sie ihn aus mangelndem Taktgefühl in eine unangenehme Situation gebracht.« Er stellte seine leere Kaffeetasse hin. »Sie und Samantha hatten beide die Neigung, ihre Gedanken laut auszusprechen, ohne die Folgen zu bedenken.«

Blake fand es besorgniserregend, dass am Institut die Wahrheit dazu führen konnte, dass man angebrüllt wurde. Hatte es auch zu Professor Seabrooks Tod geführt?

Blake sagte da Souza, er müsste ihn nicht nach unten begleiten. Er kannte den Weg, und außerdem wollte er sich Zeit lassen. Er ging die Korridore entlang und wechselte zwischen den Treppenaufgängen zu beiden Enden des Gebäudes. Viele der Räume waren leer, die Türen geschlossen mit Mitteilungen daran, wie die jeweiligen Mitarbeiter zu erreichen wären. Auf Forschungsreise in New Orleans; zur Materialrecherche für ein neues Buch auf Sizilien. Und jeweils vor Beginn des Michaelmas Term im September zurück.

Worüber hatte Simon Askey gesprochen, als er Chiara Laurito davon abriet, die Wahrheit zu sagen? Warum war da Souza so gegen Samantha Seabrooks Beziehung mit Dieter Gärtner gewesen? Hatte er sich an der Affäre gestört, weil sie eher locker war? Und dann war da Chiara Laurito, vielleicht in Askeys Bann und zutiefst verletzt von Samantha Seabrooks persönlichen Attacken. Und Mary Mayhew, deren geordnete Welt wiederholt von der hitzköpfigen Professorin ins Chaos gestürzt wurde. Und mittendrin saß da Souza, der das Andenken an seine Starmitarbeiterin über jedwede Kritik erhaben wissen wollte.

In diesem Moment klingelte Blakes Handy. Er nahm das Gespräch an, als er durch die schweren Holztüren nach draußen trat, durch den Bogengang in den Sonnenschein. »Blake.«

»Boss.« Es war Wilkins.

»Was gibt es?«

»Wir haben einen Studenten hier.« Er machte eine kurze Pause. »Jeremy Patten. Er ist am Pembroke College und besucht ein paar Vorlesungen am Institut. Er wollte mit uns über Jim Cooper reden.«

»Und?«

»Er sagt, dass er in Coopers Schublade im Institut Fotos von Samantha Seabrook gesehen hat. Er war in dem Büro, weil er Bescheid sagen wollte, dass einer der Drucker nicht funktionierte. Da musste Cooper die Schublade öffnen, um eine Chipkarte herauszunehmen, und dieser Jeremy Patten hatte ihm über die Schulter gesehen.«

»Ist er noch da?«

»Ja.«

»Gut, ich bin unterwegs«, sagte Blake.

KAPITEL FÜNFUNDZWANZIG

Die Gartenparty des Instituts war das Letzte, wonach Tara der Sinn stand. Was ihr bewusst machte, wie fertig sie war. Doch wenn es eine Gelegenheit gab, die ihr die Augen öffnen könnte, dann diese. Sie könnte sehen, wie die Mitarbeiter sich untereinander verhielten und wie sie mit der klaffenden Lücke umgingen, die eine starke Persönlichkeit wie Samantha Seabrook hinterlassen hatte. Tara brauchte diese Informationen. Sie musste dort hin. Aber dann saß sie in ihrem Cottage am Küchentisch und starrte in die Luft. Als sie endlich auf ihre Uhr sah, stellte sie fest, dass sie sich seit einer halben Stunde nicht gerührt hatte.

Schließlich kämpfte sie sich von ihrem Stuhl hoch und machte sich fertig. Eine kalte Dusche, die unter zwei Minuten dauerte. Ein maßgeschneidertes Kleid und Make-up, um die Ringe unter ihren Augen zu verbergen. Danach holte sie einen Rucksack aus ihrem Kleiderschrank und packte einige Sachen für über Nacht ein. Dann nahm sie ihre Handtasche. Jedes Mal, wenn sie die anhob, versuchte sie, das zusätzliche Gewicht zu ignorieren, nicht an das Messer zu denken, das sie vor zwei

Tagen eingesteckt hatte, bevor sie zu den Interviews mit Professor da Souza und Simon Askey gefahren war. Doch der Gedanke daran blieb. Sie sollte es zu Hause lassen. Vom Schlafzimmerfenster aus schaute sie hinunter zum Park. Den müsste sie heute Nacht nicht durchqueren.

Aber als sie zwei Minuten später das Zimmer verließ, war das Messer noch in dem Seitenfach und schlug leicht durch das weiche Leder an ihre Hüfte.

Sie fuhr mit dem Rad zur Travelodge, checkte ein und warf ihren Rucksack aufs Bett. Die Versuchung, sich nur einen Moment hinzulegen und dem Verkehr auf der Hauptstraße zu lauschen, war groß. Doch sie wandte sich ab, ging wieder nach unten zur Rezeption und aus dem Hotel. Innerhalb von fünfzehn Minuten erreichte sie die Fahrradständer gleich neben dem Eingang des Institute for Social Studies, schloss ihr Rad an und ging durch den Torbogen in den grünen Hof hinter dem Gebäude. Es hatte sich bereits eine kleine Menge versammelt. Als Erstes bemerkte sie Simon Askey, denn seine Stimme hallte ihr entgegen, und sie erkannte den New Yorker Akzent. Er schaute über die Schulter von Chiara Laurito, mit der er sprach, und fing Taras Blick ein. Sie bemerkte die spöttische Belustigung in seinen Augen. Chiara schien mitzubekommen, dass sie seine Aufmerksamkeit verloren hatte. Sie drehte sich für einen Moment um. Ihr Chiffonkleid wehte in der leichten Brise. Sie entdeckte Tara, und ihr Gesichtsausdruck war erheblich kühler als bei ihrer ersten Begegnung. Von den anderen erkannte Tara den Bibliothekar, Peter Mackintosh, Professor da Souza natürlich – und dann war da Jim Cooper. Obwohl sie gewusst hatte, dass er wahrscheinlich hier wäre, hätte sie auf ein zweites Zusammentreffen heute mit ihm verzichten können.

Da Souza kam zu ihr, begleitet von einer Frau mittleren Alters in einem Rock und einer kurzärmligen Jacke. »Guten Abend«, sagte er. »Wie schön, Sie wiederzusehen, Tara. Darf ich Ihnen unsere Verwaltungschefin Mary Mayhew vorstellen?«

Mary Mayhew nickte.

Tara wollte sie nach Samantha Seabrook fragen, doch da Souza sprach direkt weiter, sodass sie keine Gelegenheit dazu bekam.

»Wir wollen gerade einige Worte über Samantha sagen, ihr unsere Anerkennung zollen. Und alle sollen wissen, dass es in Ordnung ist, über das Geschehene zu reden. Jeder braucht die Möglichkeit, seinen Gefühlen Luft zu machen.«

Der Ausdruck seiner Augen war besorgt, während Mary Mayhews grimmig war, wie Tara nicht entging. Das Paar begab sich zu dem Tisch mit den Getränken, wo da Souza und mit einer Gabel zart gegen ein Glas tippte. Es bedurfte indes Mary Mayhews lauter Bitte um Ruhe. Ihre scharfe Stimme übertönte das Stimmgewirr.

Interessant war, die Gesichter in der Menge zu beobachten, als da Souza sprach. Simon Askey lächelte nicht, wirkte jedoch kaum traurig. Er kippte seinen Drink binnen Sekunden herunter, wie Tara bemerkte, und blickte dann immer wieder zu den offenen Flaschen auf dem Tisch. Chiara trommelte mit den Fingern der rechten Hand auf ihrem linken Arm. Ihre Augen waren auf Askeys Gesicht gerichtet. Peter Mackintosh schien ganz auf da Souzas Worte konzentriert. Er nickte mehrmals, lächelte verhalten und hatte feuchte Augen. Jim Coopers Züge waren verzerrt und seine Fäuste geballt. Während sie hinschaute, wurde Tara plötzlich klar, dass der Hausmeister sich abmühte, seine Gefühle zu bändigen. Mary Mayhew zeigte ein Pokerface.

Da Souza endete mit der Ermunterung an alle, diesen Anlass zu nutzen, um sich an Samantha zu erinnern.

Auf einmal fand Tara sich ohne Gesprächspartner wieder und unangenehm nahe bei Simon Askey und Chiara Laurito, die ihre Köpfe zusammensteckten. Chiara wirkte gereizt, und Askeys Züge waren rechthaberisch verkniffen.

Bisher hatte er Tara nicht zur Kenntnis genommen, doch jetzt drehte er sich ohne Vorwarnung so, dass sie Teil von seinem und Chiaras Kreis wurde. »Apropos Menschen, denen die Eltern helfen«, sagte er und trank seinen Sekt in einem Zug aus. »Ich habe ein Gerücht über Tara Thorpe hier und ihre Mutter gehört.«

Er sprach unnötig laut, und mehrere andere Gäste drehten sich zu ihnen um. Tara spürte, wie sich ihr Brustkorb verengte. Sie konnte sich denken, was kam – und dass Askey es möglichst ausschlachten wollte.

»Ach ja?«, sagte Chiara. »Du weißt aber auch immer alles, Simon.« Sie neigte sich lächelnd zu ihm. Er erwiderte es, doch als sie sich wieder umdrehte, war sein Blick kühl.

»Nun, wie wir wohl alle wissen dürften, hat unsere Tara Thorpe hier eine berühmte Ma. Lydia Thorpe.«

»Lydia Thorpe, die Schauspielerin?«, fragte der Bibliothekar Peter Mackintosh. »Nein! Das habe ich nicht gewusst. Ich habe ihre Arbeit immer sehr bewundert.« Er lächelte Tara zu, die sich fest innen auf die Wange biss.

»Du, Peter, und natürlich noch viele andere«, sagte Askey. »Tja, ich kann euch erzählen, dass die Zeitschrift *Not Now* – das Blatt, für das Tara arbeitet – vor ein paar Jahren ganz unten war. Keine Leser, keine Bewunderer und ganz sicher nicht das Modeaccessoire, das es heute ist.«

Professor da Souza war näher zu Askey getreten, als ahnte er, dass er Ärger machen wollte, wusste jedoch nicht, wie er es verhindern sollte.

»Das war, bis Lydia Thorpe mit einer Ausgabe des Magazins unterm Arm fotografiert wurde. Schlagartig war dieses Nischenblatt die Zeitschrift der Wahl für jeden, der wer war. Und Tara, die bis dahin freiberuflich und ziemlich unregelmäßig für sie gearbeitet hatte, bekam eine Festanstellung und wurde bis ganz nach oben befördert.«

Er lächelte Tara an. Sie fand, dass er an eine Echse erinnerte, die es genoss, sich die Sonne auf den Rücken scheinen zu lassen, doch im Innern wachsam und kaltblütig blieb.

»Ihr seht also«, fuhr er fort. »Hier hätten wir noch ein Beispiel dafür, wie leicht es jemand von privilegierter Herkunft verglichen mit jenen hat, die keine solche vorweisen können.«

Professor da Souza klopfte Askey auf die Schulter. »Aber Simon, es ist nur natürlich, dass Eltern für ihre Kinder sorgen wollen. Und es ist kein Vergehen der Kinder, wenn sie davon profitieren. Wir müssen lediglich das System ändern, damit jeder dieselben Voraussetzungen hat.«

»Keine Sorge.« Peter der Bibliothekar war zu Tara gekommen. »Jeder weiß von Ihrem Ruf als Journalistin. Sie haben einen Preis gewonnen, nicht wahr? Ich erinnere mich, gelesen zu haben, dass Sie Menschen Wahrheiten entlocken konnten, die niemand anders entdeckt hatte.«

Tara konnte sehen, dass Jim Cooper diese Worte aufgeschnappt hatte. Er beäugte sie misstrauisch. Und selbstverständlich hatte sie es nicht geschafft, *seiner* Geschichte auf den Grund zu gehen. Sollte Simon Askey ihn schon vor Samanthas Tod wegen der Professorin aufgezogen haben, war es nur natürlich, dass er es leugnen würde. Und falls er gewusst hatte, dass sie hinter seinem Rücken über ihn lachte, würde ihn das zu einem plausiblen Verdächtigen machen. Könnte er solch einen ausgefeilten Plan ersonnen haben, sie bezahlen zu lassen? Wenn ja, hatte er es hinterher vielleicht bereut. Seine Liebe und Reue könnten ihn veranlasst haben, zu Tara zu kommen, um dem ermordeten Objekt seiner Obsession Tribut zu zollen. Es würde erklären, warum er so wankelmütig war, was das Teilen seiner Erinnerungen betraf.

Tara trank einen großen Schluck von ihrem Wein.

»Kennen Sie Kit schon?«, fragte Peter. Ein Mann ungefähr in ihrem Alter trat vor. Er hatte dunkles, lockiges Haar und tiefblaue Augen.

»Ich bin wissenschaftlicher Mitarbeiter bei Simon Askeys Projekt«, erklärte er. Seinem sympathischen Akzent nach stammte er aus dem Norden. »Natürlich habe ich Samantha auch recht gut gekannt, falls Sie irgendetwas fragen wollen.« Er blickte zu der versammelten Gruppe – die schmollende Chiara, der hilflos wirkende da Souza, der wütende Cooper und Askey, der die Augen verdrehte. »Aber falls Sie die Nase von uns allen gestrichen voll haben, verstehe ich es vollkommen.« Ein Lächeln huschte über seine Züge.

Sie trank noch einen Schluck und erwiderte es. Es war nett, jemanden zu finden, der die Mitarbeiter des Instituts unvoreingenommen betrachtete, obgleich er einer von ihnen war. »Überhaupt nicht. Ich möchte alles herausfinden, was es zu wissen gibt. Haben Sie sie gemocht?«

Er zog eine Augenbraue hoch. »Ich dachte, Sie würden meine Meinung zu ihrer Arbeit hören wollen.«

»Das Urteil scheint einstimmig zu sein – es sei denn, Sie wollen mich überraschen.«

Da war das Lächeln wieder. »Stimmt auch wieder, und, nein, will ich nicht. Na gut. Ich schätze, ich habe Samantha von allen Seiten gesehen. Mir leuchtet ein, warum sie solch extreme Emotionen auslöste. Man hat sie entweder geliebt oder gehasst. Ich frage mich sogar, ob einige beides gleichzeitig empfunden haben.« Er machte eine Pause und blickte in die Ferne. »Ich vermute, das war eine gefährliche Kombination, auch wenn ich mir sicher bin, dass es ihr nie bewusst war. Sie war immer hochkonzentriert auf das, womit sie sich gerade befasste. Was an der Peripherie ablief, hat sie nie wahrgenommen, was frustrierend sein konnte. Manche Menschen sahen es als Begleiterscheinung ihrer Genialität, andere hingegen dachten, sie wäre schlicht zu sehr von sich eingenommen.«

Sehr analytisch. Wahrscheinlich kam es von seiner Arbeit. Es war nützlich, aber sie interessierte auch seine persönliche Meinung. »Und was haben Sie gedacht?«

Er zuckte mit den Schultern. »Ich bin eigens nach Cambridge gekommen, um mit ihr zu arbeiten, und ich habe es nie bereut. Nichts, was sie getan hat, konnte meine Meinung über sie ändern.« Er verzog das Gesicht. »Aber der Fairness halber muss ich einräumen, dass ihr Stil für eine anstrengende Atmosphäre gesorgt hat.«

Tara sah ihn fragend an.

»Zu viele starke Persönlichkeiten auf engem Raum.«

Und prompt wurde Chiara lauter. Sie klang mehr als angeheitert. »Sehen Sie, Professor da Souza findet es nur natürlich! Und es ist genau das, was Samanthas Vater auch für sie getan hat. Er hat ihr immer den Weg geebnet. Ihre Situation und meine waren so ähnlich, aber das hat sie nie erkannt. Ihre Reaktion, was meine Eltern betraf, war blanke Heuchelei. Selbstverständlich war sie verwöhnt.«

Betretenes Schweigen. Peter Mackintosh sah aus, als wollte er etwas sagen, ließ es aber. Kit blickte Tara an, und da Souza starrte zu Boden. Vielleicht glaubte er, dass er nichts sagen könnte, was ihm nicht direkt wieder zurückgeschmettert würde, und das allein schon wegen der Bibliotheksspende von Samanthas Vater und seiner Nähe zu der ganzen Familie.

Askey war es, der schließlich sprach, und seine Stimme wirkte dröhnend in der Stille. »Ich leugne nicht, dass du recht hast, Chiara, aber dein Timing ist wie immer furchtbar.« Er schaute sie direkt an. »Du musst wirklich lernen, deinen Mund zu halten.« Damit wandte er sich ab und ging weg.

Die Doktorandin riss vor Schreck die Augen weit auf. Askey hatte es ihr unmöglich gemacht, etwas zu entgegnen, ohne ihm nachzulaufen.

Cooper stellte sein leeres Glas ab und nahm sich ein neues. Er hielt es so fest, dass Tara damit rechnete, die fragile

Sektflöte jeden Moment in seiner Hand zerspringen zu sehen.

»Es wird Sie freuen zu hören, dass diese Veranstaltungen gewöhnlich gegen acht Uhr enden«, sagte Kit Tyler grinsend. Es war ansteckend. »Darf ich Ihnen noch etwas zu trinken holen?«

Alles in allem war sie mehr als froh über seine Anwesenheit. Sein trockener Humor machte den Abend ein wenig erträglicher.

Tara entschuldigte sich, als Professor da Souza ging. Inzwischen bewegte sich Chiara in ihren hohen Absätzen leicht wacklig und lallte merklich. Sie musste sich mit Askey versöhnt haben, nachdem er sie öffentlich niedergemacht hatte, denn nun war sie wieder an seiner Seite. Er schob mehrmals ihre Hand von seinem Arm, musste sie dann aber doch halten, damit sie nicht umkippte. Wobei er richtig genervt wirkte. Mary Mayhew stand seitlich, trank Orangensaft und schürzte die Lippen. Der Bibliothekar Peter und Kit halfen Jim Cooper, die Gläser wegzuräumen.

Als Tara sich zum Gehen wandte, sah Kit zu ihr und hob seine freie Hand. Die Sonne war mittlerweile untergegangen, und nur noch letzte Lichtstreifen befleckten den Himmel, als sie unter dem Torbogen durch zu ihrem Fahrrad ging. Sie blickte nach links und dann über die Schulter nach hinten, wo der Lärm der Party verklang.

Nachdem sie ihr Schloss geöffnet hatte, wollte sie es in den Korb vorn legen – wie immer. Erst jetzt sah sie den Umschlag, den jemand hineingelegt hatte, ganz unten in den Korb, weshalb sie ihn vorher nicht bemerkt hatte.

Vorn auf dem Umschlag stand ihr Name in Druckschrift.

Ihre Hände zitterten, als sie ihn aufriss. Drinnen war nur ein ausgedrucktes Blatt.

Ich freue mich darauf, deinen Artikel zu lesen. Und ich hoffe, dass du die echte Sensation gefunden hast. Journalismus ist ein raues Geschäft. Zweitklassige Profis geraten da schon mal in Schwierigkeiten.

KAPITEL SECHSUNDZWANZIG

Blake saß Tara gegenüber. Er hielt den jüngsten Brief in einer Beweismitteltüte in den Händen. Sie hatte einen Wodka mit Tonic vor sich. Als sie das Glas anhob, klimperten die Eiswürfel darin. Sie waren im Champion of the Thames. Der Pub war winzig und nach einem weiteren heißen Tag noch sehr warm. Jemand hatte die Eingangstür weit geöffnet, und Blake beobachtete, wie eine Motte hereinflatterte. Draußen hatten die Straßenlaternen zu leuchten begonnen.

Als Tara ihn anrief, hatte er einen Wagen geschickt, der ihr vom Institut zum Pub folgte, wo sie sich getroffen hatten. Er wollte alles wissen, was am Tag gewesen war – vor allem auf der Gartenparty. Wie zuvor hatte er sofort überprüft, wo Samantha Seabrooks Vater und Pamela Grange waren. Beide hielten sich sicher in Seabrooks Haus in Great Sterringham auf; er hatte mit ihnen gesprochen. Abgesehen von einem unbekannten Außenstehenden, waren die Mitarbeiter des Instituts die Hauptverdächtigen, was diesen Brief betraf. Wilkins überprüfte den Chefredakteur von *Not Now* sowie den anderen festen Journalisten dort, die gewusst hatten, wo Tara sein würde, aber hauptsächlich waren sie auf Professor da Souzas lustige Gang konzentriert. Leider erlaubte bisher nichts, dass Blake die Wahl weiter eingrenzte. Tara hatte mit den meisten von ihnen geredet, aber nicht mitbekommen, wann sie kamen und gingen.

Und es klang, als hätten sie alle vorher gewusst, dass sie auf der Party sein würde. Es war bei der Besprechung morgens erwähnt worden. Mithin hatten sie reichlich Zeit gehabt, die Botschaft vorzubereiten.

Askey, Chiara Laurito, Mary Mayhew, Kit Tyler, Peter Mackintosh, da Souza, Jim Cooper ... die Liste wurde länger.

War es jemand, der die Professorin verachtet hatte, oder jemand, der sie angebetet hatte? Der schmale Grat zwischen Liebe und Hass war brutale Realität. Blake musste nur an Babette denken, um es zu erkennen.

»Wüsste ich doch nur, was das Schwein vorhat«, unterbrach Tara seine Gedanken. Ihr langes, rotblondes Haar fing seinen Blick ein, weil es in dem Licht über der Bar schimmerte. »Er testet mich, und bisher verstehe ich die Regeln nicht.«

Ihre Augen waren trocken, ihr Gesichtsausdruck entschlossen.

»Es ist vielleicht kein Er«, merkte Blake an. »Sie – wir – müssen auf jeden achten.«

Sie nahm einen kräftigen Schluck von ihrem Drink, und einen Moment später nickte sie.

»Was ist heute sonst passiert?«, fragte er.

»Ich bin direkt vor der Party in einem Pub gewesen und habe Jim Cooper befragt.« Sie sah Blake an. »Keine Aufnahme. Danach zu fragen, konnte ich nicht riskieren; es hätte ihn verschreckt.« Sie erklärte, wie er versucht hatte, die Verabredung abzusagen. »Ich weiß nicht, wovor er Angst hat. Etwas an ihm macht mich nervös, aber es könnte auch einfach sein, dass er nicht in die Geschichte verwickelt werden will.«

»Es wäre nett, wenn ich dann Ihre Notizen bekommen könnte, sobald Sie die fertig haben.« Wahrscheinlich würde sie ihm die so oder so schicken, aber er musste es trotzdem aussprechen.

Sie nickte nur wieder. Doch kurz darauf seufzte sie, als würde sie nachgeben, und erzählte ihm, dass Simon Askey Cooper aufgezogen hatte. Die Tatsache, dass er an dem vermeintlich engen Verhältnis zwischen Professor Seabrook und ihm zweifelte, musste zu Feindseligkeit zwischen den beiden Männern geführt haben. »Mir ist immer noch nicht klar, wann der Spott losging«, schloss sie. »Ob es vor ihrem Tod war oder hinterher.«

Sie sahen einander lange in die Augen. »Danke dafür«, sagte Blake. »Ich erkundige mich.«

»Und Cooper sagte, dass einige der Studenten auch ihren Spaß auf seine Kosten gehabt haben – indem sie das Gerücht streuten, er und die Professorin hätten eine Affäre.«

Blake dachte an den Studenten, der Fotos von Samantha Seabrook in Coopers Schublade gesehen hatte. Als sie hinfuhren und nachsahen, stellte sich heraus, dass es nur Zeitungsausschnitte waren. Cooper hatte sie recht bereitwillig gezeigt, aber sie ließen den Hausmeister immer noch obsessiv wirken.

»Und was war mit Ihrem Besuch bei Sir Brian?«, fragte er.

Sie erzählte ihm von ihrer Fahrt die A10 hinauf, wobei sie für eine Sekunde zu ihm aufschaute und der Blick ihrer grünen Augen über den Rand des fast leeren Glases hinweg seinem begegnete. »Ich war mir nicht sicher, ob mir jemand gefolgt ist. Da waren ein paar Autos, die gleichzeitig mit mir in der Garlic Row losgefahren sind.«

»Aber Sie haben die bei Ihrer Ankunft in Great Sterringham nicht gesehen?«

Sie verneinte. »Ich bin zu dem Schluss gekommen, dass ich unter Verfolgungswahn leide.«

Er steckte Taras Brief in seine Jackentasche und trank seine Cola aus. Etwas Stärkeres wäre ihm sehr recht.

Ihr Glas war nun auch leer. Ein Teil von ihm wollte nicht noch einen Drink vorschlagen. Ein nüchternes Mordopfer hatte bessere Aussichten, noch einen Tag zu erleben, als ein betrunkenes.

»Mehr?«, fragte Tara, als hätte sie seine Gedanken gelesen. Sie stand von ihrem Stuhl auf, dessen Beine über den Boden schabten, und nahm ihr Glas auf.

Auch Blake erhob sich und sah sie verstohlen an. Er war nicht sicher, ob sie auf der Gartenparty getrunken hatte, aber sie wirkte nicht angetrunken. »Ich muss aufpassen«, antwortete er schließlich. »Zu viel Cola bei der Arbeit und so.«

Sie bedachte ihn mit einem Seitenblick. »Ist das Ihre Art, mir zu sagen, ich sollte auch aufpassen?«

Er seufzte. »Ist das eine Angewohnheit von Ihnen, die Gedanken anderer zu lesen?«

Sie lächelte. »Sie haben das bei mir kürzlich auch getan, oder ist es Ihnen nicht aufgefallen?«

Doch er konnte nicht erraten, was sie jetzt gerade dachte. »Ich schätze, wir beide verbringen eine Menge Zeit damit, die Wahrheit hinter dem zu erkennen, was uns die Leute erzählen«, sagte er. »Wir haben gewiss eine Menge Übung.«

Babettes Lügen jedoch hatte er nicht durchschaut. Als sie ihn mit der Wahrheit konfrontierte, war es ein Schock gewesen. Bei dem Gedanken stockte ihm der Atem. Wenn er *das* übersehen hatte – etwas derart Riesiges –, könnte ihm alles Mögliche entgehen.

Tara bestellte noch einen Wodka mit Tonic, und Blake bat um eine Cola. »Keine Sorge«, sagte sie, ohne ihn anzusehen. »Ich bin vorsichtig. Und ich verliere nie die Kontrolle.«

Außer damals, als sie diesen Journalisten vertrimmte, verstand sich. Obwohl sie das auch so deuten könnte, dass sie die Kontrolle gehabt hatte.

»Was halten Sie von Sir Brian?«, fragte er, als sie wieder an ihrem Tisch waren.

»Eine komische Kombination. Es war, als hätte ihn alles in seinen Grundfesten erschüttert, dennoch hatte er seine Selbstwahrnehmung nicht verloren, falls Sie verstehen, was ich meine.«

Er hatte es ebenso empfunden.

»Es wird Sie freuen zu hören, dass ich das Interview mit ihm aufgezeichnet habe«, sagte sie. »Ich habe alles in der Travelodge und kann es Ihnen schicken.«

»Ja, bitte.«

Ihren jetzigen Tonfall erkannte er inzwischen; genau so hatte sie sich gestern Abend angehört, als sie ihm erzählte, was sie von Chiara Laurito erfahren hatte. Und da war auch dieses Funkeln in ihren Augen, trotz ihres Schocks und ihrer Erschöpfung. Was immer es war, das sie herausbekommen hatte, sie wollte damit vor ihm angeben.

»Was ist?«, fragte er und merkte, dass er lächelte.

Ihr Lächeln war nur in ihren Augen. Sie fuhr mit der Fingerspitze über ihren Glasrand. »Ich habe einige interessante Beobachtungen gemacht.«

»Jetzt spannen Sie mich nicht auf die Folter.«

»Ich konnte Sir Brian überreden, mir Professor Seabrooks altes Zimmer zu zeigen.«

»Ich bin beeindruckt.«

Sie neigte den Kopf zur Seite. »Danke. Und mich haben die Hausschuhe fasziniert.«

Er erinnerte sich, dass sie ihm aufgefallen waren; schillernd und in einem sehr guten Zustand.

»Die sind aus dieser Saison«, sagte Tara. »Ich habe sie im Schaufenster von Harvey Nichols gesehen, als ich das letzte Mal in London gewesen bin. Hundertfünfzig Pfund, wohlgemerkt.«

»Man kann so viel Geld für Hausschuhe ausgeben?«

»Oh ja. Oder zumindest kann man es, wenn man Samantha Seabrook ist. Oder Sir Brian.«

»Denken Sie, er hat die gekauft, nicht sie?«

»Das habe ich mich gefragt. Sie sind klasse – und ich schätze, hätte die Professorin sie selbst ausgesucht, hätte sie sie mit nach Hause genommen. Sie kommt mir nicht vor, als wäre sie desorganisiert gewesen. Und auch nicht wie eine Frau, die oft bei ihrem Vater übernachtet und solche Sachen aus praktischen Gründen gleich dort lässt.« Sie trank einen Schluck.

»Nein.« Blake hatte kurz überlegt, warum er nicht auf den Gedanken gekommen war. »Da haben Sie recht.«

»Und dann die Zeitschriften in ihrem Zimmer.«

An die erinnerte Blake sich vage.

»*Vogue*, ja«, sagte Tara. »Nachdem ich mich in Samantha Seabrooks Wohnung umgesehen habe, kann ich mir vorstellen, dass sie die selbst kauft, aber *Good Housekeeping*? Ein teures Hochglanzblatt, doch ich würde vermuten, dass es eher Pamela Granges Szene ist.«

»Oder eine Zeitschrift, die Sir Brian für seine Tochter kaufen könnte, weil er sich nicht mit Magazinen für Frauen auskennt?«

»Genau das.«

»Interessant. Also falls Sie richtigliegen« - ihr Blick sagte ihm, dass sie keine Selbstzweifel plagten – »dann hat sich Sir Brian beim letzten Besuch seiner Tochter besondere Mühe gegeben.«

»Das würde ich definitiv sagen.« Nachdenklich nahm Tara noch einen Schluck. »Ich meine, ich kann mir vorstellen, dass er Zeitschriften gekauft hat, wenn er wusste, dass sie kommt. Oder Blumen in ihr Zimmer gestellt. Aber die Hausschuhe gehen weit darüber hinaus. Er hat sie richtig umsorgt. Ich frage mich, ob sie krank gewesen ist und nach Hause gereist, um sich zu erholen.« Auf einmal leuchteten ihre Augen auf. »Ja, das würde sogar zu etwas passen, was Pamela Grange gesagt hat.«

»Aha?«

Sie biss sich auf die Unterlippe. »Verdammt, ja. Entschuldigen Sie, ich glaube, das hatte ich wegen der Verfolgungsjagd auf dem Rückweg zu erzählen vergessen.«

Oder hatte sie es schlicht zurückgehalten? Aber es klang echt. Blake wartete.

»Pamela sagte, Samantha wäre vor Kurzem in Great Sterringham gewesen. Und sie erwähnte, dass Sir Brian sie normalerweise auch eingeladen hätte, aber diesmal nicht.«

»Das klingt wirklich außergewöhnlich.« Dass Samantha krank gewesen sein könnte, war eine gute Theorie. Blake nahm sich vor, dem nachzugehen. »Ich weiß, Sie hassen uns alle«, sagte er, »aber Sie könnten Karriere als Polizistin machen, sollten Sie jemals einen Jobwechsel in Betracht ziehen.«

Sie sah ihn ungläubig an. »Ja, sicher doch.«

KAPITEL SIEBENUNDZWANZIG

Als sie mit dem Rad zurück zum Travelodge fuhr, war ihr klar, dass Blake in seinem Wagen hinter ihr war. Wie üblich herrschte dichter Verkehr, und sie konnte sich durch die Lücken schlängeln, sodass sie nicht immer gleichauf waren. Tatsächlich war sie kurz davor, ihn abzuhängen. Sie blickte sich um und wechselte auf die rechte Spur bevor sie eine Kehrtwende zum Hotel vollführte. Dabei winkte sie Blake ironisch zu. Eine Straßenlaterne schien auf seine Windschutzscheibe, und Tara versuchte, seinen Gesichtsausdruck zu sehen, aber sein Gesicht war bis zum Kinn im Schatten des Wagendachs.

Vor der Travelodge schloss sie ihr Fahrrad an. Sie hasste nicht alle Polizisten, sondern war nur wählerisch. Gott, das war sie bei allen Menschen! Das Leben hatte sie gelehrt, man mit Vertrauen nicht allzu freizügig umzugehen. Blake war in Ordnung. Wahrscheinlich. Sein Vorschlag, sie könnte Polizistin werden, bewies, wenn überhaupt, seinen hervorragenden Sinn für Humor. Sie ertappte sich dabei, wie sie kurz schmunzelte – und gleichzeitig den Kopf schüttelte.

Es war niemand drinnen an der Rezeption, als sie durch den Eingangsbereich schritt. Sie holte ihre Schlüsselkarte hervor und öffnete damit den Eingang zu den Zimmern. Auf der anderen Seite war ein verlassener Korridor voller anonymer Türen sowie der Weg zum Treppenhaus und den Fahrstühlen. Es war seltsam still. Tara entschied sich für die Treppe. Instinktiv mied sie Situationen, in denen sie in die Enge getrieben werden könnte; dafür hatte sie den Rat der Präventionsbeamtin nicht gebraucht. Kemp hatte es ihr schon eingebläut, als er ihr beibrachte, sich selbst zu verteidigen. Oben an der Treppe ging sie durch eine weitere Brandschutztür auf den Korridor, auf dem ihr Zimmer war. Als sie den Gang betrat, hörte sie, wie eine andere Tür leise ins Schloss fiel. Wer war eben verschwunden, ehe sie ihn sehen konnte? Sie horchte auf Stimmen. Zu wissen, dass sie neben einer Familie oder einem Paar wohnte, wäre beruhigend. Aber alles war vollkommen still. Sie hielt ihre Karte an das Lesegerät. Das Licht wurde rot, und die Tür blieb geschlossen.

Tara probierte es wieder. Dasselbe.

Und dann, beim dritten Mal, leuchtete es grün. Sie atmete tief durch.

Im Zimmer war alles so, wie sie es verlassen hatte. Sie ging ins Bad. Nichts war verändert. Als sie wieder im Zimmer war, schloss sie die Vorhänge. Automatisch zog sie die Schals halb von der Seite vor, sodass sie von draußen nicht zu sehen war. Sollte Samantha Seabrooks Mörder da unten stehen, wollte sie ihm nicht die Befriedigung gönnen, sich zu zeigen.

Nach der zweiten Dusche des Tages – diese richtig heiß und zehn Minuten lang anstelle von zweien –, sank sie auf das Bett.

Ihr blieb viel Zeit, sich zu sorgen, dass sie nicht schlafen könnte. Ihr Herz raste. Wahrscheinlich war es dem Tag geschuldet, ebenso wie dem Brief. Und vielleicht lag es auch an dem Wodka, den sie auf den Wein bei der Gartenparty gekippt hatte. Aber dann musste sie irgendwie eingenickt sein.

In den frühen Morgenstunden wachte sie auf und ging ins

Bad. Erstes fahles Licht kroch durch die Vorhänge. Die Newmarket Road war nicht die ruhigste Straße für eine Übernachtung. Draußen konnte sie einen Notarztwagen mit Sirene vorbeirasen hören. Schlagartig war sie erleichtert, dass es nichts mit ihr zu tun hatte. Doch jemand anders steckte in Schwierigkeiten. Sie war schlicht noch nicht dran.

Tara fühlte sich seltsam, als sie um halb zehn Uhr morgens wieder aufwachte – beinahe so, als stünde sie unter einem Beruhigungsmittel. Die fremde Wirkung von richtig tiefem Schlaf. Sie fragte sich, ob Blake auch ein wenig schlafen konnte. Nach all der Cola in dem Pub wäre es beinahe ein Wunder; er musste völlig aufgekratzt gewesen sein. Langsam packte Tara ihre Sachen zusammen. Sie sah auf dem Handy nach ihren E-Mails. Es waren mehrere da, die sie definitiv ignorieren würde – entweder bis später oder insgesamt. Eine war von Giles, ihrem Chefredakteur, und sie war als wichtig gekennzeichnet. Er war enttäuscht, dass sie ihn nicht mit mehr Eilmeldungen zur Ankündigung des Features versorgte. Und wenn schon. Würde sie ihm das Neueste erzählen, nähme es ihr den Wind aus den Segeln und brächte ihr nichts. Für einen Moment dachte sie an Blakes Scherz gestern Abend, dass sie auf Polizistin umsatteln könnte. Zugegeben, es gefiel ihr nicht sonderlich, Giles unterstellt zu sein und mit den Idealen assoziiert zu werden, für die er stand.

Schließlich entdeckte sie eine E-Mail, die sie interessierte. Patsy Wentworth, die Schulfreundin von Samantha Seabrook von dem Partyfoto in der Wohnung der Professorin, hatte auf Taras Nachricht geantwortet. Patsy war bereit, nachmittags mit Tara zu reden, falls sie nach Camden Town in London kommen könne. Tara schrieb zurück, dass sie käme und sie später sähe. Flüchtig meldete sich Taras schlechtes Gewissen, weil sie Blake nicht erzählt hatte, dass sie die Frau gefunden hatte. Aber sie musste einige Informationen für sich behalten. Eine alte Schulfreundin könnte ihr mehr darüber sagen, wie Samantha Seabrook wirklich getickt hatte. Sie verdrängte den Gedanken und beschloss, sich alle anderen Arbeitsnachrichten erst anzusehen, wenn sie wieder zu Hause war.

Dann ging sie nach unten an die Rezeption und suchte sich eine Frühstücksbox unter anderem mit einem Muffin und Joghurt aus, die sie mit auf ihr Zimmer nahm. Das Letzte, was sie wollte, war, in einem Café zu sitzen, wo die Welt vorbeizog und sie beobachtete.

Für eine Weile wollte sie den Kopf noch freihaben, außerhalb der Realität bleiben. Letztlich müsste sie sich dem Leben stellen. Wenn sie gründlich genug nachforschte, fand sie vielleicht heraus, worauf es Samantha Seabrooks Mörder abgesehen hatte. Und dann könnte sie ihn eventuell identifizieren.

Zehn Minuten später radelte Tara die River Lane hinunter zur Riverside, vorbei an viktorianischen Reihenhäusern links und Neubauten rechts. Man merkte, dass Samstag war, auch ohne auf den Kalender zu schauen. Bei mehreren Häusern waren die Vorhänge unten noch geschlossen, und ein Paar schlenderte gelassen den Gehweg entlang. Sie gestikulierte, und er nickte, bevor er lachte.

Erst am Ende der Straße, als Tara nach rechts die Riverside hinunter in Richtung Stourbridge Common blickte, fiel ihr auf, dass etwas nicht stimmte.

Polizei. Jede Menge.

Die Eisenpforte zum Park stand weit offen, und in der Ferne, auf der Wiese, die nach Fen Ditton führte, konnte Tara mehrere Polizeivans sehen. Hinter den Fahrzeugen war ein weißes Zelt errichtet und der Bereich drum herum abgesperrt worden.

Die Härchen auf Taras Armen stellten sich auf.

Um das Zelt und die Wagen herum bewegten sich weiß gekleidete Gestalten.

Tara fuhr im Schneckentempo weiter die Riverside entlang und wurde immer langsamer, je mehr sie die Szenerie auf sich wirken ließ. Nun hielt sie an. Ihre Beine zitterten, und kalte Schauer durchfuhren sie. Sie versuchte zu atmen.

»Sie lassen erst seit eben wieder Leute in den Park«, sagte eine Stimme rechts neben ihr.

Erschrocken drehte Tara sich um. Ein Mann in Hemd, Hose, Socken und Sandalen, den sie vage wiedererkannte, war zu ihr gekommen. Sie glaubte, dass er in einem der Häuser weiter hinten wohnte.

»Bis vor einer halben Stunde sind die überall auf dem Weiderost und dem Fußweg herumgekrabbelt.« Er nickte zu ihrem Haus. »Haben Sie nichts gehört?«

Also erkannte er sie. Wusste, wo sie wohnte. Sie war aufgefallen. Die komische Frau, die so abgelegen lebte.

»Nein«, antwortete Tara. »Ich bin letzte Nacht nicht zu Hause gewesen.«

Der Mann sah sie über den Rand seiner braunen Schildpattbrille hinweg an. »War wohl besser so, wie es aussieht.«

»Wissen Sie, was …?« Sie beendete den Satz nicht.

»Keiner weiß irgendwas«, sagte der Mann. »Die wollen uns nichts erzählen. Und sie haben die Presse weggeschickt.«

Taras Handy begann zu klingeln. Sie holte es nicht hervor. »Verstehe.«

Sie fuhr weiter. Ihre Beine fühlten sich nicht an, als hätten sie die Kraft, sie voranzubringen, aber sie gab ihr Bestes. Bei ihrem Haus hielt sie nicht an, sondern steuerte direkt auf die Polizeiabsperrung zu. Ihr Rad wippte auf dem Gras, und um sie herum roch es nach Kühen.

Eine Uniformierte winkte ihr zu. »Sie dürfen nicht näherkommen«, sagte die Frau. »Sind Sie Journalistin?«

Das beantwortete Tara lieber nicht. »Ist DI Blake hier?«

Die Polizistin runzelte die Stirn und blickte rasch hinter sich. Einige der weiß gekleideten Gestalten hatten sie offensichtlich gehört und sahen in Taras Richtung. Dann löste sich eine Gestalt von den anderen und kam zu der Absperrung, wo Tara mit dem weiblichen Officer stand.

Als sie näher bei ihnen war, erkannte sie Blakes Augen zwischen der Kapuze und der Atemmaske. Er wandte sich an die Uniformierte. »Das ist Tara Thorpe.«

Ihrem Blick nach zu urteilen, verstand die Frau und trat beiseite, auf Abstand zu ihnen.

Tara sah Blake an und wartete. Ihr wurde übel.

»Das ist jetzt nur für Ihre Ohren bestimmt«, sagte er, »wegen Ihrer Verstrickung. Wenn irgendwas davon an die Öffentlichkeit dringt, rollt mein Kopf genauso wie Ihrer. Wir brauchen Zeit, um erste Fragen zu klären, bevor alles bekannt wird.« Er war kreidebleich und hatte dunkle Ringe unter den Augen.

Tara nickte. »Alles klar.«

»Chiara Laurito.« Er deutete mit einem Kopfnicken zu dem Zelt. »Wir bringen ihre Leiche gleich weg.«

Sie hörte ihm an, dass es ihn mitnahm, und merkte, wie sich ihr Brustkorb verengte. Hatte er eine Ahnung gehabt, dass Chiara ein Ziel sein könnte? Oder war seine Aufmerksamkeit einzig auf Tara konzentriert gewesen?

Blake sah sie wieder an, und sein Blick wirkte gequält.

KAPITEL ACHTUNDZWANZIG

Blake hatte nur noch eine Sekunde länger mit Tara gesprochen. Er hatte ihr versichert, er oder jemand aus seinem Team würde sich melden und später noch mit ihr reden. Sie würden sie wissen lassen, ob das, was mit Chiara geschehen war, weitere Hinweise auf den Mörder und seine Vorgehensweise ergab. Blake hatte professionell und kontrolliert geklungen, doch Tara hatte ihm angesehen, wie sehr ihm Chiaras Tod zusetzte. Bilder von Samantha Seabrooks glamouröser Doktorandin wirbelten durch Taras Kopf, als sie an ihrem Wohnzimmerfenster stand und über die Wiese zu dem Zelt und dem Fluss schaute. Warum war Chiara ermordet worden? War es, weil sie vor Taras Haus gewesen war? Könnte es irgendwie ihre Schuld sein, dass Chiara tot war?

Sie hielt eine Nachricht in der Hand, die sie auf der Fußmatte gefunden hatte, als sie ihre Haustür öffnete. Sie war von Bea, der Cousine ihrer Mutter.

Süße, halte mich bitte nicht für eine alte Pedantin, aber ich mache mir allmählich Sorgen. Du bist in letzter Zeit so ausweichend, und ich bin vorbeigekommen, weil ich dachte,

du bist vielleicht zu Hause. Sicher bist du in der Stadt unter-
wegs. Ich hoffe, du hast eine schöne Zeit. Melde dich mal.
Bea xxx

Die Nachricht versetzte Tara einen Stich. Bea konnte nicht anders, als sich zu sorgen; so war es schon, seit sie auf Tara als Kind aufgepasst hatte. Und indem sie Bea auf Abstand hielt, um sie zu schützen, hatte Tara sie erst recht beunruhigt. Was würde sie denken, wenn sie aus den Nachrichten von Chiaras Tod erfuhr?

Und wann war sie hier gewesen? Als Tara auf der Garten-party war? Während sie mit Blake im Pub saß? Oder später, als Chiara und ihr Mörder im Park waren? Das wollte Tara sich auf keinen Fall vorstellen.

Sie musste einige Minuten warten, um ihre Reaktion in den Griff zu bekommen – wanderte im Haus umher, damit das wacklige Gefühl in ihren Beinen verging. Doch schließlich setzte sie sich hin, um Bea anzurufen. Es war besser, wenn sie Taras Version der Ereignisse jetzt hörte, statt über den Mord vor ihrem Haus zu lesen und panisch herbeizueilen.

Aber sie würde nicht erwähnen, welchen beängstigenden Tanz sie derzeit aufführte, zur Melodie von jemandem, der inzwischen zwei Frauen umgebracht hatte.

Blake und Emma Marshall stand vor einem kleinen, aber sehr gepflegten Reihenhaus in The Kite – einer teuren Gegend von Cambridge, nahe dem Stadtzentrum. Ungewöhnlich war, dass es sogar über eine Einfahrt verfügte (die den Kaufpreis um rund fünfzigtausend erhöht haben dürfte). In der parkte ein Mini in British Racing Green. Lauter Insignien eines sicheren und komfortablen Lebens. Blake holte tief Luft. Noch hatte er nicht recht begriffen, dass Chiara Laurito tot war. Nichts hatte auf sie als potenzielles Opfer hingedeutet. Blake hatte sie und jeden, der sie liebte, im Stich gelassen. *Was hatte er übersehen?* Auch wenn der Mörder diesmal zugeschlagen hatte, ohne wie vorher sorgfältig zu planen, musste es einen Grund geben, weshalb er Chiara ins Visier genommen hatte. Und gab es den, hätte Blake vorhersehen müssen, was passieren würde. Für einen Moment schloss er die Augen und versuchte, seine Schuldgefühle zu unterdrücken und nachzudenken. Samantha Seabrook und Chiara waren offen verfeindet gewesen, glaubte man den Aussagen aller. Wer hätte einen Grund, sie beide zu töten?

»Wie hieß sie noch gleich?«, fragte Blake. Sein Kopf war auf einmal wie leer gefegt.

»Mandy. Mandy Holden.«

Sie sahen sich an und dann zu dem Haus, das sich Chiara Laurito mit einer Mitbewohnerin geteilt hatte.

»Bringen wir es hinter uns«, sagte Blake, und sie gingen den schmalen Weg neben der Einfahrt hinauf.

»Ms Holden?«, fragte Blake die Frau, die ihnen öffnete. Sie war groß und gertenschlank mit stacheligem, blondem Haar.

Sie nickte und betrachtete die beiden verwirrt. »Was ist los?«

»Wir sind wegen Ihrer Mitbewohnerin Chiara hier.«

Nun nagte sie an ihrer Unterlippe. »Wieso? Worum geht es?«

Blake zeigte seinen Dienstausweis. »Dürfen wir vielleicht reinkommen?«

Die Frau führte sie einen Flur hinunter, der kaum genug Platz für die Mäntel und das Schuhregal plus Besucher bot. Blake war nicht übermäßig groß, jedoch breitschultrig, sodass er sich seitlich drehen musste, um Mandy in ein kleines Wohnzimmer zu folgen. Drinnen war alles mit teuren Designermöbeln eingerichtet und in satten Farben gestaltet. Der Sessel und das Sofa waren mit violettem Samt bespannt, aber beides eher Miniaturausgaben. Das mussten sie in solch einem kleinen Haus auch sein. Blake wusste, dass Häuser in dieser Gegend an die vierhundert- bis fünfhunderttausend Pfund kosteten. Er fragte sich, womit Mandy Holden ihr Geld verdiente. In ihrem kurzen Batiktop wirkte sie nicht wie jemand mit einem Spitzengehalt.

»Wir haben leider schlechte Neuigkeiten für Sie, Ms Holden«, sagte Blake, als die Frau ihnen bedeutete, Platz zu nehmen.

Sie blinzelte nervös und runzelte die Stirn. »Was meinen Sie?«

Er stockte kurz und atmete einmal durch. »Es tut mir sehr leid, doch wir müssen Ihnen mitteilen, dass Chiara Laurito heute Morgen tot im Stourbridge Common aufgefunden wurde.«

Ruckartig stand Mandy Holden auf. »Das kann nicht sein«, erwiderte sie, bereits auf dem Weg zur Tür. Binnen Sekunden stürmte sie die steile Treppe hinauf in den ersten Stock. Blake und Emma hörten, wie eine Tür geöffnet wurde, gefolgt von einem halb gerufenen Fluch, der in ein Schluchzen überging.

»Oh Mist«, flüsterte Emma. »Sie hat nicht mal gewusst, dass sie nicht oben im Bett ist?«

»Scheint so.« Wäre es ihm bewusst gewesen, hätte er die Nachricht anders formuliert.

Mandy Holden kam zurück ins Zimmer. Ihr Gesicht war pink, und die Augen waren gerötet. Sie griff sich mit gekrümmten Fingern in ihr kurzes Haar. »Was ist passiert?«, fragte sie und sank in den Sessel.

»Ich fürchte, sie wurde angegriffen.« Blake ließ ihr Zeit.

»Vergewaltigt, meinen Sie, bevor sie gestorben ist?«

Er schüttelte den Kopf. »Der Rechtsmediziner wird noch eine genaue Untersuchung vornehmen, aber auf den ersten Blick gehen wir nicht davon aus.« Wieder legte er eine Pause ein. »Sie wurde erwürgt.«

Mandy Holden hatte den Kopf jetzt in die Hände gestützt und die Augen fest zugekniffen. »Scheiße. Scheiße! Ich habe nicht mal gewusst, dass irgendwas nicht stimmt.« Sie sprang erneut auf, ging zum Fenster und drehte sich abrupt wieder um. »Ich kann das nicht glauben. Ich habe gedacht, sie ist in ihrem Zimmer und schläft ihren Rausch aus. Warum habe ich nichts gemerkt?«

Emma stand ebenfalls auf. »Wenn Sie geglaubt haben, dass sie in ihrem Zimmer sei, gab es für Sie keinen Grund nachzusehen. Könnten Sie uns bitte erzählen, was gestern Abend war? Wir wissen, dass Chiara auf einer Gartenparty gewesen ist.«

Mandy Holden verdrehte die Augen. »Oh ja, die Sommerparty vom Institut. Ich *wusste*, dass es Ärger geben würde, von dem Moment an, in dem die Einladung kam.« Sie seufzte. »Chiara hat es an dem Institut nicht besonders leicht gehabt, menschlich. Und deshalb hat sie sich bei den Events meistens richtig betrunken. Aber das hat sie nur dazu gebracht, erst recht laut zu sagen, was sie gedacht hat, was dann wieder neue Probleme nach sich zog.«

Blake nickte. »Und wo waren Sie gestern Abend? Sie haben selbst nicht mit dem Institut zu tun, stimmt's?«

Sie verneinte. »Chiara und ich gehen aufs selbe College. Ich forsche für einen Doktortitel in Psychologie.«

Blake nickte und konnte nicht umhin, sich wieder im Zimmer umzuschauen. »Sie haben ein sehr hübsches Haus.«

Für einen Moment stützte Mandy Holden wieder den Kopf in die Hände. »Das haben Chiaras Eltern ihr gekauft. Sie meinten, es wäre Quatsch, horrende Miete zu zahlen, wenn sie ihr einfach ein Haus kaufen können.«

Einfach. Okay.

»Zurück zu gestern Abend«, sagte er. »Haben Sie Chiara nach der Gartenparty gesehen?«

Sie nickte. »Ich war hier, als sie zurückgekommen ist, und habe mich fertig gemacht, um mit meiner Freundin auszugehen.« Sie seufzte kurz. »Ich war bei der Arbeit aufgehalten worden und deswegen spät dran, und es war ein besonderer

Anlass – ihr Geburtstag –, deshalb stand ich schon unter Strom. Dann ist Chiara gekommen, besoffen wie immer – obwohl ich schätze, dass sie auf dem Rückweg ein wenig nüchterner geworden war. Sie war aufgewühlt, aber ich wollte mir nicht noch ein langes Gejammer über die Institutsclique anhören.« Sie rieb sich mit dem Handrücken die Augen. »Ich habe ihr gesagt, sie soll sich einen Kaffee machen und dass sie erheblich besser mit allem klar käme, wenn sie ausnahmsweise mal nüchtern bliebe.« Ihre blauen Augen waren riesig und schwammen vor Tränen. »Ich war nicht sehr mitfühlend.«

»Sie konnten nicht ahnen, was passieren würde«, sagte Emma. »Es klingt jedenfalls nach einem vernünftigen Rat.«

Mandy Holden schüttelte den Kopf.

»Also sind Sie zu Ihrer Verabredung gegangen?«, fragte Blake. »Wie spät war es da?«

Sie überlegte kurz. »Unser Tisch war für neun Uhr in dem Restaurant reserviert. Ich kam fünf Minuten zu spät, also muss ich hier so gegen zehn vor neun los sein.«

»Und an dem Abend haben Sie nichts mehr von Chiara gehört?«, fragte Emma. »Sie hat nicht angerufen oder Textnachrichten geschickt?«

Mandy Holden verneinte. »Dazu gab es keinen Grund. Sadie – meine Freundin – und ich sind nach dem Essen noch durch die Klubs und danach zu ihr.« Sie senkte den Blick. »Ich wäre über Nacht geblieben, aber sie musste heute Morgen arbeiten, also bin ich hinterher nach Hause. Ich muss gegen vier hier gewesen sein.«

Blake nickte, und Emma machte sich Notizen.

»Natürlich war Chiara da nicht mehr auf, aber ich habe gesehen, dass sie sich einen Kaffee gemacht hatte.« Mandy blickte auf und verzog das Gesicht. »Und danach noch Brandy getrunken. Sie hat das typische Chaos von jemanden hinterlassen, der zu viel getrunken hat. Die Cafetiere stand unabgewaschen in der Spüle, und hier auf dem Tisch war ein Glas.« Sie zeigte hin. »Daneben eine leere Flasche Courvoisier.«

Eine Träne lief ihr über die Wange. »Ich habe gedacht, sie ist dann nach oben ins Bett gekrochen. Keine Sekunde hätte ich angenommen, dass sie noch mal weggegangen ist.«

Hätte er doch nur geahnt, dass die Frau in Gefahr war! Der Schmerz in den Augen ihrer Mitbewohnerin war schwer auszuhalten. »Und es gab keine Anzeichen, dass noch jemand letzte Nacht hier gewesen ist?«

Mandy Holden schüttelte wieder den Kopf. »Nur ein Glas, und nichts Offensichtliches, das von jemand anderem sein könnte.«

Blake hatte auch nicht den Eindruck, dass sich in diesem Haus in letzter Zeit irgendein Drama abgespielt hatte. Trotzdem müsste sich die Spurensicherung hier umsehen. Er sagte Mandy Holden, dass sie mit dem Team rechnen müsste.

»War es typisch für Chiara, spätabends allein loszuziehen?«, fragte er. Mandy Holden hatte dem Anschein nach kein Problem damit gehabt, erst in den frühen Morgenstunden nach Hause zu kommen. Und um vier Uhr morgens war es noch dunkel.

»Nein, sie war nicht ...« Holden unterbrach kurz. »Na ja, sie war ehrlich gesagt nicht sehr selbstständig. Allein der Gedanke, dass sie allein einen Spaziergang um den Block macht, klingt falsch. Sie wäre auf gar keinen Fall allein in einen der Parks gegangen, egal wie betrunken sie war.« Sie sah Blake und Emma an. »Wir alle wissen, dass es Orte gibt, an die wir spätabends einfach nicht allein gehen.«

Emma nickte.

Also hatte sie vermutlich jemand überredet, dorthin zu mitzukommen, oder ein Treffen in der Nähe vereinbart. Chiaras Handy war bei ihrer Leiche gefunden worden und wurde gerade überprüft. Sie mussten auch alle Aufzeichnungen der infrage kommenden Überwachungskameras ansehen. Wenn sie Glück hatten, fanden sie brauchbare Bilder.

Er sah Emma an, die kaum merklich verneinte. Wahrscheinlich dachte und befürchtete sie dasselbe wie er: Dass ihr Täter von den Kameras wusste. Aber dort waren überall welche. Sie mussten eben hoffen.

»Fällt Ihnen jemand ein, der Chiara hätte schaden wollen?«, fragte Blake.

Mandy Holden atmete sehr lange aus. »Verdammt, doch nicht so, dass die sie gleich umbringen würden!« Doch Blake bemerkte, dass sie besorgt wirkte, als würde sie mit sich ringen.

»Manchmal können Kleinigkeiten eskalieren«, sagte Emma und strich sich die blonden Locken aus der Stirn. »Falls Sie irgendetwas wissen, das uns helfen könnte, würden wir es wirklich gern hören. Und Sie müssen sich keine Sorgen machen. Wir bemühen uns immer, diskret zu sein, und alle Informationen, die Sie uns geben, überprüfen wir sorgfältig, ehe wir Schlüsse ziehen.«

Hierauf nickte Mandy Holden. »Das verstehe ich. Ich habe nur gedacht, dass Chiara echt Talent hatte, Menschen gegen sich aufzubringen. Wäre Professor Seabrook nicht umgebracht worden, hätte ich gesagt, sie hatte den triftigsten Grund, Chiara nicht zu mögen.«

Blake merkte auf und wartete gespannt auf ihre Version des gestörten Verhältnisses zwischen den beiden Frauen.

»Samantha Seabrook hielt sehr wenig von Chiaras Arbeit. Ich bin ja nicht vom Fach«, erklärte Mandy Holden. »Deshalb weiß ich nicht, wie berechtigt es war, aber Chiara hat es sehr persönlich genommen. Sie hat den Einsatz erhöht, indem sie ihren Vater eingeschaltet hat, und je mehr sie sich gewehrt hat, desto energischer ist die Professorin mit ihrer Kritik geworden.« Sie sank gegen die Rückenlehne ihres Sessels. »Ehrlich, ich war schon ganz schön genervt von diesem ewigen Giftversprühen gegen sie und Chiaras ewigen Berichten über ihre Gespräche.«

Wieder standen Tränen in ihren Augen. »Und dann gab es eines Tages einen Hoffnungsschimmer. Chiara ist total aufgedreht nach Hause gekommen. Sie hatte mit einem der anderen Dozenten am Institut geredet – Dr. Simon Askey.« Holdens Ton veränderte sich, als sie seinen Namen sagte, als würde sie den Star eines Blockbusters nennen. Sie sah Blake und Emma bedeutungsschwanger von der Seite an. »Sie war ein bisschen verliebt in ihn, muss ich dazu sagen. Jedenfalls hatte Askey sich ihre Probleme angehört, hatte Verständnis und hat ihr versprochen, die Sache mit Professor Seabrook zu besprechen.«

Was interessant war. »Und was ist passiert?«

»Ich fürchte, da trog der Schein«, antwortete Mandy. »Aus irgendwelchen Gründen konnte er nichts erreichen – falls er es denn versucht hat. Ich schätze, Chiara fühlte sich im Stich gelassen, aber, und das war untypisch für sie, sie hat hinterher nicht bei mir herumgeschimpft. Tatsächlich sagte sie gar nichts mehr dazu, also weiß ich nichts Näheres.«

Blake erinnerte sich an da Souzas Beschreibung des Streits, den er zwischen Askey und Laurito mit angehört hatte. Was war es gewesen, das Chiara nicht Mandy Holden erzählen wollte? Und dann kamen ihm die Worte in den Sinn, die da Souza gehört hatte: Askey, der Chiara Laurito darauf hinwies, dass es nicht immer das Beste sei, die Wahrheit zu sagen.

KAPITEL NEUNUNDZWANZIG

Tara erwog, Kemp eine Textnachricht zu schicken und ihn über Chiaras Ermordung zu unterrichten, entschied sich am Ende aber dagegen. Sie wollte nicht, dass er seinen Job in Berlin sausen ließ. Nach ein wenig Bedenkzeit schickte sie Matt bei *Not Now* eine Textnachricht, in der sie ihm von einem Zwischenfall im Park erzählte. Einzelheiten schrieb sie aber nicht. Es war eine Riesenstory, doch sie würde Blakes Vertrauen nicht aufs Spiel setzen, und sowieso fühlte es sich völlig falsch an. Ihre Gedanken verharrten bei Chiara und dem Horror, den sie letzte Nacht durchlebt haben musste. Schließlich wurde es Zeit, sich auf den Weg nach London zu machen, und Tara musste dringend umschalten auf das Interview mit Professor Seabrooks alter Schulfreundin Patsy Wentworth.

Tara hatte die U-Bahn noch nie leiden können. Und jetzt fand sie sich mit dem Rücken an der Wand am U-Bahnhof King's Cross. Der Bahnsteig war gerappelt voll. Rasch ließ sie ihren Blick über das Meer von Gesichtern schweifen. Niemand, den sie wiedererkannte.

Erst als die U-Bahn einfuhr, bewegte sie sich vorwärts, um in die Bahn zu steigen. Drinnen war ein Sitz weit in der Mitte, doch sie blieb stehen. Sie wollte nicht eingekesselt sein.

Als sie in Camden Town aus dem Tunnel stieg, stellte sie fest, dass es zum ersten Mal seit Wochen richtig regnete. Der Londoner Staub und Dreck vermengte sich mit großen Regentropfen, die auf das heiße Pflaster zu ihren Füßen klatschten und Flecken in der Größe von Zehn-Pence-Münzen verursachten. Der Gestank von Auspuffgasen und Diesel von einem vorbeifahrenden Bus vermischten sich mit Kaffeeduft aus einer nahen Costa-Filiale. Tara sah auf die Karte auf ihrem Handy und blickte zu den Straßenschildern, bis sie die richtige Nebenstraße gefunden hatte. Dort standen lauter große viktorianische Reihenhäuser mit Fenstern im Unter- und Obergeschoss, also einst stattlich und heute heruntergekommen. Am Straßenrand parkten jede Menge Motorräder und verrottete alte Wagen, und auf den Gehwegen standen überall Mülltonnen. Durch eines der Fenster konnte sie einen Lebensbaum-Wandbehang sehen, und in einem anderen baumelte eine Kette von Kristallen von der Gardinenbordüre.

Patsy wohnte in 4a. Tara fand Nummer 4. Auf der schwarz lackierten Haustür haftete ein verblichener »Keine Werbung«-Aufkleber. Die Klingelknöpfe gingen von a bis d. In einige der Schilder war Regenwasser eingedrungen und hatte die Tinte verschmiert.

Die Frau, die an die Tür kam, war groß – über einen Meter achtzig, schätzte Tara – und dünn. Sie trug eine weite schwarze Hose und ein ärmelloses schwarzes Top. Ihr langes Haar reichte ihr über die Schultern, und ihr Make-up war dramatisch.

»Patsy?«

Die Frau nickte, und ihr breiter Mund dehnte sich zu einem trägen Grinsen. Tara war ziemlich sicher, dass sie gemustert und von Patsy für ungefährlich befunden wurde. Die alte Freundin der Professorin hielt sich für eine Rebellin.

»Kommen Sie rein«, sagte Patsy und lehnte sich kurz in den Türrahmen. Als sie sprach, bemerkte Tara, dass ihre Zunge gepierct war.

Ihr Weg drinnen führte sie einen dunklen Flur entlang und eine Treppe hinunter. Irgendwie passte es, dass Patsy im Souterrain wohnte. Eine helle, luftige Erdgeschosswohnung hätte ihrer Ästhetik widersprochen.

Es roch nach Räucherstäbchen, Haschisch und Petunienöl. Tara konnte keine Spur von Essen ausmachen, und so dünn, wie Patsy war, fragte sie sich, ob sie zu jenen Leuten gehörte, die kaum richtige Mahlzeiten zu sich nahmen. Vielleicht mal eine Scheibe Toast oder hin und wieder eine Tasse Kaffee. Zudem war Patsy sehr blass.

Sie bedeutete Tara, sich auf ein niedriges Sofa zu setzen. War das lange, flache Ding mit dem Baumwollüberwurf überhaupt ein Sofa? Tara hatte das Gefühl, sie sollte sich klein vorkommen, wenn sie dort saß. Und sie warf Patsy einen Blick zu, der ihr sagen sollte, da müsste sie schon mehr bringen.

»Ist es okay, wenn ich das Gespräch aufnehme?«

»Machen Sie, was Sie wollen«, antwortete die Frau und verdrehte die Augen.

Tara ging die Formalitäten durch, drückte ihr Mitgefühl zum Verlust ihrer Freundin aus – hauptsächlich, weil sie sehen wollte, ob Patsy sich eine gekünstelte Reaktion abrang. Sonderlich emotional wirkte sie jedenfalls nicht.

»Also hat Pa Seabrook Ihnen meine Kontaktdaten gegeben?«, fragte sie mit rauer Stimme. Tara vermutete, dass sie von rund vierzig Zigaretten am Tag rührte. Patsy sah sie amüsiert an. »Das wundert mich.«

»Zuerst war er ein bisschen zögerlich.« Auch gegenüber der Polizei, wie es schien, was Tara ihr nicht sagen würde.

»Ich war noch nie sein Lieblingsmensch. Tja, Pech für ihn, denn meine Freundschaft mit Samantha hat gehalten. Ausgerechnet mit mir, der schlimmsten von ihren Mitschülerinnen.«

Sie richtete sich etwas auf. »Die ganzen Sophies und Tiffanys sind auf der Strecke geblieben.«

»Dann sind Patsys anders?«, entfuhr es Tara unwillkürlich, obwohl sie sich nicht streiten wollte.

Patsy verengte die Augen. »Die hier ist es. Und Samantha war es auch. Deshalb haben wir uns verstanden.«

»Was meinen Sie mit anders?«

Patsy holte eine Schachtel Camel aus der Tasche ihrer weiten Hose und steckte sich eine an. Kein Filter, stellte Tara fest. Zumindest nicht an den Zigaretten. Sehr wohl hingegen legte die Frau einen über den Eindruck, den sie Tara vermitteln wollte, auch wenn er sehr transparent war. »Wir sind beide arme reiche Mädchen gewesen. Alle finanziellen Vorteile, aber beschissene Eltern.«

»Ich fand nicht, dass Sir Brian so besonders übel schien.«

»Oh, ›Sir‹ Brian, ja?« Patsy stieß ein Lachen so hart und scharf wie ein Peitschenknall aus und hustete. »Das wusste ich noch nicht. Aber natürlich hat er den ›Sir‹ dafür bekommen, dass er die ganze Zeit an anderes als seine Tochter denkt.«

»Wie ich es verstehe, hat er eine schwierige Zeit durchgemacht. Ich habe von seiner Frau gehört ...« Aber bisher nicht genug. Wusste Patsy, was damals passiert war?

»Die tragische Bella? Ja, er hat eine Menge Zeit damit verbracht, hinter ihr herzulaufen.«

Tara brachte es nicht über sich zu gestehen, dass sie keinen Schimmer hatte, was mit Sir Brians Frau geschehen war. Hoffentlich ließ Patsy etwas fallen, denn bitten würde Tara sie nicht. Sie fand es zu ihren Bedingungen heraus oder gar nicht.

»Sie und Samantha haben sich also verstanden?«, fragte sie. »War es mit Ihren Eltern auch schwer?«

»Vergessen wir meine Eltern. Belassen wir es dabei, dass wir schon lange nicht mehr miteinander reden. Was das Verstehen angeht: Wir waren keine Mädchen, die herumsaßen und in Seidentaschentücher schnieften.«

»Und was haben Sie gemacht?«

»Spaß und Spiele, Tara.« Sie lehnte sich in ihrem Sessel zurück. »Spaß und Spiele.«

Sie genoss es, die Informationen zu besitzen, die Tara wollte. Ihr musste klar sein, dass ihr Wissen das Einzige war, was Tara davon abhielt, aufzustehen und zu gehen.

An Patsys Zigarettenspitze hatte sich inzwischen einiges an Asche angesammelt. Auf einem Bücherregal auf der anderen Seite des Raums stand ein Aschenbecher, doch den würde sie niemals erreichen, ohne dass die Asche auf den Teppich fiel. Als Tara nach unten blickte, wurde klar, dass es nicht das erste Mal wäre. Patsy holte die Schachtel wieder hervor und öffnete sie. »Nehmen Sie eine«, sagte sie.

Tara schüttelte den Kopf. »Nein danke.«

Immer noch hielt Patsy ihr die Zigaretten hin. »Ich habe gesagt, nehmen Sie eine. Dann erzähle ich Ihnen, wie Samantha in der Schule war.«

Dies hier war verrückt; wie Mobbing. Normalerweise wäre es die schlimmstmögliche Taktik, die man bei Tara anwenden konnte. Aber wie dringend wollte sie die Wahrheit erfahren? Sie sollte imstande sein, ihren Wunsch, die absolute Kontrolle zu behalten, zu überwinden, wenn es bedeutete, dass sie bekam, was sie wollte. Ihr Herz raste; Wut war ein mächtiges Gefühl.

»Hier.« Patsy schob die Schachtel auf sie zu, und Tara wartete eine Sekunde.

»Na gut«, sagte sie schließlich. »Wenn es sich auszahlt, Ihre verkorksten Spiele mitzumachen, klar.« Sie nahm eine Zigarette und steckte sie in den Mund, ehe Patsy es verlangte. Mehr Befehle wollte sie nicht befolgen.

In dem Moment, in dem die Zigarette zwischen ihren Lippen war, zog Patsy ihr Feuerzeug hervor. »Und wenn Sie jetzt wie ein großes Mädchen rauchen, erzähle ich Ihnen alles, was Sie wissen müssen.«

Eine Sekunde lang glaubte Tara, sie würde die Beherrschung verlieren. Hitze und Zorn wüteten in ihr wie ein Feuer auf einer Benzinlache. Sie strengte sich an, ruhig zu bleiben.

»Dann mal los«, sagte sie schließlich sachlich. »Freut mich, wenn ich die Mühsal Ihres Lebens hiermit lindern kann, aber ich habe nicht den ganzen Tag Zeit. Wie war Samantha in der Schule?«

Kurz sah Patsy aus, als hätte Tara es versaut; als wäre die blöde Zigarette vergebens gewesen. Dann jedoch lachte die Frau plötzlich, was wieder in ein Husten überging. »Das zeige ich Ihnen doch, Sie dumme Kuh. Warum rauchen Sie jetzt?«

»Weil Sie etwas haben, das ich will, und anscheinend sind Sie nicht bereit, es mir zu geben, wenn ich nicht tue, was Sie sagen.«

»Ganz richtig, also nehmen Sie einen schönen großen Lungenzug.« Sie beobachtete Tara. »Sehr gut. Und genau das hat Samantha gemacht.«

Tara blies Patsy den Rauch ins Gesicht, was sie nicht zu bemerken schien. »Wie bitte?«

»Sie hatte damals eine Menge von dem, was andere wollten: gutes Aussehen, haufenweise Geld, einen fiesen Humor, Intelligenz im Übermaß ...« Sie unterbrach, um zu husten. »Charisma. Ich schätze, das war es. Sie war das Mädchen, mit dem jeder unbedingt befreundet sein wollte. Die Coole. Und weil sie hatte, was alle anderen wollten, konnte sie Leute dazu bringen, alles zu tun, was sie verlangte. Nur um ihr nahe zu sein.«

»Was war mit Ihnen?«

»Ha! Ich habe die auch dazu gebracht, zu tun, was ich wollte, aber das konnte ich, weil ich größer und stärker war als sie. Charisma ist hinterlistiger, trügerischer. Wenn ich wollte, dass eines der anderen Kinder etwas tat, wofür es Ärger bekam, gab es meistens Blut und blaue Flecken, und die große Patsy stand schuldig da. Bei Samantha war es dieses niedliche, schöne, kluge Kind mit dem offensichtlich schwierigen Zuhause.«

»Aber Sie hatten auch ein schwieriges Zuhause.«

»Nicht so attraktiv und tragisch wie Samanthas. Größtenteils bekam sie deswegen nie die Schuld. Die Leute haben geglaubt, dass sie sich mit den falschen Freundinnen eingelassen hatte. Sie haben nie kapiert, dass sie die falsche Freundin *war*.«

Es war ohne Frage eine völlig andere Darstellung der Samantha-Patsy-Beziehung als die von Sir Brian.

Patsy ließ ihre Asche auf den Teppich zu ihren Füßen fallen. »Sie war die Anführerin; eine klassische Aufrührerin. Nicht, dass ich es ihr vorwerfe. Sie musste ja mit einer Menge fertig werden.«

»Worin war sie verwickelt? Drogen?«

»Im kleinen Maßstab. Nur Gras. Great Sterringham war ja nicht direkt überlaufen von Dealern. Nein, meistens waren es andere Sachen: Diebstahl, Vandalismus, Jungs ...« Hier machte sie eine Pause und blickte in die Leere. »Gott, ja, da waren viele Jungs.«

Tara konnte es sich vorstellen. »Was für Diebstahl?«

Patsy schwenkte die Hand mit der Zigarette. »Alles Mögliche. Ladendiebstahl, Geld und Kleinkram von Verwandten und Freunden, solche Sachen. Ich glaube, so wollte sie erreichen, dass ihr Dad sich ausnahmsweise mal auf sie konzentrierte.«

»Hat es funktioniert?«

Patsy atmete lange aus. »Eigentlich nicht. Pa Seabrook musste reichlich Zeit und Mühe opfern, um aufgebrachte Gemüter zu beruhigen, die örtlichen Filialen von Boots zu entschädigen, damit sie keine Anzeige erstatten, auf rätselhafte Weise Sachen ›finden‹, die Samantha ihren Besuchern abgenommen hatte. Aber er tat nur das Nötigste. Sobald die letzte Krise vorbei war, galt sein Fokus wieder allein Bella.«

Sie streckte die langen Beine aus. »Es ist witzig«, sagte sie einen Moment später. »Ich glaube nicht, dass Samantha jemals aufhören konnte, um seine Zustimmung und Liebe zu betteln. Das habe ich schon längst abgehakt. Wenn meine Eltern die Dinge nicht auf meine Weise sehen konnten, wollte ich lieber nichts mehr mit ihnen zu tun haben. Aber Samantha konnte das nicht, auch wenn sie es nie zugegeben hat. Nicht mal vor sich selbst.«

»Glauben Sie, dass Sie sich deshalb dieses Forschungsgebiet ausgesucht hatte? Weil es ihrem Vater am Herzen lag?«

Sie stand auf und tippte nun ein wenig Asche in den Aschenbecher. »Ganz sicher.«

»Und war sie bis dahin zur Ruhe gekommen, was die anderen Angelegenheiten betrifft?«

Wieder das raspelnde Lachen. »Weiß ich nicht. Wir haben uns nicht mehr so oft gesehen, seit sie nach Cambridge gezogen ist, aber alte Gewohnheiten lassen sich schwer ablegen, also keine Ahnung. Was das Klauen angeht, war das fast wie ein Zwang. Und sie war ohne Scham.«

Patsy schlurfte zu einem türkis angemalten Schrank, öffnete eine Tür und griff nach etwas darin. Als sie sich zu Tara umdrehte, hielt sie ein kleines Fotoalbum in der Hand. »Hier«, sagte sie und schlug es ungelenk auf, weil sie noch die Zigarette in der Hand hatte. »Sehen Sie sich das an.«

Tara erkannte Samantha Seabrook auf dem Foto. Sie sah strahlend aus und lachte mit leuchtenden Augen. Auf dem Bild trug sie eine aufwendig gearbeitete Goldkette mit großen roten Steinen. Sie sah antik aus.

»Ja, das *sind* Rubine, falls Sie sich fragen«, sagte Patsy. »Riesig, oder? Die Kette gehörte ihrer Großmutter, bis sie die geklaut hat. Ihr Vater hat gewusst, dass sie die haben musste, aber sie hatte das Ding gut versteckt, und anscheinend brachte er es nie fertig, das Thema anzusprechen. Sie meinte, er hätte verschleierte Andeutungen gemacht, aber ich schätze, er fand es weniger schmerzlich, den Kopf in den Sand zu stecken.

Stell keine Fragen, wenn du die Antworten nicht hören willst.«

Auf dem Rückweg zur U-Bahn dachte Tara an Blake. Sie hätte ihm erzählen sollen, dass sie die Frau auf Samantha Seabrooks Foto als Patsy Wentworth identifiziert hatte. Jetzt müsste sie gestehen, dass sie unehrlich gewesen war. Nichts im Leben der Professorin war unbedeutend. So ein Mensch war sie nicht gewesen.

KAPITEL DREISSIG

Blake und Emma waren auf dem Weg zu Simon Askeys Haus in einer Seitenstraße der Mill Road, ein Stück südlich von der Polizeiwache. Blake hoffte, dass er die Nachricht über Chiara von ihnen erfuhr, denn er wollte Askeys Gesicht sehen, um zu erkennen, ob seine Überraschung echt war.

Er blickte zur Straße, spürte jedoch, dass sein DS ihn beobachtete.

»Glaubst du, er könnte der Mörder sein?«, fragte sie einen Moment später.

Er zuckte mit den Schultern, während sie über die Eisenbahnbrücke fuhren, vorbei an einem bunten Wandgemälde, das ein Mischmasch aus internationalen Flaggen darstellte. Die Brücke markierte den Übergang zum Südende der Mill Road, einer bei Studenten beliebten Gegend voller kleiner Läden und World-Food-Filialen.

»Wir wissen, dass er und Chiara Laurito über irgendetwas gestritten hatten«, sagte er. »Und er hatte eindeutig nicht viel für Professor Seabrook übrig. Außerdem denke ich, er ist ein Arsch.«

»Das wird vor Gericht gut kommen.«

Er blinkte nach links. »Es rundet nur das Bild ab.«

»Diesmal wurde dem Opfer keine Nachricht oder Puppe geschickt«, erinnerte Emma ihn, »zumindest nicht, soweit wir wissen.«

Blake bog von der Hauptstraße ab. »Nein. Und nach dem, was Professor da Souza über ihren Charakter gesagt hat, kann ich mir nicht vorstellen, dass sie so etwas für sich behalten würde.« Es entstand eine Pause, und er fuhr in eine Seitenstraße mit einer modernen Reihe schicker Stadthäuser. Wenn sich die Immobilien in der Gegend alle in diese Richtung bewegten, wäre es noch schwerer, sich hier etwas zu leisten als ohnehin schon. »Vielleicht wurden damals, wann immer das war, nur zwei solche Puppe gefertigt. Aber warum überhaupt zwei?« Er wischte sich mit der Hand über die Stirn. Es *musste* etwas bedeuten. »Oder, andererseits, wenn der Mörder einen ganzen Stapel alter Puppen hat, vielleicht hatte er Chiara Laurito mit keiner gedroht, weil er aus irgendeinem Grund schnell handeln musste. Vielleicht wusste Chiara etwas, das ihn belasten könnte, oder«, er hielt am Straßenrand und zog die Handbremse an, »falls er Chiara von Anfang an als Opfer vorgesehen hatte, zusammen mit Professor Seabrook und Tara, wird seine Selbstbeherrschung eventuell auf die Probe gestellt und lässt er seine Planung schleifen.«

»Wenn der Mörder von Anfang an alle drei im Visier hatte, müssen Samantha, Chiara und Tara eine Gemeinsamkeit haben. Was in aller Welt haben sie gemein?«

Blake löste seinen Sitzgurt. »Gute Frage. Professor Seabrook und Tara haben oder hatten beide Schauspielerinnen als Mütter. Chiara und die Professorin kommen beide aus reichem Haus. Ich schätze, das trifft im Grunde auf alle zu. Taras Mutter kann auch nicht knapp bei Kasse sein – obwohl das nicht immer der Fall gewesen sein muss. Ich habe irgendwo gelesen, dass sie Tara sehr jung bekommen hat.«

Emma griff sich ihre Tasche und öffnete die Beifahrertür.

»So oder so könnte es sein, dass er diesmal einen Fehler gemacht hat.«

»Das will ich dringend hoffen.« Doch die Vorstellung, dass der Mörder ungeduldig wurde und spontan anzugreifen begann, war beklemmend, wenn er an Tara dachte. Sie machte auf ihre verflucht sture Art weiter, mutig, aber mit Todesangst, blankliegenden Nerven und vermutlich kurz davor, selbst zuzuschlagen. Auf die eine oder andere Art dachte er momentan sehr viel an sie.

Sie gingen zur Tür von Nummer zwei – getäfelt und strahlend weiß – und klopften an.

Eine Frau öffnete die Tür einen Spalt und linste hindurch. Sie trug einen zerknitterten gestreiften Pyjama, an dessen Oberteil die obersten zwei Knöpfe offen waren – und hielt ein Baby an einer Schulter.

Sie runzelte die Stirn und beäugte sie blinzelnd im hellen Morgenlicht. Das Baby weinte. »Ja?« Blake hatte den Eindruck, dass es ihr mit diesem Samstag schon reichte.

»Ist Dr. Askey zu Hause?«, fragte er. Doch in diesem Augenblick erschien Askey hinter ihr, trat langsam mit einem dampfenden Kaffeebecher und einer Zeitung unter dem Arm heran. Er war angezogen: Jeans und ein blauer V-Ausschnitt-Pullover mit einem weißen T-Shirt darunter.

Er bedachte Blake mit einem Blick, an den der sich allmählich gewöhnte. Gelangweilt und mit einem verächtlichen Lächeln. »Ich hatte keinen Besuch an einem Samstag erwartet.«

Genau darauf hatte Blake gehofft. »Dürfen wir reinkommen?«

Askey winkte sie herein, und die Frau mit dem Baby ging ebenfalls weiter nach drinnen.

»Wie wäre es, wenn du wieder nach oben gehst?«, fragte er seine Frau und nickte zur Treppe. Blake nahm an, dass es ihm lieber wäre, sie würde das Gespräch nicht mitanhören.

Askey führte sie durch in ein geräumiges Wohnzimmer mit cremeweißen Sofas. Blake fragte sich, wie das funktionieren würde, wenn das Baby erst laufen konnte und fortwährend klebrige Finger hatte.

»Ein schickes Haus«, sagte er.

»Danke.« Askey zog ironisch eine Augenbraue hoch. »Es ist eine Stufe besser als die Umgebung, in der ich aufgewachsen bin.« Tatsächlich mochte Blake keine Vorzeigehäuser, in denen man sich nicht ungezwungen bewegen konnte.

Sie setzten sich auf die Sofas. Askey sah Emma an und schenkte ihr ein sehr charmantes Lächeln. Sie erwiderte es, was hoffentlich eine Taktik war, dachte Blake. Ihm war schleierhaft, wie sie es ertrug, das Spiel mitzumachen.

»Sie haben sicher schon gehört, dass Chiara Laurito tot aufgefunden wurde«, sagte er, ohne Askey eine Chance zu lassen, die Kontrolle zu übernehmen. Dabei war sein Fokus zu hundert Prozent auf den Mann gerichtet.

Der Schock wirkte echt. Andererseits hätte er, sollte er es bereits gewusst haben, auch Zeit gehabt, sich eine Reaktion zu überlegen.

»Das kann nicht wahr sein!« Er sackte auf dem Sofa nach hinten und starrte für einen Moment an die Zimmerdecke.

»Entschuldigen Sie, dass wir es Ihnen nicht behutsamer mitgeteilt haben«, sagte Emma. »Wir haben gedacht, es hätte sich schon herumgesprochen.«

Askey setzte sich wieder auf. »An einem Arbeitstag sicher. Aber wir sind nur zu Hause gewesen und haben Zeitung gelesen.«

Blake wettete, dass Askey einzig für sich sprach. Oben hörte er das Baby wieder weinen. »Und waren Sie gestern Abend auch hier?«, fragte er. »Sind Sie nach der Institutsparty direkt nach Hause gekommen?«

Askey nickte. »Diese Veranstaltungen schaffen mich immer. Was ist mit Chiara passiert? Wie ist sie gestorben?«

Blake ignorierte die Frage. »Kann Ihre Frau das bestätigen?«, hakte er stattdessen nach. »Ich gehe davon aus, dass sie auch hier gewesen ist.«

Askey runzelte die Stirn. »Ja, aber sie war früh ins Bett gegangen. Die unruhigen Nächte machen sie sehr müde. Oft schläft sie in Daveys Zimmer ein, neben seiner Wiege. Da steht noch ein zusätzliches Bett.«

»Also kann sie nicht für Sie bürgen? Wollen Sie das damit sagen?«

»Mir gefällt Ihr Ton nicht, Inspector«, entgegnete Askey.

Blake lächelte. »Aber ist es das, was Sie sagen wollen?«

»Sandra ist irgendwann wieder in unser Bett gekommen. Ich weiß nicht, wann das war. Da müssen Sie sie fragen.«

»Werden wir.« Blake entspannte sich ein wenig. »Wie ich hörte, standen Sie und Chiara Laurito sich recht nahe.«

Nun wurden die Furchen auf Askeys Stirn tiefer. »Ich weiß nicht, was Sie meinen.«

»Chiaras Mitbewohnerin Mandy sagt, Sie hätten angeboten, zwischen Chiara und Samantha Seabrook zu vermitteln. Ich nehme an, sie hat Ihnen leidgetan. Haben Sie gedacht, dass Professor Seabrook sie unfair behandelt hat?«

Askey fuhr sich mit den Händen durch sein blondes Haar und biss für einen Moment die Zähne zusammen. »Die zwei, also ehrlich. Ich würde keiner von ihnen den Tod wünschen, aber die haben uns in den Irrsinn getrieben.« Er holte tief Luft. »Okay, es stimmt, Sam hat nichts ausgelassen, wenn es darum ging, Chiara zu kritisieren, und anfangs hatte ich keine Zeit, mal zu überprüfen, ob ihre Kritik berechtigt war oder nicht. Jedenfalls fand ich, dass sie es übertrieb, also ja, als Chiara zu mir gekommen ist, habe ich gesagt, ich würde versuchen, ihnen einige Brücken zu bauen.«

»Was Sie aber nicht taten, soweit Chiaras Mitbewohnerin weiß.«

Askeys Augen verdunkelten sich. »Sam hat mir einige von Chiaras Arbeiten gezeigt und ihren Standpunkt verteidigt. Sie hatte recht. Es war komplizierter, als ich gedacht hatte. Am Ende fand ich, dass Chiara lernen müsste, Sams Anmerkungen zu akzeptieren.«

»Weil sie gerechtfertigt waren?«

»Das ließ Sam mich glauben.« Er stockte kurz. »Aber es könnte auch sein, dass sie mir nur Chiaras schlechteste Arbeiten gezeigt hat. Sie war gut darin, allen ein X für ein U vorzumachen und nur dann die Wahrheit zu sagen, wenn ihr danach war.«

Blake bemerkte, dass seine Fingerknöchel weiß wurden, als er seinen Kaffeebecher umklammerte.

»Dann muss Chiara das Gefühl gehabt haben, Sie hätten sie im Stich gelassen«, sagte Blake. »Haben Sie sich deshalb gestritten?«

»Wie bitte?«

»Offenbar hat das ganze Institut es mitbekommen. Ein paar Wochen oder so bevor Samantha Seabrook starb. Chiara war in Ihrem Büro, und es gab lautes Geschrei.«

»Herrgott noch mal!« Askey stellte den Becher wieder ab. »In dem Laden geht es zu wie in einem Goldfischglas. Dieselben Fische, die im schmutzigen Wasser die immer gleichen Runden schwimmen und sich gegenseitig beobachten.« Er atmete langsam ein und aus. »Und es hört sich nach maßloser Übertreibung an. Ich muss darüber nachdenken, worauf sich die Geschichte beziehen soll.« Er schloss die Augen. *Schindete er Zeit?* Blake und Emma wechselten einen Blick. Es war offensichtlich, dass sie dasselbe dachte wie er. »Ja, jetzt fällt es mir wieder ein. Es hatte mit dem Finanzierungsantrag zu tun, den ich mit Sam zusammen stellen wollte. Und aus dem sie ausgestiegen war. Sie hatte wieder eine lächerliche Änderung der Methodik vorgeschlagen, und da ist mir der Kragen geplatzt. Sie hat dauernd alle Pläne über den Haufen geworfen.«

»In dem Fall«, sagte Blake, »frage ich mich, warum Sie angeblich zu Chiara sagten, es wäre nicht immer das Beste, die Wahrheit zu sagen. Weil Ehrlichkeit über den Sinneswandel anderer in Sachen Forschungsmethodik zu Unstimmigkeiten führen kann?« Er lächelte den Mann besonders unschuldig an.

Askey ballte die Fäuste. Nach einer längeren Pause antwortete er: »Nein, Jetzt erinnere ich mich wieder genau, was ich gesagt habe. Ich habe ihr nicht geraten, die Wahrheit zu verschweigen, sondern gesagt: ›Man kann auch zu ehrlich sein‹. Und es bezog sich darauf, dass sie mir erzählt hatte, was Sam über meine Methoden gesagt hatte, Wort für Wort. Es war nicht sehr schmeichelhaft.«

Blake wandte sich zu Emma, die sich vorlehnte. »Eines noch«, sagte sie. »Wir wollten Sie nach Jim Cooper fragen.«

»Jim?« Askeys Schultern lockerten sich ein wenig.

Emma nickte. »Wie wir hörten, hat er das Gefühl, dass er und Samantha Seabrook sich ziemlich nahestanden, doch es könnte sein, dass die Professorin nicht so empfand.«

Askey stieß ein spöttisches Lachen aus. »Genau. Sie hat sich sogar oft hinter seinem Rücken über ihn lustig gemacht. Was eine Menge über die beiden aussagt.«

»Haben Sie Jim Cooper jemals erzählt, was Samantha wirklich von ihm hielt?«, fragte Emma.

Askey sah sie streng an. »Ich bin doch kein komplettes Arschloch. Aber ich habe versucht, ihm klarzumachen, dass sie ihn zum Narren hielt. Nicht wortwörtlich, aber mit einigen recht deutlichen Winks. Anscheinend waren die klar genug.«

Demnach war er doch ein komplettes Arschloch. Aber eines, das sich wünschte, alle würden nur das Beste von ihm denken.

»Und war das bevor oder nachdem sie ermordet wurde?«

Askey holte wieder tief Luft. »Sowohl als auch. Übrigens würde ich an Ihrer Stelle da nach dem Mörder suchen.«

Blake blickte ihn fragend an.

»Jemand, der von Sam besessen gewesen ist, als sie noch gelebt hat, sie in blinder Leidenschaft umbringt und dann Chiara beseitigt, als er hört, wie sie schlecht über Sam redet. Sie hat jedem auf der Gartenparty gestern Abend klipp und klar gesagt, wie sie über Sam dachte. Wenn der Mörder Sam als sein Eigentum betrachtete, hat es ihm vielleicht nicht gefallen.« Er sah wütend zu Blake. »Daher schlage ich vor, Sie gehen jetzt und konzentrieren sich auf jemanden, der tatsächlich einen Doppelmord begangen haben könnte, anstatt mich zu belästigen.«

Leider könnte er recht haben. Der Gedanke war Blake auch schon gekommen. Sollte er sich als wahr entpuppen, würde Askey auf ewig denken, er wäre derjenige gewesen, der es erkannt hatte. Noch eine von den zahllosen Enttäuschungen des Lebens.

Bevor sie gingen, sprachen sie mit Sandra Askey, die bestätigte, was ihr Mann gesagt hatte. Sie hatte geschlafen, als er nach Hause gekommen war. Irgendwann war sie von dem Baby geweckt worden, hatte es gefüttert und war anschließend ins Ehebett gegangen. Sie hatte keine Ahnung, um welche Zeit das gewesen war. Vor dem Morgengrauen, aber die Uhrzeit war dieser Tage nicht mehr von Bedeutung für sie, denn sie fühlte sich wie eine Untote.

Als sie zur Parkside zurückfuhren, sagte Emma: »Ich könnte mir vorstellen, dass Sandra Askey versucht wäre, ihren Mann zu schlagen, hätte sie die nötige Energie.«

»Gut möglich. Was hältst du von seiner Reaktion?«

»Er wirkte geschockt wegen Chiara, aber er könnte auch einfach ein guter Schauspieler sein.«

»Dachte ich ebenfalls.«

»Und wie er reagierte, als wir ihn nach dem Streit fragten, war interessant.«

»Ja, da sah es aus, als würde er auf Zeit spielen.«

»Stimmt. Aber seine Erklärung klang echt.«

Das war auch Blakes Eindruck gewesen. Nur wenn es wahr war, warum hatte er es ihnen dann nicht gleich erzählt? Und warum war er so nervös geworden, als ihm aufging, wie viel von dem Streit gehört worden war?

KAPITEL EINUNDDREISSIG

Auf ihrer Rückfahrt von London nach Cambridge hatte Tara eine E-Mail an Blake geschrieben, dass sie die Frau von Samantha Seabrooks Schnappschuss gefunden und interviewt hatte. Es gab keine gute Erklärung dafür, warum sie ihn nicht eher informiert hatte, also versuchte sie es gar nicht erst. Er würde sie höchstens für feige und heuchlerisch halten, zusätzlich zu unehrlich. Wenigstens hatte sie eine Aufnahme des Interviews, die sie ihm schicken konnte.

Danach überlegte sie, in welche Richtung sie weiter nachforschen sollte. Samantha Seabrooks Kindheit wurde immer faszinierender. Sie mochte nicht unbedingt hilfreich bei der Aufklärung des Mords sein, aber Tratsch über ihr Elternhaus brächte Leben in Taras Artikel.

Und so hatte sie beschlossen, sich an ihre Mutter zu wenden. Möglicherweise verfügte sie über Insiderwissen, denn immerhin hatten sie und Bella Seabrook in derselben Branche gearbeitet. Während sie aus dem Zugfenster hinaus auf das vorbeirauschende Farmland schaute, rief sie an. Hin und wieder kam die Sonne durch und warf Sprenkelmuster auf die Felder.

Ihre Mutter klang überrascht (und ein wenig verärgert) ob Taras Bitte, sie möglichst bald besuchen zu wollen. Der Fairness halber musste Tara zugeben, dass sie es gleichfalls hasste, überfahren zu werden. Wahrscheinlich lag es in der Familie. Tara konnte hören, wie sich Lydia wieder beruhigte und ihren Ton mäßigte. Am Ende des Gesprächs war es, als hätte ihre Mutter sie eingeladen. Tara freute sich nicht darauf, durch die Fens zu fahren, doch sie durfte ihr Leben nicht vollständig von der Morddrohung bestimmen lassen. Sie wäre nicht allein auf der Straße, auch wenn sie vereinbart hatten, dass sie morgen, am Sonntag, käme.

Als sie zurück in Cambridge war und sich auf dem Rad ihrem Cottage in Stourbridge Common näherte, klingelte ihr Handy.

Während sie es herausholte, blickte sie hinüber zu dem Zelt und der Polizeiabsperrung. Wieder dachte sie an Chiara.

Sie war ohnedies nicht bester Dinge, und dann war es auch noch Giles, der anrief. Wusste er nicht, dass Samstag war? Nicht, dass Journalisten die gleichen festen Arbeitszeiten hatten wie andere Leute, aber es sollten doch noch gewisse Regeln gelten – zumal für Chefs.

»Ja?« Ihr war bewusst, dass sie gereizt klang.

»Entzückend, deine Stimme zu hören.« Er sprach absichtlich affektiert, was es umso nerviger machte.

»Ich bin den ganzen Tag in London gewesen und habe an der Story gearbeitet.«

»Sehr löblich. Und über die Story wollte ich auch mit dir reden.«

Ach was?

»Ich bin in der Stadt. Treffen wir uns im Copper Kettle? Du kannst doch sicher auch eine Erfrischung gebrauchen, wenn du den ganzen Tag unterwegs gewesen bist. Und es gibt einige ziemlich wichtige Entwicklungen im Zusammenhang mit dem Mord an Samantha Seabrook, meinst du nicht? Mich wundert, dass du dich nicht meldest.«

Sehnsüchtig sah Tara zu ihrem Cottage. »Giles, du hast gesagt, dass ich ein Feature über Samantha Seabrook und ihre Arbeit schreibe. Du hast behauptet, *Not Now* würde sogar etwas über sie bringen, wäre sie zu Hause im Bett gestorben. Mir war nicht klar, dass ich über den Fall schreiben soll.«

Giles lachte. »Gib bitte nicht die Ahnungslose bei mir, Tara. Ich weiß, dass du viele Rollen draufhast, aber die ist ganz besonders schwer auszuhalten. Ich warte in dem Café auf dich.«

Natürlich hätte Tara ihm sagen können, er sollte sich zum Teufel scheren, aber etwas an seinem Ton hatte sie davon abgehalten. Ihr Herz schlug schneller. Sie war bereit zum Kampf, und den trug man lieber von Angesicht zu Angesicht aus.

Im Copper Kettle war es voll, doch Giles hatte einen Fenstertisch ergattert. Er stand nicht auf, als Tara ankam. Und sie musste gestehen, dass sie sich auch nicht direkt beeilt hatte. Es war zu heiß, um sich abzuhetzen. London, die Bahnfahrten, dann die Radtour in die Stadt und ein Café voller Menschen, zu denen zufällig auch Giles zählte, machten sie störrisch. Sie zog sich einen Stuhl ihm gegenüber vor und setzte sich.

»Nun, wie ich höre, freundest du dich mit der Polizei an«, eröffnete er.

Tara blickte in die Karte. Wenn Giles sie schon zwang hier mit ihm zu sitzen, konnte er ihr auch verdammt noch mal einen Tee spendieren. »Wir haben uns ein paarmal unterhalten.«

»Und dieser letzte ›Vorfall‹, wie du ihn so vage in deiner E-Mail an Matt heute Morgen beschrieben hast, fand direkt vor deiner Haustür statt, aber du erzählst mir, du hast nicht gewusst, dass es sich wieder um einen Mord handelt? Dass dir nichts von der Beziehung des Opfers zu Samantha Seabrook bekannt war?«

Glaubte er allen Ernstes, sein Verlangen, aus dem Elend anderer Geld zu schlagen, sei hier das Wichtigste? »Ich habe Matt alles erzählt, was ich zu dem Zeitpunkt konnte.«

»Alles, was du *konntest*? Wohl eher alles, was du ihm erzählen wolltest. Du versaust mir das Geschäft, Tara. Du stößt auf eine Sensation, die unsere Klickzahlen durch die Decke katapultieren könnte, und behältst die für dich? Bist du wahnsinnig?«

»Ich wurde gebeten, keine Informationen rauszugeben, die die Polizeiermittlung behindern könnten.«

»Von diesem Polizisten, mit dem du dich triffst, nehme ich an.«

Tara sah ihn fragend an.

»Gav und Shona waren neulich Abend im Champion of the Thames. Interessant, dass du sie nicht bemerkt hast. Sie fanden, du und der Detective wirkten sehr vertraut. Er ist auch ganz nett anzusehen, meint Shona. Haute Couture und Dreitagebart.«

So viel zum Thema »Loyalität unter Kollegen«.

»Was seine Bitte angeht, keine Informationen weiterzugeben, hättest du die umschiffen können. Du hättest direkt zu Chiara Lauritos Haus fahren und fragen können, ob sie letzte Nacht nach Hause gekommen ist. Dann hätten wir wenigstens melden können, dass sie vermisst wird, zusammen mit der Nachricht von einem Leichenfund. Die Leser hätten selbst die richtigen Schlüsse gezogen.«

»Giles ...« Tara sah zu einem Kellner, der vorbeiging. »Einen Eistee, bitte«, sagte sie zu ihm. »Giles, ist dir mal der Gedanke gekommen, dass wir verpflichtet sind, polizeiliche Ermittlungen nicht zu vermasseln? Denn bisher sind zwei unschuldige Menschen tot, und es könnte nett sein, wenn sie den Mörder schnappen, bevor sich die Zahl erhöht.«

Giles lehnte sich auf seinem Stuhl zurück und verschränkte die Arme vor der Brust. »Darum geht es hier, oder?«

»Bitte?«

Er nickte. »Eigeninteresse.«

»Bedaure, ich komme nicht mehr mit.«

»Du willst, dass der Mörder gefasst wird, um dich selbst zu schützen. Ich habe ein Gerücht gehört, dass du bedroht wirst.«

Tara war sich nicht ganz sicher, was schlimmer war: der genüssliche Unterton, die Unterstellung, andere wären ihr gleichgültig, oder die bloße Tatsache, dass er von ihrer Privatangelegenheit wusste. Warum zur Hölle arbeitete sie bloß für diesen Mann? Sie wollte nichts mit ihm zu schaffen haben. Für ihn waren ihre Angst und die Morddrohung gegen sie eine von vielen potenziellen Storys, genau wie sie es sich gedacht hatte.

Giles trank einen Schluck von seinem Kaffee, als der Kellner Tara Eistee brachte. »Tja, ich sehe an deinem Gesicht, dass das Gerücht stimmt. Sehr interessant. Und es ist noch eine Sache, die du mir erzählt hättest, wärst ernsthaft dabei. Verdammt, Tara, eine echte Journalistin hätte nicht aus persönlichen Gründen geschwiegen. Sie hätte gesehen, dass die Story Gold wert ist.«

»Wow, danke.«

Aber Giles scherzte nicht.

»Woher weißt du es überhaupt?«

Doch er sank abermals zurück und verschränkte die Arme wieder. »Ich habe dir schon einmal gesagt, meine Liebe, dass ich meine Augen und Ohren überall habe. Woher ich es habe, spielt keine Rolle. Ich brauche Teamplayer bei *Not Now*. Leute, die meine Vision für die Zeitschrift teilen. Ich hatte das Gefühl, dir was schuldig zu sein, weil deine Mum uns solche Publicity verschafft hat, als sie mit dem Magazin fotografiert wurde. Aber du bist alles andere als unersetzlich. Und mit deiner Akte bezweifle ich, dass andere Blätter Schlange stehen, dich einzustellen.«

»Ich habe keine Akte. Nichts Offizielles, soweit es die Polizei betrifft.«

Er lächelte. »Mein gutes Kind, wenn mir deine Akte bekannt ist, kann ich sie herumgehen lassen – und das schnell. Ob offiziell oder nicht. Also, hier ist der Deal.« Nun streckte er sich auf seinem Stuhl. »Du gibst *Not Now* ein vollständiges und offenes Interview, in dem du genau erklärst, was passiert ist, seit du deine Morddrohung bekommen hast. Ich will Angst, ich will Mutmaßungen, und ich will deine Vergangenheit. Alles auf den Tisch. Tochter der berühmten Schauspielerin Lydia Thorpe zum zweiten Mal terrorisiert. Wird sie das nächste Opfer? Damit wird es sich lohnen, dich auf der Gehaltsliste zu behalten.«

Ihr war bewusst, dass sie gelegentlich aufbrausend sein konnte, aber selten hatte sie einen solchen Zorn empfunden. Sie öffnete den Mund, doch Giles hob eine Hand. »Überstürze nichts. Kannst du dir die Hypothek für das Loch, das du dein Zuhause nennst, leisten, wenn du mir eine Abfuhr erteilst? Ich schätze, deine Mutter würde dich unterstützen, aber das willst du vermutlich nicht.« Er lachte. »Ich weiß. Es ist furchtbar, geschlagen zu werden, nicht wahr? Alle Journalisten hassen es. Vielleicht bist du ja doch eine von uns.«

Sie stand auf und ging, ohne ihren Tee auszutrinken.

Draußen kochte sie immer noch vor Wut – und wie. Ihr war klar, dass sie die Cafétür ziemlich energisch aufgerissen hatte, und sie spürte die Blicke der anderen Gäste im Rücken. Hoffentlich starrten die jetzt alle Giles an und hielten ihn für den Arsch, der er fraglos war!

Blind bog sie die King's Parade hinauf zum Marktplatz; dort hatte sie ihr Fahrrad vor der Great St Mary's abgestellt, weil alle näheren Fahrradständer voll gewesen waren. Doch plötzlich entdeckte sie ein bekanntes Gesicht. Es war Kit, der wissenschaftliche Mitarbeiter, den sie bei der Gartenparty kennengelernt hatte. Er wollte in einen Laden gehen, hatte sie aber ebenfalls entdeckt. Lächelnd blieb er stehen und wartete, bis sie bei ihm war.

»Tara! Ich fasse nicht, dass wir uns beide die Innenstadt von Cambridge an einem Samstag geben. Was machen Sie hier?«

Beim Anblick seines Gesichts wurde ihr auf einmal klar, dass er noch nichts von Chiara gehört haben musste. Blake hatte gesagt, dass sie den Nachrichtenfluss natürlich kontrollieren wollten. Ihr Wissen wiederum machte es schwer, normal zu reagieren. »Ich musste einen beruflichen Kontakt treffen, sonst hätte mich nichts herbekommen.« Sie strengte sich an, möglichst glaubwürdig zu lächeln.

Er sah sie aufmerksam an, als könnte er erkennen, dass etwas los war. »Tja, machen Sie's gut«, sagte er. »Hat mich gefreut, Sie zu treffen. Vielleicht ... vielleicht treffen wir uns mal wieder zufällig.« Dann lächelte er etwas verhaltener, beinahe schüchtern, winkte ihr zu und ging die Straße hinauf.

Tara dachte an die jüngsten schrecklichen Nachrichten, mit denen Kit in den nächsten Stunden fertig werden müsste. Ihre Begegnung hatte ihr einen Moment gegeben, sich zu beruhigen und das Gespräch mit Giles zu relativieren. Sie konnte die Welt um sich herum wieder wahrnehmen. Die Samstagsmassen in der King's Parade; Fremdenführer mit Fähnchen an langen Stäben, die ihre Touristengruppen durch die Menge führten. Die Touristen mit ihren Handys auf Selfiesticks, deren Displays im Sonnenschein blitzten. Radfahrer, die sich zwischen Einkaufenden hindurch zu schlängeln versuchten. Einer brüllte einen Mann mit einem Buggy an.

Da nun eine gewisse Normalität eingekehrt war, fiel ihr ein, dass sie einige Sachen von Boots brauchte. Sie ging nach rechts die St Mary's Passage hinunter, wo Leute auf dem Rasen um die Universitätskirche auf karierten Picknickdecken saßen und Eiskrem und Kuchen aßen.

Dann überquerte sie den Marktplatz, wo es nach frischgepresstem Orangensaft vom Saft- und Smoothiestand sowie Gewürzen von dem Straußenburger-Wagen roch. Obwohl es schon recht spät war, herrschte Hochbetrieb.

In der Fußgängerzone der Petty Cury kam sie an einem Typen vorbei, der winzige bunte Spielzeughubschrauber verkaufte, die er mit Gummibändern in die Luft schoss. Eine Horde Kinder hatte sich um ihn geschart und blickte nach oben.

Dann betrat Tara den Drogeriemarkt Boots links und steuerte dort die Regale mit der Eigenmarke No. 7 an. Sie brauchte Make-up-Nachschub. Wenn das Leben sie blass und größtenteils schlaflos bleiben lassen wollte, war Make-up umso wichtiger, damit sie halbwegs menschlich aussah.

Sie hatte eben einige Grundierung aus dem Regal genommen, als ihr der Rimmelstand auffiel. Prompt dachte sie an den zerkratzten Lippenstift, den sie in Samantha Seabrooks Dior-gefüllter Wohnung gesehen hatte. Instinktiv ging sie zu dem Stand und musterte die Lippenstifte dort. Die Preise waren immer noch sehr moderat – wie zu ihrer Teenagerzeit –, aber das Aussehen hatte sich verändert. Von der Aufmachung her unterschieden sie sich nicht mehr sehr von den edleren Marken.

Und dann dachte Tara an den billig aussehenden, zerkratzten Lippenstift in der Wohnung. Plötzlich begriff sie. Sie hatte gedacht, er sähe so aus, weil er ganz unten in einer Handtasche herumgetragen worden war, aber das war es nicht.

Der Grund, weshalb er so mitgenommen wirkte, war der, dass er alt war.

KAPITEL ZWEIUNDDREISSIG

Blake scannte ein zweites Mal die E-Mail von Tara, als er um die Ecke von Kit Tylers Wohnung in seinem Wagen saß. Sie hatte die Frau auf Samantha Seabrooks Foto als Patsy Wentworth identifiziert, sie aufgespürt und interviewt. *Okay.* Er hätte sich denken können, dass sie ihm etwas vorenthielt. Schließlich war sie Journalistin, auch wenn er sie in dieser Geschichte fast als eine Partnerin wahrgenommen hatte. Er überlegte, ihr zurückzuschreiben, was er von ihren Prioritäten hielt, aber das konnte sie sich wahrscheinlich schon denken.

Blake überflog das Interview, das Tara ihm geschickt hatte. Er müsste es sich später genauer anhören, doch soweit er sehen konnte, war da nichts fundamental Wichtiges – auch wenn sich noch ein paar Puzzleteile ins Bild fügten. Ärgerlich war, dass Tara Patsys Adresse von dem alten Seabrook bekommen hatte, während er Blake erzählte, dass er sich nicht einmal an ihren Namen erinnerte. Tara war besser darin, Leute zu bequatschen, als er. Oder besser im Manipulieren und Täuschen. Je nachdem, wie man es betrachtete.

Momentan logen ihn zu viele Menschen an.

»Was ist los, Boss?«, fragte Emma.

»Informationen. Erinnerst du dich an die Kette mit den Rubinen, die wir in Samantha Seabrooks Aktenschrank im Institut gefunden hatten, als wir uns da zum ersten Mal umgesehen haben?«

Sie nickte, dass ihr Haar wippte.

»Anscheinend hast du recht gehabt, dass sie ein Familienerbstück sein könnte. Sie gehörte ihrer Großmutter, und falls die Schulfreundin die Wahrheit sagt, hatte Samantha sie ihr gestohlen. Die eigene Familie beklaut. Es heißt, ihr Vater hatte gewusst, dass Samantha sie genommen haben musste, brachte es aber nicht übers Herz, sie damit zu konfrontieren. Kein Wunder, dass er so aufgelöst war, als wir ihn danach gefragt haben. Wir haben seine schlimmsten Befürchtungen bestätigt, und das auch noch zum schlimmstmöglichen Zeitpunkt.«

»Der Tod hat eine furchtbare Angewohnheit, Dinge zu enthüllen«, sagte Emma.

Blake bejahte. »Und ich habe noch ein Update von Patrick. Simon Askey befindet sich in guter Gesellschaft. Jim Cooper hat ebenfalls kein verlässliches Alibi für die Zeit, als Chiara Laurito ermordet wurde. Genau genommen scheint bisher niemand vom Institut eines zu haben. Die sind alle Eigenbrötler oder pflegen seltsame Zeiten und haben keine Sozialkontakte wie der Rest von uns.«

Dann jedoch dachte er an sein leeres Cottage in Fen Ditton. Wie würde er beweisen, wo er die Nacht gewesen war, sollte es jemand wissen wollen?

Sie stiegen aus dem Wagen und gingen zu Kit Tylers Wohnung. Sie befand sich über einem griechischen Restaurant, und an der Tür blätterte die Farbe ab, aber weil es in der Stadt war und nicht in Chesterton, wie Jim Coopers Wohnung, schätzte Blake, dass sie den wissenschaftlichen Mitarbeiter immer noch einiges kostete.

Emma klingelte.

Als Kit öffnete, war offensichtlich, dass er es bereits gehört hatte. »Sind Sie wegen Chiara hier?«, fragte er und trat zurück, um sie hereinzulassen.

Blake nickte und stellte Emma vor. »Wer hat es Ihnen erzählt?«

»Ich bin vor Kurzem vom Einkaufen zurückgekommen, und da war eine Rundmail von Mary Mayhew eingegangen.« Er sprach langsam, und Blake fragte sich, ob er noch dabei war, die Neuigkeiten zu verarbeiten. Ihm jedenfalls ging es so, und er hatte einigen Vorsprung.

Es war Patrick Wilkins gewesen, der Mary Mayhew informiert hatte, aber Blake wusste, dass er ihr gesagt hatte, die Polizei wollte die Nachricht selbst an die anderen überbringen.

»Sie wollte uns dringend allen Bescheid geben, ehe die Presse vor unserer Tür aufkreuzt.«

Blake unterdrückte ein Seufzen. Ja, natürlich. Wie schon zuvor, hatte sie eindeutig entschieden, der Ruf des Instituts hätte absoluten Vorrang. Es sei denn, sie hatte ihre eigenen Gründe, die Nachrichten zu steuern. Wieder dachte er an ihre Religiosität und das Kreuz an Samantha Seabrooks Leiche. Sein Gefühl sagte ihm, dass der Täter männlich war, aber er könnte sich irren. Mary Mayhew sah fit genug aus, und sie kam ihm eiskalt vor.

»Sie hat uns keine Einzelheiten erzählt«, ergänzte Kit, als könnte er Blakes Frust spüren. Er führte sie durch einen kleinen Flur mit Bücherregalen auf der einen und Kleiderhaken auf der anderen Seite.

»Die haben wir noch nicht öffentlich gemacht«, erklärte Emma.

Kit nickte. »Kann ich Ihnen etwas zu trinken anbieten?« Er bedeutete ihnen, Platz zu nehmen. Sie waren in einem rechteckigen Zimmer, das alles enthielt – von einer Küchenzeile an einem Ende bis hin zu einer Schlafcouch am anderen. Emma wählte die Schlafcouch und Blake einen Stuhl an einem kleinen Tisch.

»Ein Glas Wasser wäre super«, antwortete Emma. Blake bat auch um eines. Das Zimmer ging nach Süden und war sehr stickig. Das Kippfenster stand offen, aber die große Hauptscheibe darunter ließ sich nicht öffnen.

Es war ein völlig anderes Zuhause als Chiaras, auch wenn es sauber und aufgeräumt war, abgesehen von einigen ordentlichen Papier- und Bücherstapeln neben den bereits überquellenden Regalen. Es gab auch den einen oder anderen persönlichen Touch: ein gerahmtes Foto auf einem schmalen Beistelltisch von einem kleinen Mädchen mit langen dunklen Haaren, das neben einer Frau stand. Daneben war ein blauer, mit silbernen Vögeln verzierter Topf.

Kit Tyler brachte ihnen Gläser. Das eine erinnerte Blake an die Gläser, die sie früher in der Schule bekommen hatten, und war oben ein wenig angeschlagen. Das andere sah aus, als hätte es mal in einem Pub gelebt.

Kit bemerkte seinen Blick und grinste verlegen. »Die gehören zur Wohnung. Der Vermieter legt sich richtig ins Zeug.«

»Was nichts daran ändert, wie dankbar ich für ein kaltes Getränk bin«, sagte Emma und nahm einen Schluck.

»Also, wie kann ich helfen?«, fragte Kit, der sich neben sie auf die Schlafcouch setzte.

»Wir sprechen mit jedem, der Chiara gestern Abend auf der Gartenparty des Instituts gesehen hat«, erklärte Blake. »Selbstverständlich möchten wir wissen, wann wer gegangen ist, wo sie hinterher waren und ob es jemand bezeugen kann.« Er blickte sich in Kits Einzimmerwohnung um. Vermutlich hatte er auch kein Alibi.

»Ich bin gegen acht gegangen«, sagte Kit. »Chiara war in keiner guten Verfassung mehr, um ehrlich zu sein. Sie hatte zu viel getrunken. Nicht so extrem, dass ich mich sorgte, wie sie nach Hause kam, aber für die Uhrzeit abends war sie schon ganz schön hinüber.«

»Haben Sie sie an dem Abend noch einmal gesehen?« Blake beobachtete Kit Tylers Augen.

»Nein.« Er schüttelte den Kopf. »Ich hätte bleiben sollen und mich vergewissern, dass sie es nach Hause schafft. Oder zumindest ihre Mitbewohnerin anrufen und fragen, ob sie heil angekommen ist. Wir hätten auf sie aufpassen können, hätten wir es nur geahnt.«

Sofern er nicht bluffte, war ihm nicht bekannt, dass sie zu Hause gewesen war und dann wieder weggegangen, um ihren Mörder zu treffen. Andererseits war Bluffen nicht unmöglich, und irgendjemand tat es.

»Dann kennen Sie ihre Mitbewohnerin?«, fragte Emma.

Kit verzog das Gesicht. »Ich fürchte, es war nicht das erste Mal, dass sich Chiara bei einer Institutsveranstaltung betrunken hat. Wir haben Mandy schon früher angerufen, damit sie kommt und Chiara abholt. Vermutlich war sie sogar schon ein bisschen genervt deswegen.«

Blake nickte. »Fällt Ihnen jemand ein, der Chiara etwas antun wollte? Oder jemand, der sich in letzter Zeit ihr gegenüber seltsam verhalten hat?«

Kit runzelte die Stirn und blieb länger stumm, als Blake es für normal hielt. Dann sagte er: »Na ja, Chiara hat sehr eng mit Samantha zusammengearbeitet. Vielleicht hat sie etwas gewusst, was Samanthas Mörder gefährlich werden könnte.«

»Falls Sie jemanden in Verdacht haben, sagen Sie uns das lieber.«

Doch Kit schüttelte wieder den Kopf und antwortete sehr entschieden: »Habe ich nicht.«

»Kommen wir auf die Ereignisse der letzten Nacht zurück«, sagte Blake. »Wo waren Sie nach der Party? Sind Sie direkt nach Hause gegangen?«

Der Mann bejahte.

»Und hat Sie jemand heimkommen gesehen?« Was kein Beweis wäre, dass er nicht wieder ausgegangen war.

»Ich fürchte nein«, antwortete Kit Tyler. »Zumindest nicht, soweit ich weiß.«

Blake schloss für einen Moment die Augen. Sie kamen keinen Schritt weiter.

Als er mit Emma die Treppe von Tylers Wohnung hinunterging, schaute Blake auf seinem Handy nach neuen Nachrichten. Bei einer stellten sich seine Nackenhaare auf. Ein Hinweis. Nur wohin führte er sie?

Emma bemerkte seinen Stimmungswechsel und sah ihn fragend an.

»Hier.« Er reichte ihr das Handy mit Taras Nachricht zu dem Lippenstift, den sie in Samantha Seabrooks Wohnung gesehen hatte. Ihre neue Theorie war interessant.

»Alt?«, fragte Emma. »Wie die Puppen?«

Er nickte. »Genau. Ich möchte, dass der Lippenstift untersucht wird, damit wir Taras Idee nachgehen und herausfinden können, wann dieser Lippenstift hergestellt wurde.«

»Das regle ich«, sagte Emma. »Ich war in der Nacht nicht am Tatort. Denk dran, was Fleming gesagt hat.«

Die DCI hatte ihn zwischen seinen Befragungen von Askey und Tyler angerufen, um ihm zu sagen, dass er nach Hause gehen und ein bisschen schlafen solle. Sie wisse, dass er völlig übernächtigt sei, und das Letzte, was sie wolle, sei, dass er Fehler mache. »Delegieren Sie«, waren ihre letzten Worte zu ihm.

»Ja, ich denk dran.« Er zuckte mit den Schultern. Als könnte er in einer Zeit wie dieser schlafen. Trotzdem war ihm klar, dass seine Chefin recht hatte. »Alte Puppen und ein alter Lippenstift. Was hat das zu bedeuten? Datieren sie zurück auf Samantha Seabrooks Teenagerjahre?« Er rieb sich das Kinn. Es fühlte sich noch stoppeliger als sonst an. »Da Souza hat sie damals gekannt. Und sie hatte ihre Mutter verloren. Das Leben war hart zu Sir Brian.« Auf einmal fragte er sich, ob Pamela Grange damals auch eine Freundin der Familie gewesen war.

Aber er war zu müde. So bekam er nicht alles zusammen. Vielleicht sorgten ein paar Stunden Schlaf dafür, dass sich die Dinge an ihren Platz fügten.

Als Blake sich Fen Ditton näherte, fiel es ihm schwer, sich auf den Verkehr zu konzentrieren. Er dachte an DCI Flemings Worte am Telefon: »Sie nützen mir nichts, wenn Sie nicht in Höchstform sind.« Zwei Frauen waren tot, und er sollte sich hinlegen, wie ein Baby. Er zuckte zusammen, als sein Handy klingelte, und stellte fest, wie kurz er davor gewesen war, am Steuer einzunicken.

Er nahm das Gespräch über die Freisprechanlage an, ohne hinzusehen, wer anrief.

»Garstin? Ich bin es. Ich bin zu Hause.«

Babette. Verflucht. Er hatte Samstag sechs Uhr gesagt. Und danach hatte er sowohl den Tag als auch die Zeit vergessen.

»Ich bin um die Ecke.«

Die ersten zehn Minuten ihres Besuchs hatte Blake mit Kitty auf dem Schoß verbracht und sich bemüht, die Beherrschung zu wahren. Sie saßen in seinem Wohnzimmer, und Babette sah ihn an. Sie hatte Tränen in den Augen. Kitty zeigte ihm ihr Malbuch, und aus irgendeinem Grund kamen Blake bei Anblick der aufwendigen, begeisterten Malereien selbst die Tränen. Sie waren ein Symbol für ihre überschäumende Art, vermutete er. Und dann hörte Kitty plötzlich auf zu blättern, warf das Buch auf den Boden und schlang die Arme um ihn, um sich dicht an ihn zu schmiegen.

Eine Weile später kletterte sie von seinem Schoß und verkündete, dass sie ins Kinderzimmer ginge.

Danach hatten Babette und Blake den wahren Grund diskutiert, warum sie versucht hatte, mit Kitty auszuwandern.

»Ich bin untergegangen, Garstin – überwältigt von Schuld-
gefühlen und dem Gedanken, was das Beste für Kitty wäre.«

Ja, das wusste er. Und es gab auch einen Grund dafür. »Du
wolltest mir dieselben Schuldgefühle einreden«, sagte er.
»Damit wolltest du mich zwingen, euch beide gehen zu lassen.«

Er hatte niemanden die ganze Geschichte erzählt. Vielleicht sollte er, denn sie fraß ihn innerlich auf. Aber noch war er
nicht bereit dazu.

»Weiß ich«, sagte sie. »Das war unverzeihlich.« Und als sie
es aussprach, schien es sie einzuholen. Sie sah winzig und
geschlagen aus, wie sie in dem Sessel saß. Ihre blauen Augen
waren riesig und voller Tränen, als sie den Kopf hob und ihn
ansah. »O Gott, es war wirklich unverzeihlich, oder? Buchstäb-
lich. Du wirst mir nie eine zweite Chance geben können.« Der
Schock stand ihr ins Gesicht geschrieben. »Natürlich nicht. Es
tut mir leid. Es tut mir so leid.« Die letzten Worte waren geflüs-
tert, und Blake fühlte, wie sich seine Brust anspannte. Er wollte,
dass sie unrecht hatte, aber tief im Innern wusste er, dass es
stimmte.

Er stand auf und zögerte. Eine Sekunde lang wollte er
beinahe hingehen und sich vor ihren Sessel knien. Er wollte sie
in die Arme nehmen und ihrer beider Schmerz lindern. Aber
dann drehte er sich um und ging weg. Eine Stimme in seinem
Kopf sagte: *Es liegt bei dir. Du könntest ihr vergeben. Nur willst
du ihr im Grunde wehtun. Du willst Rache.* Er verdrängte die
Gedanken, verließ das Zimmer und schloss leise die Tür hinter
sich.

Oben konnte er Kitty umherstapfen hören. Natürlich gab es
keine Treppengitter mehr. Aber sie war in einem Stück nach
oben gekommen; alles war in Ordnung. Und er hörte sie
kichern. Sie hatte Babettes Zusammenbruch nicht miterlebt.
Auf dem Weg nach oben nahm Blake jeweils zwei Stufen auf
einmal und schluckte seine Gefühle herunter.

Kitty war in ihrem alten Zimmer. Er hatte geglaubt, es

könnte sie traurig machen, weil es jetzt so leer aussah, aber sie hatte etwas zum Spielen gefunden. Als er hereinkam, drehte sie sich in ihrem dunkelblauen Kleid mit den aufgedruckten Gänseblümchen um und sah ihn.

»Daddy!« Sie kam zu ihm gelaufen und umklammerte seine Beine. »Guck mal!« Sie hielt ihm strahlend ein Spielzeug hin.

Du hast Kleiner Bär gefunden!«, sagte er, bückte sich und hob sie in seine Arme. »Wo war er?«

»Da.« Sie zeigte zu dem blaugelben Bücherregal.

»Hinter dem Regal, meinst du?«

Sie nickte energisch. »Aber er hat rausgeguckt.«

Blake lächelte. »Er ist sicher froh, dass er wieder bei dir ist.«

Wieder nickte Kitty. Inzwischen war Kleiner Bär irgendwie hinter Blakes Rücken, denn Kitty klammerte sich erneut an ihn und schmiegte ihren Kopf mit dem seidigen Haar an seine Schulter.

Deine Entscheidung.

Blake hielt einige Zeit inne. Kittys Haar duftete nach Babyshampoo von Johnson.

»Wollen wir nach unten gehen und ihn Mummy zeigen?«, fragte er dann, ohne zu einem Entschluss gekommen zu sein.

Kitty nickte an seiner Schulter und hob ihren Kopf nicht, als er sie die Treppe hinuntertrug.

Während er langsam die Wohnzimmertür öffnete, sprach er mit Kitty, um Babette vorzuwarnen.

Kitty hockte auf seiner Hüfte, als er ins Zimmer trat. Babette hob den Kopf und sah sie an. Sie hatte sich die Tränen abgewischt, doch ihre Augen waren noch gerötet.

Ihr Blick begegnete seinem über Kittys Kopf hinweg, als er das Kind fest im Arm hielt.

In der Nach träumte er von Samantha Seabrook und Chiara Laurito. Er sah sie abwechselnd tot an dem Ort, an dem sie gefunden wurden, aber in beiden Fällen wusste er, dass noch jemand anders dort war – ein Mann, dachte er, konnte indes nicht sehen, wer. Er schrak aus dem Schlaf und sah, dass auf seinem Handy eine Nachricht eingegangen war. Sie leuchtete noch auf dem Display. Vielleicht hatte ihn das Vibrieren geweckt. Tara.

Übrigens glaube ich, dass jemand bei Ihnen Infos durchsickern lässt. Mein Chef weiß von meiner Morddrohung. Er will ein Exklusiv-Interview mit mir, damit sich die Leser ergötzen können.

KAPITEL DREIUNDDREISSIG

Als Tara sich am nächsten Tag bereitmachte, um zu ihrer Mutter zu fahren, fragte sie sich, wie viel Bedenkzeit Giles ihr geben würde. Nicht, dass sie die brauchte; es war ausgeschlossen, dass sie ihm das Interview gab. Nein, sie hatte sich entschieden. Sie schob lediglich auf, es offiziell zu machen, denn die Aussicht auf die nächste fällige Hypothekenrate wirkte sofort beängstigender.

Sie müsste versuchen, ihr Feature zu verkaufen. Wenn es sein musste, würde sie einige Details einfügen, auf die Giles so scharf war, um es interessanter zu machen. Aber es würde zu ihren Bedingungen sein, und sie hätte sich gegen ihn behauptet, was immerhin etwas war.

Hätte sie doch nur mehr Ersparnisse. Ein Jammer, dass sie so viel Geld in eine neue Hintertür investieren musste.

Wie üblich war sie wachsam, als sie durch den Park ging. Schwalben huschten über sie hinweg, und die Kirchenglocken von St Andrew's in Chesterton hallten über den Fluss. Eine kleine Gruppe Kinder fütterte die Enten. Es war eine total idyllische Szenerie, wäre da nicht ein Stück weiter das Zelt, das Chiara Lauritos Leiche verhüllt hatte.

Tara war froh über ihre dunkle Sonnenbrille, als sie zum Haus ihrer Mutter fuhr, denn die Sonnenspiegelungen auf dem überfluteten Land links von ihr waren schwindelerregend. Zu ihrer Rechten befanden sich ebenfalls bereite Wasserkanäle, und hinter ihr mäanderte die Straße durch die beinahe komplett überflutete Landschaft, so eben, dass sie über eine weite Strecke auszumachen war. So viel Himmel. So viel dunkle Erde. Sie konnte ein anderes Auto hinter sich sehen, aber keines vor ihr. Es war bloß ein anderer Fahrer, der zu einem der Dörfer in dieser vom Wasser dominierten Landschaft wollte. Natürlich. Doch Tara behagte nicht, dass nur noch ein anderer Wagen hier unterwegs war. Was, wenn es der Mörder war? Er schien sie eindeutig zu beobachten. Wenn sie jetzt liegen blieb, hätte sie keine Chance mehr. Hier war es vollkommen verlassen.

Sie versuchte, sich auf die Straße vor sich zu konzentrieren, und wartete, dass der Wagen hinter ihr abbog. Dem Gesetz der Serie nach müsste er es früher oder später.

Aber erst als sie die Abzweigung zu dem kleinen Weiler mit den vornehmen Häusern nahm, in dem ihre Mutter und ihr Stiefvater lebten, wurde Tara den grünen Kleinwagen endlich los. Es war wieder heiß und schwül, was jedoch nicht verhindern konnte, dass sie eine Gänsehaut bekam.

Taras Fiat rumpelte über die holprige Einfahrt. Es war nicht so, dass Lydia das Geld fehlte, sie asphaltieren zu lassen – ihre Mutter mochte den ländlichen Charakter. Tara sorgte sich jedes Mal, dass es sie den Auspuff kosten könnte, doch ihre Mutter und ihr Stiefvater fuhren einen Land Rover Discovery, also machte es ihnen nichts. Auf dem Höhepunkt ihrer Karriere hatte Lydia Thorpe sich kaum hier aufgehalten. Sie hatte eine Zweitwohnung in London gehabt, was sich besser mit ihren Rollen und ihrer Arbeit als Model vereinbaren ließ. Doch jetzt lebte sie den Großteil der Zeit hier. Wenn sie überhaupt weg war, dann nur für begrenzte Zeit und nur für richtig gute Engagements. Ansonsten zog sie sich in ihr ländliches Idyll zurück.

Das Haus war ein riesiger Klotz; ein ehemaliges Pfarrhaus, das Mitte des achtzehnten Jahrhunderts erbaut worden war. Die Vikare damals schienen alles richtig gemacht zu haben. Es war umgeben von sattgrünen Wiesen mit einem Tennisplatz und einem Labyrinth auf der Rückseite. Außerdem gab es noch den separate Garagenblock und einige Ställe, auch wenn die niemand nutzte.

Neben dem Land Rover stand ein Taxi in der Einfahrt, und Tara fragte sich, ob Benedict oder ihr Halbbruder Harry beschlossen hatten, vor ihrem Besuch die Flucht zu ergreifen.

Tara ging zur Haustür und klopfte.

Ihr Stiefvater Benedict öffnete und gab ihr einen Wangenkuss, was er offenbar für seine Pflicht hielt. »Tara, Liebes, wie schön, dass ich dich noch sehe! Ich muss einen Zug erwischen und hatte gehofft, dich vorher wenigstens kurz begrüßen zu können. Geht es dir gut?« Er nahm eine Aktentasche und einen Rollkoffer auf und trat nach draußen.

»Ja, danke, und dir?«

Er nickte. »Ja, danke.« Er klang erleichtert, dass er die Förmlichkeiten hinter sich gebracht hatte. Tara war es auch. »Tja, ich muss nach London. Wir sind dabei, einen Deal für ein neues Luxusbauprojekt in Dubai abzuschließen, also muss ich einen Flieger bekommen.« Er blickte ins Haus. »Ich glaube, Lydia ist in der Küche.«

Tara wandte sich von ihm ab und ging in die Diele mit den Kunstwerken, dem Sofa und den Wänden in Farrow-and-Ball-Blau. »Mum?«

Sie horchte und hörte die Stimme ihrer Mutter aus dem nächsten Zimmer. Sie gab Anweisungen, die sich auf eine Blumendekoration für eine Veranstaltung zu beziehen schienen. Tara vermutete, dass sie am Telefon war, denn sie hörte niemanden antworten.

»Bin gleich bei dir, Schatz«, rief Lydia, gefolgt von: »Nein, nein, Rot geht gar nicht! Sie müssen in einem sehr hellen Pink sein, mit hängendem Grün und weißen Schleifen. Seide. Ja, genau. Gut.«

Eine Sekunde später erschien sie und begrüßte Tara ebenfalls mit einem Wangenkuss. Sie trug ein eng anliegendes, ärmelloses Kleid aus changierender Seide. Wenn sie sich bewegte, wechselte die Farbe von Saphirblau zu einem Seegrün. Ihr mittelbraunes Haar glänzte wie in einer Shampoo-Reklame und war zu einem französischen Knoten aufgesteckt.

»Was für eine wunderbare Überraschung.« In der Stimme ihrer Mutter schwang immer noch ein Hauch Vorwurf mit. Tara nahm sich vor, sich künftig mindestens eine Woche vorher anzukündigen. »Wie schade, dass du Harry verpasst hast. Er besucht heute einen Freund, aber ich soll dich grüßen.«

Tara nahm an, dass ihre Mutter die Nachricht erfunden hatte, um Familienharmonie vorzugaukeln. Ihr Wunschkind war wahrscheinlich in dem Augenblick geflüchtet, in dem er erfuhr, dass sie bei ihnen einfallen würde.

Lydia neigte den Kopf zur Seite. »Du siehst entzückend aus«, sagte sie schließlich, und wäre die Pause nicht gewesen, hätte Tara ihr vielleicht sogar geglaubt.

»Du auch. Schönes Kleid.«

Sie zuckte mit der Schulter. »Ein Geburtstagsgeschenk von Benedict. Gehen wir raus in den Garten. Das Wetter ist zu schön, um drinnen zu sitzen, und es ist so friedlich hier.« Sie trug das Mobiltelefon, das sie in der Hand hatte, zum Dielentisch und legte es dort ab. »Ich habe einige Erfrischungen für uns in der Küche bereitstehen. Die konnte ich gerade noch im Dorf besorgen, bevor die Läden schlossen – als ich erfahren hatte, dass du kommst.«

Tara folgte ihr und entdeckte Gebäck auf einem Teller unter einer Seidenglocke. Lydia hob die Glocke ab und stellte den Teller auf ein Tablett mit ein paar Gläsern und kleineren Tellern.

»Kannst du die Holunderschorle mitbringen? Sie steht im Kühlschrank.«

Tara holte sie, und sie gingen durch die Hintertür, die von der Küche in den Garten führte. Nahe dem Haus war ein Blütenmeer aus Rosen, Rittersporn und Bartnelken vor dem Hintergrund alter, knorriger Bäume. Süßlicher Blumenduft hing in der Luft.

Taras Mutter folgte ihrem Blick. »Der Regen im April und jetzt die Wärme scheinen gut zu sein«, sagte sie.

»Es sieht alles sehr gepflegt aus.« Tara wusste, dass Gartenarbeit nicht die große Leidenschaft ihrer Mutter war, so sehr sie die Ergebnisse auch genoss.

»Ein neuer Gärtner«, erklärte ihre Mutter. »Den letzten hatte Benedict schlafend in einem Liegestuhl entdeckt, als er alles stutzen sollte.« Sie ging zu einem Tisch mit Marmorplatte und gusseisernen Beinen, den sie schon hatten, seit Tara ein Kind war. Er stand im Schatten einer Weide.

»Es ist schön, dass wir mal wieder reden können«, sagte ihre Mutter. »Was führt dich her?«

Wäre dies ein Interview, hätte Tara jetzt irgendwas erfunden und wäre geduldig vorgegangen. Aber Blutsverwandte verdienten Ehrlichkeit, und ihre Mutter würde sie so oder so durchschauen.

»Das Verlangen nach Showbusiness-Tratsch.«

Lydia sah sie verwundert an, und die Andeutung eines Lächelns trat auf ihre Züge. »Aha? Im Zusammenhang mit Bella Seabrook, nehme ich an, da du über ihre Tochter schreibst.«

Tara hatte es schon am Telefon erklärt.

»Findest du es nicht ein bisschen geschmacklos, die Vergangenheit wieder aufzuwühlen?«

Tara zuckte mit den Schultern. »Ich habe nicht das Gefühl, dass ich eine ausgewogene Story schreiben kann, wenn ich solche Fakten nicht kenne.«

Ihre Mutter sah sie streng an, aber Tara reagierte nicht. Lydia konnte die Erklärung hinnehmen oder auch nicht.

»Je mehr ich über Samantha Seabrook erfahre, desto mehr will ich wissen. Ihre Kindheit war, wie ich es bisher mitbekommen habe, nicht so, wie man es erwarten würde. Sie war eindeutig rebellisch, hatte einen liebenden Vater, der nie da war, und eine Mutter, die ... tja, und hier hänge ich fest. Eine Menge Hinweise, Anspielungen auf eine Tragödie, aber die Leute sagen weniger, als sie wissen.«

»Und du hoffst, dass ich die Leerstellen ausfüllen kann?«

»Ich dachte, du kennst vielleicht jemanden, der jemanden kannte, auch wenn dir selbst keine Einzelheiten bekannt sind.«

Lydia schenkte ihnen ein und zeigte zu dem Gebäck. »Ich bin manchmal auf ihren Partys gewesen«, erzählte sie. »Und wir sind uns bei diversen Preisverleihungen begegnet.«

»Weißt du, wie sie gestorben ist?«

Lydia runzelte die Stirn. »Ein Unfall. Das hat jeder gesagt. Ich hatte den Eindruck, dass die Details unter den Teppich gekehrt wurden.«

Tara biss in ein Pastetchen mit Aprikosen-Mandel-Füllung und genoss die Süße der Frucht. »Mochtest du sie?«

»Ich habe sie nie richtig kennengelernt. Brian Seabrook tat sein Bestes, den Schein zu wahren, aber jeder erkannte, dass mit Bella etwas nicht stimmte. Es gingen Gerüchte unter den Besetzungschefs herum. Als ich anfing, war sie groß im Kommen, hatte schon Rollen in großen Filmen. Ich dachte, sie hätte es geschafft, und dann wurde sie unzuverlässig. Das habe ich damals gehört.« Sie verzog das Gesicht. »Alkohol und Drogen, schätze ich, wenn ich an einige der Fotos denke, die damals in der Regenbogenpresse erschienen. Entweder reißt man sich zusammen, wird clean und überzeugt die Leute, wieder in einen zu investieren, oder es ist vorbei.«

»Wie lange ging das?«

Ihre Mutter seufzte. »Einige Jahre. Ihre Rollen wurden kleiner, und die Gerüchte nahmen zu. Und dann hörte ich, dass sie gestorben ist. Mich hat es eigentlich nicht gewundert, obwohl es ein Jammer war.« Sie rückte ihren Stuhl weg vom Tisch und stand auf. »Ich bin gleich wieder da.«

Sie kehrte mit einem Fotoalbum zurück. »Hier sind einige Aufnahmen aus den alten Zeiten drin.« Sie schob den Gebäckteller zur Seite, legte das Album auf den Tisch und blätterte darin.

»Hier.« Sie drehte das Album so, dass Tara die Rückansicht des Hauses sah, das sie erst vor ein paar Tagen besucht hatte. »Das muss ungefähr ein Jahr vor ihrem Tod gewesen sein.« Eine Frau mit Diamanten an Hals und Handgelenk, platinblondem Haar und in einem silbernen Trägerkleid stand neben einem sehr viel jüngeren Brian Seabrook, eine Hand auf seinem Arm. Es sah aus, als müsste sie sich auf ihn stützen. Obwohl sie auf dem Foto lächelte, war da ein gequälter Ausdruck in ihren Augen und Schmerz in seinen. Tara musterte die Szenerie um sie herum. Samantha Seabrook war nirgends zu sehen, obwohl sie da circa vierzehn Jahre alt gewesen sein musste, mithin alt genug, um bei den Partys dabei zu sein. In dem Alter, in dem Lydia Tara »erlaubte«, bei ihren Partys Häppchen herum zu reichen, weshalb sie verstehen konnte, dass Samantha sich lieber rar gemacht hatte.

Sie schaute sich die anderen Gäste an. Es war eine glamouröse Schar, und die meisten posierten, als wären sie sich der Kameras gewahr.

Mit Ausnahme eines Mannes. Zunächst kam er Tara nur flüchtig bekannt vor, doch plötzlich begriff sie. Das war eine schlankere, jüngere Version von Professor da Souza, dem Institutsleiter. Und anstatt halb zur Kamera zu blicken, war er ganz auf Sir Brian und Bella Seabrook fixiert. Der Ausdruck in seinen Augen spiegelte den von Sir Brian.

»Hast du mal mit dem hier geredet?«, fragte Tara und zeigte auf da Souza.

Ihre Mutter zog die Augenbrauen zusammen. »Du meine Güte, Tara, das ist so lange her! Könnte sein.« Sie beugte sich vor. »Oh, jetzt verstehe ich, warum es dich interessiert. Das ist ein interessanter kleiner Cameo, oder?« Sie malte mit dem Finger einen Kreis um da Souza, Sir Brian und Bella Seabrook. »Ich kenne diesen Blick. Ein verschmähter Liebhaber von Bella Seabrook, meinst du? Ich glaube, von denen gab es mehrere.«

Und Tara war sicher, dass sie recht hatte. Vielleicht hatte da Souzas Zuneigung zu Samantha nichts damit zu tun gehabt, dass er in *sie* verliebt gewesen war. Immerhin war er mit Sir Brian zusammen zur Schule gegangen, also musste er schon mit ihm befreundet gewesen sein, als dessen Beziehung mit Bella Seabrook begann. Vielleicht hatte da Souza sich gewünscht, sie hätte sich für ihn entschieden.

Eine Amsel sang in einem Apfelbaum.

»Mum, kennst du jemanden, der mehr wissen könnte – entweder über diese Situation«, sie zeigte zu dem Bild, »oder über das, was wirklich mit Bella Seabrook passiert war?«

Wieder kassierte sie einen strengen Blick. »Niemanden, der etwas ausplaudern würde, wenn ich im Auftrag meiner ehrgeizigen Journalistentochter frage.«

»Und du könntest nicht erwägen, ein bisschen sparsam mit der Wahrheit zu sein?«

Ihre Mutter lehnte sich auf ihrem Stuhl zurück. »Überlass das mir«, sagte sie nach einer Weile und schloss für einen Moment die Augen in der Sonne.

Tara wusste, dass Lydia ein schlechtes Gewissen hatte, was ihre Kindheit anging, und dass es bis heute beeinflusste, wozu

sie bereit war. Es widersprach Taras Prinzipien, das auszunut-
zen, doch wieder einmal heiligte der Zweck die Mittel.

Würde sie bei der Polizei arbeiten, wie Blake, hätte sie die
Wahrheit natürlich direkt nach Samantha Seabrooks Ermordung herausgefunden, ohne auf Täuschung zurückgreifen zu
müssen. Und der Gedanke frustrierte sie aufs Neue.

KAPITEL VIERUNDDREISSIG

Blake war in Gedanken noch bei seiner Begegnung mit Babette am Vorabend, als er morgens auf die Wache kam. *Habe ich richtig entschieden?* Die Zweifel nagten nach wie vor an ihm.

All das wurde kurz nach seiner Ankunft aus seinem Kopf verdrängt. Er sollte eigentlich froh sein, dass DS Patrick Wilkins Dieter Gärtner gefunden hatte. Aber, bei Gott, was machte er für einen Aufstand darum! DCI Fleming hatte ihn angemessen für die glorifizierte Admin-Arbeit gelobt. Auch Blake gab sich Mühe, seine Wertschätzung zu zeigen. Doch jetzt saß er mit Patrick gegenüber von Dieter Gärtner und war umso gereizter.

»Selbstverständlich würde ich gern zur Trauerfeier bleiben«, sagte Dr. Gärtner. »Samantha hat mir sehr viel bedeutet. Nur habe ich Verpflichtungen zu Hause, die ich nicht verschieben kann.« Soweit es ihn betraf, hatte er sich ihretwegen schon genügend Umstände gemacht, indem er nach Cambridge gereist war und seinen Rückflug von Stanstead statt aus Schottland arrangierte. Genau wie Patrick, erwartete auch Dieter, dass sie sich entsprechend dankbar äußerten.

Sir Brian hatte die Trauerfeier für den morgigen Tag organisiert. Blake würde hingehen. »Sie klingen wie ein viel beschäftigter Mann«, sagte er und lockerte mühsam seinen verkrampften Kiefer.

Gärtner erkannte seinen Ton und lächelte, was Blakes Stimmung um nichts hob. »Mir ist durchaus klar, wie wichtig es ist, den Schein zu wahren, Inspector, aber für mich ist es zu spät, als dass es jetzt noch für Samantha etwas ändern würde.«

Ein triftiges Argument, obwohl Sir Brian eine letzte Zuneigungsbekundung vielleicht schätzen würde.

»Sie waren also bei einem Bewerbungsgespräch in Edinburgh und deshalb nicht erreichbar?« Sie hatten es schon überprüft, und es war wasserdicht. Blake wollte einfach nur, dass Gärtner sich ein wenig wand, weil er sie so viel Zeit und Arbeit gekostet hatte.

»Ja, ich war bei einem Vorstellungsgespräch. Und ich habe die Professur bekommen«, antwortete Gärtner.

»Gratuliere.«

»Danke. Doch ich war hauptsächlich wegen einer ... *Bekannten* nicht zu erreichen, die problematisch ist und mich wiederholt angerufen hat. Sie hinterlässt mir eine Menge Nachrichten und ist sehr fordernd. Ich musste mich auf die Bewerbung konzentrieren, deshalb hatte ich meine Telefone ausgeschaltet. Und so habe ich Ihre Nachrichten erst verspätet gehört.«

Patrick Wilkins neigte sich vor. »Diese Bekannte, die Sie nicht in Ruhe lässt, ist Ihre Freundin, oder?«

»Sie ist eine Frau«, korrigierte Gärtner lächelnd. »Und sie will nicht, dass ich nach Edinburgh ziehe.«

»Waren Sie noch in einer Beziehung mit Samantha Seabrook, als sie starb?«, fragte Blake.

»Wir hatten eine Beziehung, Inspector, und ich würde denken, dass sie auch weitergegangen wäre. Gelegentlich waren wir ein Paar, haben die Gesellschaft des jeweils anderen genossen. Wir waren hingegen nie monogam, falls Sie das meinen.«

Blake trank müde von seinem Tee.

Nachdem sie mit Gärtner fertig waren, begab sich Blake auf die Suche nach DCI Fleming, die Überstunden machte, wie sie alle. Er traf sie bei dem Kaffeeautomaten im Korridor.

Seine Chefin sah ihn neugierig an, da sie seine Miene erkannte. »Mein Büro?«

Er nickte, folgte ihr hinein und schloss die Tür hinter ihnen. »Tara Thorpe hat mir eine Nachricht geschickt. Anscheinend hat ihr Chefredakteur Wind von der Morddrohung gegen sie bekommen. Sie denkt, dass jemand hier Informationen durchsickern lässt, und ich bin geneigt, ihr zuzustimmen. Es ist ja nicht das erste Mal, dass das passiert.«

Fleming nickte und kniff die Lippen zusammen. Blake wusste, wie wütend sie mangelnde Loyalität machte. Bei ihm war es der Gedanke, dass jemand seine eigene Agenda über die Bedürfnisse der Menschen stellte, denen sie zu helfen versuchten.

»Ich spreche das beim nächsten Briefing an«, sagte sie kopfschüttelnd. »Wir müssen eben Augen und Ohren offen halten.«

Das taten sie seit Monaten. Doch solange er seine Officers nicht verwanzte, würde es nicht viel bringen. Nicht zum ersten Mal erwog Blake, bestimmten Mitgliedern der Einheit gezielt Falschinformationen einzuflüstern und abzuwarten, welche bei der Presse ankam …

Es war eine halbe Stunde vergangen, als Jan, eine der Computertechnikerinnen, in sein Büro stürmte. Er sah ihr an, dass sie high von zu viel Arbeit war: Ihre Augen glänzten wie die von jemandem, der etwas Illegales eingeworfen hatte – oder die ganze Nacht auf gewesen war.

»Ich habe etwas Spannendes gefunden«, sagte sie, setzte

sich auf den Stuhl ihm gegenüber und knallte ihren Laptop auf seinen Schreibtisch

Schlagartig verflog Blakes Müdigkeit. Niemand sah so aus wie sie, es sei denn, die Neuigkeit war wichtig.

»Um Himmels willen, sag schon! Wir brauchen dringend einen Durchbruch.«

»Es ist eine Standortsuche in Professor Seabrooks Suchverlauf.« Sie klappte ihren Laptop auf und drehte ihn so, dass Blake den Bildschirm sah.

Google Maps hatte einen roten Luftballon ein kleines Stück nördlich von Newmarket gesetzt. Blake schaute fragend zu Jan auf.

»Das ist die Adresse einer Klinik. Einer Abtreibungsklinik.«

Nun setzte Blake sich auf. »Wann hat sie die gesucht?«

»Ungefähr einen Monat vor ihrem Tod.«

»Gut. Gut.« Seine Gedanken überschlugen sich. »Hervorragende Arbeit, danke, Jan. Sag es lieber auch DCI Fleming, falls du das nicht schon hast.«

Sie nickte, und er war erfreut, dass sie es zuerst ihm gesagt hatte.

»Gibt es noch mehr in ihrer Historie, was damit zu tun hat? E-Mails?«

Jan schüttelte den Kopf. »Leider nicht.«

»Macht nichts.« Denn es schien auch so ein Durchbruch zu sein.

Zwanzig Minuten später saßen Emma und er mit Takeaway-Kaffees auf einer Bank in der Parkers Piece, der großen Grünanlage gegenüber der Wache. Der Geruch seines Getränks vermengte sich mit dem des kürzlich gemähten Rasens zu ihren Füßen. Um sie herum fühlte es sich an, als sei halb Cambridge draußen, um die Sommerhitze zu genießen. Touristen ruhten sich mit Wasserflaschen und Büchern auf dem Gras aus, und

Eltern wachten über Kleinkinder mit Sonnenhüten, die durch den Park tapsten. Blake musste an Kitty denken. Es war befremdlich, inmitten dieser unschuldigen Szenerie über einen Mordfall zu reden.

Wilkins war in die Pause gegangen, und Blake konnte nicht umhin, froh darüber zu sein.

»Gehen wir es noch einmal durch«, sagte er zu Emma. »Tara Thorpe meinte, die Hausschuhe und Zeitschriften in Samantha Seabrooks altem Kinderzimmer machten den Eindruck, als hätte ihr Vater sich besonders um sie gekümmert.«

»Und jetzt vermuten wir, dass sie sich bei ihm nach der Abtreibung erholt hat.«

»Was gut möglich wäre. Es läuft bereits ein Antrag, die Bestätigung von der Klinik zu bekommen, und sobald die bürokratischen Hürden genommen sind, wissen wir es genau. Es würde erklären, warum sie diesen Urlaub in ihrem Arbeitskalender nicht erklärt hat.«

Emma nickte. »Kein tolles Reiseziel und auch kein Prahlen vor den Kollegen, weil sie nur außerhalb von Newmarket war.«

Blake stutzte. »Ich muss immer wieder an das Kruzifix denken. Könnten wir es mit einem religiösen Extremisten zu tun haben, der sie bestrafen wollte?«

»Wir müssen herausfinden, ob Chiara jemals solch einen Eingriff vornehmen ließ.«

Blake bejahte stumm. »Stellst du den Antrag?«

»Mach ich.«

»Und ich würde gerne wissen, wann Dieter Gärtner zuletzt mit der Professorin geschlafen hat. Schade, dass er schon zum Bahnhof unterwegs ist. Ob er diesmal wohl an sein Handy geht?«

»Falls nicht, können wir ihn abfangen lassen.«

»Ich möchte auch noch mal mit dem verfluchten Sir Brian Seabrook reden. Sicher hat er genau gewusst, was seine Tochter durchgemacht hat, fand aber nicht, dass wir diese Information brauchen?«

»Er wird nicht gewollt haben, dass es sich herumspricht.«

Blake sah sie entgeistert an.

»Sorry, Boss, ist natürlich keine Entschuldigung.«

Blake stand auf, drehte sich weg und schob die Hände so grob in seine Hosentaschen, dass seine Modedesigner-Schwester zusammengefahren wäre.

KAPITEL FÜNFUNDDREISSIG

Am nächsten Tag ging Tara durch die St Edward's Passage und vorbei am Haunted Bookshop, als ihre Mum anrief. Die Buchhandlung hieß wegen einer gespenstischen Dame in weißen Gewändern so, die angeblich in den verstaubten Räumen dort spukte. Tara ließ die rot gerahmten Fenster voller antiquarischer Bücher hinter sich und nahm das Gespräch an. »Mum?«

Als Erstes hörte sie ein Seufzen. Lydia hatte etwas über Sir Brian oder Bella Seabrook erfahren, vermutete Tara, und würde es ihr erzählen, so sehr es ihr auch widerstrebte.

»Mein guter Freund Simon Pace hat die Seabrooks viel besser gekannt als ich damals«, sagte sie direkt, als wollte sie es schnell hinter sich bringen. »Da er schon immer eine Schwäche für mich hatte, dachte ich, ich rufe ihn mal an und frage, ob er sich an etwas von damals erinnert.«

Unwillkürlich dachte Tara an das Foto, das sie gesehen hatte: An den Kummer in da Souzas Augen, als er die Schauspielerin und ihren Großverleger-Ehemann ansah. »Danke, Mum.« Sie blieb vor der Kirche stehen – St Edward King and Martyr – als eine Traube von Büchernarren mit Paketen in den Armen vorbeikam. Wahrscheinlich wollten sie vom Haunted

Bookshop direkt zum nächsten Secondhandbuchladen, David's, gleich auf der anderen Seite der Kirche.

Ihre Mutter zögerte ein wenig. »Tja, jedenfalls haben wir zwei uns geirrt, glaube ich. Wir haben beide gedacht, der Bursche, der das Paar so traurig angesehen hat, wäre ein ausrangierter Verehrer von Bella. Aber wenn stimmt, was Simon sagt, war es *Brian*, dem sein wehmütiger Blick galt. Laut Simon war der Mann – ein Hugo da Souza – jahrelang in Brian Seabrook verliebt. Da war natürlich nie etwas; Brian war heterosexuell. Aber er und da Souza waren enge Freunde, und obwohl Simon glaubt, dass Brian von da Souzas Gefühlen wusste, hatte es keinen Einfluss auf ihre Freundschaft.«

Damit hatte sich Taras Theorie erledigt, da Souza könnte ein Verbrechen aus Leidenschaft begangen und Samantha Seabrook ermordet haben. Sie hatte ihm viel bedeutet, war aber weder das Kind einer Liebe, die geheim bleiben musste, noch eine Geliebte gewesen. Da Souzas Liebe zu ihrem Vater war der Grund, weshalb er sie geachtet und beschützt hatte.

»Bist du noch da?«, fragte ihre Mutter.

»Entschuldige, Mum, ja. Vielen Dank.«

»Ich fand, es kann nicht allzu sehr schaden, wenn ich dir das erzähle. Es ist ja nichts, was du in deinem Artikel schreiben würdest, oder?«

Für einen Moment sah Tara im Geiste Giles geiferndes Gesicht vor sich. »Nein. Mum, dieser Freund von dir, Simon, weiß er, wie Bella Seabrook gestorben ist?«

»Ähm, nein.«

Klar doch. Tara wusste, was es bedeutete, »Ähm, nein« hieß übersetzt, »ja, aber das verrate ich dir nicht.«

»Falls du dir überlegst, es mir doch noch zu erzählen, ruf mich an«, sagte Tara und beendete das Gespräch.

Zwei Minuten später war Tara in der Touristeninformation und zeigte dort das stark vergrößerte Bild des Keramikladens, den sie auf dem Foto in Samantha Seabrooks Wohnung gesehen hatte. Die elegant aussehende Frau vor dem Schaufenster voller Keramik und Schmuck war dank der Vergrößerung komplett verpixelt, aber der Laden selbst war nicht allzu verzerrt.

»Ich bin auf der Suche nach diesem Geschäft«, sagte sie zu dem Mann hinter dem Tresen. »Ich bin mir ziemlich sicher, dass es in Cambridge ist, aber ich weiß nicht, wo.« Sie wollte mit der Frau auf dem Foto sprechen und hoffte, dass sie die Besitzerin war. Sie hatte diesen Ausdruck, als sie halb seitlich und voller Stolz zu den Auslagen im Fenster schaute. Falls sie in Cambridge lebte, könnte sie sein, was Tara brauchte – eine persönliche Freundin von Samantha Seabrook aus jüngster Zeit.

Der Mann hinter dem Tresen runzelte die Stirn. »Ich bin mir nicht sicher«, sagte er und blickte zu seiner Kollegin, die zu ihm kam.

Sie sah auf das Foto. »Green Street«, kam prompt. »Pomphrey's.« Sie sah lächelnd zu Tara. »Und ich denke, das auf dem Foto ist Adele Pomphrey. Offen gesagt bin ich ein bisschen Pomphrey-süchtig. Der Laden ist ziemlich teuer, aber ab und zu knicke ich ein und kaufe dort Geschenke für nahe Verwandte.«

»Super. Ich habe schon gehört, dass sie gut sind«, log Tara. »Vielen Dank.«

»Freut mich, dass wir helfen konnten.«

Eine altmodische Türglocke bimmelte, als Tara die Tür von Pomphrey's öffnete und das Geschäft betrat. Ihr Blick fiel auf eine riesige Kupferschale für dreitausend Pfund. Die Wände drinnen waren schlicht weiß, um die Auswahl an Kunsthandwerk besser zur Geltung zu bringen. Schwebte über Tara nicht die Drohung, entweder zu sterben oder gefeuert zu werden, hätte sie sich auf jeden Fall die Preisschilder der kleineren Sachen angesehen. Damit könnte sich ihr Haus mehr wie ein Zuhause anfühlen.

Eine Frau, die nicht Adele Pomphrey war, kam zu ihr und begrüßte sie. »Guten Morgen, schauen Sie sich gern um. Falls Sie Hilfe brauchen, stehe ich Ihnen jederzeit zur Verfügung.«

»Eigentlich habe ich mich gefragt, ob Adele hier ist?«

»Ah.« Die Frau lächelte. »Ich glaube, eben hat sie telefoniert, aber ich sehe nach.« Es war immer gut, eine Ausrede parat zu haben. »Was darf ich ihr sagen, wer hier ist?«

»Tara Thorpe. Ich schreibe über Samantha Seabrooks Leben und habe gehört, dass Adele und die Professorin sich gut gekannt haben.«

Die Frau nickte. Nun sah sie unsicherer aus und verschwand durch eine Tür hinten in dem Geschäft. Tara rechnete damit zu hören, dass die Inhaberin noch am Telefon war und es eine Weile bliebe.

Doch einen Moment später erschien Ms Pomphrey persönlich. Ihr Blick war traurig, aber nicht unfreundlich. »Sie schreiben über Samantha? Für welche Zeitung arbeiten Sie?«

Tara gab ihr ihre Visitenkarte. Sie fragte sich, ob die Inhaberin Vorbehalte hätte, mit jemandem von *Not Now* zu sprechen, aber ihre Miene veränderte sich nicht, als sie Taras Karte las.

»Ich hätte jetzt Zeit, wenn Sie reden möchten«, bot sie an. »Ich wollte gerade eine Limonade trinken. Keine Sprudel. Möchten Sie auch welche?«

»Gerne, danke.« Tara folgte Adele Pomphrey in eine kleine Küche, in der sie eine Karaffe mit Kippdeckel aus dem Kühlschrank nahm und ihnen jeder ein großes Glas von einem scharf riechenden Getränk einschenkte.

Danach führte sie Tara in ihr Büro, das so stilvoll war wie der Laden. Die Stühle waren mit grüner und gelber Seide bespannt. Tara beobachtete, wie Ms Pomphrey sich rasch die Augen mit einem Papiertaschentuch tupfte.

»Entschuldigung«, sagte sie. »Ich muss mich noch an den Gedanken gewöhnen, dass Samantha tot ist. Wenn es einen

Menschen gab, der unbesiegbar schien, war sie es. Großartig und voller Energie. Die Vorstellung, dass sie nicht mehr unter uns weilt, ist unerträglich. Und Ihr Besuch kommt recht unerwartet.«

»Tut mir leid, dass ich Sie so überfalle«, antwortete Tara. »Ich war gerade in der Stadt und dachte, es ist vielleicht besser herzukommen, statt eine E-Mail zu schicken. Wenn etwas so Furchtbares geschieht, fühlt sich persönlicher Kontakt irgendwie besser an.«

Ms Pomphrey nickte. »Ja, ich weiß, was Sie meinen. Geht mir genauso. Ich beiße auch lieber in den sauren Apfel, wenn ich mit einer unangenehmen Situation umgehen muss.«

Und natürlich war es ein bisschen schwieriger, jemanden zu ignorieren, der vor der Tür auftauchte, als eine scheue Anfrage, ob man zu einem Gespräch bereit wäre. Bitter, aber wahr, wie Tara nur zu gut wusste. Trotzdem musste sie behutsam vorgehen. Sie beschloss, nicht zu fragen, ob sie ihre Unterhaltung aufnehmen durfte. Stattdessen würde sie sich Notizen machen.

»Macht es Ihnen etwas aus, mir zu erzählen, wie Sie und Samantha Seabrook sich kennengelernt haben?«, fragte sie und holte einen Block und einen Stift aus ihrer Tasche.

»Das war kurz nachdem sie nach Cambridge gekommen war«, sagte Adele Pomphrey. »Sie wollte ein Geschenk für eine Kollegin kaufen, die heiratete, soweit ich mich erinnere.« Sie spielte mit einem gläsernen Briefbeschwerer auf ihrem Schreibtisch, der modern und elegant genug aussah, um von einem ihrer Kunsthandwerker zu sein. »Ja, jetzt weiß ich es wieder. An dem Tag war es den ganzen Vormittag beängstigend ruhig hier gewesen, und dann geht plötzlich die Tür auf und eine ganze Gruppe von Leuten kommt herein, angeführt von Samantha. Sie ist mir gleich aufgefallen. Sie hat mit den anderen geredet, nicht mit mir, aber sie hatte diese klare, helle Stimme, die weit trägt.« Sie unterbrach mit einem Lächeln.

»Außer dem Geschenk kaufte sie am Ende noch einen Ring für sich, und dann suchten sich ein paar der anderen auch Sachen aus. Ich erinnere mich, dass ich dachte, sie würde sich gut in einer Vernissage machen. Ich konnte sie mir als Trendsetterin vorstellen.«

»Und haben Sie sich danach oft gesehen?«, fragte Tara und lehnte sich auf ihrem Stuhl zurück.

»Nicht sofort. Nach ein paar Monaten veranstaltete ich eine Vernissage mit neuen Arbeiten der Frau, deren Ring Samantha gekauft hatte. Ich lud sie dazu ein, und sie kaufte noch ein paar Dinge. Hinterher kamen wir ins Gespräch, und dann fingen wir an, uns privat zu treffen.«

»Hat sie viel mit Ihnen über ihre Familie geredet oder über das Leben am Institut?«

»Über ihre Familie nie, nein. Ich weiß ehrlich gesagt nur von ihren Eltern, weil ich eines Tages neugierig wurde und sie im Internet gesucht habe. Es kam mir komisch vor, dass sie ihre Familie nie erwähnte, obwohl ich ihr viel von meiner erzählte. Ab und zu habe ich gefragt, sehr vorsichtig, aber da machte sie immer dicht. Ich hatte den Eindruck, dass ihr ihre Unabhängigkeit über alles ging – oder sie vielleicht lernen musste, allein klarzukommen.«

Tara zögerte. War es zu früh, hier etwas genauer nachzuhaken? »Den Eindruck habe ich auch. Anscheinend hatte sie ein sehr aktives Privatleben, jedoch nie das Bedürfnis nach einer festen Beziehung gehabt.« Es war gewagt, doch vorzugeben, dass man mehr wusste, als man tat, zahlte sich oft aus. Außerdem hatte sie die Partyschuhe in der Wohnung gesehen, und natürlich war ihr bekannt, dass die Professorin abends ausgegangen war und nachts geklettert. Sie war kein schüchternes Pflänzchen gewesen, so viel stand fest. Und dann war da der verschwundene Freund, den Blake versehentlich erwähnte …

»Oh nein, das stimmt«, sagte Adele Pomphrey. »Sie wollte

nie die Hälfte eines Ganzen sein. Das habe ich bewundert an ihr. Hin und wieder ließ sie etwas über den gerade aktuellen Mann fallen, aber nie irgendwelche Einzelheiten; nur genug, für eine ungefähre Ahnung und ein kleines bisschen Tratsch.« Sie seufzte. »Seit sie tot ist, frage ich mich, wie es für den Mann sein muss, mit dem sie zuletzt zusammen war.«

Taras Stift schwebte über dem Blick, doch sie entspannte ihre Hand. »Dieter Gärtner?«

Adele Pomphrey überlegte kurz. »Dieter? Ah ja, den habe ich einmal gesehen. Zwischen den beiden gab es eine Romanze, ja, aber er war es nicht.« Sie zuckte mit den Schultern. »Nein, ich weiß nur, dass Samanthas Letzter aus den USA war.« Ihr kamen wieder die Tränen. »Ich sehe sie richtig vor mir. Wir waren zusammen im Eagle, und sie lachte und erzählte mir, ihr neuer Mann wäre jemand, den sie vorher nie als Liebhaber in Betracht gezogen hatte. Doch er sei sehr gut aussehend und hätte eine Stimme wie Robert Downey Junior.«

KAPITEL SECHSUNDDREISSIG

Blake beendet sein Telefonat mit Tara Thorpe und sah Emma an. »Als sie starb oder kurz vorher war Samantha Seabrook mit einem Mann mit New Yorker Akzent zusammen. Klingelt es da bei dir?«

Emma blinzelte verwundert. »Warte mal. Simon Askey?«

»Verdammt richtig.« Er rieb sich mit dem Handrücken die Stirn und schloss für einen Moment die Augen. Wie war das gegangen? »Wir haben Chiara Laurito, die sich an Simon Askey wendet, weil Samantha Seabrook sie so schroff behandelt. Laut Chiaras Mitbewohnerin verspricht Askey zu helfen, zieht es aber nicht durch. Wie Askey sagt, hat Samantha Seabrook ihn überzeugt, dass sie im Recht ist. Was ist, wenn sie in dem Zuge ihren Charme aufgedreht und er festgestellt hat, dass es ihm gefiel? Sie beginnen eine Affäre, und Chiara – die anscheinend in Askey verliebt ist – steht im Regen. Sie muss mächtig enttäuscht gewesen sein.«

»Also könnte Askey der Vater des Babys gewesen sein, das Samantha abgetrieben hat?«

»Könnte er, falls ich mich nicht irre.«

»Denkst du, er wusste von der Abtreibung?«

»Vorher?« Blake atmete langsam aus. »Schwer zu sagen. Aber ich habe eine Theorie.«

»Raus damit.«

»Wir wissen, dass Chiara Laurito und Simon Askey im Institut einen heftigen Streit hatten. Professor da Souza hat sie gehört, und Askeys Worte waren außerhalb des Raumes zu verstehen.«

»Stimmt.« Emma blickte in ihre Notizen. »Askey will ihr gesagt haben, dass sie zu aufrichtig sein könnte. Und er behauptet, es wäre seine Reaktion auf etwas Abfälliges gewesen, das Samantha Seabrook hinter seinem Rücken über ihn gesagt hätte und Chiara ihm weitergetragen. Was?« Sie schaute zu Blake. »Denkst du, sie hat ihm vielleicht von der Abtreibung erzählt?«

Blake hielt ihren Blick. »Ich würde sagen, dass es möglich ist. Falls sie es irgendwie herausgefunden hat – und sie hat in einem Raum mit Professor Seabrook gearbeitet –, schien es ihr womöglich ideal, um einen Keil zwischen Askey und ihre Betreuerin zu treiben. Wenn sie Askey für sich wollte und wütend auf das Paar war, könnte ich es mir bei ihr vorstellen.«

Emma nickte. »Es würde passen. Und Askey verrät Samantha Seabrook nicht, dass er Bescheid weiß. Stattdessen arrangiert er ein heimliches Treffen um Mitternacht und ertränkt sie aus Rache. Dafür müsste er allerdings sehr wütend gewesen sein, weil sie abgetrieben hat.«

»Ja, aber nicht zwingend, weil er wollte, dass sie das Kind austrägt. Er könnte auch einfach zornig gewesen sein, weil sie die Entscheidung getroffen hatte, ohne mit ihm zu reden.«

Emma nickte nachdenklich. »Könnte sein ... und was ist dann mit Chiara?«

»Tara Thorpe sagt, sie hat bei der Institutsparty immerzu an Askey gehangen. Vielleicht hat sie irgendetwas gesagt, und er dachte, sie hätte erraten, dass er Samanthas Mörder ist.«

»Und er bringt sie um, damit sie nicht reden kann?«

Blake bejahte. »Es klingt auf jeden Fall, als hätte sie sich bereitwillig mit ihm getroffen, wo immer er wollte. Tara sagt, sie hätte verliebt gewirkt, während er von ihr genervt schien.«

Er versuchte, den Ausdruck in Emmas Augen zu deuten. Sie wirkte beinahe amüsiert, ungeachtet des Gesprächsthemas. »Was?«

Sie schüttelte den Kopf. »Nichts, entschuldige. Es ist nichts.«

»Emma?«

Sie biss sich auf die Unterlippe, doch das Lächeln war noch in ihren Augen. »Du erwähnst nur sehr oft, was Tara sagt, sonst nichts.«

Blake erschrak. Vielleicht hatte Emma recht ... aber Tara trug ja auch auf die eine oder andere Art eine Menge Nützliches bei.

»Nicht, dass es mich stört oder so«, erklärte Emma. »Ihre Erkenntnisse klingen durchaus überlegenswert.«

»Aber natürlich reichen sie nicht an deine heran.«

Sie grinste breit. »Natürlich nicht.«

»Also«, sagte er. »Es gibt keine relevanten Informationen oder Nummern aus der Nacht ihrer Ermordung auf Chiaras Handy. Allerdings könnte Simon Askey auch auf der Party ein Treffen mit ihr vereinbart haben; oder sich rausgeschlichen haben und zu ihr gegangen sein, nachdem ihre Mitbewohnerin weg war. Eines ist sicher: Seine Frau hat keinen Schimmer, wann genau er in der Nacht zu Hause war.«

»Richtig«, bestätigte Emma.

»Es wird Zeit, Askey zu einer freiwilligen Befragung einzuladen«, sagte Blake.

»Meinst du, er kommt?«

»Ich schlage vor, dass wir ihn in Gegenwart seiner Frau darum bitten. Wahrscheinlich kommt er mit, wenn er denkt, die Alternative wäre ein offenes Gespräch vor ihr.«

Askey saß in dem Befragungsraum und bemühte sich vergebens, gelangweilt zu wirken. Blake lächelte. Kein noch so langes An-die-Decke-Starren, Zurücklehnen oder nesteln an den Fingernägeln konnte die Wut in Askeys Augen überspielen. Doch da war keine Furcht, soweit Blake es sehen konnte, sondern nur Trotz. Doch das blieb abzuwarten. Noch hatte Blake nicht angefangen.

»Warum haben Sie uns nicht erzählt, dass Sie und Samantha Seabrook vor ihrem Tod eine Affäre hatten?«

Wahrscheinlich waren gegenwärtig Dutzende New Yorker in Cambridge, aber ein Blick in Askeys Augen verriet Blake, dass er ins Schwarze getroffen hatte.

Der Mann brauchte bloß einen Moment, um sich zu erholen. »Ich würde es keine Affäre nennen. Mann, wir hatten bloß ein paarmal Sex. Und weil ich verheiratet bin und wusste, dass es nichts mit Sams Tod zu tun hat, habe ich nichts gesagt.«

»Die Tatsache, dass sie Ihr Baby ohne Ihr Wissen abgetrieben hat, ist ein ziemlich gutes Mordmotiv, finden Sie nicht auch?« Noch ein Spiel auf Risiko, und jetzt las er Schock in Askeys Blick, ebenso wie Verwirrung.

»Sie sollten bei der Arbeit nicht so laut brüllen.« Wieder lächelte Blake.

»Chiara hat nicht gebrüllt«, verriet Askey sich prompt. Also war sie es, die es ihm erzählt hatte.

»Ihre Reaktion genügte uns, um zu erraten, was sie Ihnen gesagt hat.«

Wut brach auf Askeys Zügen durch, als er begriff, dass er einen reinen Verdacht bestätigt hatte.

»Wie hatte Chiara es herausgefunden?«

Askey verdrehte die Augen. »Das erste Mal hat sie gemerkt, dass etwas los war, als sie in das gemeinsame Büro kam und Sam telefoniert hat, sagt sie. Sie hatte Sam überrascht, weil sie gerade erst in die Mittagspause gegangen war, dann aber zurückgekommen ist, weil sie ihr Portemonnaie vergessen hatte.

Chiara hörte nur ein Datum und etwas über Erholungszeit, und es hat sie neugierig gemacht.« Er verzog das Gesicht. »Sie erkannte, dass das Datum, das Sam genannt hatte, ihr Urlaubsbeginn war, und hat sich gefragt, was für eine Behandlung bevorstand, die so geheim war.«

»Und was dann?«

»Sam war achtlos. Sie ließ ihr Handy im Büro liegen, als sie zu einem Bewerbungsgespräch mit einem Gaststudentin in da Souzas Büro ging. Chiara hörte, wie das Telefon summte. Sie behauptet, sie wäre in Sams Zimmer gewesen, um nach einem Dokument zu suchen, auf dass sie sich beziehen wollte. Ich bin mir da nicht so sicher. Jedenfalls hat sie ›kurz hingesehen‹, und es war eine dieser automatischen Terminerinnerungen. Sie hat die Klinik gegoogelt und kapiert, was los war.«

»Es muss Sie gekränkt haben, dass Samanthas Doktorandin besser über Ihre Angelegenheiten informiert war als Sie.«

»Klar hat es mich gekränkt.« Askey klang resigniert. »Aber es war doch nicht so verletzend, dass ich sie umbringen wollte. Und welchen anderen Grund könnte ich haben?«

»Da fallen uns mehrere ein«, antwortete Emma. »Wir haben auch gehört, dass Chiara an dem Abend vor ihrem Tod sehr an Ihnen geklammert hat, obwohl Sie nicht ihr größter Fan zu sein scheinen.«

Askey atmete tief durch, und seine Augen funkelten vor Wut.

Adrenalin rauschte durch Blakes Adern, und er neigte sich vor. »Was haben Sie getan, als Sie von Professor Seabrooks Abtreibung erfahren hatten?«

»Ich habe ihr gesagt, dass ich an sie denke, und ihr klargemacht, dass ich nie wieder mit ihr arbeiten wollte. Danach hat sie sich aus dem gemeinsamen Projekt zurückgezogen.«

»Klingt nach einer aufgeheizten Atmosphäre. Wollen Sie mir ernsthaft weismachen, dass Sie es dabei belassen haben?«

Nun lehnte auch Askey sich vor, die Schultern leicht

gebeugt und die Fäuste geballt. »Wenn Sie glauben, mein Streit mit Chiara war laut, hätten Sie den mit Sam hören sollen. Wir waren in ihrem Büro am College. Irgendein neugieriger Idiot wird es Ihnen sicher erzählen können. Aber sie wegen der Abtreibung umbringen? Warum sollte ich? Ich habe schon ein Blag zu Hause und will ganz sicher nicht noch eines. Ich war bloß wütend, weil sie vorher nicht mit mir geredet hat, das ist alles. Das war keine Entscheidung, die sie allein treffen durfte. Aber ich hätte sie unterstützt, wäre sie zu mir gekommen. Und ich bin nicht der Typ, der Gewalt anwendet, wenn es um Prinzipien geht.«

Plötzlich fragte Blake sich, ob Samantha Seabrook angenommen hatte, dass Simon Askey ihr die Stoffpuppe schickte, um ihr nach dem Streit Angst einzujagen. Sie könnte geglaubt haben, dass er nur übertrieben dramatisch ist und sie nicht in Gefahr war.

Aber hatte er ihr die geschickt? Das war die Frage.

Blake beendete die Befragung und verließ kurz den Raum, dicht gefolgt von Emma.

»Wir haben zu wenig, um ihn anzuklagen«, sagte DCI Fleming, als sie zu ihnen kam. Sie hatte alles aus dem Nebenzimmer beobachtet. Nun legte sie eine Hand auf Blakes Schulter, und er unterdrückte den Impuls, sie abzuschütteln. »Erstklassige Arbeit, aber noch sind wir nicht am Ziel. Wir müssen weitergraben. Wenn er es war, gibt es Beweise. Max geht noch die Aufnahmen der Sicherheitskameras zwischen Chiara Lauritos Haus und Stourbridge Common durch, und wir machen Befragungen von Tür zu Tür in Askeys Straße und ihrer. Mal sehen, ob jemand in den fraglichen Nächten etwas gesehen hat. Und wir können versuchen, jemanden zu finden, der den Streit zwischen Askey und Samantha Seabrook am St Francis's College gehört hat.«

Blake holte tief Luft und fühlte, dass Fleming und Emma ihn ansahen.

»Okay«, sagte er. »Okay.«

In diesem Augenblick erschien Patrick Wilkins neben ihm. »Ein Anruf von Sir Brian Seabrook. Ihm wurde eine Nachricht geschickt.«

Jetzt richteten sich alle Blicke auf Patrick, wie er es am liebsten hatte. Seine dramatische Pause war beinahe zu viel für Blake. »Was für eine Nachricht?«, fragte er und widerstand dem Impuls, den Mann zu schütteln.

Patrick schaute zu seinem Notizblock. »›Der Tod ereilt uns alle gleich und macht uns gleich, wenn er uns ereilt.‹«

»John Donne«, sagte DCI Fleming. »Typisch Cambridge.«

Blake überließ es Fleming und Wilkins, zufrieden mit sich zu sein. Er würde Sir Brian heute Nachmittag ohnehin auf der Trauerfeier für Professor Seabrook sehen. Und jetzt hatte er eine lange Liste an Fragen für den Mann.

KAPITEL SIEBENUNDDREISSIG

»Nun, Tara?« Giles' selbstbewusste Stimme erklang aalglatt aus ihrem Telefon. »Wann können wir über dein Exposé reden?« Die Nachricht von ihrer Todesdrohung war bereits auf der Website von *Not Now* angedeutet, zusammen mit dem Versprechen von mehr saftigen Details. »Ich denke nicht, dass du das selbst schreiben solltest. Komm zum Interview in die Redaktion. Shona wird das gut machen.«

Die Kuh, die Giles erzählt hatte, dass sie sich im Champion of the Thames mit Blake unterhalten hatte. Und »sehr vertraut wirkten«, wie sie es formuliert hatte.

»Das glaube ich nicht, Giles«, antwortete sie.

»Na gut. Du schreibst es, und wir können es hinterher aufpeppen.«

»Du verstehst mich falsch. Du bekommst deine Story nicht. Weder über mich, noch über Professor Seabrook. Ich kündige.«

Zunächst schwieg Giles. »Tara, du verhebst dich. Ich kann dafür sorgen, dass du nie wieder als Journalistin arbeitest.«

Sie lachte. »Im Ernst, Giles? Ich glaube, du überschätzt deinen Einfluss in der Branche.«

»Vor vier Jahren hast du einen Journalistenkollegen zusammengeschlagen und bist knapp einer Anklage entgangen. In der letzten Woche hast du mir zwei Storys vorenthalten, die unsere Klickzahlen vervierfacht hätten. Sogar die anderen Mitarbeiter haben genug von dir. Das sind eine Menge Feinde.«

Sie fragte sich, was mit Matt war, ihrem einzigen Freund bei *Not Now*. Es wäre bedauerlich, ihn zu verlieren. Und wie es sich anhörte, standen ihre Chancen auf künftige Beschäftigung eventuell wirklich nicht so gut. Aber wenn ihre Storys gut waren, könnte sie immer noch freiberuflich arbeiten. Fest stand, dass sie ihre Arbeit über Samantha Seabrook abschließen würde; sie würde nicht aufhören, bis sie die Wahrheit enthüllt hatte. Und sie war zuversichtlich, dass sie den Artikel irgendwo unterbrachte.

»Du kannst mich mal, Giles«, sagte sie. »Es ist mir eine Wonne, dein Drecksblatt zu verlassen.«

Adrenalin pumpte durch ihren Körper, als sie sich umzog, um nach Norden zu Samantha Seabrooks Trauerfeier zu fahren. Zuerst fühlte sie sich beschwingt, doch als sie ihr Make-up auflegte, holten sie die praktischen Auswirkungen ihrer Situation ein. Ihr Bauch verkrampfte sich.

Etwas trieb sie, ihre Neuigkeit mit jemandem zu teilen. Sie schrieb Kemp eine E-Mail.

Habe gerade gekündigt, ehe ich gefeuert werde, schrieb sie. *Aber, hey, DI Blake, der Detective an meinem Fall, meint, ich könnte eine zweite Karriere als Cop haben, also ist noch nicht alles verloren. Was denkst du, wie ich in einer Uniform aussehe? Meine Zukunft ist sicher.*

Natürlich scherzte sie, genau wie Blake.

Was ihre Zukunft anging, hing die sowieso schon an einem seidenen Faden, seit sie die Todesdrohung erhalten hatte. Sie presste die Lippen zusammen, um ihren Lippenstift zu verteilen, dann blickte sie hinaus zum Park. Wann würde die Polizei den Mörder fassen? Bei zwei toten Frauen müsste doch irgendein entscheidender Beweis auftauchen. Andererseits hatte sie ebenfalls Samantha Seabrooks wichtigste Kontakte befragt und nicht herausbekommen, wer es getan hatte ...

Sie nahm ihr Handy auf und sah sich die Fotos an, einschließlich dem von der Puppe in dem schlichten blauen Rock und der weißen Bluse.

Jemand hatte sich große Mühe gemacht, sie zu fertigen. Obwohl sie sauber gearbeitet war, war die Puppe nicht ganz perfekt, wie Tara jetzt auffiel: ein Bein war ein klein wenig länger als das andere. Sie musterte die Kleidung. *Fast wie eine Uniform.* Bedeutete es irgendetwas? Sie schloss die Augen, um zu überlegen. Das alles war ihr zu nahe, sodass sie den Wald vor lauter Bäumen nicht sah. Trotzdem schrieb sie Blake, was sie dachte. Einen Anruf lohnte es nicht.

KAPITEL ACHTUNDDREISSIG

Blake saß Sir Brian Seabrook in dessen Wohnzimmer gegenüber. Er hielt die Nachricht in der Hand, die dem Mann geschickt worden war. Papier und Schrift entsprachen dem Brief, den Tara in ihrem Fahrradkorb gefunden hatte.

Sir Brian war in einem schwarzen Anzug mit schwarzer Krawatte, bereit für die Trauerfeier, und seine Züge waren verhärmt. »Glauben Sie, das ist eine Warnung?«, fragte er mit einem Nicken zu der Nachricht.

»Der Inhalt ist anders«, antwortete Blake, »daher denke ich, das Motiv, Ihnen dies zu schicken, ist auch ein anderes. Aber davon dürfen wir nicht als selbstverständlich ausgehen.«

»Ich frage mich, wie lange es dauert, bis Sie diesen Irren aufspüren. Wie viele Leute müssen noch sterben, ehe Sie irgendwelche Fortschritte machen?«

Blake hielt an sich. Chiara Lauritos Tod lastete schwer auf seinem Gewissen. Auf diese Entwicklung war er ganz und gar nicht vorbereitet gewesen. Doch fürs Erste hatte auch Sir Brian einiges zu erklären. »Wir machen Fortschritte«, entgegnete er. »Aber wir sind auch darauf angewiesen, dass Samanthas Kontakte ehrlich zu uns sind. Sie eingeschlossen.«

Sir Brian verlagerte die Sitzposition in seinem Sessel. »Was soll das heißen?«

»Sie gaben vor, sich nicht an Patsy Wentworths Namen und Adresse zu erinnern, gaben aber beides recht willig einer Journalistin.«

Der Mann sah verwirrt aus, und Blake fragte sich, welche Story Tara ihm aufgetischt haben mochte, um an die Informationen zu kommen.

»Patsy Wentworth ist eine Freundin aus Sammys Kindheit. Keine Freundschaft, die meine Zustimmung fand, und Patsy hatte nichts mit Sammys Leben als Erwachsene zu tun. Ich habe es Ihnen nicht erzählt, weil ich gewusst habe, dass sie irrelevant ist.«

»Bei allem Respekt«, ja, sicher doch, »das entscheiden wir als das ermittelnde Team. Alles hilft uns, uns ein Bild zu machen. Und Sie haben auch verschwiegen, dass Ihre Tochter kürzlich eine Abtreibung hatte. Ich finde das unerklärlich.«

Sir Brian wurde noch eine Nuance blasser, als er ohnedies schon war. »Dieter Gärtner lebt in Deutschland, Inspector. Ich habe gewusst, dass er Samantha deswegen nicht umbringen konnte. Also, abermals, warum sollte ich es erwähnen? Das ist reine Privatsache.«

»Hat Ihre Tochter Ihnen erzählt, dass Dieter der Vater war?«

Ein Schatten huschte über Sir Brians Züge. Blake nahm an, dass er nicht auf die Idee gekommen war, Samantha könnte mehr als einen Liebhaber gehabt haben. Trotz seiner Verärgerung empfand Blake Mitleid mit dem Mann.

»Sie hätten es uns sagen müssen.« Blake sprach bewusst ruhig. »Es hätte einiges ändern können.« Oder auch nicht. So oder so hatte Blake versagt: Seine ausbleibenden Fortschritte hatten zur Folge gehabt, dass eine zweite unschuldige Frau gestorben war.

. . .

Er verließ Sir Brian, damit er sich vor der Trauerfeier für seine Tochter wieder fangen konnte. Als Blake ging, huschte eine Frau in einem eleganten schwarzen Kostüm und Schnürschuhen durch die Diele. Könnte es Pamela Grange sein, die hilfsbereite Freundin der Familie? Ihr Blick sagte Blake, dass sie den Großteil ihrer gegenwärtigen Probleme der Polizei anlastete. Was nicht ungewöhnlich war, aber deshalb um nichts leichter zu ertragen.

Sir Brian würde nach der Trauerfeier niemanden zu sich nach Hause einladen, soweit Blake wusste. Für alle, die bleiben und noch reden wollten, gäbe es Erfrischungen an der Kirche, und später fände eine private Beerdigung mit anschließendem Leichenschmaus im engsten Familien- und Freundeskreis statt.

Blake ging hinaus zu seinem Wagen, stieg ein und saß bei offenen Fenstern da, bis es Zeit wurde, zur Kirche zu fahren. Ein Bus kam vorbei und füllte den Wagen mit Dieselabgasen. Blake öffnete die Fahrertür einen Moment, damit der Geruch abzog, was bei der drückenden Hitze wenig half.

Er dachte über Askey nach. Der Kerl steckte bis zum Hals in dieser Geschichte, trotzdem hatte Blake das dumpfe Gefühl, dass er nicht ihr Täter war. Die Nachricht an Tara Thorpe passte nicht. Die Fahrt nach Great Sterringham und die »Unterhaltung« mit Sir Brian hatte allem mehr Zeit gegeben, sich in Blakes Kopf zu setzen. Wer immer Tara Thorpe bedrohte, hatte sie ausgewählt, weil sie eine hartnäckige Journalistin war, die keine Ruhe gäbe, bis sie alle Fakten kannte. Derjenige wollte, dass sie etwas über Professor Seabrook herausfand und es in der gesamten Presse verbreitete – aus bisher unbekannten Gründen. Und ganz gleich, wie Blake es drehte und wendete, es passte nicht zu Askey. Der Typ hatte eine außereheliche Affäre gehabt – noch dazu mit einer Frau, die ihm die Professur vor der Nase weggeschnappt hatte. Das wollte er garantiert nicht öffentlich gemacht haben. Es würde allem schaden, von seinem Ego bis hin zu seinem Eheleben.

Und die Nachricht, die Sir Brian erhalten hatte, gab Blake ebenfalls zu denken. Sie klang nicht wie eine Drohung, eher als wollte der Absender einen Standpunkt deutlich machen ... aber gegenüber Samanthas *Vater*, als hätte derjenige das Gefühl, ihm eine Lektion erteilt zu haben. Blake fragte sich, ob die ganze Geschichte mehr mit Professor Seabrooks Familienleben zu tun hatte, als er ursprünglich angenommen hatte.

Dann waren da der alte Lippenstift in der Wohnung der Professorin und die Puppen aus dem nicht mehr erhältlichen Garn und dem alten Stoff. Was war die Verbindung zur Vergangenheit?

In diesem Moment erinnerte er sich an Taras Text und runzelte die Stirn, als er ihn wieder auf seinem Handy öffnete. Er las ihren Gedanken zur Kleidung der Puppen noch einmal. *Wie eine Uniform.*

Etwas übersah er.

KAPITEL NEUNUNDDREISSIG

Der Kirchenparkplatz war schon voll, als Tara zu Samantha Seabrooks Trauerfeier ankam. Sie fuhr an der Einfahrt vorbei und fand eine Lücke, wo der Weg ein wenig breiter wurde, bevor er sich dank einer rostroten Mauer erneut verengte. Die Mauer markierte vermutlich die Grenze eines herrschaftlichen Landsitzes. Tara schaute sich um und fragte sich, ob Gefahr bestand, dass ihr hier der Seitenspiegel abgefahren wurde. Aber ihr blieb keine Zeit mehr, und sie schätzte, dass schon nichts passieren würde. Rasch hängte sie sich ihre Tasche über, verriegelte den Wagen und joggte zurück zur Kirche, so schnell es ihre Absätze zuließen.

Sir Brian Seabrook stand an der Kirchentür, neben sich den Vikar. Sie drehten sich eben um und gingen hinein.

Tara schlüpfte hinter ihnen nach drinnen und fand einen Platz in einer der rechten hinteren Bänke. Es dauerte einen Moment, ehe sie bemerkte, dass Blake zwei Plätze neben ihr war. Er beugte sich vor die blonde Frau zwischen ihnen. »Danke für die Textnachricht«, flüsterte er im selben Moment, in dem Orgelmusik einsetzte.

»Nur ein Gedanke. Mir ist auf einmal eingefallen, dass die

meisten Stoffpuppen bunter gekleidet sind als meine.« Wieder dachte sie an ihr Foto. »Sie ist professionell gearbeitet, mit sehr sauberen Stichen. Die Puppenbeine sind ein wenig ungleich, aber ich glaube nicht, dass das von Bedeutung ist. Mir ist es zuerst nicht mal aufgefallen.«

Er nickte, und Tara dachte, wie gut er in Schwarz aussah. »Ich glaube, die Kleidung bedeutet etwas. Vor allem, dass beide Puppen exakt gleich gekleidet sind.«

Nun erhoben sich alle, und Tara blickte sich nach bekannten Gesichtern um.

Eine Sekunde später entdeckte sie Patsy Wentworth, die zwischen einem Mann und einer Frau saß, beide in Beige. Ihre Eltern? In dem Fall verstand Tara, warum sie rebelliert hatte.

Und da war da Souza, stand kerzengerade und mit hoch erhobenem Kopf, auch wenn Tara nicht entging, dass seine Fingerknöchel weiß waren, weil er die Kirchenbank vor sich so fest umklammerte.

Mary Mayhew, die Institutsverwalterin, war auch anwesend, ebenso wie Peter Mackintosh, der Bibliothekar. Kit, Simon Askeys wissenschaftlicher Mitarbeiter, stand zwischen Mackintosh und Jim Cooper. Letzterer hatte den Kopf gesenkt.

Auf der gegenüberliegenden Gangseite sah sie Adele Pomphrey.

Simon Askey schien zu fehlen. Tara ging Reihe für Reihe durch, konnte ihn jedoch nicht sehen. Sie hätte gedacht, dass er allein um des Scheins willen hier wäre, auch wenn er und Samantha Seabrook sich nicht verstanden hatten.

Bei den übrigen Trauergästen nahm Tara an, dass es sich um Freunde der Familie, Schauspiel- und Verlagskontakte von Sir Brian sowie andere Akademiker handelte. Es war kein einziger Platz mehr frei. Als Tara sich umdrehte, sah sie einige Leute neben einem Lilienarrangement an der Tür stehen.

Ihr Blick wanderte zu Blake, der ein Gesangsbuch in den Händen hielt. Nun bemerkte sie einen Kreis blasserer Haut am

Ringfinger seiner linken Hand. Es brachte sie ins Grübeln, denn sie hatte ihn vorher nicht wahrgenommen. Was für eine Geschichte steckte dahinter? Er musste verheiratet gewesen sein. Und wenn das vorbei war, dann erst seit Kurzem. Die Sonne hatte den blassen Zirkel noch nicht ausgeglichen.

Natürlich ging es sie nichts an, nur hatte sie nie gedacht, dass Blake in einer Beziehung mit jemandem stand.

Als der Vikar zwischen den Liedern sprach, wurden immer mehr Taschentücher hervorgeholt. Pamela Grange schaute zu Sir Brian auf, die Hand leicht erhoben, als wollte sie seinen Arm berühren. Da Souza beobachtete ihn gleichfalls mit schmerzerfülltem Blick. Es musste unsagbar schwer sein, den Mann, den er liebte, auf solch extreme Weise leiden zu sehen und dennoch ein gewisses Maß an Distanz wahren zu müssen.

Tara entging nicht, dass Mary Mayhew sich bekreuzigte, als der Vikar für Samantha Seabrooks Seele betete. Das hatte Tara noch niemanden in einer anglikanischen Kirche tun sehen.

Schließlich endete die Trauerfeier. Tabletts mit Erfrischungen waren hinten in der Kirche auf einem Tisch aufgebaut, doch weil die Sonne am späten Nachmittag noch warm war, nahmen sich die meisten Leute dort etwas und gingen direkt nach draußen. Eine Frau mit einem Rollator näherte sich und beäugte die Gläser mit Sherry. Für sie wäre es schwierig, den anderen mit einem Glas in der Hand nach draußen zu folgen.

Pamela Grange runzelte die Stirn, und Tara schätzte, dass sie dasselbe dachte. »Bringen wir die Getränke nach draußen«, sagte sie. »Das macht es einfacher.«

Tara stellte ihre Tasche ab, um zu helfen, und hob eines der großen Tabletts an, während Peter Mackintosh ein zweites aufnahm. Da Souza klappte einen Metalltisch auf, den er vor die Kirche gezogen hatte. Der blaue Lack des Tisches war abgestoßen; er wurde sonst wahrscheinlich für Kirchenbasare genutzt. Doch Pamela Grange verhüllte ihn mit einer weißen Spitzendecke, und dann sah er passable aus.

Tara stand an dem Getränketisch und schenkte sich einen Orangensaft ein, als sie Kit Tyler herauskommen sah. Er nickte ihr zu.

»Schön, Sie wiederzusehen, trotz der furchtbaren Umstände.« Er zögerte. »Vielleicht könnten wir mal was trinken gehen, wenn sich alles ein bisschen beruhigt hat.«

»Hört sich gut an.« Und das stimmte wirklich, auch wenn es ihr schwerfiel, über den Moment hinaus zu denken.

Kit nickte wieder, lächelte und wandte sich ab, um sich ein Glas Sherry zu nehmen, als Blake zu Tara kam.

»Ich würde gerne noch mehr reden«, sagte der DI, »aber ich muss zurück, sobald ich mich von Sir Brian verabschiedet habe. Eine von Chiara Lauritos Nachbarinnen glaubt, sie habe sie in der Mordnacht mit einem Mann gesehen. Es könnte ein echter Durchbruch sein. Sie arbeiten an einem Phantombild. Haben Sie später Zeit, dass wir uns unterhalten können? Ich möchte gerne noch einmal die Fakten durchgehen; alles, was Sie gesehen haben und das Ihnen merkwürdig vorkommt.«

»In Ordnung«, antwortete sie. »Rufen Sie mich an.« Er klang, als wäre er an etwas dran. Eine neue Theorie? Sie hoffte, dass er später mehr verraten würde. Seine Bitte bewirkte, dass sie sich alle Fakten in Erinnerung rief und versuchte, die dünnen Fäden zu greifen, die Blake zu verweben versuchte.

Nun gesellte sich Peter Mackintosh zu ihr, der sich erkundigte, wie sie mit ihrem Artikel vorankam und wann er erscheinen würde. Die letzte Frage war nach ihrem Gespräch mit Giles vorhin heikel. Sie musste aufhören, Blakes Gedankengang nachverfolgen zu wollen, und sich darauf konzentrieren, was sie sagte.

Nach und nach löste sich die Menge auf, bis nur noch eine Handvoll Leute übrig waren, die sie kannte, einschließlich Sir

Brian, Pamela Grange, der Vikar, Peter Mackintosh und da Souza.

Ms Grange sprach mit einer anderen, gleichaltrigen Frau auf der anderen Seite des Kirchhofs. Tara schnappte auf, was sie sagte. (»Natürlich, was sie getan hat, war bewundernswert.« »Brian hat immer versucht, uns zusammenzubringen, wenn sie zu Besuch war.« »Wir waren nie ganz auf einer Wellenlänge, das war das Problem.« »Zu festgefahren in meinen Ansichten, nehme ich an ... Ich wollte nie andeuten, dass ich dagegen war.« Und »Alles war so anders, als wir jung waren, nicht wahr?«)

„Brauchen Sie eine Mitfahrgelegenheit, Tara?«, fragte Peter und riss Tara damit aus ihren Gedanken.

Sie hob eine Hand. »Nein, danke, mein Wagen parkt ein Stück die Straße rauf. Ich hole nur meine Tasche.«

Sie ging hin und nahm sie auf.

»Danke fürs Kommen«, sagte Sir Brian, allerdings in einem frostigen Ton, was ein klarer Kontrast zu seinem Verhalten bei ihrem letzten Besuch war.

Ihr war nicht wohl, als sie erst ihm, dann Pamela Grange die Hand schüttelte, danach ein Wort mit dem Vikar wechselte und sich von den anderen verabschiedete. Schließlich ging sie am Straßenrand entlang zu ihrem Wagen.

Als sie um die Biegung kam, stellte sie fest, dass sie nicht die Einzige war, die keine Lücke mehr auf dem Kirchenparkplatz gefunden hatte. Jetzt stand ein grünes Auto dicht hinter ihrem Fiat.

Selbst aus der Entfernung schien er seltsam dicht hinter ihr zu stehen. Sie lief los. *War sie eingeparkt worden?* Sie wurde schneller und tastete parallel nach den Schlüsseln in ihrer Tasche.

Sie wühlte hektisch – und fand nichts.

Es stimmte. Der grüne Wagen stand mit seinem Heck direkt an ihrem, die hintere Stoßstange gegen die ihres Fiats gedrückt. Und wenige Zentimeter vor ihrer Motorhaube war die hohe Backsteinmauer.

Tara kroch ein eisiger Schauer über den Rücken. Sie entsann sich vage des grünen Wagens, den sie auf der Fahrt zu ihrer Mutter bemerkt hatte. Aber auch so wusste sie, dass sie in Schwierigkeiten steckte. Das sagte ihr Instinkt ihr.

Sie hörte auf, nach ihren Schlüsseln zu suchen, und griff in das Seitenfach, um ihr Messer herauszuholen.

Es war nicht da.

Und ihr Handy auch nicht.

»Ich habe dein Messer gefunden, als ich dein Handy gesucht habe«, sagte eine Stimme hinter ihr. »Wer bringt denn eine Waffe mit zu einer Trauerfeier? Aber ich bin froh darüber. Es ist praktisch.«

KAPITEL VIERZIG

Blake fuhr an einem flachen Feld nach dem anderen vorbei. Vor ihm flirrte die heiße Luft über der Straße. Sein Fenster war vollständig heruntergedreht, und er fuhr schnell, jedoch reichte der Fahrtwind nicht, um es im Wagen erträglicher zu machen.

Warum *hatten* Samantha Seabrook und Tara solche schlicht gekleideten Puppen erhalten? Und wer zum Teufel hatte die damals in den Achtzigern genäht? Warum mehr als eine? Was bedeutete das Kruzifix am Hals der Professorin?

Was war die Verbindung in die Vergangenheit? Er dachte an die Menschen, von denen sie wussten, dass sie damals eine Verbindung zu Samantha Seabrook gehabt hatten: Hugo da Souza, Patsy Wentworth und, wie er inzwischen wusste, nachdem er bei der Trauerfeier ein bisschen herumgefragt hatte, Pamela Grange auch. Anscheinend wohnte sie schon ihr Leben lang in dem Dorf.

Was war mit der Nachricht an Sir Brian gemeint? *Der Tod ereilt uns alle gleich, und er macht uns gleich, wenn er uns ereilt.* Sie bezog sich auf Samantha Seabrooks Arbeit. Hatte der Mörder der Professorin – und vielleicht ihrer Familie – deren komfortables Leben verübelt?

Samantha Seabrooks Agent hatte gesagt, es hätte nach dem Fernsehauftritt der Professorin einen kleinen Aufschrei in der Richtung auf Twitter gegeben.

Chiara Laurito hatte Tara erzählt, dass sie und Samantha Seabrook in vielerlei Hinsicht ähnlich gewesen waren. Sie kamen beide aus reichen Elternhäusern und waren von Eltern unterstützt worden, die es gewohnt waren, dass vieles nach ihrem Willen lief. War Chiara wirklich umgebracht worden, weil sie den Mörder der Professorin identifizieren konnte? Oder waren es ihre Gemeinsamkeiten, die sie beide zu einem Ziel machten? Und, falls ja, was war dann mit Tara, dem Kind einer berühmten Mutter, deren Zuhause ein herrschaftlicher Wohnsitz in ebendem verlassenen Moorgebiet war, durch das Blake gerade fuhr?

Er musste wieder auf die Straße achten, denn er näherte sich sehr schnell einem Landwirtschaftsfahrzeug. Es war zu wenig Platz, um zu überholen, und so blieb es voraussichtlich noch eine Weile. Doch links gab es eine Abbiegung, und die nahm er. Sein Navi würde ihn wieder auf die richtige Strecke zurückführen.

Seine Gedanken kehrten zu Samantha, Chiara und Tara zurück. Sir Brian hatte dem Institut Geld gespendet, an dem seine Tochter arbeitete, auch wenn das gewesen war, bevor sie ihre Stelle dort bekam. Chiara Lauritos Vater war eingeschritten, um seine Tochter zu verteidigen, als ihre akademischen Leistungen kritisiert wurden. Und Blake hatte gehört – gerüchteweise –, dass Taras Mutter geholfen hatte, *Not Now* populär zu machen ...

Er vergaß, auf die Ansagen des Navis zu achten und sah zu den Wegweisern an der Kreuzung, an die er kam. Das Navi sagte ihm, dass er nach rechts in Richtung eines Orts namens Peverton abbiegen sollte, und er tat es.

Aus irgendeinem Grund kam ihm der Name bekannt vor.

Und während er überlegte, woher, schwappte eine Welle von Angst über ihn hinweg, die er nicht bändigen konnte.

Peverton. Peverton. Wo zur Hölle hatte er den Namen schon gehört?

KAPITEL EINUNDVIERZIG

»Du fährst meinen Honda«, befahl Kit Tyler.

Taras Kehle war wie zugeschnürt, sodass sie kaum atmen konnte. Sie wich zurück an den grünen Wagen, als er sich mit dem Messer näherte. Ihrem Messer. »Woher hast du gewusst, wo ich parke?«

Sein Lachen klang schroff und kalt. Keine Spur von dem Lächeln vorhin. Es jagte einen Angstschauer durch ihren Körper. Und sie hatte ihn ganz naiv für harmlos gehalten.

»Das war nicht schwer«, antwortete er. »Ich kenne deinen Fiat, denn ich habe dich schon seit Wochen im Blick. Als ich sah, dass der Kirchenparkplatz voll ist und dein Auto da nicht steht, wusste ich, dass du in der Nähe sein würdest. Aber ich habe dich nicht gleich eingeparkt, als ich angekommen bin. Erst als ich gehört habe, wie DI Blake mit dir gesprochen hat, war mir klar, dass heute der Tag der Tage sein muss. Ich bin früher weg, herumgefahren und habe dein Auto binnen Minuten gefunden.«

Durch ihren Angstnebel versuchte Tara, sich in Erinnerung zu rufen, was Blake zu ihr gesagt hatte; die Worte, die Kit mitgehört haben musste. *Natürlich.* Jemand machte ein Phantombild von einem Verdächtigen im zweiten Mord. »Weil sie eine Zeugin gefunden haben, die dich mit Chiara gesehen hat?« Ihre Stimme zitterte.

»Klingt ganz so. Ich könnte morgen in Untersuchungshaft sein. Das darf nicht passieren, ehe ich klar gemacht habe, worum es hier geht. Dabei solltest *du* das für mich machen. Ich dachte, so hätte es die größte Wirkung. Du solltest Samantha als die erkennen, die sie war – den Schaden, den sie als Teenager angerichtet hat. Wie sie andere ihrer Kindheit beraubte, um dann als eine Art Retterin international berühmt zu werden. Aber du hast versagt. Du hast nicht mal in die richtige Richtung gesehen. Sogar in der heutigen Zeit lassen sich die Leute von Reichtum und Stand blenden. Sie sehen kaum mal über die unfairen Vorteile hinweg, die damit einhergehen.« Er sah wütend aus. »Hättest du Erfolg gehabt, wäre ich immer noch im Gefängnis gelandet. Das wusste ich. Sobald du die Wahrheit enthüllt hättest, wäre ich der offensichtliche Verdächtige im Mordfall Samantha Seabrook gewesen. Das Opfer war ich bereit zu bringen, damit es publik wird. Es hätte die Geschichte, die du erzählen solltest, umso dramatischer gemacht. Überall auf der Welt hätten die Leute Samantha und ihre Klasse als die gesehen, die sie sind. Ansichten würden sich ändern, Maßnahmen ergriffen, und mein Freiheitsverlust wäre ein kleiner Preis für das Andenken an meine Schwester.«

Seine Schwester? Tara versuchte immer noch mitzukommen. Ihr Gehirn fühlte sich wie eingefroren an. Sie musste sich an seinen Wagen lehnen, damit sie nicht zu Boden ging. Durch den Nebel, der sie umfing, drang allmählich zurück, was Askey über Kit gesagt hatte. Askey hatte erzählt, dass Kit eine schwere Kindheit gehabt hatte, genauso unterprivilegiert wie Askeys. Kits Mutter war gestorben, als er noch klein war, und seine Schwester hatte sich das Leben genommen. Aber wie passte das zu dem, was Samantha Seabrook als Teenager getan hatte? Wo war die Verbindung?

»Und was hast du jetzt vor?«

Kit warf ihr mit der freien Hand seine Autoschlüssel zu. »Ich besorge mir die Publicity, die ich anders bekommen wollte, bevor es zu spät ist. Und du wirst die Hauptrolle spielen.« Ein Lächeln huschte über seine Lippen, das völlig anders war, als sie es früher bei ihm gesehen hatte. Der kalte Hass in seinen Augen war unverkennbar. »Mach die Tür auf, und rutsch rüber auf den Fahrersitz.« Er ließ sie nicht aus den Augen und war nur wenige Schritte entfernt, mit ihrem Messer in der Hand, während sie mit dem Rücken zum Wagen stand. Sie hatte keinen Bewegungsspielraum, keine Chance wegzulaufen.

Als sie sich umdrehte, um die Beifahrertür aufzuschließen, blickte sie zur Straße, nur war da niemand. Sie befanden sich hinter der Biegung vom Kirchhof aus und in der entgegengesetzten Richtung zum Dorf. Eine Sekunde lang dachte sie an die Präventionsbeamtin, die Blake ihr geschickt hatte. *Mist!* Ihre Beine zitterten und fühlten sich wie Gummi an. Sie hatte nicht aufgepasst. Aber sie war auf dem Weg zu einer verfluchten Trauerfeier gewesen!

Einer Trauerfeier für ein Mordopfer. Für eine Frau, die von dem Mann ertränkt wurde, der jetzt mit Taras Messer hinter ihr war.

Es gab keine Zentralverriegelung, und sie hatte Mühe, den Schlüssel ins Türschloss zu bekommen. Fast alles würde sie dafür geben, ihre Angst nicht so offen zu zeigen. Andere Schlüssel an dem Bund klimperten an dem grünen Lack des Wagens, als sie versuchte, die Tür zu öffnen. Ihre Hand zitterte sichtbar. Scheißkerl.

Schließlich gelang es ihr. Und eine Sekunde lang überlegte sie, sich abrupt umzudrehen. Sie könnte mit dem spitzesten Schlüssel zustechen. Aber sie würde Kit niemals überwältigen.

Schlüssel gegen Küchenmesser war ein aussichtsloses Unterfangen. Als sie über die Mittelkonsole auf den Fahrersitz kletterte, wünschte sie sich inständig, sie hätte ihre Waffe zu Hause gelassen. Einzig Schwäche hatte sie bewegt, dass sie das Ding überhaupt mit sich herumtrug.

»Fahr«, sagte Kit, der hinter ihr einstieg. Er zog die Beifahrertür mit der linken Hand zu, ohne den Blick von Tara abzuwenden. »Bieg an der ersten Straße rechts ab. Wir fahren nicht an der Kirche vorbei. Und versuch gar nicht erst etwas Blödes. Ich habe immer gewusst, dass ich sowieso ins Gefängnis gehe, und wenn ich dich erstechen muss, werde ich es tun.«

Als sie den Zündschlüssel drehte, sah sie seinen Blick, und ihr wurde schlecht. Wieder sah sie puren Ekel, eiskalt, scharf und entschlossen. Sie zweifelte nicht an seinen Worten.

Wenige Meter den Weg entlang bog sie ab, wie er verlangt hatte. Weg von der Zivilisation und ins offene Marschland. Die strahlende Sonne und der blaue Himmel waren gnadenlos. Die Felder um sie herum sahen nie öder aus. Sie fuhren durch ein Dorf, vorbei an einem Haus mit Reetdach, dicht an der Straße, und einem Pub. Aber es war noch später Nachmittag, also zu früh, als dass jemand draußen sitzen und etwas trinken würde. Keiner sah sie.

Danach waren sie wieder auf den verlassenen Landstraßen, und Tara sah Wasser zu ihrer Rechten. Sie versuchte, sich zu orientieren. Hier war sie geboren und aufgewachsen, aber nichts wirkte vertraut. Mit aller Kraft versuchte sie, ihre Panik zu bekämpfen, doch ihre Atmung ging so schnell, dass ihr schwindlig wurde.

»Manche Menschen finden diese Landschaft schön. Mir gibt sie immer das Gefühl, gefangen zu sein«, sagte Kit. »Hier war keiner, der meiner Schwester und mir geholfen hat.«

»Bist du in den Fens aufgewachsen?« Tara versuchte, sich zu erinnern. Das hatte sie noch nicht gehört, oder? Er hatte einen ausgeprägten Liverpooler Akzent.

»Wir sind erst nach Norden gezogen, als ich sieben war«, antwortete Kit. »Das habe ich sogar deinem Polizistenfreund erzählt, DI Blake, aber er hat genauso wenig eins und eins zusammengezählt. Und auch nicht in die richtige Richtung gesehen.«

KAPITEL ZWEIUNDVIERZIG

Blake war gerade mal zwei Minuten in Peverton, da erinnerte er sich. Kit Tyler. Tyler hatte ihm erzählt, dass er »unweit von Cambridge« geboren war, in Peverton, aber schon als kleines Kind nach Liverpool umgezogen war. Der Name hatte Blake nichts gesagt, aber irgendwie hatte er ihn im Kopf behalten.

Der Ort war vollkommen anders als Samantha Seabrooks Heimatdorf. Er war nur wenige Meilen entfernt, aber sichtlich heruntergekommen und schrie förmlich »Armut«. Drei von fünf Läden im Zentrum waren mit Brettern vernagelt, und dasselbe galt für eine Häuserreihe, an der er vorbeifuhr. Die Vorgärten lagen voller Müll – eine rostende Waschmaschine und ein Kinderfahrrad, an dem ein Rad fehlte.

Da war keine Schule.

Wieder ratterte es in seinem Kopf. Kit Tyler müsste so gut wie seine gesamte Schulzeit in Liverpool verbracht haben, aber was hatte Simon Askey noch über seinen wissenschaftlichen Mitarbeiter gesagt, als Tara ihn interviewte? Blake versuchte, sich die Aufnahme ins Gedächtnis zu rufen. Hatte er nicht erwähnt, dass Tylers Schwester Selbstmord beging? Und dass seine Mutter gestorben war? War das vor oder nach dem Umzug nach Liverpool gewesen?

Auf einmal stellten sich die Härchen auf Blakes Armen auf. Hier in Peverton gab es keine Schule, aber Samantha Seabrook war auf die in ihrem Dorf gegangen. Staatliche Schule, dank Sir Brians sozialistischer Prinzipien. Könnten die Kinder aus Peverton zur Schule in Great Sterringham gefahren worden sein?

Kit Tyler war verdammt nahe dem Ort geboren, in dem Samantha Seabrook aufgewachsen war. Das war zu viel Zufall. Es musste eine Verbindung geben. Was, wenn Kits Schwester älter gewesen war als er?

Was war, wenn sie in Samantha Seabrooks Alter gewesen war?

Ihm fiel Taras Aufnahme des Interviews mit Patsy Wentworth ein. Patsy hatte gesagt, dass es bei Samantha zu Hause nicht einfach gewesen war. Ihre Kindheit war eine Mischung aus Glamour und Tragödie gewesen, weshalb sie laut ihrer Schulfreundin nie die Schuld für irgendetwas bekam. »Die Leute haben geglaubt, dass sie sich mit den falschen Freundinnen eingelassen hatte«, hatte sie gesagt. »Sie haben nie kapiert, dass sie die falsche Freundin *war*.«

Und dann fielen ihm Taras Worte von der Trauerfeier ein. Die Puppen seien »professionell« gemacht. Und was hatte Kit gesagt, womit seine Mutter ihr Geld verdiente? *Für die Jungen von der örtlichen Privatschule die Kleidung geflickt und geändert.* Sie war Schneiderin gewesen, bis sie starb und Kit von seinem Alkoholikervater großgezogen wurde. Hatte sie die Puppen genäht? Aber warum zwei? Und wenn es Kit war, der Samantha eine von seiner Mutter genähte Puppe geschickt hatte, wollte er, dass sie die erkannte? Wenn sie und seine Schwester gleich alt waren, könnte sie die Puppe schon früher gesehen haben? Hatte er ihr eine Botschaft geschickt, die sie nach all der Zeit nicht mehr verstand?

Blake wendete und fuhr zurück in Richtung Great Sterring-ham. Er musste mit jemandem von der Schule sprechen, aber natürlich war August, verdammt. Mitten in den Ferien. Und falls er jemanden vom Lehrkörper auftrieb, würde derjenige sich an die Tyler-Familie erinnern? Es musste an die zwanzig Jahre her sein, seit sie fortgezogen waren.

Doch er würde nicht auf eine Bestätigung warten.

Er wählte Taras Handynummer. Sie und Tyler waren beide auf der Trauerfeier gewesen. Was, wenn er es war? Was, wenn er beschloss, seine Drohung gegen Tara wahrzumachen, da draußen mitten in der Einöde?

Es klingelte und klingelte, dann sprang die Mailbox an.

Blake hatte keinen Beweis für seine Theorie, aber er wusste einfach, dass er auf die Antwort gestoßen war.

Er trat fester aufs Gas und rief Emma auf der Wache an. »Ich muss Kit Tyler finden«, sagte er. »Er soll zur Befragung geholt werden. Sofort. Wir können sein Handy orten, über Triangulation oder GPS. Versuch es auch auf Tara Thorpes Handy. Sie könnten zusammen sein.« Ihm wurde bewusst, wie weit die Funkmasten hier draußen auseinanderlagen. Angst regte sich in ihm. Er verdrängte die schlimmsten Gedanken. »Ihr letzter bekannter Aufenthaltsort war Great Sterringham. Gib eine Fahndung raus. Rede mit Tylers Freunden und Verwandten. Wie sich herausstellt, hat er als Kind in einem Nachbardorf gelebt. Such alle Orte, die für ihn eine Bedeutung haben könnten.« Wie schlecht standen die Chancen? Blake fluchte. »Probier alles, Emma – und spann alle ein.«

KAPITEL DREIUNDVIERZIG

Tara hatte zu Kit Tyler geblickt, als sie ihr Handy klingeln hörte. Sie hatte seine Miene gesehen, unmittelbar bevor er das Telefon aus dem Fenster warf. Während sie im Rückspiegel beobachtete, wie es auf den Asphalt aufschlug, hatte er ihr befohlen, schneller zu fahren.

Sie waren auf einem der Dämme oberhalb eines breiten Entwässerungsgrabens. Überall um sie herum verliefen Wasserkanäle: Marschland so weit das Auge reichte.

Tara atmete kaum, starrte auf die Straße vor ihnen und versuchte zu planen, ohne zu wissen, was als Nächstes passieren würde. Zwischendurch kamen ihr die unterschiedlichsten Gedanken. Kits plötzliches Erscheinen vor dem Copper Kettle, als sie aus dem Treffen mit Giles gestürmt war. Warum hatte sie ihn nicht durchschaut? Er war auf dem Weg in eines der Geschäfte in der King's Parade, als sie ihn entdeckte – vermeintlich. Aber das war ein Bluff gewesen, wie ihr jetzt aufging. Er hatte sie verfolgt, und ausnahmsweise hatte sie ihn überrascht, als sie so schnell aus dem Café gekommen war. Und was hatte er gemacht, nachdem sie kurz einige Nettigkeiten ausgetauscht hatten? Er war die Straße hinaufgegangen. Ihr war es da nicht aufgefallen, doch er hatte das Geschäft nie betreten, in das er scheinbar wollte.

»Erzähl mir von deiner Kindheit, Tara«, unterbrach Kit ihre Gedanken.

Es klang wie eine Herausforderung. Tara fühlte kalten Schweiß über ihren Rücken rinnen. »Eigentlich war die ziemlich gemischt. Wie bei den meisten Menschen.« Ihre Zähne klapperten, obwohl sie in der sengenden Sonne unterwegs waren.

»Und dennoch hast du sie gut überstanden, nicht?«

Eine Sekunde lang dachte sie an die Ablehnung ihrer Eltern und die Auswirkungen des Stalkings. Doch ihr Mund war zu trocken und ihr Denken zu wirr, um zu artikulieren, was ihr durch den Kopf ging.

»Ich meine, du bist autark, konntest dir eine anständige Schulbildung und einen guten Job sichern.«

»Ich habe heute Morgen gekündigt, aus Prinzip.« Ihre Stimme bebte.

»Eben«, sagte er. »Wärst du dazu imstande gewesen, hättest du schon mal echte Not gekannt?«

Das beantwortete sie nicht. Sie fühlte sich wie betäubt; ganz gleich, was sie sagte, es würde nichts ändern. Und vielleicht hatte er recht, was die eine kleine Sache betraf.

»Wir analysieren das alles als Teil unserer Forschung«, fuhr Kit fort. »Menschen müssen mit allen möglichen furchtbaren Erlebnissen fertig werden, aber in neun von zehn Fällen sind nicht die ausschlaggebend. Es ist ihre Herkunft.« Er sprach jetzt ruhig, beinahe abgeklärt. »Natürlich gibt es Ausnahmen, wie mich oder Simon. Wir haben es trotz unserer Herkunft geschafft, doch wir sind eine winzige Minderheit. Und selbst wenn wir es schaffen, betrachten uns die Leute, mit denen wir zu tun haben, nicht als ihresgleichen.«

Er verstummte, und sie blickte zu ihm. Seine Augen waren

noch auf sie gerichtet, und ihr Messer war nach wie vor in seiner Hand.

»Ich weiß eine Menge über all das«, sagte er. »Und größtenteils würde ich sagen, dass die Zukunft durch Umstände, in die man hineingeboren wird, in Stein gemeißelt ist. Denk an den Vorsprung, den man hat, wenn die Eltern Geld haben und gebildet sind. Ein Elternteil stirbt – okay, das ist die Hölle. Aber wenn du Angehörige hast, die in die Bresche springen, dich finanzieren und auf deiner Seite sind, überleg mal, wie viel sicherer du dann bist als jemand in derselben Situation ohne diesen Rückhalt. Selbst wenn deine Verwandten plötzlich all *ihr* Vermögen verlieren, bist du in den richtigen Verhältnissen geboren, gibt es wahrscheinlich Bücher im Haus, schöne Dinge um die herum, und Menschen, die sich so ausdrücken können, dass sie von allen ernst genommen werden. Noch einmal, du bist denen, die langfristigen Mangel gelitten haben, um Längen voraus.«

Taras Hände am Lenkrad waren klamm. »Was du sagst, leuchtet ein. Ich verstehe allerdings nicht, wie es rechtfertigt, dass du zwei unschuldige Frauen ermordest.«

»Unschuldig?« Kits Stimme war wie Eis in der schwülen Luft. »Keine von euch ist unschuldig. Samantha Seabrook hat so viel über Ungleichheit in der Kindheit geredet, aber die meisten der Kinder, denen sie angeblich helfen wollte, haben nicht mal etwas, was man ›Kindheit‹ nennen kann. Sie leben von Anfang an in einer rauen Erwachsenenwelt.« Er wischte sich die Stirn ab. »Ich musste dasitzen und zuschauen, wie sie in dieser Fernsehsendung *Tomorrow Today* tönte, wie wenige Menschen wirklich verstanden, was Ärmere durchmachen.« Plötzlich schlug er mit der freien Hand aufs Armaturenbrett, und Tara zuckte zusammen. »So eine Heuchelei hat man noch nicht gesehen! Samantha Seabrook war für den Tod meiner Schwester verantwortlich. Lass mich dir *davon* erzählen.«

KAPITEL VIERUNDVIERZIG

Blake saß der Direktorin der Highschool in Great Sterringham gegenüber. Dem Aussehen nach musste die Frau circa sechzig sein. Sie hatte Krähenfüße, und ihr Haar war grau gesträhnt. Blake hatte sie über den Hausmeister gefunden, dessen Handynummer auf dem Schulschild vermerkt war. Zum Glück war sie den Tag vorher aus ihrem Urlaub in Wales zurückgekehrt. Sie hatte Blake in ihr Wohnzimmer gebeten und ihm einen Tee angeboten, den er dankend ablehnte.

»Tatsächlich bin ich schon ab morgen wieder in der Schule«, sagte sie, »um alles für das nächste Schuljahr vorzubereiten.« Sie sah ihn an. »Den Leuten ist nicht klar, wie viel Verwaltungsarbeit und Vorbereitung wir neben unseren täglichen Aufgaben zu erledigen haben.«

Blake nickte und versuchte, seine Ungeduld zu zügeln. »Gewiss doch. Haben Sie vor zwanzig Jahren schon an dieser Schule gearbeitet?«, fragte er.

Sie nickte. »Da war ich noch eine normale Lehrerin, nicht die Schulleiterin.« Sie lächelte. »Ich wollte nicht wegziehen, deshalb bin ich an der Schule geblieben, was nicht unüblich ist.«

»Erinnern Sie sich an eine Familie Tyler?« Sofort verfinsterten sich ihre Züge, und Blakes mulmiges Gefühl erreichte einen neuen Höhepunkt. Er hatte ein wenig gehofft, dass er sich irrte.

»Eine Familie in solchen Umständen vergisst man schwerlich«, antwortete sie. »Jane Tyler war in der fünften Klasse hier, als ihre Mutter starb. Sie war immer still und gewissenhaft gewesen, aber dann zog sie sich vollständig in sich selbst zurück. Keiner von uns konnte mehr zu ihr durchdringen. Leider hatten andere Erfolg, wo wir scheiterten. Sie ließ sich mit den falschen Leuten ein. Und danach ...« Die Schulleiterin seufzte, »tja, danach ist sie auf die schiefe Bahn geraten.«

»Wenn Sie sagen, ›mit den falschen Leuten‹, wissen Sie noch, mit wem Jane Tyler sich eingelassen hatte?« Blake hielt den Atem an.

Die Frau nahm ihre Brille ab, legte sie vor sich auf den Couchtisch und rieb sich die feuchten Augen. »Ja«, sagte sie eine Weile später leise. »Ja, das weiß ich noch. Es war das Mädchen, das kürzlich ermordet wurde, Samantha Seabrook.« Sie lehnte sich zurück. »Jane Tyler hat sich am Ende erhängt, und mir wurde damals klar, wie sehr sich die Umstände ähnelten, die sie und Samantha ertragen mussten, und wie unterschiedlich es für jede ausging. Aber jetzt sind sie beide tot.«

»Können Sie mir erzählen, was passiert war?«

»Samantha war schon vorher recht wild«, antwortete sie. »Ihre Mutter, nun ja, den Hintergrund kennen Sie vielleicht schon, also wie sie gestorben ist?«

Blake bejahte stumm.

»Ihr Vater, wenn er da war, hat sich bemüht, damit fertigzuwerden. Uns war klar, dass Samanthas Aufbegehren ein Schrei um Aufmerksamkeit war. Sie war zu jung, um zu verstehen, was ihr Vater durchmachte, und natürlich litt sie auch. Für sie gab es nur Jungs, Drogen und Diebstahl. Und sie zog ein anderes Mädchen mit hinein, Patsy Wentworth.«

»Und dann kam Jane Tyler hinzu?«

Die Direktorin nickte. »Genau. Ich glaube, Samantha hat es genossen, sie aufzunehmen und mitmachen zu lassen. Jane war solch ein schüchternes kleines Ding. Eindeutig keines der beliebten Mädchen, und als Samantha ihr Aufmerksamkeit schenkte, war sie so verwundbar. Alles geschah direkt vor meinen Augen, aber ich wusste nicht, wie ich es aufhalten sollte. Ich habe versucht, mit Jane zu reden, nur half es da schon nicht mehr.«

»Was ist dann passiert?«

Sie biss sich auf die Unterlippe. »Die Dinge eskalierten, als Samantha, Patsy und Jane beim Ladendiebstahl in Wisbech erwischt wurden. Vorher hatte sie nur Sachen aus dem Dorfladen gestohlen, und Sir Brian konnte das recht leicht geradebiegen, weil er die Inhaber persönlich kannte. Und diesmal schritt er wieder ein und schaffte die Sache aus der Welt – oder zumindest dachte er es. Die Schule wurde informiert, aber nicht die Polizei. Sir Brian gab dem Ladenbesitzer in Wisbech mehr als genug Geld als Schadensersatz sowie eine große Spende für eine Wohltätigkeitsorganisation, die dem Mann am Herzen lag, und damit war die Sache vom Tisch. Für Samantha, heißt das. Sir Brian hatte ständig ein schlechtes Gewissen, weil er sich nicht so um sie kümmern konnte, wie sie es brauchte. Nach dem Vorfall achtete er genauer auf sie. Jedenfalls eine Zeit lang.«

»Und bei Patsy und Jane lief es anders?«

»Patsy war mehr eine klassische Rebellin. Ihre Eltern waren erbost, und sie bekam Hausarrest. Sie kennen das ja.«

Blake nickte.

»Aber Jane Tylers Vater war ein bösartiger Trinker. Das wussten wir alle. Er hat zu Hause mit eiserner Faust geherrscht. Und weil er streng religiös erzogen wurde, betrachtete er das, was Jane getan hatte, als Sünde. Laut ihrem Abschiedsbrief hatte er ihr gesagt, dass es besser wäre, sie wäre gestorben anstelle ihrer Mum.«

Die Direktorin weinte jetzt richtig. »Tut mir leid. Es ist so lange her, doch jemand hätte es verhindern müssen. Ich hätte es verhindern müssen.« Sie schnäuzte sich. »Ich war bei Janes Beerdigung, und der Gesichtsausdruck ihres Vaters war so kalt. Nie werde ich vergessen, wie Janes kleiner Bruder neben Mr Tyler stand und zu ihm aufsah. Ich habe mich oft gefragt, was für eine Zukunft ihn erwartete, aber auch für ihn konnte ich nichts tun.« Sie schaute mit tränenschwimmenden Augen ins Nichts.

»Sie hatten kein Geld für eine richtige Urne, also habe ich im Namen der Schule eine für sie gekauft: blau mit silbernen Vögeln drauf.« Sie sah Blake an. »Es war das Einzige, was ich hinbekam.«

Blake hatte es eilig zu gehen. Er stand auf und bedankte sich bei der Frau. Als er zu ihrer Haustür ging, fiel ihm der Topf auf dem Regal in Kit Tylers Wohnung wieder ein: blau mit silbernen Vögeln. Er hatte neben einem Foto von einer Frau und ihrer Tochter im Grundschulalter gestanden. In dem Moment, in dem er an das Foto dachte, wurde ihm klar, dass das Mädchen eine blauweiße Schuluniform getragen hatte.

KAPITEL FÜNFUNDVIERZIG

Die Geschichte, die Kit ihr erzählt hatte, von seiner Schwester und deren Selbstmord, hallte Tara noch durch den Kopf, während sie fuhr. Sie hatte erst mit dem Stehlen angefangen, als sie sich mit Samantha Seabrook anfreundete. Zuerst waren es Kleinigkeiten gewesen, wie mal ein Pfund aus der Handtasche einer Besucherin. Sein Vater hatte die Münze auf den Kaminsims gelegt, wo sie jeder sehen konnte. Er erzählte jedem Gast, was Jane Tyler getan hatte und dass sie bei ihr aufpassen mussten. Und Jane musste mit dem Rücken zu ihnen in der Zimmerecke stehen, während er ihre Missetat öffentlich machte. Sie wusste, was passieren würde, sollte sie sich wehren. Ihr Vater schwang schnell mal den Gürtel.

Laut Kit wollte Jane danach nicht mehr stehlen, aber in der Schule konnte sie nur mit Samantha befreundet bleiben, wenn sie weitermachte – und das war wichtig. Auf einmal galt Jane etwas, zumindest in den Augen ihrer Freundinnen –, aber nur solange, wie sie Samantha zu ihrem Idol verklärte. Kit stellte es wie Nötigung dar. Tara hatte eingewandt, dass Samantha nicht wissen konnte, welchen Schaden sie anrichtete. Da hatte Kit sie angebrüllt, sodass sie vor Schreck zur Seite auswich und sie fast von der Straße abkamen. Er sagte, er erinnerte sich wie Jane weinte, hin und her gerissen zwischen ihrer Furcht, den Vater wütend zu machen oder die sogenannte Freundin zu verärgern.

Samantha hatte den Einsatz erhöht und Jane und Patsy mit zu einer Drogerie in Wisbech genommen. Einer der Artikel, die Jane dort gestohlen hatte, war der Rimmel-Lippenstift, den Tara in der Wohnung der Professorin entdeckt hatte. Kit hatte ihn ihr geschickt, um ihr Gewissensbisse zu machen. Sicher würde sie sich erinnern und verstehen, warum sie zur Zielscheibe geworden war. Aber sie hatte den Lippenstift nie erwähnt, und er bezweifelte, dass sie es begriffen hatte.

»Ich muss jetzt telefonieren«, verkündete Kit unvermittelt, und Tara war wieder bei ihm. Bei seinem entschlossenen Tonfall begann sie zu zittern. Sie konnte sich nicht vorstellen, wen er kontaktieren musste, aber sie war sicher, dass es für sie Schlimmeres bedeutete.

»Was meinst du?«

»Wir sind fast da, und ich muss alles vorbereiten. Ich rufe nämlich die Presse an. Sie werden meinen letzten Mord bezeugen.« Tara spürte, dass er sie ansah. »Du kommst live ins Fernsehen, Tara. Und es ist der weit bessere Weg, meine Botschaft rüberzubringen. Die Augen der Welt werden auf mich gerichtet sein, wenn ich meine Geschichte erzähle. Ich will, dass jeder erfährt, was Samantha Seabrook getan hat – und warum sie und Leute wie sie, die durchs Leben segeln, ohne zu erkennen, welches Glück sie haben, nicht für die Zukunft von Kindern zuständig sein dürfen, die bessere Chancen brauchen.« Für eine Sekunde kippte seine Stimme.

Und dann tätigte er den Anruf. Tara war nicht sicher, wen er ausgewählt hatte – vielleicht eine Nachrichtenagentur, damit es sich so weit wie möglich verbreitet? Sie versuchte zu schlucken, aber ihre Kehle war zu eng.

»Die Presse wird die Polizei rufen«, sagte sie, als er fertig war. »Die wird zuerst bei uns sein.«

Doch Kit war vollkommen ruhig. »Sicher rufen sie die Polizei, aber nicht ganz so schnell, denke ich. Die wollen ihre Sensation. Wahrscheinlich sind sie schon unterwegs, ehe sie Alarm schlagen. Und selbst wenn die Polizei zuerst da ist, werden die nicht wagen, sich zu nähern.« Er lachte hämisch. »Die sehen in mir einen Irren. Einen Unberechenbaren, der jeden Moment töten könnte, wenn sie eine falsche Bewegung machen. Ich werde die Situation kontrollieren. Bieg hier links ab«, sagte er plötzlich. »Hier ist es.«

Die flache Landschaft vor Tara glitzerte von den Sonnenspiegelungen in den Kanälen, die sich zwischen Schilf und wenigen Erhebungen schlängelten. Rechts von ihr war ein tiefer breiter Graben, und links befanden sich zwei weitere Wasserkanäle, die sie von dem Land dahinter abschnitten.

Tara zitterte am ganzen Leib. Adrenalin. Sobald sie aus dem Wagen war, wäre sie fluchtbereit. Nur konnte sie hier nirgends hinlaufen. Sie waren meilenweit von irgendeinem Ort entfernt.

Ein Stück weiter vorn konnte sie ein Cottage sehen, doch ihre Hoffnung erstarb, als sie näher kamen. Die Fenster waren eingeschlagen und das Dach nach innen abgesackt.

»Halte hier an«, sagte Kit. »Park mit der Fahrertür dicht an der Mauer. Ich will, dass du hinter mir auf der Beifahrerseite aussteigst.«

Sie tat, was ihr gesagt wurde. Er arrangierte es so, dass er auf sie wartete, während sie über den anderen Sitz stieg, das Messer bereit. Und selbst wenn sie es an ihm vorbeischaffte, wüsste sie nicht, wohin sie rennen sollte. Um sie herum erstreckten sich von wassergefüllten Kanälen durchzogene Felder, Gräben und Streifen von Moor.

KAPITEL SECHSUNDVIERZIG

Blake war unsicher, wohin er sollte. Er wollte nicht nach Cambridge zurück, denn es gab keinen Grund, warum Kit Tyler in die Stadt fahren sollte. Stattdessen fuhr er die Straßen um Peverton ab und wartete auf Neuigkeiten. Er dachte an all die Informationen, die Tara nicht hatte – zum Beispiel wo Kit Tyler aufgewachsen war. Hätte Blake ihr alles erzählt, hätte sie die Gefahr erkannt? Sie war ja nicht dümmer als Blake.

Es fühlte sich wie eine Ewigkeit an, bis sein Handy klingelte. Emma. Er nahm das Gespräch über die Freisprechanlage an. »Blake.«

»Keiner weiß, wo Tyler steckt. Da Souza hatte ihn wieder im Institut erwartet, aber keine Spur, und er ist nicht in seiner Wohnung. Sein Handy ist ausgeschaltet. Aber ich habe eine mögliche Spur. Die nächste Angehörige ist eine Tante, laut Mary Mayhew – die Schwester von Tylers Mutter. Wir haben sie angerufen, und sie hat früher auch draußen in den Fens gelebt. Inzwischen hat sie eine Wohnung in Wisbech. Aber vor Jahren hatten ihr Mann und sie einen kleinen Bauernhof. Sie hat erzählt, dass Tylers Dad ziemlich fix mit den Fäusten war, und wann immer sie konnten, hatten sie und ihr Mann die beiden Kinder zu sich geholt, um sie für eine Weile aus der Gefahrenzone zu schaffen. Sie wohnten damals mitten in der Pampa, in der Nähe eines Weilers namens Fen Reach. Der Hof könnte für Tyler einen sentimentalen Wert haben.«

Sie verstummte, und Blake tippte den Ortsnamen bereits in sein Navi ein.

»Wir haben uns die Koordinaten der letzten Ortung von Tara Thorpes Handy angesehen, als du es angerufen hast«, fuhr Emma fort. »Danach müssten sie auf dem Weg von Great Sterringham nach Fen Reach gewesen sein, vorausgesetzt sie sind zusammen.«

Es war dünn, doch es passte. Alles, was Kit Tyler getan hatte, wies zurück zu seinen Wurzeln: die Verwendung des Kruzifixes und die Puppen in der Schuluniform seiner Schwester. Blake fühlte, wie sein Puls beschleunigte. »Super Arbeit, Emma. Schick ...«

Sie fiel ihm ins Wort. »Verstärkung ist unterwegs.«

Noch ehe sie ausgeredet hatte, raste Blake los, weg von den Dörfern und in Richtung der Fens. Das Kreischen seiner Reifen zerriss die Stille des Moors.

KAPITEL SIEBENUNDVIERZIG

»Samantha hat nicht erkannt, was vor ihrer Nase war«, sagte Kit. »Als ich neu ans Institut kam, dachte ich, einen Tyler in dem Gebäude zu haben, in dem sie arbeitete, würde sie stutzig machen. Aber sie hatte Jane und was sie ihr angetan hat längst vergessen.«

Tara war jetzt aus dem Wagen und Kit ihr mit dem Messer bedenklich nahe. Die Klinge blitzte in der Sonne. Riskierte sie es, auf ihn einzureden? Er war schon ausgeflippt, als sie im Auto waren. Sie erinnerte sich an ihre Furcht, als er sie plötzlich angebrüllt hatte. Trotzdem musste sie es versuchen. In der Hoffnung, dass er sie nicht erwischte, sollte er zuschlagen, wich sie ein wenig zurück. Ihre Handflächen waren glitschig vor Schweiß. »Kit, das hat keinen Sinn.« Sie brachte die Worte kaum heraus, weil ihr Mund so trocken war. »Ich habe eine Menge über Samantha Seabrook herausgefunden. Es stimmt, dass ich an den falschen Orten gesucht habe, aber nur, weil klar war, dass jemand vom Institut dahintersteckt. Und was die Professorin betrifft, ja, sie hat deiner Schwester das Leben zur Hölle gemacht. Was sie getan hat, war entsetzlich – auch wenn sie die volle Wirkung ihres Handelns nicht begriff. Aber ich denke, Jane hätte sich nicht umgebracht, hätte euer Vater sie besser behandelt.« Sie versuchte, ihren Ton so sanft wie möglich zu halten. »Was du tust, hat nichts mit Gerechtigkeit zu tun.«

»Gerechtigkeit?« Seine Augen funkelten vor Wut. »Es gibt keine Gerechtigkeit. Ich sorge nur für ein Gleichgewicht.«

Sie konnte ihm seinen Zorn ansehen. Es war entscheidend, dass sie ihn beruhigte, sonst würde er sie in einem Anfall von Rage töten, statt wie beabsichtigt auf die Presse zu warten.

Für einen Moment war ihr Kopf leer. Dann fiel ihr eine Frage ein. »Was ist mit der Kette, die an Professor Seabrooks Leiche gefunden wurde?«

Kit stutzte kurz. »Die hatte ich bei mir und habe sie gezwungen, sie anzulegen, als ich sie Luft holen ließ. Ich war stärker als sie. In jeder Hinsicht. Ich hatte sie von hinten bei den Haaren gepackt und an die Brunnenmauer gedrückt. Vermutlich dachte sie, wenn sie tut, was ich sage, lasse ich sie gehen.« Er lachte. »Von wegen! Das Kreuz gehörte meiner Schwester. Mein Vater hat es ihr zur Konfirmation geschenkt. Das hat Samantha auch nicht erkannt, obwohl Jane es immer getragen hat. Aber sie verstand seine Bedeutung, als sie starb. Ich habe ihr alles haarklein erklärt, jedes Mal, wenn sie atmen durfte.«

Tara hörte seine Stimme langsamer werden, als er das Satzende erreichte. Ihr war, als könnte sie kaum noch atmen, und wieder setzte ihr Verstand aus. Sie musste denken! »Was ist mit Chiara?«, fragte sie nach einem Moment.

»Zuerst wollte ich sie nicht töten, aber kannst du dir vorstellen, wie das war? Tag für Tag musste ich mir anhören, wie sie Samantha kritisierte, dabei war sie doch aus genau demselben Guss. Sie war nicht mal eine gute Wissenschaftlerin, und dennoch flog ihr alles zu, weil ihr reicher Papa seine Macht spielen ließ. Ich bin nach der Party zu ihr und habe an ihre Tür geklopft. Ich dachte, ich improvisiere und warte ab, wie es läuft.

Als wir in dem Park waren, konnte ich nicht mehr und musste sie zum Schweigen bringen. Wieder habe ich für Ausgewogenheit gesorgt.«

»Und ich bin die Nächste auf deiner Liste.« Tara wollte auf keinen Fall weinen. Sie lenkte alle ihre Entschlossenheit in ihre Stimme.

»Ja«, bestätigte Kit. »Teils, weil du die Wahrheit nicht herausbekommen hast, und teils, weil dir auf deinem Weg geholfen wurde, genau wie Samantha und Chiara. Aber vor allem, weil du mir helfen kannst, meine Botschaft rüberzubringen.« Waren seine Augen eben noch hart gewesen – verschlossen – zeigte sich nun ein Hauch von Emotion. »Ich bin froh, dass ich hierher zurückgekommen bin, um den Job zu erledigen. Es ist der einzige Ort, an dem Jane jemals glücklich war. Ich erinnere mich, wie sie mit mir im Cottagegarten meiner Tante gespielt hat.« Nun sah er Tara entschlossen an. »Ihr Glück verging. Und wie du siehst, auch das meines Onkels und meiner Tante. Nichts hiervon ist Zufall. Ich schreite jetzt ein, damit die Menschen auf das achten, was mit uns allen geschehen ist – um eine Veränderung zu erreichen, damit es in Zukunft anders ist. Meine heutige Arbeit wird weit mehr Aufmerksamkeit erregen als lebenslanges Forschen am Institut. Du hast noch, bis die Presse hier ist, Tara. Sobald die Kameras laufen, benutze ich dein Messer, um es zu beenden. Es dauert nicht mehr lange.«

Jetzt war er direkt neben ihr und packte mit der freien Hand ihren Arm. Sie konnte seinen Atem auf ihrem Hals fühlen.

»Weißt du, was meine Schwester getan hat, bevor sie sich erhängte?«, fragte er. »Sie hat das ganze Haus geputzt. Es blitzsauber hinterlassen. Ich erinnere mich noch an den Bleichegeruch. Mein Vater bemerkte jeden Flecken, den wir machten, alles, was nicht an seinem Platz war. Sie muss versucht haben, nicht sein Missfallen zu provozieren, sogar als sie schon außer

Reichweite für ihn war. Oder sie wollte noch eine letzte Sache für uns tun, bevor sie sich umbrachte. Kannst du dir solch eine Kindheit vorstellen?«

Tara horchte auf Emotionen in seinem Ton, aber der war vollkommen hart. Er war inzwischen jenseits der Trauer; da war nur noch der eiserne Wille, zurückzuschlagen gegen eine Welt, die ihm so viel Schmerz verursacht hatte.

»Als ich an dem Tag mit meinem Vater nach Hause gekommen bin, ließ er mich vorgehen und ihre Leiche finden, obwohl er geahnt haben musste, was sie getan hatte. Und dann sagte er zu mir, ich hätte es auch ahnen müssen. Und dass es so zum Besten wäre. Er war froh, solch ein sündiges Mädchen los zu sein. Er ...«

Plötzlich brach er ab. Sie hatten es beide gehört. Sehr schwach und weit weg. Das Heulen einer Sirene. Kit wusste, wie er die Situation regelte – auch wenn die Polizei vor der Presse bei ihnen war – aber es war offensichtlich, dass er nicht damit gerechnet hatte. Und für einen kurzen Augenblick war er nicht ganz auf Tara fokussiert.

KAPITEL ACHTUNDVIERZIG

Tara blieb ein Sekundenbruchteil, um zu reagieren. Ihr Instinkt übernahm, und sie sprang zur Seite. Die Messerspitze streifte ihren Arm, als sie sich von Kit losriss. Sie blieb nicht, um zu kämpfen. Zwar konnte sie sich selbst verteidigen, aber er war bewaffnet.

Stattdessen rannte sie und warf dabei ihre Schuhe ab. Im Laufen blickte sie nach links und rechts, musterte die Landschaft. Es boten sich so gut wie keine Optionen. Die Straße war lang und gerade. Kein Fluchtweg in Sicht. Könnte sie Kit weglaufen? Wer würde als Erster aufgeben? Er war fit, denn schließlich war er über die Collegemauer gestiegen. Und womöglich war er als Jugendlicher in Liverpool in heikle Situationen geraten. Wahrscheinlich konnte er sich behaupten ...

Sie japste nach Luft und stolperte, als ihr Fuß auf einen scharfkantigen Stein traf. Ihr Herz raste, und ihre Brust tat weh.

War die Sirene überhaupt für sie bestimmt gewesen? Oder war es purer Zufall? Tara blickte über ihre Schulter. Kit war ihr dicht auf den Fersen, und ihre Fußsohlen wurden vom Asphalt aufgeschürft. Sie konnte niemanden vor sich sehen. Wenn sie weiterlief, würde er sie leicht einholen.

Alternativ könnte sie in die Felder rennen. Aber dort würde sie bald auf einen der tiefen Wassergräben treffen. Abermals schaute sie sich zu den Seiten nach Brücken um, die ihr bei der Flucht halfen, doch es gab keine. Sie näherte sich einem Graben links, der tiefer lag als das Feld dahinter.

Sie musste sich blitzschnell entscheiden. Auf dem Pflaster hielten ihre Füße nicht mehr lange durch. Sie stolperte auf das Feld, wo sie zwischen Stoppeln und Furchen schwarze Torferde aufwarf. Die Getreidestoppeln stachen in ihre Füße, was nicht weniger schmerzte als der splitthaltige Asphalt. Einen Moment später war sie an der Grabenkante und rutschte hinunter ins dunkle Wasser.

Kurz bevor das Feld außer Sicht war, sah sie sich rasch um.

Kit war furchtbar nahe.

Zu beiden Seiten von ihr verlief ein schmaler Streifen aus Schlamm und Schilf direkt an dem Kanal. Wenn sie da langlief, würde sie gewiss ins Wasser stürzen, ehe sie es weit gebracht hätte. Und der Graben zog sich über Meilen schnurgerade hin. Ihre einzige andere Option war, rüber zu schwimmen. Der Graben war nicht sehr breit, und sie konnte Kit bereits hinter sich hören. Sie wusste, dass er laufen und klettern konnte, und hoffte inständig, er wäre nicht so toll im Schwimmen. Es war ausgeschlossen, dass sie ihm schnell genug entkam, wenn sie versuchte, wieder das Ufer hinauf zu gelangen.

Sie sprang in den Graben.

Die Sonne hatte den ganzen Tag geschienen, weshalb Tara nicht darauf vorbereitet war, wie kalt das Wasser war. Sie keuchte und bewegte Arme und Beine, während sie versuchte, sich von dem Schock zu erholen. Kaum hatte sie einen Schwimmzug gemacht, hörte sie ein Platschen hinter sich. Kit war im Wasser.

Sie atmete gierig ein, doch es war schwierig, genug Sauerstoff zu bekommen. Panik, die eisigen Temperaturen und die Erschöpfung bewirkten, dass ihr schwindlig wurde.

Und dann spürte sie eine Hand an ihrem Knöchel. Sie ging unter. Wasser rauschte in ihren Ohren, gelangte in ihren Hals und blockierte ihre Nase. Mit aller Kraft trat Tara zu und fühlte, dass sie traf. Ihr Fuß war wieder frei, aber sie hustete und würgte Wasser aus. Sie schwamm weiter auf die andere Seite zu. Dort bestand das Ufer aus grünen Grasbüscheln und festem schwarzem Schlamm.

Im nächsten Moment jedoch war die Hand wieder da, fester diesmal, und packte ihr Bein.

KAPITEL NEUNUNDVIERZIG

Blake fuhr wie ein Irrer, aber vor ihm waren Polizeiwagen, die ihm auf der schmalen, von Marschland umgebenen Straße den Weg versperrten.

Er sprang aus dem Wagen und rannte über schwarze Felder hinter den Officers her. Jemand hatte einen Krankenwagen gerufen. Der steckte noch auf der Straße weiter weg fest. Blake sah auch einige Presseleute, die mit ihren Kameras umherliefen. Und jemanden mit einem Mikrofon? Wie zur Hölle hatten die gehört, was los war?

Er erreichte die Kante eines Grabens und blickte nach unten. Dort war ein Officer im Wasser und rang mit Kit Tyler. Weitere Polizisten sprangen hinter ihm her. Blake suchte nach Tara. Sie war nirgends zu sehen. War sie unter Wasser?

Er schaute sich zu beiden Seiten um. Dann ließ er seinen Blick über die dunkle Wasseroberfläche schweifen. Es war ein heilloses Durcheinander von wippenden Köpfen und fuchtelnden Armen, alles von Wasserwirbeln umrahmt. Schließlich entdeckte er ihr Haar. Rotgoldene Strähnen, die wie exotisches Seegras im Wasser trieben.

»Sie ist da!«, schrie er, und in diesem Augenblick drehte

sich ein Officer um und sah sie. Eine halbe Sekunde später war Blake in dem Wasser und pflügte auf die Stelle zu. Er war schnell, aber der andere war näher dran. Blake war nur noch wenige Schritte entfernt, als er den Mann ihren leblosen Körper an das andere Ufer hieven sah.

KAPITEL FÜNFZIG

Am nächsten Tag im Krankenhaus wusste Tara immer noch nicht genau, was geschehen war, nachdem Kit Tyler versucht hatte, sie zu ertränken. Anscheinend hatte sie das Bewusstsein verloren. Vor Ort hatte jemand sie wiederbelebt – aber wer? Sie erinnerte sich an nichts mehr ab dem Moment, in dem Kit ein zweites Mal ihr Bein gepackt hatte.

Es waren bereits einige Besucher da gewesen, einschließlich Bea, die als Erste gekommen war und sie so aufgeregt umsorgte, wie sie es früher getan hatte, als Tara ein Kind war. Beas Mann Greg war mitgekommen und hatte einen beruhigenden Einfluss ausgeübt. Auch Taras Mutter hatte sie besucht, was für Aufregung unter dem Personal sorgte. Mehrere von ihnen hatten sie um ein Autogramm gebeten.

Tara war zu keinem von ihnen komplett ehrlich gewesen, was ihr Wissen um die Gefahr betraf, in der sie sich die ganze Zeit befunden hatte. Bea war jedoch eindeutig misstrauisch gewesen. Matt, ihr ehemaliger Verbündeter bei *Not Now* hatte sie ebenfalls besucht. Er schwor, dass er nicht auf ein Exklusivinterview aus wäre und Giles keine Ahnung hätte, wo er wäre. Die Geschichte war ohnehin schon in der Presse. Sogar Kemp hatte die Berichte gesehen. *Das war sehr knapp, Kollegin,* hatte er geschrieben. *Ich wäre zurückgekommen, hätte ich gewusst, dass du es mit solch einem Irren zu tun hast. Aber ich hätte mir ja denken können, dass du alles im Griff hast.*

Hmm. Die Presse hatte ihren Fluchtversuch aufgebauscht und so dargestellt, als hätte sie schnell und entschieden die Kontrolle übernommen. Tara war froh, dass ihr Ruf noch intakt war, auch wenn sie de facto gar nichts »im Griff« gehabt hatte. Es waren Blake und sein Team gewesen, die sie gerettet hatten. Blake hatte Hinweise gefunden, dass Kit in die Morde verstrickt sein könnte, als er auf der Rückfahrt von Samantha Seabrooks Trauerfeier war. Emma hatte herausbekommen, wohin Kit Tara bringen könnte, und dann hatte Blake die Kavallerie gerufen. Er war kurz vor der Horde Journalisten dort gewesen, die Kit mobilisiert hatte, doch die Polizeiverstärkung, die Blake und Emma gerufen hatten, war schneller gewesen.

Und dann hatte Blake sie im Wasser entdeckt. Er hatte ihr das Leben gerettet. Hatte sein Versprechen gehalten, ihre Meinung von der Polizei zu verbessern.

Und er hatte ihr eine Nachricht dagelassen, dass er sie bald sehen würde. Bisher waren indes nur andere Officers bei ihr gewesen – unter anderem der schleimige Patrick Wilkins –, um sie zu befragen.

KAPITEL EINUNDFÜNFZIG

Während Patrick Wilkins mit mehreren Detective Constables umhereilte und mehr Beweise für den bevorstehenden Prozess sammelte, verhörten Blake und Emma gemeinsam Kit Tyler.

Tylers Trauer um seine Schwester und sein Hass auf Samantha Seabrook waren klar und deutlich rübergekommen – genauso wie sein Motiv, Tara zu ermorden: Der Wunsch, die Welt wissen zu lassen, was passiert war, und die Gründe dafür, wie er sie sah. Aber die Zeitungen erzählten eine vollkommen andere Geschichte als er sich vorgestellt hatte. Sie konzentrierten sich alle auf die dramatische Verfolgungsjagd durch die Fens und Taras Flucht. Ohne Frage war tragisch, was damals geschah, aber nicht allein Professor Seabrook anzulasten. Eine Menge Kinder machten wilde Zeiten durch und stifteten sich gegenseitig zu Blödsinn an. Und eine Menge Kinder kamen da heil wieder raus – mehr oder minder. Die Professorin hatte nicht vorgehabt, Jane Tyler das Leben zur Hölle zu machen.

Das erklärte Blake auch Tyler.

Der Blick des Mannes war eine Kombination aus Feuer und Eis. »Samantha Seabrook war einer der klügsten Menschen, die mir jemals begegnet sind. Vielleicht hatte sie nicht vorausgesehen, was passieren würde, aber was war, als meine Schwester Selbstmord begangen hatte? Die Schuldgefühle hätten ihr ein Leben lang wie ein Mühlstein am Hals hängen müssen. Aber nein, sie schüttelte sie ab. Als ich ans Institut kam, sagte ihr der Name Tyler gar nichts. Sie erkannte den Lippenstift nicht, den ich ihr geschickt habe – den sie meine Schwester zu klauen gezwungen hatte – oder die Puppe.«

Die Puppe. Eine geringfügige Sache im Großen und Ganzen, aber ein Rätsel, das Blake knacken wollte. »Was hat es mit den Puppen auf sich?«

Kit sackte plötzlich nach vorn und vergrub das Gesicht in den Händen. »Meine Mutter hatte sie für Jane gemacht«, kam die halb erstickte Antwort. »Sie sollten wie sie aussehen – das gleich lange, dunkle Haar und ihre Schuluniform aus der Grundschule.« Seine Stimme bebte, und Blake konnte nicht einschätzen, ob vor Kummer oder Zorn. »Ich habe einen Strick um den Hals der beiden gelegt, die ich Samantha und Tara Thorpe geschickt habe, weil Jane sich so umgebracht hatte. Und immer noch hat Samantha die Verbindung nicht hergestellt.«

Wieder musste Blake an das kleine Mädchen und die Frau auf dem Foto in Kit Tylers Wohnung denken.

»Meine Mutter hatte insgesamt drei Puppen genäht. Sie war eine gute Schneiderin, hatte aber hohe Ansprüche an sich. Die ersten beiden waren nicht ganz perfekt.«

Unwillkürlich erinnerte Blake sich an die unterschiedlich langen Beine, die Tara erwähnt hatte. An der Puppe, die Professor Seabrook geschickt wurde, waren ihm keine Unvollkommenheiten aufgefallen, aber er war auch nicht gerade ein Fachmann in Sachen Stoffpuppen.

»Sie hat die beste Puppe meiner Schwester geschenkt, als sie klein war«, fuhr Tyler fort. »Aber Jane hatte sie noch, als sie sich mit Samantha anfreundete, also musste die sie gesehen habe. Sie saß immer bei Jane auf dem Bett.« Nun hörte Blake

Tränen in Kits Stimme. »Nachts hielt Jane sie noch in den Armen, obwohl sie fünfzehn war. Es hatte ihr das Herz gebrochen, als unsere Mum starb, und die Puppe verkörperte ihre Liebe. Erst nach Janes Selbstmord bekam ich alle drei Puppen.«

Was für eine Geschichte! So viele Tragödien und mehr als eine Kindheit, die aus den Fugen geriet und gen Katastrophe steuerte.

»Sie hatten die dritte Puppe nicht an Chiara Laurito geschickt.«

Er schüttelte den Kopf, der noch in seine Hände gestützt war. »Chiara hatte nie zum ursprünglichen Plan gehört. Ich habe nur Rot gesehen, als sie bei der Gartenparty herumtönte, wie angemessen es war, dass ihr Vater ihr alle Wege ebnete.« Jetzt blickte er auf. Seine Augen waren feucht und gerötet, als er Blake ansah. »Aber ich hätte sowieso nie die Puppe weggegeben, die Jane gehörte. Die bedeutet mir zu viel.«

Blake nickte.

»Zurück zum ersten Mord. Wo haben Sie klettern gelernt?«

Kit seufzte. »Damals in Liverpool, auf unkonventionelle Art. Als Teenager geriet ich in Schwierigkeiten, genau wie Samantha. Aber ich wurde nie erwischt. Ich wurde gut darin, schnell zu rennen und alles zu überwinden, was mir den Fluchtweg versperrte, wenn jemand, den ich gelinkt hatte, hinter mir her war. Ich bin nie in irgendwelchen Klubs gewesen, aber ich stellte mich selbst auf die Probe, sowie ich eine spannende Hürde sah.«

»Und Sie fanden heraus, dass Samantha diese Kletterleidenschaft teilte?«

Er nickte. »Ich habe im Internet nach guten Kletterstellen gesucht und fand ihren geheimen Instagram-Account. Da waren diverse Fotos – und einiger Tratsch aus Klettererkreisen –, die mich auf den Gedanken brachten, dass sie das war. Alles war so typisch für sie – aufmerksamkeitssüchtig und selbstzufrieden.« Er ballte die Fäuste. »Seit ich in Cambridge angekommen war, habe ich überlegt, wie ich ihr klarmache, was sie Jane angetan hatte. Und auf einmal war da ein Weg. Ich hatte gehört, dass jemand anders es geschafft hatte, in den Garten von St Bede's zu klettern. Derjenige schrieb, wie schön es da drinnen mit dem Brunnen im Mondschein ist. Dann habe ich geplant, und natürlich war Samantha unbedingt dafür, und sie *liebte* die Idee, das Ganze geheim zu halten, was ich mir schon gedacht hatte. Sie gierte nach Aufmerksamkeit, und alle im Unklaren zu lassen, sicherte ihr die.«

Immer noch blickte er Blake in die Augen. »Sie sehen ja, wie sie war, Inspector. Die Welt muss sich ändern. Sie sollte keine Menschen wie sie hervorbringen.«

Und nun fielen Blake Kits Worte von ihrer allerersten Unterhaltung wieder ein. Er hatte gesagt, dass er »an dem richtigen Ort, um etwas zu verändern« sei. Jetzt wusste Blake, was er gemeint hatte. Er war Samantha Seabrook nahe; bereit zuzuschlagen, wenn der richtige Moment gekommen war. Blake erschauderte.

»Und Tara Thorpe ist genauso«, fuhr Tyler fort. »Ihre Mutter hat ihren Ruhm genutzt, um *Not Now* beliebt zu machen. Ihre Werbung für die Zeitschrift hat Tara dort ins Rennen gebracht und ihr den Job verschafft. Es wäre nur passend gewesen, dass sie mir hilft, meine Botschaft publik zu machen.«

Sein Tonfall war scharf, voller wütendem Bedauern ob der verpassten Gelegenheit. Blake fühlte, wie er sich aufrichtete – vollkommen unwillkürlich. Doch Emma legte eine Hand auf seinen Arm.

Nach und nach erfuhren sie alle Einzelheiten. An dem Abend, als Tyler Tara von Samantha Seabrooks Wohnung aus auf dem Fahrrad verfolgt hatte, war es ungefähr so verlaufen, wie Blake sich gedacht hatte. Da hatte Tara nahe dem Institut etwas gegessen, bevor sie zur Wohnung fuhr. Tyler hatte sie gesehen, war ihr gefolgt und hatte vor Samantha Seabrooks

Haus gewartet, dass sie wieder rauskam. Die Balaklava hatte er in seiner Satteltasche gehabt. Manchmal trug er sie im Winter, und er hatte sie eingepackt, falls sie sich als nützlich erwies. In letzter Zeit hatte er sich sehr oft bemüht, nicht gesehen zu werden.

Sie an dem Abend zu ängstigen und als er die Nachricht in ihren Fahrradkorb hinterließ, war seine Art gewesen, ihr Denken zu fokussieren, wie er sagte. Sie sollte wissen, dass sie mit dem Job vorankommen musste, den er ihr zugeteilt hatte.

»Warum ließen Sie sie im Dunkeln?«, fragte Emma. »Sie hätten ihr sagen können, wo sie suchen musste, wenn Sie wollten, dass sie Ihnen half, publik zu machen, was zwischen der Professorin und Ihrer Schwester war.«

»Darum ging es doch gerade«, antwortete Kit, als wäre Emma unverzeihlich blöde. »Es war ein Test. Eine Prüfung für Tara als eine Repräsentantin der Presse und der Gesellschaft, ob jemand aus dem Mainstream in die richtige Richtung sieht. Ich wollte, dass sie es allein schafft und beweist, dass sie über Samanthas Glamour und ihren Ruf hinwegsieht und zu den kleinen Leuten, die von ihr zertrampelt wurden, bevor sie da landete, wo sie war.«

Er gestand, dass er Tara auch bei anderen Gelegenheiten gefolgt war – und dass sie ihn sogar ertappt hatte, als sie unerwartet am Samstag aus dem Copper Kettle stürmte. Nach Chiaras Ermordung war er aufgewühlt gewesen, konnte sich nicht beruhigen, weshalb er den ganzen Tag herumgelungert und den Tatort aus einigem Abstand beobachtet hatte. Er war zwischen den Bäumen nahe Stourbridge Common gewesen, nahe dem Weiderost zur Oyster Road, als er sah, wie Tara sich ihrem Cottage näherte, anhielt, um ans Telefon zu gehen, dann umkehrte und zurück in die Stadt radelte. Da war er neugierig geworden und hatte eine Abkürzung zur Riverside genommen, um zu sehen, ob er herausfand, wohin sie wollte. Danach hatte er sie im Blick behalten, bis sie ihn erwischte. Er hatte die Gelegenheit genutzt, um sie anzubaggern. Früher oder später, das wusste er, müsste er sie allein zu packen bekommen, falls sie bei ihrer Aufgabe versagte und er beschloss, sie zu töten.

Sein Ton war sachlich.

Und dann war er in seine Wohnung zurückgekehrt, wo ihn kurz darauf Blake und Emma befragt hatten. In Blake schwappte lauter aufgestaute Wut auf, weil sie zu dem Zeitpunkt so wenig geahnt hatten.

Tyler leugnete, Tara im Wagen gefolgt zu sein, als sie ihre Mutter besuchte. Es musste ein anderes grünes Auto gewesen sein, das zufällig hinter ihr fuhr. Und natürlich hatte sie gleich gesagt, es könnte auch schlicht Paranoia sein ...

KAPITEL ZWEIUNDFÜNFZIG

Fünf Tage nach ihrer Entlassung aus dem Krankenhaus war Tara wieder im Champion of Thames, wo sie Blake persönlich gegenübersaß. Jetzt, da der Fall vor Gericht käme, hatte er ihr mehr erzählt, einschließlich dessen, was Kit Tyler im Verhör gesagt hatte.

Blake war nicht im Dienst und hatte einen Whisky vor sich stehen, der so groß war wie ihr Wodka. Sie erhob ihr Glas, und er tat es ihr gleich, um mit ihr anzustoßen.

»Nochmals danke für die kleine Rolle, die du bei meiner Lebensrettung gespielt hast.« Sie sah ihn an. »Du weißt schon, das Enträtseln der Hinweise, mich im Wasser sehen und so.«

»Teamwork.« Er trank einen Schluck. »Wir hatten alle Puzzleteile auf den Tisch geworfen, und dann erkannten wir ein Muster. Dein Hinweis, dass die Puppen sehr professionell gefertigt waren, bevor ich durch Kit Tylers Heimatdorf gefahren bin – wo er mit seiner Mutter, der Schneiderin, gelebt hatte –, fügte einige Teile zusammen.«

»Worüber ich sehr froh bin.« Sie hatte nichts von Mrs Tylers Beruf gewusst.

»Sind wir beide.«

Sie sah ihn an.

»Ich denke immer wieder über all die Hinweise nach, die Kit Tyler mir quasi vor die Nase gehängt hat«, sagte Blake. »Er hatte mir gesagt, dass er in dieser Gegend geboren und als Kind weggezogen war. Und dass er ans Institut gekommen war, weil Samantha Seabrook dort arbeitete. Er war klug – jedes Mal, wenn er mir solche Brocken hinwarf, wartete er darauf, dass der Groschen fiel. Ich schätze, er hat mich auch getestet. Hätte ich ihn durchschaut, bevor er bei Chiara war ...«

Tara nahm einen großen Schluck von ihrem Drink. Sie konnte die Sorge in seinen Augen erkennen. »Das warst nicht nur du«, sagte sie. »Er hatte mir auch erzählt, dass er wegen der Professorin nach Cambridge gekommen war. Aber die Hinweise, die er uns gegeben hat, waren echt dünn. Was in seinem Leben passiert war, hat ihn jahrelang beschäftigt, weshalb er dachte, der Lippenstift, den er mit der alten Puppe seiner Schwester an Samantha Seabrook schickte, müsste bei ihr wie Sirenen wirken. Laut und deutlich. Aber für alle anderen waren sie Teil einer Kakophonie, wie sie das Leben erzeugt.«

Blake betrachtete sie eine Weile, dann nickte er. »Trotzdem ließ ich mich beinahe blenden – so wie der Officer an deinem Stalking-Fall. Ich war eine Zeit lang überzeugt, dass Askey unser Mann wäre.«

Tara bejahte stumm, weil sie dasselbe gedacht hatte.

»Hast du das Neueste über ihn gehört?«, fragte Blake.

»Nein, was?«

»Seine Frau ist wieder schwanger. Da gab es einen kleinen Schreckmoment, weshalb sie ins Addenbrooke's mussten. Darum ist er nicht bei Samantha Seabrooks Trauerfeier gewesen. Aber anscheinend sah auf dem Ultraschall alles gut aus, laut Professor da Souza.«

Tara schüttelte den Kopf. »Und ich nehme an, wenn wir uns nächstes Jahr um diese Zeit nach ihm erkundigen, wird er Professor Askey sein, nicht mehr Doktor.«

Blake grinste trocken. »Ja, leider schwimmt Dreck gerne oben.« Dann wurde er wieder ernst. »Hätte ich dir alles erzählt, was ich wusste, meinst du, du hättest herausbekommen, was Kit Tyler vorhatte, ehe er dich entführte?« Seine Augen hatten sich verdunkelt.

Darüber hatte sie oft nachgedacht, wenn sie sich unterhielten. Sie wäre besser vorbereitet gewesen, hätte er zumindest versucht, sie einzuweihen. Und es bestand die Möglichkeit, dass sie die Wahrheit erkannt hätte. Aber dies war kein geeigneter Zeitpunkt, ihm ein schlechtes Gewissen zu machen. Sie verstand ja, warum er zurückhaltend gewesen war, und er *hatte* ihr das Leben gerettet. Es war ein Glück, dass er ein guter Detective war ...

Deshalb schüttelte sie den Kopf und wechselte das Thema. »Übrigens habe ich meinen Job gekündigt.«

Er sah sie fragend an.

»Ich konnte meinen Chefredakteur nicht mehr ertragen«, erklärte sie. »Aber ich werde versuchen, die Story an eine andere Zeitung zu verkaufen. Ich brauche das Geld, und es lohnt sich schon, um ihn zu ärgern.«

Blake lächelte halb. »Mir gefällt dein Stil. Obwohl ich tippe, dass er es dir schwermachen wird.«

Auf einmal wurde ihr klar, dass sie Blake beneidete. Er machte sich immer noch fertig – wünschte sich, er hätte den Fall schneller geknackt –, aber zumindest dürfte er ein reines Gewissen haben, wenn es darum ging, was er erreichen wollte. Während sie dauernd Kompromisse einging, weil die Wünsche ihrer Medienchefs alles andere als lauter waren. *Wenn ich vielleicht ein besseres Blatt finde ...* Aber bei denen gab es nicht gerade ein Überangebot an Stellen.

Wieder mal drifteten ihre Gedanken zu dem Wissen ab, auf das die Polizei zugreifen konnte. Sie hatte nie die Wahrheit über Bella Seabrook herausbekommen, Samanthas Mutter.

Sie sagte es Blake. »Verrätst du es mir, wenn ich schwöre, es keinem zu erzählen?«

Er neigte nachdenklich den Kopf zur Seite. »Wäre es irgendjemand anders ...«, sagte er schließlich, und sie merkte, wie ihr innerlich warm wurde. »Na gut. Bella Seabrook hatte ein Alkoholproblem, und es hat die Familie mürbe gemacht. Besonders Samantha fand, dass ihr Vater immer nur auf Bella konzentriert war und keiner sich für sie interessierte. Und sie hat es letztlich auch zum Ausdruck gebracht. Wie Sir Brian sagte, stritt sie sich viel mit ihrer Mutter. An dem Abend, als Bella starb, waren sie und Samantha oben auf der Galerie in dem Haus. Samantha schleuderte ihrer Mutter Beschimpfungen entgegen, weil die sich ihrer Meinung nach schlecht benahm. Aber das war gefährlich. Sir Brian sah, dass Bella an dem Abend völlig außer Kontrolle war. Sie stürmte mit einer leeren Kristallkaraffe in der Hand auf Samantha los. In dem Augenblick kam Sir Brian nach Hause. Samantha stand mit dem Rücken zu dem niedrigen Geländer, und ihre Mutter rannte auf sie zu. Er hatte nur Sekunden, um die Situation zu erfassen, zog seine Tochter aus dem Weg, damit Bella sie nicht über das Geländer stieß und sie auf den Fliesen unten gelandet wäre. Aber Bella war groß und so betrunken, wie sie war, schwankte sie. Sie stürzte über das Geländer und schlug mit dem Kopf voran unten auf den Fliesen auf. Offensichtlich fühlt Sir Brian sich für den Tod seiner Frau verantwortlich, aber ihm ist auch klar, hätte er nicht gehandelt, hätte er womöglich seine Tochter verloren.« Blake schüttelte den Kopf. »Ich mag mir nicht mal ausmalen, wie Samantha diese Schuld auch mit sich herumgetragen haben muss.«

Tara wollte es schon dringend wissen, seit sie erstmals von

dem »tödlichen Unfall« gelesen hatte, und jetzt wünschte sie sich, sie hätte nicht gefragt. Kit Tyler hatte recht: Die Welt war ungerecht, und es musste gehandelt werden, damit niemand so leiden musste wie Jane. Was sie durchgemacht hatte, war entsetzlich. Aber er hatte völlig falsch gelegen, Samantha so viel Verantwortung aufzubürden. Sie war das Produkt ihrer Herkunft, genau wie jeder andere, und auch sie hatte Schreckliches durchlebt. Es war gewiss nicht leicht gewesen, mit einer Trinkermutter aufzuwachsen und sie infolge eines Streits sterben zu sehen, den sie selbst provoziert hatte. Das war eine Menge zu verarbeiten für eine Fünfzehnjährige – in diesem schwierigen Stadium zwischen Kind- und Erwachsensein. Eine Zeit, in der man Entscheidungen treffen konnte, die das ganze Leben beeinflussten, ohne die Reife zu besitzen, um sein Handeln in Gänze zu begreifen.

»Da ist verständlich, dass Sir Brian die Publicity vermeiden wollte«, sagte Blake.

»Ja.« Sie schloss für einen Moment die Augen. »Wo wir bei schlechter Publicity sind. Ich schätze, du kannst nicht für dich behalten, dass Kit Tyler mein Messer benutzt hat, um mich zur Fahrt in die Fens zu zwingen?«

Blake schüttelte den Kopf. »Wahrscheinlich nicht. Aber er hatte auch seine eigene Waffe dabei. Ich vermute, deine zu nutzen, hat ihn amüsiert. Und sie war das bessere Teil.«

Großartig!

Sie tranken schweigend, und Tara war bewusst, dass Blake sie beobachtete. Es war Abend, und er trug eines seiner gut geschnittenen Jacketts über einem weißen Hemd, dessen oberste zwei Knöpfe geöffnet waren, zu einer dunklen Hose.

Er neigte sich zu ihr, und sie erwiderte es.

»Es gibt nicht viele Menschen wie dich, Tara«, sagte er, und für eine Sekunde legte er seine warme Hand auf ihren Arm.

»Ist vielleicht auch besser so.« Sie versuchte zu lachen, aber ein Schauer durchfuhr sie, und ihr Herz schlug schneller.

»Ich …« Er sah nach unten zu seinem halbleeren Glas und zurück zu ihr. »Ich wollte erwähnen – na ja, nur sagen …«

Es sah ihm gar nicht ähnlich, so zögerlich zu sein.

»Ich wollte sagen, dass ich es richtig genossen habe, mit dir an diesem Fall zu arbeiten. Und die Zeit, die wir zusammen verbracht haben.«

Blake war nur Zentimeter entfernt, und sie fühlte ein Flattern in ihrer Brust, als sie ihn ansah.

Doch plötzlich veränderte sich der Ausdruck in seinen Augen. Und eine Sekunde lang war sein Blick auf den Tisch zwischen ihnen gerichtet anstatt auf sie. »Meine Frau und ich haben Probleme«, sagte er und machte eine lange Pause. »Aber wir sprechen darüber, es noch einmal zu versuchen.« Er sah aus, als würde er sie um etwas bitten. *Verständnis?* »Es ist ein unglückliches Timing.«

Etwas in Tara sackte nach unten. »Was ist passiert?« Warum fragte sie das? Es ging sie nichts an, aber ihr fiel auch nicht ein, was sie sonst sagen sollte.

»Es ist … na ja, es ist kompliziert. Vielleicht eine Geschichte für ein anderes Mal.«

»Natürlich.« Die Geschichte ihres Lebens. Kompliziert.

Sie rang sich ein Lächeln ab und betrachtete seine Augen und die dunklen Bartstoppeln. Er besaß diese Killerkombination von verlebt und elegant, für die Tara eine solche Schwäche hatte. »Ich hoffe, es funktioniert«, sagte sie und fragte sich, ob es ihr gelang, ihre Gefühle zu verbergen. Warum zur Hölle hatte sie gedacht, dass er sie um ein Date bitten würde? Es war ja nicht so, als hätte er jemals ein Verhalten an den Tag gelegt, das darauf schließen ließ.

»Danke.« Für einen Moment blickte er zur Seite, bevor er seinen Whisky austrank. Er stand von dem Hocker auf und blieb dicht neben Taras Stuhl stehen. *Verdammt.* Sogar die Falten in seinen Augenwinkeln waren attraktiv. »Wir sehen uns noch vor dem Prozess.«

Er legte seine Hand auf ihre Schulter. Tara hatte das Bedürfnis, ihre darauf zu legen, doch stattdessen nickte sie nur. Dann wechselten sie einen Blick, und Blake ging. Tara schaute ihm nach, als er durch die Pubtür nach draußen in die Sonne schritt.

Zu Hause las sie noch einmal die Antwort, die Kemp auf ihre Nachricht von der Kündigung bei *Not Now* geschickt hatte. Sie war vor seiner Reaktion auf ihr Nahtoderlebnis eingegangen.

Deine E-Mail hat mich zum Lachen gebracht. Die Vorstellung von dir als Cop! Du würdest es niemals schaffen, dir sagen zu lassen, was du tun sollst, oder in einem Team zu arbeiten. Mal dir das mal aus. Du bist mir zu ähnlich – ein einsamer Wolf. (Das meine ich natürlich auf gute Art, denn ich bereue nicht, aus dem Polizeidienst ausgeschieden zu sein.) Deine investigativen Fähigkeiten könnten sie allerdings gut gebrauchen. Aber Scherz beiseite, es ist gut, dass du diesen Berufswechsel nicht willst. Du hättest vermutlich auch Schwierigkeiten, nach der Nummer mit dem Journalisten angenommen zu werden. Die Umstände müssten schon recht speziell sein, damit sie solch eine Vorgeschichte ignorieren.

Seine Worte versetzten ihr einen Stich. Wenn Tara es sich fest vornahm, könnte sie es schaffen. Wenn sie sich anpassen müsste, würde sie es tun. Sie war diszipliniert. Hatte Kemp das nicht erkannt? Sie wanderte im Wohnzimmer ihres Cottage auf und ab. Sie hatte es Kemp sowieso nur im Scherz geschrieben. Was hatte er für ein Problem?

Er zweifelte an ihr, das war es.

Doch dann blieb sie stehen, und ihr wurde etwas klar. Vor einer Woche noch hätte sie Kemp voll und ganz zugestimmt. Sie hatte das falsche Temperament für einen Job bei der Polizei, und sie würde so oder so nie für die arbeiten; nicht, nachdem sie von ihnen im Stich gelassen wurde.

Doch im Verlauf des Seabrook-Falls hatte sie gelernt, Blake und seine Methodik zu bewundern. Und zugleich hatte sie ihre eigene Arbeit infrage gestellt, während sie überlegte, wie es sich anfühlen würde, ihr investigatives Können für einen anderen Zweck zu nutzen.

Und dann hatte Blake scherzhaft diese Idee ins Spiel gebracht ... Obwohl sie darüber gelacht hatte, schlug der Gedanke Wurzeln in ihr.

Für einen Augenblick dachte sie über das nach, was Blake ihr im Pub erzählt hatte. Kit Tyler hatte gestanden, ihr bei mehreren Gelegenheiten gefolgt zu sein, aber nicht, als sie zu ihrer Mutter gefahren war. War der Wagen, der die ganze Zeit hinter ihr geblieben war, nur zufällig auf derselben Strecke gewesen? Oder steckte mehr dahinter?

Bis der Stalker von damals nicht gefasst war, würde sie ständig mit angehaltenem Atem leben. Mit diesem Gefühl, dass das Leben unsicher war. Ginge sie zur Polizei, könnte sie sogar Zugriff auf ihre alten Fallakten bekommen und nachsehen, ob sie schaffte, was der ermittelnde Detective damals nicht konnte ...

Zwar klopfte ihr Herz bei dem Gedanken schneller, doch zugleich fiel ihr ein Gegenargument ein. Sich für einen Job zu bewerben, der Kontakt mit Blake beinhaltete, war vielleicht nicht die beste Idee. Zunächst allerdings würde es zwei Jahre in Uniform bedeuten, so viel wusste sie. Und es gab keinen Grund, dass sie in Cambridge sein müsste. Ihr Cottage könnte sie vermieten. Sie brauchte einen Neuanfang, denn sie wollte sich nicht mehr von Leuten wie Giles benutzen lassen.

Zehn Minuten später hatte sie ein großes Glas Rotwein in der Hand und begann, die Aufnahmebedingungen für den Polizeidienst zu googeln. Wie es aussah, könnte sie trotz der Körperverletzung als Bewerberin infrage kommen – sofern die Umstände außergewöhnlich waren. Und das waren sie.

Sie notierte sich, wen sie kontaktieren musste.

Du kannst mich mal, Kemp, dachte sie lächelnd, als sie ihren Laptop eine Stunde später zuklappte. *Wir sind uns kein bisschen ähnlich.*

MEHR VON BOOKOUTURE DEUTSCHLAND

Für mehr Infos rund um Bookouture Deutschland und unsere Bücher melde dich für unseren Newsletter an:

deutschland.bookouture.com/subscribe/

Oder folge uns auf Social Media:

 facebook.com/bookouturedeutschland

 twitter.com/bookouturede

 instagram.com/bookouturedeutschland

ANMERKUNG DER AUTORIN

Die Tote vom Moor spielt in Cambridge, und ich habe versucht, den Straßen, der Architektur und den Grünflächen im Großen und Ganzen gerecht zu werden. Ortskundige werden dennoch bemerken, dass ich mir einige Freiheiten erlaubt habe, denn ich habe ein paar fiktive Colleges hinzugefügt und Tara Thorpe ein Haus im Stourbridge Common gegeben, wo keines existiert. Die Dörfer außerhalb von Cambridge sind komplett erfunden.

Obwohl ich an der University of Cambridge – und einem ihrer Colleges – gearbeitet habe, basiert keine der Figuren in diesem Buch auf einer realen Person, ob lebend oder tot. Die Menschen, denen ich im Rahmen meiner Arbeit begegnet bin, sind einige der nettesten, die ich kenne, weshalb sie sich nicht für einen Krimi eigneten!

Vielen Dank, dass ihr *Die Tote vom Moor* gelesen habt. Ich hoffe, ihr habt es so sehr genossen wie ich das Schreiben. Falls ihr auf dem Laufenden bleiben wollt, was meine neuesten Bücher betrifft, könnt ihr euch unter dem folgenden Link registrieren. Eure E-Mail-Adresse wird nie weitergegeben, und ihr könnt euch jederzeit wieder abmelden.

deutschland.bookouture.com/subscribe/

Die Idee zu diesem Buch kam mir auf einer Zugfahrt nach London; öffentliche Verkehrsmittel sind wunderbar, um Menschen zu beobachten (und ersparen mir das Lauschen an Schlüssellöchern ...!). Die Gespräche zwischen Eltern und Kindern hatten zur Folge, dass ich darüber nachdachte, wie sich Kindheitserfahrungen in bisweilen unvorhersehbarer Weise auf das spätere Leben eines Menschen auswirken. Nachdem ich mich zunächst sorgte, welche Auswirkungen mein Verhalten auf meine eigenen Kinder haben könnte, reifte langsam die Idee zu dieser Geschichte. Wie immer entwickelte sich die Handlung vor der Kulisse von Cambridge. Meine Heimatstadt inspiriert mich stets wieder auf die unterschiedlichsten Arten. In diesem Fall war die Überflieger- und Hochdruckatmosphäre wichtig für einige Elemente meiner Geschichte.

Falls ihr Zeit habt, würde ich mich sehr freuen, wenn ihr eine Rezension schreibt. Feedback ist unglaublich hilfreich, und es hilft enorm, neue Leser:innen auf meine Bücher aufmerksam zu machen.

Alternativ könnt ihr mich auch persönlich über meine Website, meine Facebookseite, Twitter oder Instagram kontaktieren. Ich liebe es, von Leser:innen zu hören.

Nochmals vielen Dank, dass ihr einige Zeit mit dem Lesen von *Die Tote vom Moor* verbracht habt. Ich freue mich darauf, mein nächstes Buch schon bald mit euch zu teilen.

Herzliche Grüße,

Clare x

www.clarechase.com

facebook.com/ClareChaseAuthor

twitter.com/ClareChase_

instagram.com/clarechaseauthor

DANKSAGUNG

Anfangen möchte ich mit einem riesigen Dank an meine geliebte Familie, Charlie, George und Ros, sowie an meine wundervollen Eltern Penny und Mike – und auch an Phil und Jenny, David und Pat, Helen und meine unsagbar verlässliche erweiterte Verwandtschaft sowie an meine Freunde. Ein besonderer Dank geht auch an meine fantastischen Kolleg:innen bei der RSC und an die Westfield-Gang, sowie an Andrea, Shelly, Mark, Hilary, Margaret und Ange.

Außerdem möchte ich sagen, wie dankbar ich meinen Schriftstellerkolleg:innen bin, die ich im realen Leben und online kennengelernt habe. Ich genieße es, Teil solch einer freundlichen und hilfsbereiten Gruppe zu sein. Vor Kurzem durfte ich die anderen Autor:innen bei Bookouture kennenlernen, die eine sagenhafte Truppe sind. Ich bin ihnen überaus dankbar, dass sie mir das Gefühl gaben, so willkommen zu sein.

Danke auch an all die wunderbaren Buch-Blogger:innen, die ich kennenlernte und deren Großzügigkeit, Freundlichkeit und Begeisterung fantastisch ist.

Und ich bin meinen Leser:innen ungemein dankbar. Nachrichten über meine Website, Twitter oder Facebook zu bekommen, ist etwas wahrhaft Besonderes für mich.

Und schließlich möchte ich jedem bei Bookouture danken. Einen großen Dank schulde ich meiner wundervollen Lektorin Kathryn Taussig, deren Ideen, Rat und Ermutigung ungeschlagen sind, ebenso Maisie Lawrence, deren Input ebenfalls fantastisch ist. Von Herzen danken möchte ich Peta

Nightingale für ihre Ermutigung, als ich zum ersten Mal eine Arbeit bei Bookouture abgab; es hat mir viel bedeutet. Und ein großer Dank an die menschlichen Dynamos Kim Nash und Noelle Holten, die eine unglaubliche Arbeit leisten, um unsere Bücher zu bewerben! Und ich bin dankbar für die regelmäßigen Updates von Peter und auch Oliver Rhodes; es ist super, so in die Pläne und Entwicklungen bei Bookouture eingebunden zu sein. Dies ist mein erstes Buch für den Verlag, und ich weiß, dass es noch viel mehr Leute gibt, die ich noch kennenlernen muss – ihnen sei hiermit auch gedankt.